btb

Aus Freude am Lesen

Christina Schwarz · Novemberkind

Christina Schwarz

Novemberkind

Roman

Deutsch von Giovanni und Ditte Bandini

btb

Die englische Originalausgabe erschien 2000
unter dem Titel »Drowning Ruth« bei Doubleday,
New York

Umwelthinweis:
Dieses Buch und der Schutzumschlag wurden auf
chlorfrei gebleichtem Papier gedruckt.
Die Einschrumpffolie (zum Schutz vor Verschmutzung)
ist aus umweltschonender und recyclingfähiger PE-Folie.

btb Bücher erscheinen im Goldmann Verlag,
einem Unternehmen der Verlagsgruppe Bertelsmann.

1. Auflage

Satz: IBV Satz- und Datentechnik GmbH, Berlin
Druck und Bindung: GGP Media, Pößneck
Printed in Germany
ISBN 3-442-75061-X
www.btb-verlag.de

Für Ben
und in Erinnerung an
Louise Baecke Claeys (1902-1999)
und Marfa

Erster Teil

1

Ruth erinnerte sich, ertrunken zu sein.

»Das ist nicht möglich«, sagte Tante Amanda. »Das musst du geträumt haben.«

Aber Ruth blieb dabei, dass sie ertrunken sei, beharrte jahrelang darauf, selbst dann noch, als sie es eigentlich hätte besser wissen müssen.

Amanda

Natürlich hatte ich Ruth angelogen. Sie war ja nur ein Kind. Was hätte ich schon sagen sollen? Dass ihre Mutter leichtsinnig gewesen war? Dass ich sie hatte retten, ihr neues Leben einhauchen, sie als mein eigenes Kind aufziehen müssen? Es gibt Dinge, die Kinder nicht wissen sollten.

Vermutlich werden die Leute sagen, es sei meine Schuld gewesen – wäre ich damals, im März 1919, nicht heimgefahren, wäre Mathilda, meine einzige Schwester, jetzt nicht tot. Aber ich bin nach Haus gefahren. So wie ich die Sache sah, hatte ich keine andere Wahl.

27. März 1919. Das ist ein guter Ausgangspunkt. Dieses Datum schrieb ich in die rechte obere Ecke des Blattes. Liebe Mattie. Die Feder zitterte, als ich sie vom Papier hob, und verspritzte Tinte. 27. März 1919, schrieb ich auf ein neues Blatt. Liebe Mattie.

Zu guter Letzt sparte ich mir den Brief. Ich wusste, dass ich willkommen sein würde. Schließlich hatte mich Mattie seit Monaten angebettelt, nach Haus zu kommen. Und was hätte ich schon sagen können? Ich hatte keine Erklärung parat. Keine andere Erklärung als die Wahrheit, und *die* wollte ich ganz gewiss nicht erzählen.

Die Wahrheit war, dass das Krankenhaus mich aufgefordert hatte zu gehen. Nicht endgültig natürlich.

»Natürlich möchten wir nicht, dass Sie endgültig gehen, Miss Starkey«, sagte Dr. Nichols. Es war nicht klar, wen er mit »wir« meinte, da er und ich die Einzigen im Büro waren. Es machte mich nervös zu wissen, dass auch andere über mich geredet hatten, vielleicht in den Korridoren geflüstert, sich hinter Ecken versteckt hatten, wenn sie mich kommen sahen. Wahrscheinlich versammelten sie sich genau in diesem Raum, tranken Kaffee, schüttelten die Köpfe und ließen sich über mich aus. Wer waren sie?

Dr. Nichols schob irgendwelche Papiere auf seinem Schreibtisch herum. Er sah mich nicht an. »Wenn das alles vorbei ist ...« Er räusperte sich. »Wenn Sie wieder Sie selbst sind, reden wir noch einmal über die Sache.«

Er spielte auf meine Halluzinationen an, glaube ich, obwohl es auch die Ohnmachten gewesen sein könnten, vielleicht auch die Unfälle. Er musterte für einen Augenblick die Schreibtischplatte, seufzte dann und sagte in fast freundlichem Ton: »Sie werden sich viel besser fühlen, wenn Sie aus diesem Gestank heraus sind, glauben Sie mir.«

Keine Frage, es *stank* in dem Krankenhaus. Ganz buchstäblich, nach brandigem Fleisch und Erbrochenem, nach Ammoniak und angebranntem Haferbrei und Kampfer, nach Urin und Kot. Aber eine Krankenschwester gewöhnt sich an die Gerüche und die Schreie und an den Anblick von Männern, denen irgendwelche Körperteile fehlen.

Und ich war eine hervorragende Krankenschwester. Das lag mir im Blut – das sagten alle. Die Männer beteten mich an. Wer noch ein Gesicht hatte, hob es mir entgegen, wenn ich mich über sein Bett beugte. Wer noch Arme hatte, breitete sie aus.

Ich liebte es, ein Engel zu sein. Aber ich musste mich davon verabschieden.

Dr. Nichols hatte Recht. Irgendwie hatte ich die Kontrolle verloren. Eines Morgens wachte ich auf und war mir sicher – absolut, hundertprozentig sicher –, dass man mir die Beine vom Rumpf abgesägt hatte, und auch wenn ich rasch begriff, dass ich das nur geträumt hatte, denn meine Beine lagen da sichtbar vor mir, zwei Wülste unter der Bettdecke, konnte ich sie nicht bewegen, schaffte es nicht aufzustehen, wie sehr ich mich auch bemühte. Meine Zimmergenossin, Eliza Fox, musste mich buchstäblich aus dem Bett hieven. Zu einer anderen Gelegenheit fiel ich, wie ich zu meiner Schande gestehen muss, einem Soldaten, den ich gerade mit dem Schwamm gewaschen hatte, ohnmächtig quer über die Brust.

Wiederholt musste ich aus dem Krankensaal rennen, um mich zu übergeben. Jeden Morgen stülpte sich mir der Magen um und entleerte sich in Bettpfannen und Aufwischeimer, hastig gewickelte Tüten aus Zeitungspapier und die Schneewehe hinter der Hortensienhecke. Zweimal verlor ich im linken Ohr das Gehör, und einmal saß ich vier Stunden lang im Treppenhaus und wartete darauf, dass sich mein Sehvermögen wieder einstellte. Injektionsspritzen zuckten wie Dolche nach meinen Armen; Glasfläschchen zersplitterten mir in den Händen; Aktenschubfächer klemmten mir die Fingerspitzen ein.

Ich vergaß die Namen von Soldaten und den Zweck begonnener Arbeiten und auszuführender Aufträge. Drei Tage hintereinander sperrte ich mich aus dem Zimmer aus, das ich mit Eliza bewohnte. Und ständig war ich so müde, so entsetzlich müde, dass ich es einfach nicht schaffte, wach zu bleiben, und mochte ich mir auch noch so oft Wasser ins Gesicht spritzen oder noch so viel schwarzen Kaffee trinken. Schließlich kapitulierte ich und richtete mir ein Nest zwischen den Handtüchern im Materialraum ein. Dort schlief ich jeden Nachmittag von halb zwei bis zwei, bis eines Tages in Station F die Seife ausging und Frances Patterson losgeschickt wurde, welche zu holen. Alles in allem musste ich zugeben, dass sie Recht hatten – allmählich taugte ich wirklich eher zur Patientin als zur Schwester. Mein Körper hatte sich selbstständig gemacht, ihm war nicht mehr zu trauen. Um ehrlich zu sein, ich kannte mich selbst nicht mehr.

Und so willigte ich ein, nach Haus zu fahren – nicht in die Pension voll von ledigen Schwestern, hier in Milwaukee, wo Eliza und ich das eiskalte, senffarbene Zimmer penibel in ihre Seite und meine Seite aufgeteilt hatten, sondern zurück auf die Farm, wo ich aufgewachsen war, wo die verschneiten Hügel so weiß wie gebleichte Laken waren und wo meine Schwester ihr kleines Mädchen neben dem Küchenherd in den Schlaf wiegte, während sie darauf wartete, dass ihr Mann vom Krieg heimkehrte. Ich wusste, dass ich zu Hause, da, wo ich hingehörte, wieder zu mir finden würde.

Schon auf dem Bahnhof, noch bevor ich in den Zug eingestiegen war, fühlte ich mich besser. Der Griff meiner Reisetasche lag mir fest in der Hand. Ich war weder spät noch übermäßig früh dran. Und zum ersten Mal seit Wochen hatte ich wieder Hunger, ja einen richtigen Wolfshunger. Ich blieb am Imbissstand stehen und kaufte mir eine Tüte Erdnüsse mit extra viel Salz und eine Tasse Kaffee, an der ich mir die Zunge nicht verbrannte. Als ich die Erdnüsse aufgegessen hatte, war ich immer noch hungrig.

»Würden Sie mir einen halben Schinkensalat einpacken?«, sagte ich. »Nein, besser einen ganzen. Und etwas von dem Huhn. Und vielleicht ein Stück Kuchen. Den Kirschkuchen, bitte.«

Am Tresen trank jemand gerade einen Schokoladen-Milkshake, der köstlich aussah, und ich war versucht, mir auch so einen zu bestellen.

»Das gefällt mir«, sagte der Mann hinter dem Tresen, während er Zahlen in die Registrierkasse tippte. »Eine Frau, die richtig essen kann.«

Also änderte ich meine Meinung bezüglich des Milkshakes. Gerade als ich die Rechnung bezahlte, wurde mein Zug ausgerufen.

»Einfach, hm, Miss? Geht's nach Haus?«, fragte der Schaffner, der sich, um das Gleichgewicht zu halten, mit der Hüfte an den Sitz vor mir lehnte.

Um ein Haar hätte ich angefangen zu erklären, es sei eigentlich nicht richtig, es noch als mein Zuhause zu betrachten, auch wenn die Farm streng genommen zur Hälfte mein Eigentum sei. In Wirklichkeit gehörte sie jetzt meiner Schwester, da sie dort lebte, dort eine Familie hatte, während ich lediglich zu einem Genesungsurlaub zurückkam, weil mein Körper sich irgendwie verselbstständigt hatte. Ich wollte gestehen, dass ich weggeschickt worden war, weil ich als Krankenschwester versagt hatte, weil niemand, ich selbst eingeschlossen, noch glaubte, dass ich es schaffen würde, Soldaten halbwegs wiederherzustellen, solange ich selbst in einem so katastrophalen Zustand war. Aber es liegt mir nicht, solche Dinge laut auszusprechen.

»So ist es«, sagte ich.

Er zwinkerte. »Fahrscheine!«, brüllte er und entfernte sich schwankend im schlingernden Waggon.

In dem Jahr bedeutete »Frühling« auf dem Land sogar noch weniger, als es in der Stadt bedeutet hatte, und als wir in die eisige kleine Station von Nagawaukee einfuhren, war der Himmel schwer von Schneewolken. Der Wind schnitt mir ins Gesicht, so dass ich den Kopf tief gebeugt halten musste. Ich betrachtete die Spitzen meiner Stiefel, wie sie vorsichtig die schlüpfrige Bahnsteigtreppe hinunterstiegen und über den Schnee tappten, der in langen blanken Schwaden, wie von gezogenem Karamell, über die Straße trieb. Meine Stiefel trugen mich ein, zwei, drei Häuser vom Bahnsteig weg und hielten an der Tür von Heinzelmans Angelbedarf – »Ein Dutzend Maden für einen Penny«. Ich trat ein.

Das Glöckchen über der Tür bimmelte, und die Kohlen des Ofens in der Ecke glühten im plötzlichen Luftzug rot auf. Dann teilte sich der Vorhang hinter dem Ladentisch, und Mary Louise Lindgren trat aus dem Hinterzimmer hervor. Sie lächelte, als sie mich sah, strahlte, könnte man sagen, und wischte sich, während sie mir entgegeneilte, auf ihre nervöse Art die Hände an der Schürze ab.

»Mandy! Was tust du denn hier?« Sie legte mir die Hände auf die Schultern, presste ihre Wange gegen meine. »Uuh, du bist ja eiskalt, ein richtiger Eisblock!« Sie legte mir ihre warmen Handflächen für einen Augenblick ans Gesicht, und dann packte sie mich am Handgelenk und zog mich sanft weiter herein, ohne mir Gelegenheit zu geben, auf ihre Frage zu antworten. »Komm rüber an den Ofen. Ich kann's gar nicht glauben, kann's einfach nicht glauben, dass du das bist! Ich hatte mich schon gefragt, wer's um diese Uhrzeit wohl noch sein könnte, und ich habe mir gedacht, es ist wahrscheinlich Harry Stoltz, aber natürlich wär's gar nicht möglich gewesen, weil er doch zurzeit in Watertown ist, und dann dachte ich ...«

Sie hätte sich noch wer weiß wie lange darüber verbreitet, was sie vermutet und was sie anschließend gedacht und was sie als Nächstes getan hatte, aber ich unterbrach sie. »Ich mache Urlaub«, sagte ich, »ruhe mich ein Weilchen aus.« Was in gewisser Weise ja stimmte.

»Da wird sich Mathilda aber freuen!« Sie runzelte die Stirn. »Aber warum hat sie mir nichts davon gesagt? Sie war doch erst vor zwei Tagen hier.«

»Mattie weiß nichts davon.«

Mehr brauchte ich nicht zu sagen, denn sie sprudelte sofort los: »Eine Überraschung! Wie wunderschön! Und, Mandy« – sie lehnte sich zu mir vor und senkte diskret die Stimme, obwohl sonst niemand im Laden war, der etwas hätte hören können –, »ich habe auch eine Überraschung.« Sie wartete, bis sie sich meiner ungeteilten Aufmerksamkeit gewiss war. »George und ich könnten was Kleines bekommen.« Sie klopfte sich bedeutungsvoll auf die Schürze.

Darauf wusste ich erst einmal nichts zu sagen. Mary Louise war in jedem einzelnen Jahr ihrer mittlerweile fünfjährigen Ehe mit George Lindgren schwanger geworden, und sie hatte alle fünf Male eine Fehlgeburt gehabt. Eine Frau sollte wissen, wann es Zeit ist aufzugeben, dachte ich; sie sollte ihr Unglück nicht auch noch herausfordern. Zumindest sollte sie vorsichtig sein. Sie sollte sich gefühlsmäßig ein wenig im Zaum halten. Aber Mary Louise wusste nicht, was Zurückhaltung ist, und anders als ich besaß sie keinerlei medizinische Kenntnisse. Sie tat jedes Mal so, als könne unmöglich etwas schief gehen, als sei die Geburt dieses bestimmten Kindes eine ausgemachte Sache und als brauche sie nur noch das glückliche Ereignis abzuwarten. Nur die schützend über dem Bauch gehaltenen Hände verrieten ihre unterschwellige Sorge. Was da angeblich heranwuchs, konnte sich so leicht als heiße Luft erweisen.

»Diesmal fühlt es sich anders an«, sagte sie, obwohl ich meine Bedenken gar nicht ausgesprochen hatte.

»Hoffentlich.« Mal ehrlich, was sonst hätte ich sagen können?

Dann meinten wir beide, dass ich mich am besten auf den Weg machen sollte, solange es noch hell war. Da ich wusste, dass sie mir nachschauen würde, drehte ich mich auf der Straße nach ein paar Schritten um. Sie hob die Hand, und als ich es ihr gleichtat, dachte ich an die Zeit zurück, als wir uns noch so ähnlich gewesen waren, Mary Louise und ich, beide glücklich, die Schule wieder einmal hinter uns gebracht zu haben, und genau diese Straße entlangrannten und schlitterten, mit den Augen den Turm von St. Michael's nach der brennenden Laterne absuchten, die, wie wir glaubten, den Ausbruch eines Irrenhäuslers signalisierte, und uns darüber unterhielten, warum Netty Klefstaad nicht mit Ramona Mueller redete und dass Bobby Weiss in der Rechtschreibstunde geschummelt hatte, und was man mit dem Penny eigentlich tun müsse, nachdem man ihn an einer Warze gerieben hatte, und manchmal auch sangen.

Das alles war natürlich vor Matties Zeit gewesen. Als Mattie alt genug war, um selbst die Schule zu besuchen, gingen Mary Louise und ich, die Schulbücher fest an die Brust gedrückt, diese Straße gemessenen Schritts entlang, während es jetzt Mathilda war, die vorauslief und sich in Schneehaufen warf, so wie wir das früher getan hatten. »Guck, was ich mach, Amanda! Guck, Mary Louise!«, rief sie dann. Oder sie blieb hinter uns zurück, in die Betrachtung der Schneeflocken auf ihren Fäustlingen vertieft, und rief mich herrisch zu sich. »Amanda, guck dir die hier an! Mach schnell, bevor sie schmilzt!«

Ich schaffte es nie, meiner Schwester begreiflich zu machen, dass Mary Louise und ich wichtige Dinge zu besprechen hatten. Vielleicht fünf Minuten lang blieb Mathilda brav an meiner Seite, mit mir in eine Wolldecke eingemummelt, aber dann riss sie sich unweigerlich los und rannte und schlitterte, bis sie völlig erschöpft war und darum bettelte, getragen zu werden. »Huckepack!«, forderte sie. Ja, forderte!, obwohl sie viel zu schwer war. »Du bist langsam zu groß, Mattie«, protestierte ich. Ich seufzte. Ich verdrehte, zu Mary Louise gewandt, die Augen. Ihre acht Geschwister machten zusammen nicht so viel Ärger. Aber Mathilda stampfte mit dem Fuß auf. Sie jammerte und klammerte sich an mich, so dass ich zu guter Letzt in die Hocke ging und sie mir auf den Rücken sprang und mir die Arme so fest um den Hals schlang, dass ich fast keine Luft mehr bekam. Andauernd unterbrach Mathilda, andauernd stellte sie Forderungen, und immer gab ich nach. Ich tat immer, was sie wollte. Immer. Außer dieses eine, letzte Mal.

Als Mathilda geboren wurde, war ich acht Jahre alt und nach Ansicht der Nachbarinnen kein sonderlich viel versprechendes Kind.

»Was für ein wunderschönes Baby«, sagte Mrs. Jungbluth, während sie und Mrs. Tully und Mrs. Manigold sich um Mathildas Wiege drängten und kleine Entzückungsschreie über ihr süßes Mündchen, ihr hübsches Kinn ausstießen. Bei den siebzehn Kindern, die sie zusammengenommen hatten, wäre eigentlich zu erwarten gewesen, dass sie schon genug Babys kannten. Aber Mathilda war offensichtlich etwas Besonderes.

»Da wird Amanda aber bestimmt eifersüchtig sein«, sagte Mrs. Tully, »dass sie ein so hübsches Schwesterchen bekommen hat!«

Meine Mutter aber antwortete: »Nein, Amanda liebt ihre Schwester.« Zum Beweis legte sie mir das Baby auf den Schoß.

Warum hätte ich auch eifersüchtig sein sollen? Mathilda war mein. Das Baby, auf das sie alle so versessen waren, gehörte mir.

Am Tag von Matties Taufe kam ein Fotograf zu uns ins Haus, um ein Bild von uns allen aufzunehmen. Man setzte mich in den großen Sessel – meine Beine waren damals schon so lang, dass meine Füße bis zum Boden reichten, wenn ich mich nicht ganz zurücklehnte –, und ich hielt sie in den Armen, vorn von ihrem weißen Kleidchen bedeckt, eines ihrer winzigen feuchten Fingerchen im Ende meines Zopfs verheddert, während draußen die Aprilwolken vor der Sonne Fangen spielten, so dass es im Zimmer den einen Moment hell war und im nächsten dunkel.

»Bitte lächeln«, flehte der Fotograf, aber ich blieb hart. Im Pfarrhaus von St. Mary's hatte ich ein Bild von der Muttergottes mit dem Kind gesehen, und ich wollte so aussehen wie sie: vornehm und feierlich.

Als das Magnesium mit einem Lichtblitz und einem Rauchschwall verglühte, fing Mathilda an zu weinen. Meine Mutter machte Anstalten, sie mir abzunehmen, aber ich war fest entschlossen, mein Baby nicht aus der Hand zu geben. *Ich* war diejenige, die es trösten würde. Und Mattie ihrerseits krallte ihre Fingerchen noch fester in mein Haar. Sie wollte einfach nicht loslassen, und zuletzt musste meine Mutter diese winzigen Häkchen eins nach dem anderen aufbiegen.

Jetzt bog ich in die Glacier Road ein – eine Landstraße, die über einen Hügel mit Blick auf den Nagawaukee Lake führt. Oben traf mich der Wind mit voller Wucht, scheuerte mir die Wangen und zerrte an meinem Mantel. Ich keuchte und kämpfte mich mit gesenktem Kopf voran, bis ich das Eishaus erreichte. Dort ruhte ich mich etwas aus, stampfte mit den Füßen im Stroh auf und öffnete und schloss die steifen Finger, wickelte mir den Schal vom Hals und schüttelte meinen gefrorenen Atem ab. Um etwas sehen zu können, ließ ich die Tür ein Stück weit offen. Mein Blick fiel auf das steil abfallende Land vor mir und den wie eine weiße Narbe zwischen den Bäumen liegenden gefrorenen See. Ich trat einen Schritt nach rechts, um meinen Blickwinkel ein wenig zu verändern, und die Baumstämme teilten sich und gaben die Sicht auf den vertrauten dunklen Fleck inmitten der weißen Landschaft frei, eine Mondsichel, vom Spitzenwerk unbelaubter Zweige bekrönt, in der nordöstlichen Ecke von Taylor's Bay: die Insel, die mir einst gehört hatte. Ich bewegte mich noch ein Stück zur Seite und konnte auf der Insel das grüne Dach des Hauses erkennen, in dem Mattie und Carl bis zum Krieg gewohnt hatten.

Früher hatte ich gedacht, dieser Ort sei einmalig auf der ganzen Welt, aber inzwischen wusste ich es besser. Dieser Teil des Landes war mit Seen förmlich übersät, und mochten sie sich auch äußerlich unterscheiden, letztlich waren sie alle gleich: Tropfen und Spritzer und Pfützen im Gelände; Löcher und Krater, deren Innenhaut zu dünn war, um die Quellen zurückzuhalten, die danach drängten, sie aufzufüllen – und in allen, oder zumindest den meisten von ihnen gab es hier und da störrische Inselchen, Landknollen, die sich weigerten, den Kopf unter Wasser zu tauchen.

Für den alten Farmer, von dem meine Eltern ihr Land gekauft hatten, war meine Insel so gut wie nichts wert gewesen: ein nutzloses Stück Boden. Meinen Eltern gegenüber sagte er kein Wort davon, als er ihnen die Übertragungsurkunde über den schweren Eichentisch zuschob und wir mit einem Schlag nicht mehr in seiner, sondern in unserer eigenen Küche standen.

Es vergingen mehrere Jahre, ehe sie herausfanden, dass die Insel ihnen gehörte. Ich war zwölf und Mattie vier, als sie auf demselben Küchentisch die Dokumente ausbreiteten, um festzustellen, ob eine bestimmte Quelle nördlich des Farmhauses, die sie gut hätten brauchen können, tatsächlich, wie die Jungbluths behaupteten, im Besitz unserer Nachbarn war.

»Was ist das hier?« Meine Mutter tippte mit dem Zeigefinger

auf einen Klecks mit einem X darauf, der irgendwo mitten in der Pampa zu liegen schien.

Mein Vater studierte die Landkarte. »Nun, Mutter«, sagte er, »sieht ganz danach aus, als ob uns die Insel drüben in Taylor's Bay gehören würde.«

Mattie stand wie immer dicht neben ihm, einen Arm um sein Bein gehakt. Er nahm sie mit einem Schwung hoch und warf sie in die Luft. »Was sagst du zu einer Insel, kleines Fräulein?«

»Noch mal!«, kreischte sie. »Noch mal!«

Und so warf er die quietschende Kleine noch mehrere Male in die Luft, bis er sie zuletzt wieder zu Boden gleiten ließ.

»Mach's noch mal! Bitte!«, quengelte sie und zog an seinem Hosenbein. »Noch mal! Bitte! Noch mal!«

Schließlich hob er warnend einen Finger in die Höhe, und sie fing an zu weinen. Er wandte sich zu mir. »Kümmere dich um deine Schwester«, sagte er ungeduldig. »Wir haben hier zu tun.« Und dann machten er und meine Mutter sich wieder daran, die Nordgrenze nach Möglichkeit etwas auszubeulen.

Sobald alle im Bett lagen, schlich ich in dieser Nacht wieder nach unten und rollte die Landkarten auf, um mir das Gebilde selbst anzusehen. Wie seltsam klein und unscheinbar es doch aussah – so ganz anders als das felsige, überwucherte Fleckchen Erde, das ich kannte! Ich rubbelte mit dem Finger darüber. Auf dem Papier hätte es gut und gern ein Klecks Brombeermarmelade sein können.

Durch das Brausen des Winds hörte ich jetzt das Kling-Kling von Schlittenglöckchen, das die Straße heraufkam. Ich wickelte mir den Schal fest um den Hals und hob meine Tasche vom Boden auf. Ich wollte schon ins Freie treten und den Fahrer rufen, als das Pferd an der Steigung sichtbar wurde und ich erkannte, wessen Tier es war. Ich schreckte zurück und zog die Tür zu. Ich hatte etwas getan, was Joe Tully nicht erfahren durfte, etwas Schlimmeres noch als meine Entlassung, und es wäre mir unerträglich gewesen, wenn er mich mit dieser Scham im Herzen gesehen hätte. In der Dunkelheit presste ich mich gegen die strohbedeckten Eisblöcke und wartete mit geschlossenen Augen und angehaltenem Atem, dass die Glöckchen verstummten, dass Schritte ertönten, denn er hatte mich bestimmt gesehen, oder hatte zumindest *irgend*etwas gesehen, und würde neugierig werden. Joe war nicht der Typ, an einem möglichen Eindringling – oder vielleicht auch jemandem, der seine Hilfe benötigte – ohne einen genaueren Blick vorbeizufahren.

Aber die Glöckchen klingelten weiter, näher, noch näher, bis ich das Pferd schnauben und die Kufen auf dem Schnee knirschen hören konnte; dann zogen sie vorbei und wurden immer leiser, bis sie sich zuletzt im Wind verloren. Offenbar hatte er mich doch nicht gesehen. Aber selbst wenn die Fremde, die ich in letzter Zeit geworden war, aufatmete, reagierte ein anderer Teil von mir voller Verzweiflung, und ehe ich mich versah, weinte ich, versengten mir die Tränen die kalten Wangen beim Gedanken, dass ich mich vor dem ehemals geliebten Mann hatte verstecken müssen.

Schließlich musste ich mich aufraffen. Man kann nicht ewig weinen, und bald würde es dunkel und kälter werden. Der Wind war zwar grimmig, aber ich hatte nur noch einen Hügel vor mir, und dann würde ich da sein. Auf dem allerletzten Stück, als ich schon das gelbe Farmhaus und den Rauch aus dem feldsteingemauerten Schornstein sehen konnte, fing ich an zu laufen, riss die Füße in gewaltigen, ungestümen Sprüngen aus dem Schnee, stieß sie wieder hinein und schlenkerte mit meiner Tasche, als wäre ich ein junges Mädchen, angetrieben von der Erregung, wieder heimzukommen.

Gerade wollte ich anklopfen, als die Küchentür aufflog. Mathilda stand auf Zehenspitzen da, den Kopf in den Nacken geworfen, die Wangen vom Sitzen an einem warmen Feuer rot überhaucht.

»Amanda! Du bist zurück!« Sie musste die Arme weit nach oben strecken, um sie mir um den Hals zu werfen, denn während ich schon vor langem zu einem wahren Turm aufgeschossen war, war sie klein und zart geblieben wie unsere Mutter, eine kleine Elfe.

Ich freute mich über ihre Umarmung, aber ich war weniger überschwänglich als meine Schwester, und so stand ich etwas verlegen da, die Tasche noch immer in der Hand, bis sie anfing, mich ins Haus zu ziehen.

»Warte, Mattie. Du willst bestimmt keinen Schnee auf deinem sauberen Fußboden haben.« Ich stampfte mit den Füßen und klopfte mir die Schultern ab.

Sie lachte. »Nur rein damit! Rein damit! Rein mit dir und allem Drum und Dran!«

Als sie mir den Mantel abnahm, piekste sie mir scherzhaft in die Rippen. »Wir gehen ein bisschen in die Breite, was? Zu viel Kuchen?« Sie kicherte.

»Bei deiner Kocherei bin ich im Handumdrehen wieder Haut und Knochen«, erwiderte ich.

»Oh, mit Kochen ist bei mir endgültig Schluss. Jetzt, wo *du* da bist ...«

Wir lachten, da wir beide wussten, wie Recht sie damit hatte.

»Nun schau dir diese Stiefel an, diese wunderhübschen Stiefel!«, rief sie aus und beugte sich vor, um meine – jetzt allerdings vom Waten durch die Schneewehen, wofür sie absolut nicht geeignet waren, verdorbenen – Stadtschuhe zu bewundern.

Das war meine Mattie, so fasziniert von einem Paar neuer Stiefel, dass sie nicht einmal daran dachte, unangenehme Fragen nach dem Grund meines Kommens oder nach meinen weiteren Plänen zu stellen. Sie freute sich einfach, mich zu sehen.

»Und Ruthie?«, fragte ich. »Wo ist mein Baby?«

»Na, hier natürlich.« Sie beugte sich schwungvoll über einen unförmigen Haufen von Steppdecken, der sich auf dem Schaukelstuhl neben dem Ofen türmte, und pflückte das kleine Mädchen daraus hervor. »Wach auf, Ruthie. Deine Tante Mandy ist da.«

»Oh, weck sie nicht auf«, flehte ich, aber es war schon zu spät. Ruth blinzelte mich an und gähnte.

Mathilda drückte sie mir in die Arme. »Hier, nimm sie.«

Nach dem, wie es mir in letzter Zeit ergangen war, befürchtete ich schon, das Kind könnte losschreien, aber als ich mich in den Schaukelstuhl gesetzt hatte, kuschelte es sich an meine Schulter und schlief wieder ein. Es war genau so, wie ich es mir kaum zu erhoffen gewagt hatte: wir drei in der Behaglichkeit dieser vertrauten Küche. Ich vergaß beinah, mich nach Carl zu erkundigen.

»Inzwischen kann er wieder einwandfrei sehen«, sagte sie. »Aber das Bein hat sich irgendwie entzündet, und er weiß noch immer nicht, wann er zurückkommt.« In ihren Briefen hatte sie mir von dem Gas erzählt, das ihn geblendet, und dem Schrapnell, das ihm ein Loch in den Oberschenkel gerissen hatte, durch das man praktisch eine Faust stecken konnte. Ich hatte ihr versichert, dass ein Mann sich ohne weiteres von solchen Verletzungen erholt, aber sie wollte sich unbedingt Sorgen machen. »Jedenfalls bist *du* jetzt hier«, sagte sie und sah mir von unten herauf in die Augen, wobei sie den Kopf fast herausfordernd zurückwarf.

Also würde ich mich um sie kümmern. Das war zumindest geregelt. Das war etwas, was ich konnte. Ein paar Augenblicke lang konnte ich fast glauben, alles sei so, wie es schon immer gewesen war, bevor Carl oder sonst jemand sich zwischen uns gedrängt hatte.

2

Ruth

Tante Mandy hat zu mir gesagt: Sei still, aber ich bin nicht still gewesen. Und dann war meine Mama weg.

Amanda

»Meine Schwester ist verschwunden«, sagte ich zum Sheriff.

Er gähnte und rieb sich mit der Hand über das Gesicht. Wenn nicht gerade gegen irgendwelche Gesetze verstoßen wurde, was so gut wie nie passierte, war der Sheriff einfach Mr. Kuhtz, ein Farmer. Ich hatte ihn aus dem Bett geholt. »Wie war das?«

»Ich kann Mathilda nicht finden.« Ich packte mir Ruth, die zum Schutz gegen die kalte Novembernacht in eine Steppdecke gewickelt war, auf die andere Hüfte. Ich hatte kaum noch Kraft in den Armen, und sie war schwer, aber ich durfte sie nicht aus der Hand geben. Ich war noch kein Jahr wieder zu Hause, und ich hatte meine Schwester verloren.

»Na gut, und wie lang ist sie schon weg?«

»Seit Stunden. Seit wie vielen, weiß ich nicht. Wir sind alle ins Bett gegangen, und dann ist Ruth aufgewacht. Und da habe ich erst gesehen, dass Mattie nicht in ihrem Zimmer war. Auch nirgendwo sonst im Haus.«

»Sie sind noch immer drüben auf der Insel?« Er runzelte die

Stirn, und ich wusste, dass Mathilda Recht gehabt hatte. Die Leute hatten über uns geredet. »Trägt das Eis denn schon?«

In dem Moment erschien hinter ihm Mrs. Kuhtz. »Was lässt du sie da draußen in der Kälte stehen, Cyrus?«, schimpfte sie. »Kommen Sie rein. Setzen Sie sich, ich bringe Ihnen was Heißes zu trinken.« Sie hatte das ideale Gesicht für Katastrophen – gramerfüllt und voller Sorge. »Hier, geben Sie mir die Kleine. Bist du nicht völlig durchgefroren, Schätzchen?« Sie streckte die Arme nach Ruth aus.

»Nein!«, sagte ich. Ich drückte Ruth so fest an mich, dass sie aufjapste. »Wir müssen wieder zurück. Für den Fall, dass Mattie auftaucht.«

»Cy findet sie schon«, sagte Mrs. Kuhtz beschwichtigend. Der Sheriff war schon nach nebenan gegangen, um sich anzuziehen. »Er bringt sie bestimmt zurück.«

Da drehte ich mich um und stapfte über das gefrorene Gras davon. Als Ruth schauderte, öffnete ich meinen Mantel, um sie an meiner Wärme teilhaben zu lassen. Unter der Steppdecke hatte sie nichts an.

Wo gingen wir hin? Ich wusste es selbst nicht genau, nicht zurück zur Insel – wie ich Mrs. Kuhtz gesagt hatte –, das war undenkbar. Ziellos schwankte ich dieselbe Straße entlang, die ich neun Monate zuvor gegangen war, diesmal mit Ruth, die schwer wie ein Anker an mir zog. Obwohl wir uns vom Wasser entfernten, schien ich den ganzen See mit mir herumzuschleppen, denn ich tropfte und troff bei jedem Schritt. Mein nasses Haar war mir am Kopf festgefroren. Mein Kleid war durchweicht, meine Augen trüb. Aber meine Füße wussten den Weg, so wie sie ihn im März gewusst hatten. Ich ging zurück zum dunklen, kalten Farmhaus, dem Ort, den wir niemals hätten verlassen dürfen, wo wir jetzt alle in Sicherheit gewesen wären – wäre *ich* nicht gewesen.

Als wir zu Hause ankamen, war Ruth eingeschlafen, und ihr Kopf hing schlaff an meinem Arm herab. Alle ihre Nachthemden waren auf der Insel, also wickelte ich sie, so gut ich konnte, in ein altes Hemd meines Vaters und in das Umhängetuch meiner Mutter. Ich machte Feuer im Ofen und wiegte sie auf meinem Schoß, während ich darauf wartete, dass das Wasser heiß wurde. Dann füllte ich die Wärmflasche und schob sie neben sie unter die Daunendecke. Für einen Moment setzte ihr Atem aus, und ich hielt selbst die Luft an, auf das Schlimmste gefasst, aber sie stieß nur einen Seufzer aus und schlief weiter. Nachdem ich mich vergewissert hatte, dass sie warm und sicher eingepackt war, ging ich nach unten in die Küche und zog die Fäustlinge aus.

Die Hand sah nicht so schlimm aus, wie ich befürchtet hatte. Das Blut war größtenteils getrocknet, und die Löcher waren von geringem Durchmesser, manche von ihnen allerdings tief. Es würden Narben zurückbleiben, ein Ring im Fleisch am Daumenansatz. Wer hätte sich vorstellen können, dass ein so kleines Geschöpf solche Kraft haben würde? Wer hätte gedacht, dass sie so erbittert kämpfen würde? Aber natürlich machte ich ihr keinen Vorwurf. Ich fand den Whiskey meines Vaters und betupfte mir damit die Wunden. Anschließend trank ich ein Glas. Angeblich half es ja zu vergessen.

Als Ruth am nächsten Morgen in einem Zimmer aufwachte, in dem sie seit Monaten nicht mehr geschlafen hatte, rief sie nach ihrer Mama. Ich saß in der Küche und wartete auf das Ende der Nacht. Mein Körper hatte verzweifelt um Schlaf gerungen, wollte die Wunden und blauen Flecken und schmerzenden Muskeln vergessen, aber jedes Mal wenn ich die Augen geschlossen hatte, war das, was ich hinter den Lidern sah, unerträglich gewesen. Bei Tageslicht, hatte ich mir versprochen, würde alles anders sein. Sie würden Mathilda im Haus eines Nachbarn finden, irgendwo am See, oder vielleicht sogar im Wald rings um die Bucht. Sie würde vielleicht nass sein und frieren. Sie konnte sich sogar verkühlt haben. Ihr Nachthemd würde mit Sicherheit ruiniert sein, aber das wäre auch schon das Schlimmste.

Ich würde ihr ein heißes Bad einlassen und eine kräftige Suppe kochen und sie ins Bett stecken. Über das, was passiert war, würden wir kein Wort verlieren. Wir würden uns einfach freuen, dass es vorbei war und dass wir so weiterleben konnten wie bisher. Ich brauchte nur die Nacht hinter mich zu bringen, und dann würde sie heimkehren. Das versprach ich mir hoch und heilig.

Und vielleicht *war* ja auch gar nichts passiert. Ich verbarg meine Hand im Schoß und sagte mir, dass das alles nur ein Albtraum gewesen war. Sobald die Sonne aufging, würde Mathilda in die Küche herunterkommen, und wir würden gemeinsam darüber lachen, wie verrückt Träume doch sind und wie real sie uns erscheinen können – manchmal so sehr, dass wir aufwachen und vor Herzjagen kaum Luft bekommen. Sie würde sagen, es sei dumm von mir gewesen, dass ich nicht einfach zu ihr ins Bett gekrochen sei, und nach einer schlaflosen Nacht würde ich heute bestimmt zu nichts zu gebrauchen sein. Sie würde mich necken und sagen, ich ängstigte mich vor meinem eigenen Schatten, und dann würden wir für Ruth Pfannkuchen backen.

Ja, so würde es sein, sobald die Sonne aufging. Solange ich nicht nachsehen ging – das war entscheidend –, solange ich nicht nachsehen ging, ob Mathilda auch wirklich in ihrem Bett lag, sondern einfach die Nacht durchwachte und vertrauensvoll wartete, würde bei Tageslicht alles anders sein.

Als Ruth also am Morgen nach ihrer Mutter rief, wartete ich darauf, über mir Mathildas Schritte zu hören. Ich horchte, und ich hörte sie. Ja, ich war mir völlig sicher, dass ich sie hörte. Aber Ruth rief immer weiter. Jetzt weinte sie, ein enttäuschtes, verbittertes Weinen. Warum tröstete Mathilda sie nicht?

Schließlich ging ich zu Ruth. »Lassen wir Mathilda schlafen«, sagte ich zu mir, während ich die Treppe hinaufstieg. »Sie muss sehr müde sein.« Aber die Wahrheit durchbohrte mich mit jedem Schritt, den ich tat. Zwischen den Augenblicken, in denen ich felsenfest davon überzeugt war, dass Mathilda in ihrem Bett lag, wusste ich, dass sie verschwunden war.

Tief in meinem Herzen wusste ich es, aber ich weigerte mich, diesem Wissen ins Gesicht zu schauen. Meine Gedanken glitten immer wieder von ihm ab. Ich konzentrierte mich auf die Form der Zwischenräume zwischen den Maiglöckchen auf der Tapete; ich bemerkte den rot-blau gedrehten Stoffstrang im Flickenteppich auf dem oberen Treppenabsatz; ich dachte angestrengt darüber nach, was es in der Küche gab, was man zum Frühstück essen könnte.

Ruth ließ sich von mir aus ihrem Bettchen heben, aber als ich sie absetzte, rannte sie schnurstracks zu Matties Zimmer.

»Wo ist Mama?«, fragte sie, so erstaunt, so vertrauensvoll, dass es mir das Herz brach.

Wie konnte ich ihr das sagen, was ich mir selbst nicht einzugestehen vermochte? Mein Kopf weigerte sich, die Worte zu bilden.

»Schh, Schätzchen«, sagte ich. Das waren nicht die richtigen Worte, das weiß ich. Das weiß ich! Aber das ist nun einmal das, was ich sagte. »Schh, Schätzchen. Backen wir doch ein paar Pfannkuchen, ja? Na komm, du und ich backen jetzt Pfannkuchen.«

»Ich will zu meiner Mama«, beharrte sie, und als ich versuchte, sie bei der Hand zu nehmen und sie mit nach unten in die Küche zu ziehen, klammerte sie sich mit Armen und Beinen an den Bettpfosten und ließ nicht locker. »Ich will zu meiner Mama!«, schrie sie immer und immer wieder.

»Ist ja gut«, sagte ich. »Ist ja gut. Es ist alles in Ordnung. Wirklich, es ist alles in Ordnung. Sie kommt bald wieder.«

Aber Ruth fiel nicht darauf herein. Sie heulte, und ich stand hilflos da und ließ sie stellvertretend für uns beide verzweifeln.

Als Ruths Schreie nachzulassen begannen, verspürte ich eine plötzliche Müdigkeit, eine so große Müdigkeit, dass ich befürchtete, die Beine würden gleich unter mir wegsacken. Da nahm ich Ruth auf den Arm – sie war zu erschöpft, um sich noch weiter zu sträuben – und zog sie mit mir auf Mathildas Bett. Das Bett war nicht bezogen – so lange waren wir von diesem Haus, von diesem Leben fortgewesen! –, also legten wir uns direkt auf den blau gestreiften Matratzendrillich, die Wangen gegen uralte Flecke gepresst. Meine Hand pochte, und ich konnte ein Frösteln nicht unterdrücken. Ich zog die Wolldecke, die zusammengefaltet am Fußende des Bettes lag, über uns beide und schlief ein.

Ich träumte, dass ich im Sommer am Ufer des Sees stand. Jenseits des blendenden Wassers konnte ich Mathilda sehen, die auf dem felsigen Saum der Insel saß und sang, ganz wie eine Nixe. Also war ihr nichts passiert! Natürlich war ihr nichts passiert!

»Mattie!«, rief ich, und meine Stimme floss über vor Erleichterung. »Mattie! Hier drüben!« Aber sie sah einfach nicht zu mir her.

Also watete ich hinein, auf sie zu. Ich ging entschlossen weiter, bis das Wasser mir bis zur Taille und dann bis zur Brust reichte. Wie einfach würde es sein, unter dieser undurchdringlichen Oberfläche zu verschwinden! Diesmal würde kein klaffendes Loch zeigen, wo du eingebrochen warst, kein aufgewühltes Wasser verraten, wie du gekämpft hattest.

»Mathilda!«, rief ich, und mein Kinn tauchte ins Wasser, als ich den Mund öffnete. Aber sie sah weg, zum entgegengesetzten Ufer, als hätte sie mich nicht gehört.

Ein weiteres Mal konnte ich nicht mehr rufen. Das Wasser lief mir in den Mund, in die Nase, die Ohren, die Augen. Jetzt hatte ich Angst, und das Wasser wurde schwerer, bot immer stärkeren Widerstand. Ich fand kaum noch Halt auf dem sandigen Grund. Ich versuchte, mich an den See zu klammern, bekam aber nichts Festes zu fassen. Dennoch ging ich weiter. Mathilda war da drüben, direkt vor mir. Ich brauchte nur so weiterzugehen, und ich würde sie wiederhaben.

Und dann hörte ich sie weinen. »Da hast du's«, dachte ich und strebte mit all meinen Kräften auf dieses Geräusch zu. Sie klang genauso, wie sie vor vielen, vielen Jahren geklungen hatte, als sie noch mein Baby Mattie gewesen war und von mir getröstet werden wollte. »Ich komme, Mattie!«, rief ich, und Wasser füllte mir den Mund.

Ich war fast da. Das Weinen war lauter geworden, aber meine Beine wollten sich nicht mehr bewegen. Ich beugte mich vor.

Ich streckte die Arme aus. Es war kein Hauch Luft mehr in mir, aber ich reckte mich, kämpfte; ich *würde* sie zu fassen bekommen; sie gehörte mir. Und dann wachte ich auf.

Es war Ruth, die weinte, Ruth, die Trost brauchte. In Kummer ertrinkend, klammerte ich mich verzweifelt an sie. Jetzt hatte ich nur noch Ruth, und Ruth hatte nur noch mich.

Ruths Mutter war ertrunken. Das stand fest. Im Dezember fand man ihren Leichnam im Eis des Nagawaukee Lake. Der *Sentinel* berichtete darüber, und Amanda schnitt die Artikel aus und klebte sie auf die schwarzen Seiten eines Sammelalbums, so dass einwandfrei feststand, was geschehen war.

4. DEZEMBER 1919 – FRAU VERMISST
Mrs. Carl Neumann, wohnhaft Glacier Road, Nagawaukee, wird nach Angabe ihrer Schwester, Miss Amanda Starkey, ebenfalls Glacier Road, seit der Nacht des 26. November vermisst. Sachdienliche Hinweise nimmt das Büro des Sheriffs von Nagawaukee entgegen.

6. DEZEMBER 1919 – VERMISSTE FRAU ERTRUNKEN AUFGEFUNDEN
Gestern Abend wurde der Leichnam Mrs. Carl Neumann von Mr. C. J. Owens, wohnhaft Prospect Avenue 24, Milwaukee, und dessen 5-jährigem Sohn Arthur im Eis des Nagawaukee Lake aufgefunden.
Mrs. Neumann war seit der Nacht des 27. November vermisst gemeldet gewesen.

7. DEZEMBER 1919 – TRAUERFEIERLICHKEITEN FÜR MRS. CARL NEUMANN
Die Trauerfeierlichkeiten für Mrs. Carl Neumann werden morgen Nachmittag um 18 Uhr in der lutheranischen Heilandskirche von Nagawaukee abgehalten werden. Mrs. Neumann hinterlässt ihren Ehemann Carl, der bis vor kurzem bei der 32. Division in Frankreich gedient hat, eine Tochter, Ruth, und eine Schwes-

ter, Amanda Starkey. Anstelle von Blumen bittet Miss Starkey um Zusendung von Spenden an das »Waisenheim vom kostbaren Blut« in Oconomowoc.

Carl Neumann hatte versprochen, für Mathilda zu sorgen, und nun würde er selbst auf Fürsorge angewiesen sein. Gegen Ende Dezember, über ein Jahr nach Ende des Krieges, teilte er brieflich mit, dass man ihn endlich nach Haus schickte. »Ich kann es noch gar nicht glauben«, begann der letzte Absatz, »dass ich in ein, zwei Monaten wieder mein warmes, süßes Mattie-Vögelchen in den Armen halten werde.« Es ging noch weiter, aber Amanda faltete den Brief errötend zusammen und stopfte ihn in den dünnen Umschlag zurück. Aus New York kam schließlich ein letztes Telegramm: ANKOMME 12. FEBRUAR 15.35 UHR. Amanda war ein wenig überrascht. Mittlerweile musste ihn der Brief, den sie ihm geschrieben hatte, doch erreicht haben. Er wusste doch sicher, wie wenig ihn in Nagawaukee noch erwartete. Und trotzdem kam er jetzt her.

»Zuerst nimmt er den Zug nach Paris. Und dann einen anderen Zug von Paris zur Küste. Und dann steigt er auf ein Schiff: ein ganz, ganz großes Boot, noch größer als ein Haus.« Viele Male hatte sie Ruthie Carls Reiseroute durch eine Welt aufgezeigt, die für das Vorstellungsvermögen eines so kleinen Kindes viel zu riesig war. Sie hatte Ruths Fingerchen festgehalten und über den halben Globus gezogen. Ruth wollte den Globus nur kreisen lassen, aber sie war wissbegierig.

»Wo ist mein Papa jetzt?«, fragte sie jeden Abend, wenn Amanda sie in ihr gemeinsames Bett legte.

»Jetzt frühstückt er gerade – ein leckeres weich gekochtes Ei.« Amanda hatte sich gewundert, wie leicht Ruth den Gedanken der Zeitverschiebung akzeptiert hatte, als glaubte sie, an einem so fernen Ort wie Frankreich oder auf einem Boot, das groß genug war, um den Ozean zu überqueren, könnten ohne weiteres die verrücktesten Dinge geschehen.

»Und was noch?«, fragte Ruth.

»Und ein Stück Fisch. Mit Gräten. Der würde dir nicht schmecken.«

»Und was macht er dann?«

»Ich weiß es nicht, Ruth. Schlaf jetzt.«

Amanda bereute es, Ruth überhaupt von Carl erzählt zu haben. Mit jedem Wort, das sie sprachen, kam er näher und wurde größer.

Amanda

Wer wusste schon, was »mein Papa« für Ruth bedeutete? In *Hänsel und Gretel* gab es einen Vater, und in *Goldilocks* einen Papa Bär. Keiner von beiden taugte allzu viel. Und viel taugte Carl meiner Ansicht nach auch nicht – das kann ich Ihnen versichern.

Carl und Mathilda lernten sich am vierten Juli kennen, als Mattie siebzehn war. Sie hatte darauf bestanden, zur Parade nach Waukesha zu fahren. Margaret Schwann fuhr hin. Harriet Lander, Will Audley, Fritz Kienast – alle fuhren sie hin. Es würde ein richtiger Spaß werden, also musste auch sie mit von der Partie sein.

»Du gehst doch mit, Mandy, ja?«, bettelte sie. Sie wusste, dass mein Vater sie ohne eine Anstandsdame nie zu so etwas gehen lassen würde.

Wir kamen spät an, und die Bürgersteige waren schon überfüllt, aber Mattie drängelte sich bis ganz nach vorn. Sie stand auf Zehenspitzen, schwenkte mit jeder Hand ein Fähnchen, und die roten, weißen und blauen Bänder in ihrem Haar bewegten sich leicht im Wind, als Carl, die Trommel rührend, mit der Kapelle der Fleischabpacker von Cudahay vorbeimarschierte.

Gut sah er aus, das will ich ihm zugestehen. Er war feingliedrig, hatte ein jungenhaftes Aussehen, einen geschmeidigen, elastischen Gang und braunes Haar, das ihm in die Augen fiel – genau der Typ, in den sich ein Mädchen vergucken kann, wenn sie einen dementsprechenden Geschmack hat. Beim Versuch, sie nicht aus den Augen zu verlieren, kam er fast aus dem Tritt, und da wusste ich ebenso sicher wie sie, dass wir bei unserem Picknick Gesellschaft haben würden.

Als alles vorüber war, strömten wir hinter den letzten tatterigen Bürgerkriegsveteranen auf die Straße und bahnten uns zwischen den Pferdeäpfeln hindurch einen Weg zum Park. Es war heiß, wie in Waukesha im Juli nicht anders zu erwarten, und deshalb nicht weiter verwunderlich, dass Mattie ihr Kleid am Halsausschnitt ein wenig lockerte und ihre schönen Arme ein Stück weit entblößte. Und wenn ihre Haut dadurch braun wurde – wen kümmerte das schon? Mattie jedenfalls nicht. Zu ihrer Ehrenrettung sei gesagt, dass sie nicht allzu oft über die Schulter blickte, während wir unser Essen unter einer Ulme auspackten, sondern ganz unbefangen Bratwürste und Kartoffelsalat austeilte und mit Margaret und Harriet und Will und all den anderen plauderte und lachte, als ob bis zum Anschneiden des Kuchens nichts Außergewöhnliches zu erwarten gewesen wäre.

Und tatsächlich war es für sie auch nichts Außergewöhnliches, dass ein junger Mann im Vorbeimarschieren ein Auge auf sie warf und früher oder später den Wunsch verspüren würde, sie zu heiraten.

Am Morgen des zwölften Februar stand Amanda im Dunkeln auf, machte im Küchenherd Feuer und ging hinaus in die Scheune, um die Tiere zu füttern und um zu melken. Sie fegte die Ladefläche des Pferdewagens und erinnerte sich daran, dass sie Rudy, den Farmarbeiter, bitten wollte, ein paar Decken darauf auszubreiten für den Fall, dass Carl nicht in der Lage sein würde, vorn auf der Bank zu sitzen.

Wieder im Haus, als schon eine schwache Sonne durch die kahlen Äste der Bäume fiel, glättete sie die Steppdecke auf dem Sofa im hinteren Zimmer, das fast direkt von der Küche abging. Mit seinem kaputten Bein würde er anfangs nicht gut laufen können. Die Treppe würde er mit Sicherheit nicht hinaufkommen.

Oh, er würde schon ziemlich hilflos sein. Sie schüttelte die Kissen energisch auf und ließ dann einen zufriedenen Blick durch das Zimmer schweifen. Würde die Wunde noch verbunden bleiben müssen? Durchaus möglich, je nachdem, wie viele Muskeln das Schrapnell zerfetzt hatte, wie schwer die Infektion gewesen war und wie gut man sie behandelt hatte – Amanda hatte kein Vertrauen zu französischen Krankenhäusern. Aber andererseits war Carl jung und kräftig. Nahm sie sich seiner erst mal an, würde er schnell wieder gesund werden.

Amanda wusste, dass das enge Zimmer genau das Richtige für einen Leidenden war. Ihre Mutter hatte sich immer hierhin zurückgezogen, um ihre Kopfschmerzen zu pflegen. Es war so weit von den Schlafzimmern im Obergeschoss entfernt, dass ein kleines Mädchen, das so leise wie möglich spielte, es manchmal sogar schaffte, leise genug zu sein.

Amanda

Den Schlaganfall bekam Mama im August des Jahres, in dem Mathilda Carl kennen lernte. Ich gebe den beiden keineswegs die Schuld daran, auch wenn ich weiß, dass Mama die Sache missbilligte. Ihr Vater, erinnerte sie uns, war Hauptmann in der Unionsarmee gewesen. Ihre Tochter konnte doch wohl was Besseres finden als einen Schlachter!

»Er ist kein Schlachter, Mama. Er ist Fleischabpacker«, sagte ich. Unter dem Tisch trat mir Mathilda mit der Schuhspitze ans Schienbein. Dabei hatte ich nur die Wahrheit gesagt.

Jedenfalls gebe ich den beiden, wie ich schon sagte, keineswegs die Schuld daran, auch wenn ihr schockierendes Verhalten die Sache gewiss nicht besser machte. Schuld war das Wetter.

Es war den ganzen Sommer über heiß gewesen, heiß und so feucht, dass man schon vom bloßen Gehen, schon vom bloßen Armeheben, um einen Teller aus der Anrichte zu holen, so müde werden konnte, dass man sich am liebsten hingesetzt hätte.

Am Morgen des zehnten August war es so stickig, als hätte jemand eine Wolldecke über die Welt gelegt und ringsum fest unter die Matratze gestopft. Mama wachte mit einem Gefühl des Unwohlseins auf; nicht direkt krank, aber auch nicht richtig bei Kräften. Sie hatte nicht gut geschlafen – anscheinend hatte niemand, seit Wochen schon, gut geschlafen –, und alles war eine Belastung für sie. Der Kaffee schmeckte bitter; das Klirren des Frühstücksgeschirrs tat ihr in den Ohren weh; die Wachstuchtischdecke war klebrig; die Sonne, die durch die Küchenfenster schien, stach ihr in die Augen; ihre Schuhe drückten.

»Eine von euch beiden muss heute Morgen die Schafe auf die untere Weide bringen«, sagte mein Vater, den Kopf über seinen Teller gebeugt.

»Ich mach das«, sagte Mattie schnell.

Mein Vater nickte. Er schnitt seinen Toast mit Spiegelei in zwei Hälften und drehte dann den Teller herum, um sie noch einmal zu halbieren. »Jemand muss bei Mutter bleiben«, sagte er und steckte sich ein Viertel Toast in den Mund. »Sie fühlt sich nicht gut.«

Eigentlich hatte ich vorgehabt, die Einkäufe zu erledigen. Wir brauchten Petroleum, braunes Garn und Zucker, obwohl ich in erster Linie deswegen in den Ort fahren wollte, um mir im Einspänner etwas frische Luft um die Nase wehen zu lassen und am Tresen von Baeckes Laden eine Limonade mit Strohhalm zu trinken.

Meine Mutter seufzte und schloss die Augen.

»Ich bleibe«, sagte ich.

Nachdem die anderen gegangen waren, räumte ich den Tisch ab, während Mama noch ihren Kaffee austrank. Ich stand gerade am Spülstein und pumpte Wasser ins Rohr, als ich sie sagen hörte: »Ich glaube, ich lege mich ein Weilchen hin.« Und dann krachte Geschirr hinter mir auf den Boden. Ich ließ den Pumpenschwengel los und fuhr herum. Mamas Tasse und Untertasse waren zerbrochen, und die Wand war mit Kaffeespritzern übersät. Mama stand da, die linke Hand in der rechten, und starrte mich erschrocken an.

»Ich weiß nicht, was passiert ist. Ich konnte sie einfach nicht mehr festhalten.«

»Nicht schlimm. Ich feg's zusammen.« Ich streckte schon die Hand nach dem Besen aus.

»Aber was ist passiert? Ich weiß nicht, was passiert ist.« Sie griff nach meinem Arm und stützte sich mit ihrem ganzen Gewicht auf mich, während ich ihr zum Sofa half.

»Ich lege mich nur ein wenig hin, dann fühle ich mich bestimmt gleich besser, meinst du nicht?« Sie sah mich vertrauensvoll, hoffnungsvoll an, als wüsste ich es.

»Natürlich, bestimmt. Du bist einfach müde«, beruhigte ich sie. Und ich glaubte an das, was ich sagte, da ich damals noch keine Schwesternausbildung hatte.

Ich ging in die Küche zurück und machte mich wieder an die Arbeit, und als ich mit dem Abwasch fertig war und gerade mit dem Brotteig anfing, war sie schon eingeschlafen. Allmählich kam Wind auf, heiß und stetig aus westlicher Richtung. Ich entschied, dass es ein guter Tag sei, um die Laken zu waschen.

Ich zog gerade die Bezüge von den Kopfkissen, als ihre Stimme schwach von unten heraufdrang.

»Mir ist kalt, Amanda. Amanda, mir ist kalt.«

»Mama, dir kann unmöglich kalt sein!«, rief ich nach unten. »Wir haben vierzig Grad im Haus.«

»Aber mir ist kalt.« Sie zog das letzte Wort in die Länge, bis ihre Stimme erzitterte.

Ich nahm ihr Sommerumhängetuch vom Haken hinter der Tür und brachte es ihr.

»Warum hast du denn so lang gebraucht?«

»Ich war oben.«

Sie schürzte verärgert die Lippen. »Leg es um mich. Ich habe überhaupt keine Kraft in den Armen.«

Ich breitete das Tuch über sie aus und stopfte es zwischen Schulter und Sofalehne, damit es nicht herunterrutschen konnte. Dann hob ich ihren Kopf sanft an und schüttelte das Kissen auf.

»Kein Wunder«, murmelte sie.

»Was?«

»Ach, nichts.« Sie schloss die Augen.

Dann aber, als ich gerade gehen wollte, sprach sie wieder. »Ich dachte nur, dass es kein Wunder ist, dass Joseph dich dann doch nicht wollte. Du bist so grob. Fast wie ein Mann.«

Durch das hohe Fenster konnte ich die Schafe sehen, die das spärliche Gras abrupften, das noch auf dem Hof hinter dem Hühnerstall stand. Ich starrte sie an und wusste, dass etwas nicht stimmte, und wusste nicht, was es war, bis es mir wieder einfiel. Mathilda hätte die Schafe eigentlich auf die untere Weide bringen sollen. Wo war sie?

Ich wusste ganz genau, wo sie war. Ich hielt mich nicht lange damit auf, die Schürze abzunehmen. Als die Fliegentür hinter mir zuknallte, war ich schon halb über den Hof.

Der Wald summte und schwirrte, knackte und gurrte von heißem Sommerleben. Bienen kreisten um meinen Kopf, und Spinnweben blieben an meinem Hals kleben, als ich den überwucherten Pfad entlangging. Ich spürte den See, noch bevor ich ihn sah: die Kühle, die der Wind vom Wasser herantrug, das Gefühl von Weite jenseits des Dickichts von Geißblatt und Brombeerranken.

Unser Boot war, wie erwartet, verschwunden, aber ich wusste, wo die Tullys ihres hatten, und so machte ich mich eilig auf die Suche. Es war ganz mit Unkraut überwachsen, den ganzen Sommer lang offenbar kaum benutzt worden. Ich schob es ins Wasser und kletterte hinein. Und dann ruderte ich los, ruderte kraftvoll auf meine Insel zu.

Ich warf gerade einen Blick über die Schulter, um abzuschätzen, wie weit ich es noch hatte, als ich sie vor der jenseitigen Küste der Insel sah. Genau wie ich mir gedacht hatte: Während wir Übrigen arbeiteten, stand sie da, bis zur Taille im Wasser, vom schwimmenden Rock ihres Badekostüms wie von einem schwarzwollenen Seerosenblatt umgeben.

Natürlich war ich wütend. Ich hatte gute Lust, sie ins Boot zu hieven und sie tropfnass nach Haus zu schleifen, wo sie eine gehörige Abreibung bekommen hätte. Noch größer war allerdings meine Lust, das herrliche Wasser um meine Knöchel zu spüren. Um die Schafe konnten wir uns später kümmern. Zu zweit würden wir es schnell erledigt haben. Ich wollte ihr schon zurufen – ja, meine Lippen berührten sich schon fast, um ihren Namen zu artikulieren –, als ich sie aufschreien hörte.

Von einem glitzernden Sprühregen umgeben, schoss er aus dem Wasser wie ein riesiger Hecht, der nach einer Libelle schnappt. Mit einem triumphierenden Johlen ließ er den Handteller geschickt auf das Wasser klatschen und erzeugte eine Kaskade, die Mattie voll ins Gesicht traf. Sie schreckte kurz zurück, und ich rechnete schon damit, sie losheulen zu hören. Doch stattdessen lachte sie. Sie streckte die Hände wie Schaufeln ins Wasser und schleuderte ihm so viel von dem Nass entgegen, wie sie zu fassen bekam. Sie war kein Gegner für ihn – das konnte ich selbst aus dieser Entfernung erkennen. Das Wasser, das sie verspritzte, hatte keinerlei Richtung. Er wäre davon nicht einmal feucht geworden, wenn er nicht näher gekommen wäre, wenn er sich nicht hätte bespritzen lassen, während er sie seinerseits bespritzte, jetzt sanfter zwar, aber noch immer so, dass sie von oben bis unten nass wurde. Und so standen sie da, bespritzten sich gegenseitig wie Kinder, lachten und schrien, als gäbe es nur sie beide auf der Welt.

Plötzlich wollte ich nur weg. Ich verspürte den verzweifelten Wunsch, nicht gesehen zu werden, wie ich da allein in meinem Boot saß und sie beobachtete. Hektisch mühte ich mich ab, das Boot herumzudrehen, verlor in der Aufregung beinah ein Ruder, aber zuletzt schaffte ich es doch. Ich glitt so schnell und so leise durch das Wasser zurück, wie ich gekommen war, bis die Insel die beiden vor meinen Augen – und mich vor den ihren – verbarg und ich in Sicherheit war.

Im selben Moment, in dem ich wieder ins Haus ging, wusste ich, dass etwas nicht stimmte. Die Tür des Hinterzimmers stand offen, und von der Küche aus sah ich das Ende des Sofas, auf dem der Fuß meiner Mutter seltsam verdreht lag. Ich rannte ins Zimmer und fand sie halb auf dem Boden liegend vor. Ihre Augen waren weit offen, und ihr Mund bewegte sich, aber es kamen keine Worte heraus, nur Geräusche, fremdartige, entsetzliche Geräusche, wie das Gelalle eines Riesenbabys, das mit seiner Zunge spielte.

Ich zog sie auf das Ruhebett hoch und deckte sie wieder mit dem Umhängetuch zu.

»Still«, flehte ich. »Bitte, bitte, sei still.«

Und dann rannte ich in die Scheune und nahm mir ein Pferd und ritt so schnell, wie ich konnte, zum Westfeld, um meinen Vater zu holen.

»Schh«, sagte Amanda zur Decke des Zimmers, das auf Carl wartete. »Still.«

Aber sie sagte es so leise, fast im Flüsterton, dass Ruth, die oben mittlerweile aufgewacht war, ihr angeregtes Selbstgespräch ohne innezuhalten fortsetzte. Amanda ging nach oben, um sie zu holen, wickelte sie in eine Decke und trug sie hinunter in die warme Küche. Ruth wusste, dass sie längst groß genug war, um selbst zu laufen, und zum Beweis dafür strampelte sie ein wenig, während sie die Treppe hinunterstiegen.

»Essen wir Haferbrei?« Während sie fragte, maß Amanda schon die Flocken ab.

»Nein!«, sagte Ruth.

»Essen wir Pfefferkuchen?«, fragte Amanda und rührte den Haferbrei mit einem großen Holzlöffel.

»Nein!«

»Essen wir Pastinak?«

»Nein!«

»Na, was essen wir dann?«

»Frösche!«, antwortete Ruth und lachte, als hätte sie etwas ungeheuer Witziges gesagt.

»Wenn mein Papa wieder da ist«, fragte Ruth und stieß ihren Löffel in den Brei, »gehen wir dann zum Haus mit dem grünen Teppich?«

»Was für ein Haus?«

»Das Haus mit dem grünen Teppich. Wo Mama ist.«

Die bei der Erwähnung Mathildas plötzlich aufwallenden Gefühle raubten Amanda fast den Atem, und sie keuchte und bemühte sich krampfhaft, sich nicht davon überwältigen zu lassen. Denk an was anderes, sagte sie sich verzweifelt. Denk daran, wie fantasievoll es von Ruth ist, ein Grab als ein Haus mit einem grünen Teppich zu bezeichnen. »Natürlich, du kannst sie gern da besuchen«, sagte sie endlich. Ihre Stimme klang ruhig und fest. »Dein Papa geht mit dir hin. Aber du weißt doch, Schätzchen, dass deine Mama im Himmel ist, nicht?«

»Ja«, sagte Ruth und steckte sich einen großen Löffel Haferbrei in den Mund.

»Und wenn du sehr lieb bist, kommst du eines Tages auch in den Himmel.«

Amanda frühstückte im Stehen, so dass sie zwischendurch kleinere Arbeiten erledigen konnte – den Küchenteppich ausschütteln, die Glasscheibe der Eingangstür abwischen –, wenn sie ihr gerade einfielen. Sie spülte soeben ihren Napf aus, als Rudy sich auf der Veranda den Schnee von den Stiefeln stampfte und hereinkam. Er blieb vor dem Herd stehen, die Hände in die Achselhöhlen gesteckt, und wippte von einem Fuß auf den anderen. »Ganz schön kalt«, sagte er.

»Meinen Sie, wir sollten mehr Decken mitnehmen?«

»Würd nicht schaden. Ich könnte gleich alles aufladen, was wir haben.«

»Dann fahren wir um zwei los.«

»Dann sind wir zu früh da.«

»Nun, wir dürfen uns nicht verspäten.«

Rudy salutierte. »Sehr wohl, Ma'am, zwei.«

Sie runzelte die Stirn. Er konnte sich ruhig lustig machen, aber irgendjemand musste ja die Verantwortung übernehmen. Jemand musste dafür sorgen, dass alles so lief, wie es sollte.

Ruth rührte in ihrem Haferbrei herum, nahm einen Löffel

davon, hob ihn hoch und ließ ihn dann wieder in den Napf fallen.

»Ruth, spiel nicht mit deinem Essen.« Amanda nahm den Napf vom Tisch und wischte dem Kind den Mund mit dem Spüllappen ab. Ruth zappelte und wandte das Gesicht von dem säuerlichen Geruch ab.

»Halt still.«

Normalerweise hätte Amanda dem Mädchen zugeredet, mehr zu essen, aber heute nicht. Heute war keine Zeit dafür. Sie ging zur Hintertür und rief die Hunde, die prompt über die hohe Verwehung gerannt kamen, die sich hinter dem Schneezaun gebildet hatte. »Kommt rein und wärmt euch auf«, sagte sie zu ihnen und stellte den Napf auf den Boden.

Sollte sie sich jetzt an die Essensvorbereitungen machen oder den Tag nutzlos verstreichen lassen? Das Futter ihres Mantels fühlte sich kalt an, als sie die Arme in die Ärmel steckte. Sie zog sich ihre Fäustlinge an, nahm den Korb und trat ins Freie. Die Luft brannte auf ihren Wangen und vereiste ihr sofort das Naseninnere, während die Sonne so grell auf dem Schnee lag, dass sie die Augen gegen den Glast zukneifen musste. Unter einem Himmel so blau wie das Himmelreich stapfte sie mit großen Schritten durch den knietiefen Schnee in Richtung Wurzelkeller.

Mit einem Spaten hackte sie so lange auf das Eis um die Kellertür ein, bis sie genug davon entfernt hatte, um die Klappe aufzustemmen. Unten angelangt, war sie, nach der grellen Sonne draußen, im Halbdunkel des Kellers wie blind. Sie musste einen Moment am Fuß der Treppe stehen bleiben, eine Hand gegen die klamme Wand gestützt, und warten, dass sich ihre Augen umgewöhnten. Endlich konnte sie die Fässer und Stiegen voll Gemüse und Obst sehen.

Sie würde ihm anbieten, ihm seine Hälfte der Farm abzukaufen, überlegte sie sich, während sie Kartoffeln, Äpfel, Möhren, Zwiebeln und noch mehr Kartoffeln in ihren Korb füllte. Nicht direkt, aber in absehbarer Zeit, wenn er wieder gesund sein und allmählich unruhig werden würde. Er würde bestimmt unruhig werden. Er war schließlich kein Farmer, und ein Vater war er auch nicht gerade. War er nicht damals, als Ruth noch kaum laufen konnte, augenblicklich losgezogen, sobald er die Kanonen gehört hatte? Er würde nur zu froh sein, etwas Geld zu bekommen, froh über die Möglichkeit, ein neues Leben zu beginnen. Und dann würde alles wieder so werden, wie es sich gehörte. Sie und Ruth würden weiter auf der Farm leben. Sie würde Ruth aufziehen – schließlich brauchte ein Mädchen eine Mutter. War es nicht genau das, was Mathilda gewollt hätte? Beim Gedanken an ihre Schwester begann Amandas Herz heftig zu klopfen, und ihr Atem kam nur noch flach und stoßweise. Es war nicht genug Luft in dem kalten, dunklen Keller. Während das Gemüse aus dem Korb, den sie fallen ließ, auf den Boden rollte, stolperte sie die Stufen aus gestampfter Erde hinauf und hinaus in den strahlenden Tag.

Amanda

Ein paar Wochen später, als es Mama etwas besser ging und sie zwar nicht normal reden konnte, aber zumindest nicht mehr diese entsetzlichen Geräusche von sich gab, erzählte ich meinem Vater von dem Morgen, als ich Mathilda und Carl zusammen bei der Insel gesehen hatte.

Ich dachte, er würde sie wegschicken, damit sie »sich die Sache noch einmal überlegte«, so wie ich zu Cousine Trudy geschickt worden war, als Joe mir den Hof machte, aber er seufzte bloß und fuhr fort, meiner Mutter das wellige Haar mit ihrer silbernen Bürste zu glätten.

»Ein Schwiegersohn wäre eine feine Sache«, sagte er endlich. »Und jetzt, wo Mathilda mit der Schule fertig ist, kann sie bei deiner Mutter mithelfen. Du könntest auf die Schwesternschule, wie du es dir gewünscht hattest.«

Was dachte er sich eigentlich? Ich konnte doch jetzt nicht auf die Schwesternschule! Nicht jetzt, wo Mama mich mehr denn je brauchte!

Eines Tages hielten mich Miss Sitzer und Mrs. Zinda auf der Straße an. »Ist es nicht wunderbar, was deine Eltern für die jungen Leute alles machen?«, riefen sie aus und schüttelten den Kopf und schnalzten entzückt mit der Zunge. Sie sagten es so, als wäre ich eine von ihnen und nicht wie meine Schwester oder überhaupt ein junger Mensch. Die Leute mögen offenbar Hochzeiten. Wer im Einzelnen heiratet, oder was es für Auswirkungen auf das Leben anderer haben wird, interessiert sie nicht weiter.

Ich war Mathildas Brautjungfer. Ich wünschte den beiden alles Glück auf Erden. Und dann ging ich auf die Schwesternschule. So, wie ich es mir schon immer gewünscht hatte.

Sie schälte Kartoffeln und ließ die fertigen in einen Topf mit kaltem Wasser fallen, damit sie nicht grau anliefen.

»Hunger«, sagte Ruth und stellte sich neben sie.

»Dann hättest du eben beim Frühstück mehr essen sollen, stimmt's? Ich habe keine Zeit, dich den ganzen Tag zu füttern.«

Aber sobald sie mit dem Schälen fertig war, schmierte sie Butter auf eine Scheibe Brot und bestreute das Ganze dick mit braunem Zucker.

»Du setzt dich jetzt hier hin und isst das«, sagte sie und hielt das Brot über Ruths Kopf, bis das Kind auf einen Stuhl geklettert war. »Ich will keinen Zucker und Krümel auf meinem schönen sauberen Fußboden.«

»Sie hätten heute kein so großes Essen zu kochen brauchen«, sagte Rudy, als sie sich zu Schweinekoteletts und Bratkartoffeln an den Tisch setzten. »Carl wird bestimmt hungrig sein. Ich hätte warten können.«

»Unsere Hauptmahlzeit nehmen wir hier mittags ein«, sagte Amanda. »Das weiß er.«

»Na ja, das eine Mal, hab ich gedacht.«

»Carl möchte ganz bestimmt nicht, dass wir seinetwegen alle unsere Gewohnheiten ändern, Rudy.« Amanda steckte sich ein Stück Fleisch in den Mund und kaute es energisch. »Sind Sie mit dem Wagen fertig?«

»So gut wie«, erwiderte Rudy und machte sich ohne weiteren Kommentar über seine Kartoffeln her.

Als sie mit dem Essen fertig waren, trug Rudy die zusätzlichen Decken in die Scheune, und Amanda legte Backsteine zum Aufheizen in den Ofen. Dann rief sie Ruth vom Hof herein, wo sie im Schnee herumgetollt hatte, und führte sie nach oben, um sie umzuziehen.

Wie hat das Kind nur mitten im Winter Kletten in die Haare bekommen, wunderte sich Amanda, während sie Ruths verhedderte Strähnen sanft auseinander zupfte. Alle paar Sekunden erlag sie der Versuchung, sich vorzubeugen und ihr Gesicht an der wunderbar weichen, von der Kälte glühend roten Wange des Mädchens zu reiben.

Und dann streifte sie alles ab, was Ruth am Leib trug, und fing ganz von vorn an. Erst saubere Unterwäsche, dann ein langärmeliges Baumwollhemd, lange Wollstrümpfe, drei Unterröckchen und darüber ein Kittel. Letzte Nacht war sie gerade rechtzeitig mit einem ausgefallenen Wolljäckchen fertig geworden, das sie eigens für diesen Nachmittag gestrickt hatte. Es besaß einen cremefarbenen Untergrund und war mit Rosenknospen in fünf verschiedenen Farben übersät, jede einzelne ein Knötchenstich. Sie hatte Monate daran gearbeitet. Jetzt hielt sie die Jacke hoch, damit Ruth sie bewundern konnte.

»Ist sie nicht einfach wunderhübsch, Ruthie?«

Ruth betastete einen farbigen Knubbel. »Ich mag die blauen«, sagte sie.

»Siehst du? Das sind Blumen. Rosen.«

»Rosen«, wiederholte Ruth.

»Streck deinen Arm aus.«

Jetzt wo Ruth so dick eingepackt war, hatte Amanda Schwierigkeiten, ihr das Jäckchen überzustreifen, aber zuletzt hatte sie sie erfolgreich hineingezwängt und machte die Knöpfe bis unters Kinn zu. Als alles fertig war, sah Ruth ein bisschen ausgestopft aus, aber trotzdem entzückend. »Ach, du Engelchen!«, rief Amanda aus und drückte sie ein bisschen an sich.

»Kratzt.« Ruth zog am Halsausschnitt.

»Nein, Liebes, du leierst es noch aus.«

»Nein, kratzt! Es kratzt!« Ruth wand sich und stampfte mit dem Fuß auf. Sie fing an, die Jacke aufzuknöpfen.

»Ruth, es kratzt nicht.« Amanda zog die Hände des Kindes von den Knöpfen weg und machte die zwei wieder zu, die Ruth schon geöffnet hatte. »Warte, bis du draußen bist. Dann siehst du, wie schön warm es hält. Dann magst du's bestimmt.«

Ruth warf den Kopf in den Nacken und schrie zur Zimmerdecke: »Nein! Kratzt!« Sie zerrte am Halsausschnitt, an den Ärmeln.

Amanda packte sie am Handgelenk, und Ruth ließ sich schlagartig in die Knie sacken, warf den Kopf wild umher und trommelte mit den Hacken auf den Fußboden.

»Ruth Sapphira Neumann! Steh auf! Hörst du!«

Die Kleine war leicht und kompakt und trotz ihres Gezappels leicht zu handhaben. Mit einer einzigen flinken Bewegung legte Amanda sie sich übers Knie. Sie schlug fest zu, aber ihre Hand prallte von Ruths dick gepolstertem Po einfach ab. Ruth spürte kaum etwas, aber der Schreck, gezüchtigt worden zu sein, ließ sie noch lauter schreien.

»Sei still!«, kreischte Amanda noch lauter als Ruth. »Sei still!« Und dann, ganz plötzlich, brach sie selbst in Tränen aus. »Still.« Jetzt weinte sie die Worte. »Bitte sei still.« Ruth sah sie überrascht an, dann begann auch sie zu weinen.

Amanda sank neben Ruth zu Boden und zog sie sich auf den Schoß. Sie beugte sich über sie, so dass Ruth sich wie ein pralles weiches Bündel in die Höhlung ihres Körpers schmiegte, und legte die Wange auf den Scheitel des Mädchens. »Ach, mein Baby«, gurrte sie, vor und zurück schaukelnd. »Mein armes kleines Mädchen.«

Nach einer Weile schniefte sie und setzte sich auf. Das Strickjäckchen war ganz verdreht. Sie zog es wieder gerade und schloss die Knöpfe, die aufgegangen waren.

»Komm, waschen wir uns das Gesicht.« Ruth stand am Waschbecken, während Amanda erst ihr, dann sich selbst mit einem kalten Waschlappen über das Gesicht fuhr.

»Und jetzt müssen wir deine Haare wieder in Ordnung bringen.« Amanda hob Ruth hoch und stellte sie auf den Stuhl vor dem Frisiertisch. Da waren sie beide im Spiegel, die Augen verquollen, das Haar zerzaust, alles andere als das liebliche Bild, das Amanda sich kurz zuvor ausgemalt hatte. Zum zweiten Mal innerhalb von zwanzig Minuten kämpfte sie sich mit einer Bürste durch Ruths wirres Haar.

»Möchtest du eine Schleife?« Es war ein Risiko, Ruth zu fragen, denn tragen musste sie eine. Wirklich, ohne Schleife wäre das ganze Ensemble verdorben gewesen. Natürlich die blaue, die musste es sein. Aber Amanda war sich sicher, dass sie Ja sagen würde. Sie hielt Ruth die Schleife oben an den Kopf, damit sie das Ergebnis sehen konnte. Perfekt. »Und, sieht das nicht wunderhübsch aus?«

»Nein.«

Verärgert schob Amanda die Klammern trotzdem unter die Schleife und befestigte sie an Ruths feinem dunklen Haar.

»Jetzt lauf in dein Zimmer und spiel, während ich mich fertig mache«, sagte sie und hob sie vom Stuhl wieder herunter. Zu ihrer großen Erleichterung gehorchte Ruth.

Sein Bein würde heilen, redete sie sich ein, während sie sich die Haare bürstete, und dann würde er gehen. Vielleicht würde er versprechen, Geld zu schicken. Ruth würde wahrscheinlich ab und an eine Karte erhalten. Und nach vielleicht einem Jahr würden keine Karten mehr kommen. Er würde sich irgendwo ein neues Leben aufbauen, und sie und Ruth würden das ihre weiterführen – und zwar hier, wo sie hingehörten.

3

Vom Zug aus konnte Carl die beiden auf dem eisigen Bahnsteig warten sehen: Amanda mit einem kleinen Mädchen – das sein kleines Mädchen sein musste – auf dem Arm. Als er in der Tür des Waggons stand, deutete Amanda auf ihn und beugte sich zum Ohr des Kindes hinunter. Das Mädchen hob eine fäustlingsbewehrte Hand und winkte. Ihre Augen waren auf einen Hund mit einem roten Halsband gerichtet, der weit hinten auf dem Bahnsteig stand. Sie hätte sonst wem zuwinken können.

Er kam, auf zwei Stöcke gestützt, nur langsam voran. Es dauerte lange, bis er es zu ihnen geschafft hatte, einen unsicheren Schritt nach dem anderen, den Bahnsteig entlang, der ihm unter den Füßen wegzurutschen drohte, gegen den eisigen Wind ankämpfend. Amanda setzte Ruth ab, aber das Mädchen rannte ihm nicht entgegen. Die beiden standen da wie zwei Steinklötze und warteten auf ihn.

»Sag hallo zu deinem Papa. Willst du deinem Papa keinen Kuss geben?« Amanda gab Ruth einen leichten Schubs, aber das Kind schüttelte die Hand ab und stellte sich hinter die Tante.

»Mein Papa ist ganz weit weg.«

»Mach dir nichts draus, Carl«, begrüßte Amanda ihn. »Du weißt ja, wie Kinder sind.«

Er wusste es nicht. Er hatte keine Ahnung.

Rudy stand auf der Straße und hielt das Pferd am Zügel. Er schüttelte Carl die Hand und half ihm auf die Ladefläche. Er wird froh sein, dachte Carl, einen weiteren Mann auf der Farm zu haben, und unter der Last dieser Verantwortung schloss er für einen Augenblick die Augen.

Rudy hob Ruth hoch und wollte sie gerade über die Seitenwand des Wagenkastens schwingen, um sie neben Carl abzusetzen, als Amanda ihm die Hand auf den Arm legte.

»Ruthie möchte vorn bei mir sitzen«, sagte sie.

Sie kletterte auf den Sitz und beugte sich mit ausgestreckten Armen zu ihrem Mädchen hinunter. Dann setzte sich der Wagen mit einem Ruck in Bewegung.

Der Zug ließ gerade ein Pfeifen ertönen, als sie in die Straße einbogen, die aus dem Ort führte. Carl beobachtete, wie sich die Waggons schwerfällig vom Bahnsteig lösten, allmählich an Tempo gewannen und schließlich zügig davonrollten, um ihre Ladung von Männern weiter nach Minneapolis zu befördern, Sioux Falls, Pocatello und Spokane. Er legte sich zurück auf sein Lager aus Heu und Decken und starrte empor zum Schwindel erregenden Muster von Ästen vor dem dunkler werdenden Himmel, so dass er die Landschaft entlang des vertrauten Weges zur Starkey-Farm nicht sehen konnte. Nach dem, was er mitbekam, hätten sie genauso gut nach Chicago unterwegs sein können. Rudy sah sich ein paar Mal nach ihm um.

»Die Reise war zu viel für ihn«, sagte er leise zu Amanda. »Lassen Sie ihm noch ein paar Tage Zeit. Er rappelt sich schon wieder auf.«

»Ist im Handumdrehen wieder auf den Beinen«, sagte Amanda.

Amanda

Es war gleich von Anfang an offensichtlich, dass er nicht im Stande sein würde, für Ruth zu sorgen. Zunächst einmal hatte sie nichts für ihn übrig. Das konnte ich gleich sehen. Und dann gab er sich keinerlei Mühe, nicht die geringste Mühe. Er war genau so, wie ich es erwartet hatte.

Mathilda und Carl heirateten im Dezember, als sie sich gerade sechs Monate kannten – ein merkwürdiger Zeitpunkt zum Heiraten, sagten die Leute mit wissendem Lächeln, und sie hatten Recht, auch wenn sie nichts wussten. Es wäre nie so schnell passiert, wenn unser Vater ganz er selbst, wenn unsere Mutter gesund gewesen wäre. Gerüchte flammten auf wie Präriefeuer, aber ich erstickte sie. Mittlerweile hätten die Leute wissen müssen, dass Mattie ein anständiges Mädchen war; ihr fehlte es nur an Geduld.

Aber Carl war, soweit ich sehen konnte, überhaupt nichts Besonderes. Er führte Mathilda auf jeden Tanz, und ich muss zugeben, dass er ein guter Tänzer war, aber er konnte keine zwei Worte reden, solange es nicht um Pferde ging, und er hatte nicht einen Penny zurückgelegt. Man heiratet nicht bloß, um einen Tanzpartner zu bekommen, sagte ich zu Mattie, aber meine Schwester war unbesonnen und halsstarrig. Sie wollte einfach nicht auf mich hören. Was wusste ich denn schon, warum Leute heirateten?

Meine Mutter war zu krank, um an der Feier teilzunehmen, also half ich ihr anschließend in ihr rosa Bettjäckchen, und sie saß, auf Kissen gestützt, da und wartete darauf, dass das frisch getraute Paar zu ihr kommen würde.

»Sieh dir nur die Blumen an, die wir im Geschäft in Milwaukee gefunden haben, Mama«, sagte Mathilda und hielt unserer Mutter das Bündel Treibhauslilien so nah unter die Nase, dass sie erschrocken zurückwich. »Wer würde erwarten, dass es im Dezember solche Blumen zu kaufen gibt!« Sie hielt sich die Lilien vor den Körper, den Unterarm anmutig erhoben, um ihre Köpfe zu stützen – ganz die Pose einer jungen Braut. »Amanda«, forderte sie mich auf, »lauf schnell runter und hol eine Vase.«

Mama versuchte, etwas zu sagen. Sie verkrampfte und entkrampfte die Finger ihrer gesunden Hand und kaute an irgendwelchen unzusammenhängenden Silben herum. Schließlich streckte sie uns die Hand entgegen. Ich ergriff sie.

»Was ist, Mama? Was möchtest du?«

Doch sie schüttelte den Kopf und riss sich von mir los. Sie streckte Carl die Hand entgegen. Sie wollte, dass *er* ihre Hand nahm. Sie wollte ihn in der Familie willkommen heißen. Das war so typisch Mama, ungeachtet ihrer Krankheit so liebenswürdig zu sein!

»Lauf runter und hol eine Vase, Amanda«, forderte mich Mathilda noch einmal auf. »Ich möchte die Blumen für Mama hier lassen.«

Bevor ich das Zimmer verließ, blieb ich an der Tür stehen und blickte mich um. Was für ein hübsches Bild sie doch abgaben. Mathilda hatte Carl die Lilien in die Hand gedrückt, und jetzt stand er da und hielt sie ihr, während er meinem Vater erzählte, Frenchie habe auf dem Weg hierher auf der rechten Vorderhand gelahmt. Neben ihm Mathilda, das Gesicht von den Ringellöckchen umgeben, die uns an dem Morgen Stunden Arbeit mit der Brennschere gekostet hatten, nach vorn gebeugt, um das Seidentuch fester um den Hals unserer Mutter zu legen. Offenbar hatte ich sie nicht warm genug angezogen.

Was dann passierte, kann ich überhaupt nicht erklären. Normalerweise bin ich nämlich sehr vorsichtig, besonders mit Mamas Kristallsachen. Sie war ungeheuer stolz auf diese Stücke – die elf Kelchgläser, die Wasserkanne und die Vase mit dem kannelierten Rand. Sie benutzte sie äußerst selten. Und wie sehr wünschte ich, ich wäre nicht auf den Gedanken gekommen, die Vase an dem Tag zu benutzen, aber sie erschien mir wie geschaffen für diesen besonderen Anlass.

Ich stellte den Tritthocker fest auf den Boden, und kletterte anschließend bis ganz nach oben; und selbst dann musste ich mich noch recken, mich auf die Zehenspitzen stellen, die Hand weit ausstrecken. Ich hatte die Vase fest im Griff. Ich bin mir absolut sicher. Aber auf einmal war sie irgendwie weg. Ich hielt nichts in der Hand, und mit einem Geklirr, von dem mir selbst jetzt, wenn ich nur daran denke, noch schlecht wird, zerschellte die Vase auf dem Boden.

Da kamen sie alle angerannt, Mathilda, Carl und Vater die Treppe herunter, Rudy aus der Küche, und ich stand über ihnen auf dem Hocker und starrte meine Hände an. Ich hoffte vermutlich, ich würde bluten, ich könnte irgendeine Verletzung vorweisen, um das, was ich getan hatte, zu entschuldigen, aber es war nichts zu sehen, nur die Glasscherben, über den ganzen Boden verstreut.

Carl fing an, die Scherben aufzulesen, und fragte, ob wir Klebstoff hätten, und Mathilda bückte sich ebenfalls, um ihm zu helfen. Doch ich ging den Besen holen und schob die beiden beiseite. Das Ding war hin. Und je eher wir das alle begriffen, desto besser.

Von seinem Bett aus sah Carl durch die offene Küchentür zu, wie Ruth ihre Steckrüben mit Speck aß. Einmal sagte er etwas, fragte sie mit einer gekünstelt herzlichen Stimme, ob sie Steckrüben möge. Er selbst habe sie nie gemocht, erklärte er und kam zu keinem Ende, hörte seiner eigenen Stimme zu, als wäre es die eines Fremden. Ruth gab keine Antwort. Stattdessen drehte sie sich herum und ließ sich bäuchlings von ihrem Stuhl auf den Boden gleiten, durchquerte das Zimmer und machte die Tür zwischen ihnen beiden zu.

»Es ist zu laut in diesem Haus«, sagte sie.

Amanda schimpfte Ruth aus und beeilte sich, die Tür wieder zu öffnen, aber es war komisch, ihre eigenen Worte aus dem Mund des kleinen Mädchens zu hören. Sie musste lächeln.

»Sag gute Nacht zu deinem Papa, Ruth«, befahl Amanda ihr, nachdem der Tisch abgeräumt war. Und als das Kind nicht tat, wie ihm geheißen, was sie beide eigentlich auch nicht anders erwartet hatten, sah Carl wieder ein befriedigtes Lächeln auf Amandas Gesicht, auch wenn sie rasch den Kopf senkte, um es zu verbergen.

Er horchte auf Ruths gleichmäßige Schrittchen, zwei pro Stufe, und dann auf das Knarren der Dielen, das Quietschen der Kommodenschubladen; und dann hörte er Schluchzer: ein Geräusch, das verblüffend anders war als Ruths dünnes, durchdringendes Säuglingsgeschrei, an das er sich von früher her noch erinnern konnte. Die arme Kleine, dachte er anfangs, ohne eine Mutter, die sie tröstet, hat Angst vor dem Dunkeln. Aber das nervtötende Geräusch hörte nicht auf, und er presste sich das Kissen gegen die Ohren. Warum tat Amanda nichts, damit es aufhörte? Und dann begriff er, dass Ruth gar nicht weinte, sondern lachte.

»Noch mal«, schrie sie. »Noch mal!«

Amanda blieb lange oben. Carl war schon fast eingeschlafen, als sie endlich herunterkam und sich an den Abwasch machte.

»Ich hätte sie nicht so toben lassen dürfen«, sagte sie. »In der Hinsicht ist sie ganz wie Mathilda, man bekommt sie einfach nicht ins Bett.«

Daran konnte sich Carl im Zusammenhang mit Mathilda gar nicht entsinnen. Er erinnerte sich, ihr oft am frühen Morgen beim Träumen zugesehen zu haben, oder daran, wie sie sich ganz einmummelte, dass nur noch die Oberseite ihres Kopfes herausschaute, oder, ohne es zu wissen, den Arm um ihn legte und ihn festhielt. Aber Amanda hatte wahrscheinlich Recht. Sie hatte fast zwanzig Jahre mit ihrer Schwester zusammengelebt, während er nur drei Jahre lang ihr Mann gewesen war und sie davon nicht einmal zwei im selben Land verbracht hatten.

Amanda hantierte mit sparsamen Bewegungen in der Küche, spülte das Geschirr, räumte Dinge weg, und Carl wurde bewusst, dass er nicht die geringste Ahnung hatte, wo etwas hingehörte.

»Vielleicht sollten Ruth und ich wieder auf die Insel ziehen«, schlug er vor.

»Das wäre wohl kaum machbar.«

»Da hast du wahrscheinlich Recht.«

Amanda schüttelte ihr Geschirrtuch aus. »Im Handumdrehen bist du wieder auf den Beinen.«

»Bestimmt«, sagte er, bemüht, herzlich zu klingen, so zu tun, als ob schon sehr bald alles in Ordnung sein würde. »Bis zur Aussaat bin ich wieder einsatzbereit.«

Amanda blies die Lampe aus, und die Küche versank in Schwärze.

»Wir werden sehen«, sagte sie aus der Dunkelheit.

Er lauschte ihren schweren Schritten auf der Treppe, auf das Knarren des Fußbodens in ihrem Zimmer und schließlich sogar auf das Ächzen der Matratze, als sie sich ins Bett legte. Und dann konnte er nur noch den Wind hören, der an den Schindeln und den Fensterscheiben rüttelte.

Amanda

Nachdem Mathilda und Carl geheiratet hatten, musste ich im kleinen Zimmer hinter der Küche schlafen. Den ganzen Winter lang konnte ich nachts ihr Geflüster und Lachen hören. Ich konnte ihr Bett wackeln hören.

Dann brauchten sie ein Haus ganz für sich allein, ein Haus auf meiner Insel, meinte jedenfalls Mathilda. Den ganzen Frühling und Sommer arbeiteten sie daran, aber jeden Tag ruderten sie zur Farm zurück – Carl, um meinem Vater zu helfen, und Mathilda, um nach unserer Mutter zu sehen, der es mittlerweile schon viel besser ging, und um die Hausarbeit zu erledigen. Ich wurde überhaupt nicht mehr gebraucht. Die Universität hatte meine Bewerbung für die Schwesternschule angenommen, und ich fing an, meinen großen Koffer zu packen.

Es war schon ein eindrucksvolles Bild, als ich, meinen neuen Hut auf dem Kopf, im Kreis der Familie, die sich vollzählig von mir verabschieden wollte, auf dem Bahnsteig stand. Sie schenkten mir alle etwas: meine Eltern einen silbernen Füller, meine Schwester ein Notizbuch aus rotem Maroquinleder und Carl ein Vogelhäuschen, was mich überraschte, weil ich Vögel wirklich gern hatte, aber man von einem Jungen nicht erwarten würde, dass er derlei bemerkt. Ich dankte ihm natürlich. Ich bewunderte die schöne Arbeit und die drolligen Schindelchen auf dem Dach, die kleinen Fensterläden an beiden Seiten des Einfluglochs, die dem Ganzen das Aussehen eines richtigen Hauses verliehen. Aber was stellte er sich eigentlich vor, wie ich so ein Ding bis nach Madison schleppen sollte? Was glaubte er wohl, wo ich es hintun würde, wenn ich da ankam?

Ich würde keinen Staketenzaun haben, um es daran aufzuhängen. Ich könnte von Glück sagen, wenn ich überhaupt ein eigenes *Fenster* haben würde.

»Ich bewahr's für dich auf«, sagte Mathilda.

Als der Zug abfuhr, standen sie alle auf dem Bahnsteig und winkten, nur meine Schwester nicht, da sie keine Hand frei hatte.

Ich mache ihnen keinen Vorwurf – ein Ehepaar braucht schließlich seine eigenen vier Wände. Aber trotzdem, wenn sie ihr Haus nicht auf meiner Insel gebaut hätten, wäre Mathilda nicht ertrunken. Wenn man's bei Licht betrachtet, ist es wirklich so simpel.

Carl träumte nicht oft von Mathilda, obwohl er es durchaus versuchte. Er dachte an sie, wenn er im Bett lag, und versuchte dadurch, sie in seinen Träumen erscheinen zu lassen. Manchmal erinnerte er sich an den Tag, an dem sie sich kennen gelernt hatten, als er sie mit auf die Achterbahn genommen hatte, und daran, wie sehr es ihr gefallen hatte. Sie wollte immer wieder fahren, und er hatte Gott dafür gedankt, dass er genügend Geld dabeihatte, um sie einzuladen. Schon nach der ersten Fahrt hatte er festgestellt, dass ihm die Achterbahn selbst überhaupt keinen Spaß machte – bei den plötzlichen Abwärtsfahrten wurde ihm ganz schlecht –, aber das war kein zu hoher Preis für das Vergnügen zu spüren, wie sie sich an seinen Arm klammerte, zu hören, wie sie glückliche Schreie ausstieß, und zu fühlen, wie ihr weiches Haar sein Gesicht berührte. Er wäre den ganzen Nachmittag lang mit ihr gefahren, hätte ihre Schwester, die solange mit grimmigem Gesicht, den Picknickkorb am Arm, unten gewartet hatte, nicht zuletzt die Geduld verloren.

»Jetzt reicht's. Du musst es immer zu weit treiben«, hatte Amanda gesagt und Mathilda, die Finger fest um ihr Handgelenk geschlossen, weggezerrt, noch bevor er sich hatte verabschieden können. Als Mathilda sich umgedreht und ihm, ehe sie von der Menschenmenge verschluckt wurden, mit der freien

Hand zugewinkt hatte, war er froh darüber, sie in weiser Voraussicht bereits eine Stunde vorher nach ihrer Adresse gefragt zu haben.

Daran dachte er also, bevor er einschlief, aber seine Träume ließen sich wie üblich nicht in die gewünschte Richtung lenken. Sie führten ihn weit weg von Mathilda, zurück nach Frankreich, wo der graue Rauch sich mit dem grauen Nebel vermischte, in den Schützengraben, in dem er sich mit Sims und McKinley, zwei Jungs aus seiner Einheit, ausgeruht hatte, bis eine Explosion ihn mit völlig verdrehten Gliedmaßen wie einen Kartoffelsack in den halb gefrorenen Schlamm geschleudert hatte. Er erinnerte sich, wie er abgehoben, aber nicht, wie er wieder gelandet war.

Er hatte die Augen geöffnet und ein Stöhnen gehört. Es war Pete McKinley, der, vielleicht fünf Meter von ihm entfernt, auf der anderen Seite des Schützengrabens, krampfhaft versuchte, sich aufzurichten. Zwischen ihnen lag Henny Sims wie ein regloses Kleiderbündel. Carl wollte gerade McKinley etwas zurufen, als dieser mit einem seltsamen, entsetzten Ausdruck im Gesicht erstarrte. Er sah in McKinleys Blickrichtung, zum Rand des Schützengrabens. Drei Krauts starrten mit aufgepflanzten Bajonetten zu ihnen herab.

Sein Körper zuckte unwillkürlich zusammen, aber die Deutschen sahen noch nicht einmal in seine Richtung. Sie nahmen offenbar an, er sei tot oder zumindest noch immer bewusstlos. Schon kletterten sie gemeinsam in den Schützengraben, kamen auf McKinley zu, der es inzwischen geschafft hatte, auf die Knie zu kommen. Einer von ihnen blieb neben dem liegenden Sims stehen und drehte ihn mit dem Bajonett auf den Rücken. Carl konnte erkennen, dass mit Sims etwas nicht in Ordnung war. Sein Kopf sah irgendwie komisch aus. *»Tot«*, sagte der Krautfresser, und Carl begriff, dass Hennys Kopf zur Hälfte weg war.

»Mein Gewehr«, dachte Carl, und er glaubte, danach zu greifen, meinte sogar, schon zu stehen, bereit, ihnen in den Rücken zu schießen, aber es war nur eine Einbildung. Sein

Körper blieb bewegungslos und platt auf den Boden gedrückt liegen.

Und dann war alles rot. So endete sein Traum, der kein Traum war, immer: mit einem Rot, das alles andere tilgte.

Es war noch immer dunkel, als die Tür knallte und Amanda, mit geröteten Wangen, stampfenden Füßen, vom Melken zurückkam.

»Fertig fürs Frühstück?«, fragte sie, den Kopf durch den Spalt seiner Tür gesteckt. Kälte umgab sie, und sie hauchte sich auf die Fingerspitzen.

Als er es bis in die Küche geschafft hatte und sich auf einen Stuhl fallen ließ, saß Ruthie schon am Tisch. Wie ein Hund, der sein Futter bewacht, ließ sie Carl nicht aus den Augen, während sie sich mit unbeholfen gehaltenem Löffel Puffreis in den Mund schaufelte. Amanda schlug flink Eier am Rand einer blauen Emailschüssel auf.

»Wenn du als Erstes ihr Grab besuchen möchtest, fährt Rudy dich hin«, sagte sie. »Ruth ist fest entschlossen mitzukommen, nicht wahr, Ruthie?« Sie wischte dem Mädchen das Gesicht mit einem Geschirrlappen ab und hob es vom Stuhl herunter.

Der Gedanke erschreckte ihn. Ihm wurde bewusst, dass er sich halb vorgestellt hatte, Mathilda sei gerade irgendwo anders, vielleicht zu Besuch bei einer Cousine oder wieder im Inselhaus. Er hatte beinahe damit gerechnet, dass sie zurückkehren würde.

»Ich glaube nicht, dass ich das jetzt schon kann.«

»Oh, aber Carl«, sagte sie vorwurfsvoll, »du solltest wirklich hin. Was würden sonst die Leute denken? Und hier«, fügte sie hinzu, trat hinaus auf die hintere Veranda und kehrte mit einer Hand voll mit roten Beeren besetzter Zweige zurück. »Ich habe gedacht, dass du die hier vielleicht mitnehmen möchtest. Ich weiß, es sind keine richtigen Blumen, aber zu dieser Jahreszeit kann man nicht allzu wählerisch sein.«

Ruth stellte sich auf die Zehenspitzen und reckte die Arme weit nach oben. »Hübsch«, sagte sie, »hübsch.«

»Nein, nein, Schätzchen. Die sind nicht für dich. Siehst du, die haben Dornen.« Sie stach sich in einen Finger, und es bildete sich eine rote Blutperle. Sie hielt sie Ruth hin, als wäre sie eine Auszeichnung.

Ruth

»Ho«, hat er gesagt, und Frenchie ist stehen geblieben. Ich konnte über die Mauer sehen, wo die ganzen Steine waren.

»Hupp«, hat Rudy gesagt, und ich war in der Luft, und dann war ich auf dem Schnee.

Der Schnee war hart, wie Kekse. Da waren keine Fußspuren drauf. Ich war ganz vorsichtig. Ich bin mit den Füßen geschlittert. Ich hab versucht, den Schnee nicht kaputtzumachen. Der Mann, der mein Papa war, hat mich gelassen. Er hat nicht gesagt, dass ich mich beeilen soll. Er hat mit seinen Stöcken Löcher in den Schnee gemacht. Loch, Schritt. Loch, Schritt. Ich hätte auch gern einen Stock gehabt.

Wir sind an den blöden grauen Steinen langgegangen und dem Stein, der schläft, und dem mit dem Boot. Ich wusste den Weg. Tante Mandy und ich waren schon ganz oft da gewesen. Wir sind den Hügel hoch und dann auf der anderen Seite wieder runter. Wir sind zu dem Stein, wo der Name meiner Mama draufsteht. Da war überall Glitzereis drauf.

Er hat »Mathilda« gesagt, und da hab ich gewusst, dass er Mama meinte.

Ich hab hinter den Stein geguckt, wie ich das immer tu. Tante Mandy sagt, da ist sie auch, aber ich hab sie da nie gesehen.

»Wo ist sie?« Tante Mandy wollte mir das nie sagen, aber er vielleicht ja.

»Im Himmel«, hat er gesagt, immer die gleiche blöde Antwort, wo ich so schlau war wie vorher. Und er hat geweint.

Da hab ich dann auch geweint, weil er weinte. »Warum gehen wir dann nicht da hin und holen sie?«

Der Himmel war da, wo wir mit Tante Mandy gewohnt haben, bis meine Mama nicht zurückgekommen ist.

»Eines Tages kommst du da hin«, hat er gesagt, »aber das dauert noch ganz, ganz lang.«

Ich hab meine Hand auf den glatten Eisstein gelegt. Ich hab mit der Hand drauf geglitscht, immer hin und her. Ich hab drauf gewartet, dass er sagt, jetzt sollten wir nach Haus. Aber er ist einfach da im Schnee knien geblieben.

»Warum ist sie in den Himmel gegangen?«

»Sie ist ertrunken, Ruth. Sie ist im Wasser untergegangen, und sie konnte nicht wieder hoch.«

Da hab ich gewusst, dass ich Recht hatte. Der Himmel war da, wo wir gewohnt hatten, weil da auch das Wasser war.

»Sie hat mich auch ertrunken«, hab ich gesagt. »Das Baby hat geweint und geweint.«

»Welches Baby?«

»Das Eisbaby. Als Tante Mandy nicht auf uns gewartet hat.«

»Wovon redest du denn? Wann hat Tante Mandy nicht auf euch gewartet?«

»Als ich ertrunken bin.«

Er hat geweint, und er hat gelächelt. »Keine Angst, Ruth.« Er hat sich das Weinen aus dem Gesicht gewischt und hat mir die Hand auf den Kopf gelegt. »Du bist nicht ertrunken. Du bist hier bei mir.«

Ich war hier, aber er war nicht da gewesen. Also wie wollte er das wissen?

Als Carl mit Ruth vom Friedhof zurückkehrte, legte er sich wieder ins Bett und blieb auch da. Jeden Morgen zog Amanda die Vorhänge auf und brachte mit jedem unwirschen Ruck am Stoff ihre Missbilligung zum Ausdruck.

»Fertig?«, fragte sie, aber sie meinte das nicht als Frage.

Überraschenderweise war er nach den ersten paar Malen tatsächlich fertig. Zweimal am Tag, morgens und abends, schlug sie ohne viel Umstände die Decken zurück, dass er der kalten Luft ausgesetzt war, und schrubbte mit forscher Effizienz sein verwundetes Bein ab. Dann bog sie es, verdrehte es, drückte und knetete es mit ihren langen, dünnen Fingern, bis er vor Schmerz aufheulte.

»Um Himmels willen«, sagte sie, »beiß ins Kissen, wenn du einen solchen Lärm veranstalten musst. Du darfst auf keinen Fall Ruth erschrecken.« Und während sie ihm mit Honig bestrichene Binden um die Wunde wickelte, warnte sie ihn: »Ich werde damit weitermachen müssen, bis du halbwegs allein zurechtkommst.«

Er nickte und versprach ihr, es zu versuchen, aber eigentlich hatte er keinerlei Interesse daran, sich um seine Genesung zu bemühen. Er schaffte es gerade so, sich in einen Sessel zu setzen und die Suppe mit den pochierten Eiern zu essen, die sie ihm gebracht hatte, während sie seine Kissen energisch aufschüttelte, das Bett neu bezog und das saubere Laken ein-, zweimal in der Luft knallen ließ, bevor sie ihm gestattete, sich wieder hinzulegen.

Sie machte ihm Angst. Er wusste, dass sie ihn ablehnte, dass sie der Meinung gewesen war, er sei für ihre Schwester nicht gut genug. Er hatte versucht, sich mit dem Vogelhäuschen bei ihr einzuschmeicheln, aber es hatte nicht geklappt, und Mattie hatte an dem Tag geweint, als er es vom Zug hatte wieder nach Haus tragen müssen. Er wusste, dass sie über Mathildas Tod nicht reden wollte, aber der Schmerz in seinem Bein machte ihn wütend und kühn.

»Amanda«, sagte er eines Abends, als sie mit seiner Medizin hereinkam, »warum habt ihr damals eigentlich auf der Insel gewohnt?«

Sie sah ihm mit ihren harten blauen Augen direkt ins Gesicht. »Aber Carl, das war doch euer Zuhause. Es versteht sich von selbst, dass Mattie da wohnen wollte. Hast du deine Medizin genommen?«

»Ja. Aber warum ist sie dann weggegangen? Wo wollte sie hin?« Carl stemmte sich hoch, bis er, die Kissen im Rücken, aufrecht saß. »Was ich nämlich nicht begreife, ist«, fuhr er fort, ohne Amandas Antwort abzuwarten, »warum sie Ruth allein gelassen hat. Warum in aller Welt hat sie Ruth nachts in dem Haus allein gelassen?«

»Ruth war nicht allein, Carl. Ich war bei ihr.« Amanda ging ans Fenster und blieb, den Rücken zu ihm gewandt, vor dem dunklen Glas stehen, in dem sich ihre Gestalt spiegelte. »Außerdem weißt du doch, wie leichtsinnig sie war, Carl. Ständig ging Mattie Risiken ein, ständig tat sie Dinge, die sie nicht hätte tun dürfen, Dinge, von denen ich ihr abgeraten hatte. Sie fand wahrscheinlich, es sei eine schöne Nacht zum Schlittschuhlaufen, und dachte nicht einmal daran, sich zu vergewissern, dass das Eis trug. Das wäre typisch Mattie gewesen.« Sie zog die Vorhänge zu und drehte sich wieder ihm zu.

»Dann trug sie also ihre Schlittschuhe? Als man sie gefunden hat?«

Amanda reagierte gereizt und machte eine wegwerfende Handbewegung. »Sie ist tot, Carl. Was spielt das jetzt noch für eine Rolle?«

»Aber ... ich habe sie geliebt«, war alles, was ihm einfiel. »Warum darf ich es nicht wissen?« Er wusste, dass er wie ein kleiner Junge klang, aber er konnte nicht anders.

»Wenn du sie geliebt hast, dann müsstest du es verstehen. Aus Liebe tut man Dinge, die man hinterher ...« Ihr Lächeln war so hart und bitter, dass Carl Angst bekam und sich unwillkürlich die Decke an die Brust drückte. »Aber dann ist es zu spät. Dann bleibt einem nur noch die Reue.« Dann änderte sich ihre Stimmung, und sie klopfte ihm munter auf die Füße, während er sich dabei zwang, nicht zusammenzuzucken. »Ich habe da etwas, was dich bestimmt interessieren wird.«

Sie ging aus dem Zimmer, aber ehe er sich entspannen konnte, war sie auch schon wieder da. »Hier«, sagte sie und legte ihm ein aufgeschlagenes Album auf den Schoß, so dass es auf sein wundes Bein drückte. »Sieh dir das an. Es stand in der Zeitung. Das dürfte alle deine Fragen beantworten.«

Auf dem Weg hinaus blieb sie an der Tür stehen. »Carl«, sagte sie, »ich weiß, dass es dir Leid tut, sie verlassen zu haben.« Und dann ließ sie ihn allein.

Die Zeitungsausschnitte schienen nichts mit seiner Mathilda zu tun zu haben. Sie verrieten Carl nichts von Bedeutung, nichts, was irgendetwas erklärt hätte. Dass Mathilda während der Nacht verschwunden war – es ergab für ihn keinen Sinn. Und was meinte Amanda damit, es tue ihm Leid, und dass man manchmal etwas aus Liebe tue …? Hatte Mathilda eine Verzweiflungstat begangen, weil er in den Krieg gezogen war? Sie hatte ihn angefleht dazubleiben, aber würde das nicht jede Ehefrau tun? Deswegen ertränkt sich doch nicht gleich jede, oder? Gegen Ende ihres Lebens – wie er jetzt wusste – waren Briefe, die er von ihr erwartet hatte, nicht gekommen, aber das war doch nur die Schuld der Feldpost gewesen, oder? Nein, dass Mathilda aus Liebe zu ihm ins Wasser gegangen sein sollte, konnte er sich nicht vorstellen. Er musste Amanda noch mehr Fragen stellen, zu einer anderen Gelegenheit, wenn sie in einer besseren Stimmung sein und er sich kräftiger fühlen würde. Vielleicht, sagte er sich schläfrig, war es eine andere Frau gewesen, die sie da im Eis gefunden hatten. Und vielleicht würde Mathilda morgen zurückkommen oder übermorgen, oder den Tag darauf.

Sie würde auf einmal da in der Tür stehen und ihn … wie würde sie ihn ansehen? Er war so lange von ihr getrennt gewesen, dass ihm das Spektrum ihrer Ausdrucksmöglichkeiten schon entfallen war. Er konnte sie sich nur in einigen wenigen Situationen vergegenwärtigen – Momenteindrücke ihres Gesichts, die ihm aus keinem bestimmten Grund im Gedächtnis haften geblieben waren. Er blätterte das Album rückwärts durch: Mathilda, mit einem verzückten Lächeln über die neugeborene Ruth gebeugt; Mathilda, in zugleich stolzer und amüsierter Pose, mit zierlich gekreuzten Knöcheln, auf ihrem Hochzeitsbild; Mattie, die Zöpfe halb in Auflösung begriffen, mit ihrer Volksschulklasse, die Dritte von links; Mattie als Baby auf Amandas Schoß. Er sah einen Stoß von Bildern durch, die sich niemand die Mühe gemacht hatte einzukleben, sondern lediglich zwischen Vorsatzblatt und hinterem Deckel festgeklemmt waren. Auf einem saßen Mattie und Amanda auf dem Rand der Veranda. Mattie blickte von der Kamera weg, die Augen wie eine Katze zu Schlitzen zusammengekniffen, als versuche sie, etwas in der Ferne zu erkennen. Carl redete sich ein, sie schaue über den Rand der Fotografie hinaus ihn an.

Er hätte sie nicht als leichtsinnig bezeichnet. Übermütig vielleicht. Eigensinnig, das gewiss. Und entschlussfreudig. Er erinnerte sich, wie eilig sie es mit dem Heiraten gehabt hatte, als sie erst einmal seinen Antrag angenommen hatte. Aber verrückt war sie nie gewesen. Dass sie mitten in der Nacht auf dünnem Eis spazieren ging, das konnte er sich beim besten Willen nicht vorstellen. Aber als er das Album zuklappte, rief sich Carl ins Gedächtnis, dass er im Lauf der letzten Jahre Menschen vieles hatte tun sehen, was er sich niemals hätte vorstellen können. Manchmal wusste man wirklich nicht, was jemand tun würde. Sie war ohnehin fort. Er würde sie nie wieder sehen. Carl vergrub den Kopf im Kissen und wartete auf seinen Traum.

Carls Wunde interessierte Amanda. So eine, eine die heilen würde, hatte sie im Krankenhaus nicht häufig zu sehen bekommen. Sie hatte nicht damit gerechnet, dass ihm nichts an seiner Genesung liegen würde, aber das spielte keine allzu große Rolle. Sein Körper tat trotzdem seine Arbeit, schied seinen reinigenden Eiter aus und produzierte sein Narbengewebe. Carl selbst wurde in der Angelegenheit gar nicht gefragt.

Während des Tages trieb Ruth sich immer wieder vor Carls Tür herum, neugierig wie eine Katze. Wenn er zwischendurch die Augen öffnete, sah er im Spalt zwischen Rahmen und Tür oft ihr Gesicht, das ihn anstarrte. Sobald sie sicher war, dass er sie gesehen hatte, rannte sie davon.

Sie fing an, ihm Sachen zu bringen. Sie legte sie auf das Fußende des Bettes, wenn sie glaubte, dass er schlief: einen Gallapfel, drei Kiefernzapfen, einen Gleisbolzen, eine Kardinalsfeder. Sie lockte ihn hinaus.

»Wo hast du das gefunden?«, fragte er.

Anfangs sagte sie nichts und dann: »Draußen.« Und schließlich: »Möchtest du raus?«

»Nein.«

Aber zuletzt, an einem dieser Tage, an denen der Frühling durch einen Riss im Winter hervorplatzt, als der Himmel von einem milden Blau war und das Wasser in allen Gräben rauschte, da änderte er seine Meinung. Er hatte von seinem Bett aus beobachtet, wie Ruth auf dem Hinterhof durch den Schneematsch und das durchweichte Gras rannte und schlitterte und mit ausgebreiteten Armen die Enten und die Gänse scheuchte. Spontan griff er nach einem seiner Gehstöcke und klopfte an die Scheibe. Erschrocken wandte sie sich zum Fenster um. Er winkte, und sie hob noch im vollen Lauf eine Hand und winkte zurück. Und irgendwie – na ja, es war nicht weiter verwunderlich bei dem glitschigen und unebenen Boden und ihrer noch etwas mangelhaften Körperkontrolle – verlor sie das Gleichgewicht und schlug längelang hin.

Noch ehe er einen Gedanken fassen konnte, war er aus dem Bett gesprungen, und dann, als sich die flimmernde Schwärze vor seine Augen legte, ebenso schnell wieder unten. Es ging vorüber, und er rappelte sich erneut hoch. Taumelnd und schwankend, mit seinem ganzen Gewicht auf beide Stöcke gestützt, mühte sich Carl durch die Tür, um sein kleines Mädchen zu retten. Aber wenn er erwartet hatte, sie am Boden schluchzend vorzufinden, kannte er Ruth schlecht. Er war noch nicht wieder auf den Beinen, als sie sich schon auf die Ente stürzte, die herangewatschelt war, um nachzusehen, was für ein seltsames Geschöpf da am Boden lag. Ihr Lächeln, bei dem ihre Kinderzähnchen erstaunlich weiß im schlammverschmierten Gesicht leuchteten, war das Letzte, was Carl sah, bevor einer seiner Stöcke nach rechts rutschte, der andere nach links und er sich erst flach auf dem Bauch, dann auf allen vieren vorfand, im Nachthemd durch den Matsch krabbelnd, während Ruth ihn begeistert über sein tolles Kunststück beobachtete.

»Was machst du da, Papa? Was machst du da?«

Amanda lachte, als die beiden ihr, durchweicht und dreckig, an der Hintertür entgegenkamen, aber schon bald presste sie die Lippen zusammen. Schließlich musste Carl begreifen, wie viel zusätzliche Arbeit er ihr machte, wenn er so mit Ruth herumkasperte. Obwohl heute kein Badetag war, würde sie jetzt Wasser aufheizen müssen, und so wie ihre Sachen aussahen, würde es einen ganzen Vormittag am Waschbrett kosten, sie wieder sauber zu bekommen – und es war fraglich, ob das bei Ruths Mantel überhaupt ausreichen würde.

Von da an gingen Carl und Ruth jeden Tag zusammen draußen spielen, und wenn Amanda ihnen, während sie ihre Arbeiten erledigte, über den Weg lief, wie sie gerade Schneeengel bauten oder mit Stöckchen Regatten in den eiskalten Wassergräben veranstalteten, reagierte sie mit einer Mischung aus Ärger und Freude. Sie musste zugeben, dass es nicht ganz unerfreulich war, Carl auf der Farm zu haben, auch wenn er bei den anfallenden Arbeiten keine große Hilfe war. Trotzdem, sollte er noch bis Ende des Herbstes bleiben, würde sie es schaffen, die Farm wieder auf Vordermann zu bringen, und dann konnte sie im nächsten Frühjahr ja immer noch einen zweiten Arbeiter einstellen.

»Ich nehme Ruth heute mit in den Ort«, kündigte sie eines Tages, Anfang April, während des Frühstücks an. »Sofern ihr beiden nichts anderes vorhabt.«

»Na ja, wir *wollten* eigentlich anfangen, unsere Puppenstube zu bauen, aber das kann bis heute Nachmittag warten«, sagte Carl und goss sich eine zweite Tasse Kaffee ein.

»Du könntest ja stattdessen Rudy helfen, den Wagen zu reparieren.«

»Könnte ich«, pflichtete Carl ihr bei. »Holst du die Post ab?«

»Das tu ich doch immer.«

Auf dem Postamt wartete Ruth geduldig auf den Kakao, den Amanda ihr versprochen hatte, und vertrieb sich damit die Zeit, dass sie die Hand durch die Staubkörnchen in einem Sonnenstrahl hin und her bewegte. Die Luft in dem Raum war kalt und klamm und roch nach Holz und Leim.

»Der Frühling kommt«, sagte Ramona Muller, die Postmeisterin, munter. Sie hatte das zu allen gesagt, die an dem Tag hereingekommen waren. Es war eine nette, unverfängliche Feststellung.

»Das will ich doch hoffen«, erwiderte Amanda.

Ramona war nicht enttäuscht. Die meisten Leute sagten etwas in dieser Richtung.

Amanda nahm ein altes Rundschreiben in die Hand und faltete es ziehharmonikaartig zusammen, während sie darauf wartete, dass Ramona hinter dem Schalter den Stapel Post durchsah.

»Wie ich höre, geht's Carl besser.«

»O ja, viel besser, danke.«

»Er kann von Glück sagen, dass er Sie hat, die ihm bei Ruth zur Hand geht.«

Amanda errötete. Carl bei Ruth zur Hand gehen? Sahen das die Leute etwa so? So war es ganz und gar nicht! »Nun, ein Mädchen braucht eine Mutter«, sagte sie schließlich.

Während die Frauen redeten, balancierte Ruth, die Füße exakt Hacke an Spitze setzend, eine Diele entlang bis zum niedrigen Fenster an der Vorderseite des Postamts. Ein Automobil kam langsam die Straße herangerollt. Ruths Erfahrungen mit Kraftfahrzeugen waren begrenzt, und eines wie dieses, mit einem besonderen Sitz hinten, um rückwärts zu fahren, hatte sie noch nie gesehen. Als der Wagen anhielt, stand der Junge von diesem Sitz auf, ging in die Hocke und sprang auf den Boden, so dass sich sein offener Mantel wie ein Ritterumhang hinter ihm blähte. Dann wartete er neben dem Wagen und polierte dabei dessen strahlend schwarze Flanke mit dem Ärmel, bis der Mann, der am Lenkrad gesessen hatte, vorn herumkam. Zusammen stiegen sie die Stufen zum Postamt hinauf, und Ruth stellte sich eilig wieder neben Amanda.

»Das ist wohl alles«, sagte Ramona, als sie einen kleinen Stoß Kataloge und Rechnungen auf den Schaltertisch legte. »Keine Briefe heute.«

Amanda legte die Post in ihren Korb, nahm Ruth bei der Hand und wandte sich zum Gehen. In diesem Moment flog die Tür auf und ließ einen Schwall frischer Aprilluft herein.

Amandas Herz krampfte sich zusammen, als könnte es genau da, mitten im United States Post Office, aufhören zu schlagen.

Der Mann in der Tür sah sie mit dem Anflug eines Lächelns an, mit zuckenden Mundwinkeln, Lachfältchen um die Augen, als amüsiere er sich über einen Witz, den nur sie beide verstehen konnten. »Amy«, sagte er.

Amanda sah für einen Moment verwirrt zu Boden. Schließlich besann sie sich auf die Regeln der Höflichkeit und gab Ruth einen kleinen Schubs, so dass das Kind zwischen ihr und dem Mann zu stehen kam.

»Sag ›Guten Tag‹ zu Mr. Owens, Ruthie.«

»Tag«, sagte Ruth folgsam, aber sie hatte dabei den Jungen im Auge. Er war älter als sie, was allein schon ausgereicht hätte, um ihn interessant zu machen, aber er hatte noch etwas anderes an sich, was sie faszinierte. Er trug eine Brille: ganz klein, auf die Größe seines Gesichts zugeschnitten, und ganz rund. Ruth hatte nicht geglaubt, dass auch Kinder Brillen tragen könnten. Sie hätte sie gern aufprobiert. Ob die Dinge durch sie wohl anders aussahen?

Der Junge blickte durch seine zwei goldgerahmten Bullaugen auf sie herab. »Hallo«, sagte er und reichte ihr wichtigtuerisch die Hand, »ich bin Arthur.«

»Clement Owens«, rief die Postmeisterin hinter ihrem Schalter hervor. »Sie haben so viel Post, ich weiß fast gar nicht, wo ich sie unterbringen soll!«

»Na, jetzt hole ich sie ja ab«, sagte er, rührte sich aber nicht von der Stelle. »Ich hatte gehofft, Ihnen früher oder später über den Weg zu laufen, Amy. Ich muss Ihnen danken.«

Amanda starrte ihn verwirrt an.

»Sie hatten so begeistert von dieser Gegend erzählt, dass ich einfach herfahren und sie mir mit eigenen Augen ansehen musste. Und jetzt baue ich mir am Nordufer ein Sommerhaus. Wie Sie sehen, benutze ich schon das Postamt. Ich habe ein unglaubliches Grundstück – Südlage, schöne Aussicht auf die ganze Westseite des Sees. Sie müssen bei Gelegenheit vorbeikommen und es sich ansehen. Ich glaube, es würde Ihnen gefallen. Warten Sie aber besser, bis wir die Mauern hochgezogen haben. Dann bekommen Sie erst einen richtigen Eindruck davon.«

Etwas rauschte in Amandas Ohren – ihr Blut, diagnostizierte sie, das mit aller Kraft in den Kopf gepumpt wurde. Wovon redete er nur? Plötzlich wurde ihr bewusst, dass es gar keine Rolle spielte, was er sagte, sie wollte nur weg, ganz woanders sein, ihn nie gesehen haben, ihn nie wieder sehen müssen. Sie machte einen kleinen Schritt vor und zur Seite, fast so, als wolle sie andeuten, dass sie sich notfalls auch an ihm vorbeidrängen würde.

Ihr Verhalten erstaunte Clement. *So* im Bösen hatten sie sich doch nicht getrennt, oder? Und selbst wenn – wog das, was vorher gewesen war, es nicht wieder auf? Sie hatten so viel Spaß miteinander gehabt. Er erinnerte sich an ihr munteres, strahlendes Lächeln und daran, mit welch schüchterner Freude sie ihm erlaubt hatte, ihre Hand unter seinen Arm zu stecken. Sie konnte sich doch unmöglich so sehr verändert haben! Was war mit ihr los, dass sie es nicht schaffte, ihn in der Öffentlichkeit freundlich zu behandeln? Und dann fiel es ihm wieder ein. »Amy«, sagte er und legte ihr eine Hand auf die Schulter, »es tut mir sehr Leid wegen Ihrer Schwester.«

Sie schüttelte seine Hand ab, drängte sich mit gesenktem Kopf an ihm vorbei und rannte beinah durch die Tür, die er noch immer aufhielt. Mit Ruth im Schlepptau, eilte sie die Treppe so schnell hinunter, dass die Füße des Kindes fast nicht die Stufen berührten. Sie flohen die Straße entlang, an dem parkenden Wagen vorbei, in dem eine Frau in einem pfauengrünen Mantel saß. Sie bogen um die Ecke und liefen immer noch weiter, ohne ihren Schritt zu verlangsamen, ohne anzuhalten, bis sie schließlich den Mietstall erreichten, wo sie den Einspänner gelassen hatte.

»Wir haben den Kakao vergessen«, sagte Ruth besorgt, als Amanda sie auf den Wagensitz plumpsen ließ. Amanda erwiderte nichts.

Als er die Schreie aus dem Haus hörte, kam Carl gerade den Pfad hoch, der durch das Wäldchen zum See führte. Er nahm die letzte Steigung im besten Humpellaufschritt, den er zu Stande brachte. Trotz der Kühle der Luft war er schweißgebadet, seine Beine zitterten, und er keuchte, als er endlich ins Haus stürmte.

In der Küche heulte Ruth mit klappernden Zähnen, während sie sich verzweifelt bemühte, aus der Badewanne zu klettern. Ihre kleinen Finger klammerten sich an den Rand der Metallwanne, und sie stieß sich auf Zehenspitzen ab und versuchte, ein Bein über den Rand zu heben. Es war ein jammervoller Anblick. Carl riss sie hoch und wickelte sie, so gut es ging, in ein Geschirrtuch, das neben dem Spülbecken hing. Er hielt sie an sich gedrückt, bis sie zu weinen aufhörte, und dann setzte er sie sich auf die Hüfte und näherte sich seiner Schwägerin, die die ganze Zeit, leicht vor und zurück schaukelnd, eine Hand um das Gelenk der anderen Hand geschlossen, aus dem Fenster geschaut hatte.

»Amanda, was geht hier vor?«

Sie wandte sich zu ihm um und lächelte. »Siehst du? Ich hatte es dir ja gesagt. Sie ist nicht ertrunken.« Sie streckte die Hände nach Ruth aus, aber er zögerte, hielt sie zurück. »Gib sie mir!«, forderte sie, und dann noch einmal, mit wütender, schriller Stimme: »Gib sie mir!«

Und als er das Kind noch immer nicht loslassen wollte, zerrte sie an seinem Arm, schlug auf die Schulter ein, die er ihr zuwandte, und heulte: »Mattie gehört mir! Mattie gehört mir! Gib mir Mattie wieder! Mattie gehört mir!«

»Schluss damit! Verdammt! Schluss mit den Verrücktheiten!« Er riss Ruth los und lief mit ihr die Treppe hinauf; auf den letzten Stufen, als klar war, dass Amanda ihm nicht folgte, verlangsamte er seinen Schritt. Als er eine halbe Stunde später, nachdem er Ruth so weit getröstet hatte, dass sie eingeschlafen war, wieder herunterkam, war Amanda nicht mehr in der Küche.

Er ging durch das Haus, öffnete Türen und rief leise ihren

Namen. »Amanda«, flüsterte er vor ihrem Zimmer. Als er keine Antwort erhielt, zögerte er, stieß dann aber die Tür versuchsweise ein Stück weit auf und sah hinein. Es war niemand im Zimmer. Halb schuldbewusst, halb neugierig, trat er ein.

Amanda hatte sich in dem ehemaligen Zimmer ihrer Eltern einquartiert. Es war so groß, dass es drei Fenster besaß, zwei davon mit Blick auf den Blumengarten, der jetzt allerdings nur ein breiter Streifen von schwarzem Schlamm war – den würde er bald bepflanzen müssen –, und eines, durch das die Nachmittagssonne hereinschien. Alle drei Fenster reichten Carl bis fast zu den Knien. Wenn man sich zu nah davor stellte, wurde einem schwindlig. Von einem plötzlichen schrecklichen Gedanken gepackt, sah er hinunter auf den Hof, aber nein, die Fenster waren verriegelt. Die Frisierkommode war mit einem Spitzendeckchen geschmückt, auf dem eine silberne Frisiergarnitur lag; die Rückseite der Haarbürste trug die Initialen ihrer Mutter. Daneben stand die gerahmte Fotografie eines feierlich dreinblickenden, aufrecht sitzenden Mädchens, dessen Schoß unter der Schleppe eines duftigen, spitzenbesetzten Taufkleids verschwand, aus dem das Gesicht eines Säuglings hervorlugte.

Carl hätte gern eine Schublade der Kommode aufgezogen, aber er traute sich nicht. Sie würde es sofort merken, wenn er etwas anfasste; da war er sich sicher. Er blickte rasch über die Schulter zur Tür, aber im Haus war nichts zu hören.

Da er annahm, sie sei ein bisschen ins Freie gegangen, um sich zu beruhigen, machte er sich anfangs nicht allzu viele Gedanken, reinigte die Wanne und wischte das Wasser vom Fußboden auf. Als Ruth aufwachte, spielte er mit ihr. Er erledigte das Abendmelken. Als sie dann aber immer noch nicht zurückkam, fiel es ihm zunehmend schwerer, sich auf seine Tätigkeiten zu konzentrieren. Wo war sie? Als es schließlich dunkel zu werden begann, bat er Rudy, auf Ruth aufzupassen, und machte sich auf die Suche.

Eilig sah er in Scheune, Hühnerstall und Wurzelkeller nach und leuchtete mit seiner Laterne in alle Ecken. Er klopfte an die Tür des Toilettenhäuschens. Er rechnete eigentlich nicht ernsthaft damit, sie an einem dieser Orte zu finden, aber er brauchte das Gefühl, dass er gründlich, systematisch suchte, und es war schließlich nur vernünftig, mit den nahe liegendsten Möglichkeiten anzufangen. Zuletzt machte er sich voll banger Ahnungen auf den Weg zum See.

Es war kalt, so kalt, dass Carl sich wünschte, er hätte sich Handschuhe angezogen, und während des Gehens wechselte er die Laterne immer wieder von der einen Hand in die andere, um die jeweils freie eine Weile in die Tasche stecken zu können. Auf halber Strecke begann er, so gut er konnte, zu laufen und tastete sich im Dunkeln denselben holprigen Pfad hinunter, den er am Nachmittag in der entgegengesetzten Richtung gegangen war.

Endlich trat er aus den Bäumen ins Freie, und der See, der sich erst wenige Tage zuvor von den letzten Resten des Wintereises befreit hatte, kräuselte sich breit und schwarz vor ihm. Und tatsächlich, so unglaublich es auch erschien, da war Amanda, fast so, wie er sie sich vorgestellt hatte, während er durch den Wald gerannt war. Sie trieb allerdings nicht im Wasser, sondern stand aufrecht, bis zu den Schultern untergetaucht, so dass sich nur ihr Kopf im weißen Mondlicht als Silhouette abzeichnete. Er watete hinein, ohne vorher das Sturmlicht abzustellen, so dass er es, als er Amanda erreicht hatte, ins Wasser werfen musste, um sie mit beiden Händen packen zu können. Während er sie rückwärts in Richtung Ufer zog, hatte er Mühe, den Halt auf dem Seegrund nicht zu verlieren, besonders weil ihm im eisig kalten Wasser jedes Gefühl in den Beinen abhanden gekommen war. Wie lange hatte sie da schon gestanden? Was hatte sie damit bezweckt?

»Amanda! Was tust du? Was tust du?«, wiederholte er in einem fort ohne Sinn und Verstand.

Sie gab keine Antwort, aber sie leistete auch keinen Widerstand. Als sie seichtes Wasser erreichten, wurde ihm bewusst, dass er sie die ganze Zeit getragen hatte und es auch weiter würde tun müssen. Entweder sie konnte nicht, oder sie wollte sich nicht aufrecht halten.

»Sie ist natürlich unterkühlt«, sagte der Arzt, »und ich bin mir ziemlich sicher, dass sie Erfrierungen an Füßen und Fingern hat, aber ich denke, das kommt schon wieder in Ordnung.« Er warf Carl einen viel sagenden Blick zu. »Eine andere Sache macht mir allerdings Sorgen.«

»Ja«, sagte Carl und nickte energisch, erleichtert darüber, dass es dem Arzt aufgefallen war. »Irgendwas stimmt nicht mit ihr, hab ich Recht?«

Der Arzt sprach sich für das St. Michael's aus. »Ein bisschen Ruhe«, versicherte er Carl, »wird ihr gut tun.«

4

Im April des Jahres 1920, als Ruth vier war, ging ihre Tante Mandy fort.

»Das überrascht mich kein bisschen«, sagten die Leute. Auf Cottonwood Drive und Maple Avenue, im Textilwarenladen und beim Metzger, in der Bank, im zur Teestube umfunktionierten Wirtshaus und im Postamt waren sich alle darüber einig, dass Amanda schon immer ein wenig merkwürdig gewesen war, bereits als Mädchen.

»Das eine Mal, wo ich diese große Schüssel Kartoffelsalat vorbeigebracht habe«, sagte Mrs. Alberti zu Mrs. Zinda beim Kaffee. »Das ist jetzt natürlich Jahre her – damals, als Lucy kurz davor stand, dieses Schätzchen Mattie zu bekommen. Also gut, Amanda kam an die Tür, sie kann höchstens sieben oder acht gewesen sein, war damals nur so ein kleiner Hänfling. Ich wollte meinen Kartoffelsalat in die Küche tragen, nach Lucy sehen, Sie wissen schon, und da nimmt mir dieses Mädchen doch glatt die Schüssel aus der Hand! Das Ding war so schwer, dass an ihren spillerigen Handgelenken überall die Knochen herausstanden, und herzlichen Dank, sagt sie, und drückt mit einem Fuß die Tür zu, mir direkt vor die Nase. Ist das nicht die Höhe? Ich weiß nicht, ob ich meine Schüssel überhaupt je zurückbekommen habe. Es war die hübsche viereckige. Sie wissen doch, die mit dem Deckel. Ich glaube, Sie haben auch eine in der Art.«

»Sie erinnern sich doch, wie sie sich aufgeführt hat, als Lucy und Henry vor ein paar Jahren krank geworden sind«, sagte Trina Eschinger. »Ihre eigene Schwester mit dem winzigen Baby aus dem Haus zu werfen! Und dann einfach so wegzulaufen, als die alten Leute gestorben sind!«

Ja, Amanda war schon immer komisch gewesen. Das überraschte sie wirklich kein bisschen.

Amanda

Hätte ich sie nur so klein und nah halten können, aber nein, sie wollte nicht an diesem dunklen, geheimen Ort bleiben. Sie musste ja unbedingt raus, sich aller Welt zeigen, und da sieht man, was dabei herausgekommen ist.

Zuerst ist es man selbst, und dann ist es was anderes – das ist das Problem mit einem Baby. Und es macht weiter und weiter, wächst und wächst, monströs. Man kann nichts dagegen machen. Man ist ihm einfach nicht gewachsen. Aber das kommt später.

Das waren so glückliche Monate für mich: Mama auf dem Sofa, ganz für mich allein, und das Warten auf Mathilda. Unter ihren Arm gekuschelt, hörte ich zu, während sie vorlas, und wartete auf das Tapp-tapp-tapp des Blinden Pew und das helle Elfenlachen der Blumenfeen. Sie konnte alle Stimmen nachmachen. Wir kleideten meine Puppe Susanna für den Ball in eine Falte von Mamas Umhängetuch – Mama wusste alle interessanten Orte, wo eine Puppe hingehen konnte, und auch was sie sagen würde, wenn sie erst mal da war. Manchmal sahen wir uns die Fotografie meines Bruders Randolph an, der kurz vor meiner Geburt an Diphtherie gestorben war und nie älter als drei werden würde. Das Bild war vor seiner Beerdigung aufgenommen worden, und Mama hatte einem Künstler den Auftrag gegeben, über seine geschlossenen Augen offene zu malen, aber sie sahen nicht so aus, wie sie wirklich gewesen waren, erklärte sie mir. Oder sie spielte manchmal Klavier, und wir sangen so laut, wie wir konnten, so dass Rudy und Papa uns bis unten auf die Weide hören konnten.

Jeden Morgen, wenn ich zur Schule ging, lag Mama damals auf dem Sofa im Vorderzimmer. Ich kniete mich neben sie hin, damit sie mein Haar zu strammen Zöpfen flocht. Wenn ich wieder nach Haus kam, lag sie immer noch da, genau wie ich es erwartet hatte. Sie lag mit ausgebreiteten Armen da und wartete darauf, dass ich mich über sie beugte, ihr das Haar bürstete, ihr mit Tinte ein kleines Herzchen auf den Arm malte, mit ihr wettete, welche Murmel ich treffen würde. Sie wartete darauf, dass ich die Papierkleider zeichnete, die sie dann für meine Papierpuppen ausschneiden würde, wartete darauf, dass ich ihr Milch und Kekse aus der Küche brachte. Jedes Stückchen von ihr war da und wartete nur auf mich.

Sie versuchten, sich hereinzudrängen, diese Frauen mit ihrem Rhabarber und ihren Kuchen und ihrem Kartoffelsalat. Auch sie wollten sie haben. Aber ich habe sie nicht gelassen. Sie gehörte mir, ganz allein mir.

»Haben Sie gehört, dass Amanda Starkey in der Klapsmühle ist?«, fragte Ramona Mueller das nächste Mal, als Clement Owens vorbeikam.

»In der Klapsmühle?«

»Sie wissen schon, im St.-Michael's-Sanatorium. Sie schienen miteinander bekannt zu sein, deswegen dachte ich, das würde Sie interessieren.« Sie sah ihn erwartungsvoll an, auf Fragen gefasst, aber er enttäuschte sie.

»Tut mir Leid für sie«, war alles, was er sagte, als er seinen Stoß Briefe entgegennahm.

Die Neuigkeit beunruhigte Clement. Es wäre ihm lieber gewesen, wenn die Postmeisterin sie für sich behalten hätte. Obwohl, warum sollte es ihm schließlich etwas ausmachen? Er hatte mit Amanda nichts mehr zu tun. Er stand neben seinem Wagen und öffnete die Briefumschläge mit einem Taschenmesser – einem billigen Ding, da er das gute mit den Initialen auf dem Silbergriff verloren hatte.

War der Wahnsinn schon die ganze Zeit da gewesen, unter der adretten Schwesterntracht verborgen? Sie hatte so durchschaubar gewirkt, mit ihrer naiven Offenherzigkeit, der Leichtigkeit, mit der sie errötete und lachte. Die simpelsten Dinge hatten sie in Erstaunen versetzt: ein Glas Champagner, ein Veilchenstrauß. Und die ganze Zeit hatte sie den Irrsinn in sich versteckt gehalten. Sie hatte sich ihm in einem bestimmten Licht dargestellt, und jetzt entpuppte sie sich als eine völlig andere. Er kurbelte den Wagen energisch an, dann stieg er ein und knallte die Tür hinter sich zu. Wie auch immer – auf *die* Art würde sie ihn nicht dazu bringen, sie zu bemitleiden.

Er saß einen Augenblick da und lauschte dem beruhigenden Knattern des Motors. Schließlich musste es hart für sie gewesen sein. All diese Todesfälle – die Eltern, dann die Schwester. Jeder könnte da überschnappen.

Amanda

Ich merke, dass ich nicht genug gesagt habe. Ich dachte, ich könnte diesen Teil aussparen, ihm gestatten, sich still und leise zu setzen und im Schlamm zu versinken, wo er auch hingehört, aber offenbar ist das nicht möglich. Die Leute wollen immer alles hören, ist es nicht so? Alles ausspionieren, bis zum letzten Riemchen und Nädelchen. Es reicht ihnen nicht, mit dem Finger die Narbe nachzufahren, ja selbst zu sehen, wie das Messer die Haut zerschlitzt, sie müssen auch noch hören, wie die Klinge am Schleifstein kreischt. Schön, von mir aus, wenn es denn so sein muss.

Wir lernten uns kennen, weil der Gefreite Buckle delirierte. Der arme Private Buckle – er war nicht einmal nach Übersee gekommen, hatte gerade erst die Great Lakes Trainings Station erreicht, als die Marine ein Hinken bei ihm festgestellt und ihn wieder nach Haus geschickt hatte. Aber er war noch keine hundert Meilen aus Chicago rausgekommen, als ihn ein Fieber gezwungen hatte, seine Heimreise zu unterbrechen. Und so lag er also bei uns im Krankenhaus, delirierte, fuchtelte mit den Armen und strampelte mit den Beinen, warf den Kopf unentwegt gegen das Kissen und sagte entsetzliche Dinge.

Ich hatte meine liebe Not mit ihm. Ich legte ihm eine Kompresse auf die Stirn, und er riss sie herunter. Ich bekam seine Arme ruhig, und da ging es mit den Beinen los.

Wie man sich denken kann, hatte ich alle Hände voll zu tun, und so sah ich den Mann erst, als er auf der anderen Seite von Private Buckles Bett stand und die Füße des Patienten ruhig hielt, während ich mich mit seinem Kopf beschäftigte. Die Haut des Mannes hatte einen roten Farbton, fast so, als hätte er mehr Blut in sich, als sein Körper fassen konnte, und seine Hände waren sehr groß und hielten Private Buckles Knöchel eisern umfasst. Er lächelte mich zuversichtlich an, als täten wir genau das Richtige, und irgendwie schaffte er es, mit leichten kreisenden Handbewegungen, die an den Füßen begannen und sich langsam emporarbeiteten, und leisem Zureden, Private Buckle zu beruhigen, ja fast zu hypnotisieren.

»Das hätten wir«, sagte er, als der Gefreite unter seinem Laken nur noch leicht zuckte, die Kompresse fest auf seiner Stirn lag, seine Atmung sich verlangsamt hatte und sein Herzschlag wieder gleichmäßig war.

»Sind Sie ein neuer Arzt?«, fragte ich.

»Ein Arzt? O nein.« Er lachte. Genau in dem Moment betrat Dr. Nichols den Krankensaal.

Der Anblick des Direktors machte mich nervös. Man hatte uns nie ausdrücklich verboten, Außenstehende an die Patienten heranzulassen, aber es war offensichtlich, dass die Krankenhausleitung dies nicht gern sah. Doch Dr. Nichols lächelte. Er gab dem Mann einen Klaps auf den Rücken.

»Was führt Sie heute her, Owens?«, fragte er, und sie gaben sich die Hand und gingen zusammen hinaus.

Als ich später an dem Nachmittag in der Kantine meinen Kaffee trank und dazu ein Anisplätzchen aß, tauchte der Mann wieder auf.

»Das hier«, verkündete er und stellte ein braunes Kästchen auf meinen Tisch, »wird die Medizin revolutionieren.« Er zog einen Stuhl hervor und drehte ihn schwungvoll herum, so dass er sich, die Ellbogen auf die Rohrlehne gestützt, rittlings darauf setzen konnte.

»Was ist das?« Offensichtlich wurde von mir erwartet, dass ich fragte.

»Das ist eine Vakuumbox. Sie legen Ihr Besteck hinein, Ihre Skalpelle und Scheren und Nadeln und was weiß ich.« Er ließ meinen Löffel in das Kästchen fallen. »Dann verschließen Sie es luftdicht, so.« Er betätigte einen Hebel, der wie der Verschluss eines Einmachglases aussah. »Und dann aktivieren Sie für dreißig Sekunden das Vakuum.« Er legte einen Schalter um, und auf dem Deckel leuchtete ein kleines rotes Lämpchen auf. »Daran erkennen Sie, dass es an ist. Und wenn Sie dann Ihre Instrumente wieder herausholen, sind sie vollkommen steril.«

»Würde ordentliches Schrubben oder ein bisschen Alkohol nicht die gleiche Wirkung haben?« Ich nahm meinen Löffel wieder an mich und wischte ihn mit meiner Serviette ab.

»Sie müssen das wissenschaftlich betrachten. Sehen Sie, wenn die Luftmoleküle erst einmal entfernt sind, können die Keime nicht mehr am Metall haften. Die Wirkung ist viel nachhaltiger, als wenn man sie einfach mit Alkohol abwischt – das haben wir nachgewiesen –, und es besteht auch keine Gefahr einer Wiederverunreinigung durch ein schmutziges Tuch.« Er war so sicher, so begeistert, dass er fast wie ein Kind wirkte.

»Fangen wir jetzt also an, diese Dinger hier zu verwenden?«

»Na ja, es müssen natürlich noch alle möglichen Tests durchgeführt werden, aber ich bin mir sicher, es ist nur eine Frage der Zeit.« Liebevoll fuhr er über den Deckel des Kästchens.

»Ich fürchte, ich habe Ihren Namen heute Morgen nicht richtig verstanden«, sagte ich endlich. »War es Owen?«

»Owens, so heiße ich mit Nachnamen. Mein Vorname ist Clement.«

Da sagte ich meinerseits, wie ich hieß, und reichte ihm die Hand, und er packte sie mit seiner Pranke und schüttelte sie fast ein wenig zu energisch.

Er bot sich an, mir eine zweite Tasse Kaffee zu holen, aber als er an der Theke stand, wurde mir bewusst, dass meine Pause bereits vor fünf Minuten geendet hatte. Keine Zeit für Entschuldigungen, sagte ich zu mir. Als ich durch die Tür eilte, sah ich ihn, wie er einen ganzen Teller Gebäck zusammenstellte: Löffelbiskuits, Zitronencremeschnittchen und weitere Anisplätzchen. Wie es aussah, würden wir uns wahrscheinlich nie wieder begegnen.

Wir lernten uns durch Private Buckle kennen, und dann brachte ich meine Eltern um. Hatte ich das schon erwähnt? Nein, habe ich mir schon gedacht. Natürlich habe ich sie nicht absichtlich umgebracht, aber was spielt bei einem Todesfall der Vorsatz schon für eine Rolle?

Ich habe sie umgebracht, weil ich mich etwas angeschlagen fühlte und an einem leichten, aber hartnäckigen Husten litt. Da ich dachte, ich sei lediglich überarbeitet und hätte in letzter Zeit zu wenig geschlafen, fuhr ich zu einem kurzen Besuch heim – nur ein paar Tage, um mich auf dem Land zu erholen, jetzt wo der Zuckermais und die Himbeeren reif waren. Aus der Stadt brachte ich modische Bänder und zwei Schachteln Ambrosiaschokolade und ein tödliches Geschenk von Private Buckle mit. Die Grippe schenkte ich meiner Mutter, und sie gab sie an meinen Vater weiter, oder vielleicht war es auch umgekehrt.

Als ich auf den Wangen meiner Mutter das Fieber erkannte, befahl ich Mathilda, mit Ruthie auf die Insel zu ziehen, obwohl es durchaus schon zu spät sein konnte.

»Aber es ist so einsam dort«, sagte sie.

»Besser einsam als tot«, sagte ich zu ihr. Es war wichtig, effizient zu sein, die Dinge beim Namen zu nennen. »Denk an Ruthie.«

Wie ich schon sagte, war ich eine gute Krankenschwester, und ich setzte mein ganzes Können ein. Ich befolgte die Anweisungen des Arztes bis aufs i-Tüpfelchen, obwohl ich eigentlich keinerlei Instruktionen brauchte; ich kannte die Prozedur. Ich flößte ihnen zur Kräftigung löffelweise mit Honig gesüßten Tee und Hühnerbrühe ein. Ich verabreichte ihnen rund um die Uhr Chinin, jeweils um acht, um zwölf und um vier. Ich öffnete die Fenster in ihrem Zimmer, damit sie möglichst viel frische Luft bekamen. Ich wickelte sie fest in Steppdecken ein, damit sie schwitzten. Ich wechselte ihre Bettwäsche zweimal am Tag, später, als sie aus der Nase zu bluten begannen und die Kopfkissenbezüge fleckig wurden, sogar noch häufiger.

»Mathilda?«, fragte meine Mutter, während ich ihr das Gesicht mit einem warmen Tuch wusch.

Ich versicherte ihr, dass sie Mathilda wieder sehen würde, sobald es ihr besser ginge.

»Wo ist Mattie?«, fragte mein Vater in forderndem Ton und warf die Decken auf den Boden.

Ich versuchte, ihnen die Sache begreiflich zu machen – ich sprach von der Ansteckungsgefahr, erklärte, dass Mathilda und Ruthie in Sicherheit waren, dass sie sie wieder sehen würden, sobald sie gesund wären. Aber sie delirierten im Fieber. Sie wollten einfach nicht verstehen. »Mathilda!«, riefen sie. »Mattie!« Zuletzt, als ihre Haut durch den Sauerstoffmangel schon hellblau geworden war, spielte ich ihnen etwas vor.

»Ja, Mama. Ja, Papa«, sagte ich. »Hier bin ich.«

Da lächelte meine Mutter. Mein Vater seufzte und entspannte sich. Sie waren beruhigt.

Jetzt frage ich mich, ob mir da die Idee kam, ich könnte zu Mathilda werden. Ich frage mich, ob mir da der Gedanke kam, ich könnte wenigstens so handeln wie sie – mit ihrem Charme und ihrem Wagemut. Falls es wirklich so war, hätte ich es eigentlich besser wissen müssen. Natürlich dachte ich damals nichts Derartiges. Ich hatte nichts anderes im Sinn, als ihre Leiden zu lindern, ihnen bei der Genesung zu helfen, eine gute Krankenschwester zu sein.

Ich machte alles richtig. Alles. Aber es half nichts. Sie entschlüpften mir. Die Lungen voller Flüssigkeit, ertranken sie in ihrem Bett, erst meine Mutter, dann mein Vater. Ich konnte sie nicht zurückhalten.

Mathilda und ich begruben unsere Eltern an einem Spätsommertag auf dem Friedhof von St. Mary's, unter den knallbunten

Zuckerahornen, die sich über uns lustig zu machen schienen. Den ganzen Vormittag lang waren Nachbarn und Freunde bei uns gewesen, aber jetzt, auf dem Heimweg, bogen ihre Einspänner einer nach dem anderen in andere Straßen ein, bis zuletzt niemand mehr übrig war, weder vor noch hinter uns, und wir allein waren. Am Tor sprang ich vom Wagen und versuchte, den neuen Riegel aufzubekommen.

»Hier, so geht das«, sagte Mathilda, die schon hinter mir stand. Ihre Augen waren so rot und verquollen, dass sie kaum etwas sehen konnte, aber das Tor öffnete sich widerstandslos unter ihren Fingern. In all den Monaten meiner Abwesenheit war das ihr Haus und ihre Farm geworden.

Ich wusste ganz genau, was es in der Küche gab, da ich jeden Teller und jede Schüssel an der Tür entgegengenommen hatte. Es gab Weißbrot, Schwarzbrot und Pumpernickel. Es gab warmen Kartoffelsalat, kalten Kartoffelsalat, Kartoffelauflauf und Süßkartoffeln. Es gab Wild, Corned Beef, einen Schinken, einen Truthahn, zwei Hühnchen und eine Ente. Es gab Zunge, Schweinswurst, Weißwurst, Blutwurst und geräucherte Leberwurst. Es gab knusprige Brötchen und süße Brötchen, eingemachte Kirschen, Blumenkohl in Sahnesoße, Lauch in Sahnesoße, Mais in Sahnesoße, gezuckerte Karotten, Sauerkraut, eingelegte rote Bete, Apfelkuchen, Kürbiskuchen und Tapiokapudding. Der Eisschrank ging kaum noch zu, und Schüsseln und Teller ragten gefährlich über den Rand des Küchentisches und bedeckten die Anrichte und die Sitzflächen sämtlicher Stühle. Ein Dutzend Birnen, ein Rhabarberkuchen und ein Glas eingemachte Tomaten hatten sich ins Vorderzimmer verirrt, und im hinteren saßen drei Käse und eine Dose Melasseplätzchen einträchtig auf dem Sofa meiner Mutter.

»Kann ich jemandem ein Sandwich machen?«, fragte ich.

»Ach, wirf doch alles weg!«, heulte Mathilda. »Wie kannst du den Anblick nur ertragen?«

Sie stürzte schluchzend nach oben, und Rudy, Ruth und ich standen herum und sahen aneinander vorbei.

»Ich wette, Ruth hat Hunger, habe ich Recht, Schätzchen?«

Aber Mathildas Verhalten hatte sie durcheinander gebracht. Sie brach in Tränen aus und folgte ihrer Mutter nach oben.

»Essen Sie doch etwas, Rudy«, sagte ich. »Wär doch schade, es verderben zu lassen.«

Mein Vater missbilligte jede Vergeudung von Essen. Er sog das Mark aus den Knochen. Er aß Haut und Sehnen und Knorpel, und von uns erwartete er das Gleiche. Es war uns untersagt, »uns den Hunger zu verderben«, indem wir zwischen den Mahlzeiten etwas aßen, aber einmal, als ich sieben war, hatte ich einen solchen Hunger, dass ich an den Eisschrank ging. Vielleicht, dachte ich, würde der Anblick von etwas Essbarem schon ausreichen, um meinen Magen zu beruhigen. In einer Ecke, hinter dem Fleisch und der Sahne versteckt, stand eine kleine Tasse voll von einer dicken, fetten, weißen Substanz. Ein, zwei Wochen zuvor hatte meine Mutter einen Vanille-Custard gekocht, der so süß und köstlich gewesen war, dass ich so lange meinen Löffel abgeleckt hatte, bis ich nur noch das Silber schmecken konnte. War es möglich, dass man diese Portion vergessen hatte? Und wenn man sie vergessen hatte, wer würde schon merken, wenn ich ein klein wenig davon aß?

Ich beugte mich tief in den kühlen Innenraum und strich mit dem Finger sanft über die glatte Oberfläche. Doch als meine Zungenspitze den Finger berührte, wusste ich, dass es kein Custard war. Es war etwas Scheußliches – glitschig und ekelhaft. Ich säuberte mir die Zunge am Ärmel und wollte gerade nach draußen zur Pumpe gehen, um mir die Hände zu waschen, als mein Vater in der Tür erschien.

»Was tust du da am Eisschrank?«

Meinen Vater konnte man nicht belügen. »Ich dachte, das wär Custard, aber er ist irgendwie schlecht geworden.«

»Deine Mutter würde keine verdorbenen Lebensmittel im Eisschrank lassen«, sagte er, während er an mir vorbei hineingriff und die Tasse mit dem weißen Zeug herausholte.

Darauf konnte ich nichts entgegnen. Es stimmte, dass sie sehr gewissenhaft war, aber es stimmte ebenso, dass dieser Custard scheußlich schmeckte.

»Was hab ich dir über das Essen zwischen den Mahlzeiten gesagt?«

»Dass es falsch ist.«

»Woher weißt du, ob deine Mutter mit diesem Custard nicht etwas vorhatte?« Er warf einen finsteren Blick auf die Furche, die mein Finger hinterlassen hatte.

»Sie hat doch längst vergessen, dass er da ist.«

Er sah mich scharf an. Er hasste Lügen. Vielleicht hatte sie ihn nicht vergessen. Woher wollte ich das wissen?

»Du hast dir gedacht, du nimmst ihn einfach. Habe ich Recht? Stiehlst ihn und verdirbst dir den Hunger. Steckst den Finger hinein, so dass ihn niemand mehr essen kann.«

Es war schwer zu sagen, welches dieser Vergehen ihm das schlimmere dünkte. Jetzt fuchtelte er mir mit der Tasse unter der Nase herum. Ich wandte das Gesicht ab.

»Nein, ich ...« Aber was er gesagt hatte, stimmte. Ich versuchte es mit einer anderen Taktik. »Ich hatte Hunger.«

Er seufzte. »Du musst lernen, dich zu beherrschen, Amanda. Siehst du mich jemals Essen aus dem Eisschrank nehmen, mir den Appetit verderben, so dass mir mein gutes Abendbrot nicht schmeckt?«

»Nein, Papa.«

Er knallte die Tasse an meinem Platz auf den Tisch. Dann ging er zur Besteckschublade und holte einen Löffel heraus und knallte ihn neben die Tasse. »Du wolltest den? Du isst ihn. Jetzt.«

Selbst wenn er gut geschmeckt hätte, hätte ich ihn jetzt nicht mehr gewollt. Die Vorstellung, direkt vor seinen Augen etwas zu tun, was er verboten hatte, war mir absolut unerträglich. Ich bekam ein flaues Gefühl im Magen. Die Kehle schnürte sich mir zu. Mir wurde übel.

»Ich kann nicht.«

»Daran hättest du denken müssen, bevor du deinen schmuddeligen Finger hineingesteckt hast, richtig? Jetzt iss.« Er packte mich an den Schultern und drückte mich auf den Stuhl nieder.

Langsam schob ich den Löffel in die weiße Masse. Sie fühlte

sich fast wie Eiscreme an, nur nicht so kalt und viel glitschiger. Ich führte den Löffel zum Mund, wobei ich versuchte, nicht durch die Nase zu atmen, und steckte das Zeug hinein. Ich schluckte so schnell ich konnte, aber es blieb mir an der Zunge kleben. Ich zwängte es mir in großen Löffeln hinein und versuchte dabei, es nicht zu schmecken, es nicht in meinem Mund zu spüren, nicht daran zu denken, was ich da tat. Mein Vater sah mir mit verschränkten Armen zu und wartete.

Gerade als die Spitze meines Löffels am Boden der Tasse kratzte, kam meine Mutter herein.

»Amanda! Was tust du da? Henry? Was tut sie da?« Sie riss mir die Tasse aus der Hand und starrte uns an.

»Sie hatte von diesem Custard genascht. Da musste sie ihn aufessen«, sagte er.

»Custard!« Sie schüttelte die Tasse vor seinen Augen. »Das ist kein Custard, Henry! Das ist Nierenfett!« Jetzt war sie es, die die Tasse auf den Tisch knallte. »Hat es nicht scheußlich geschmeckt?«, fragte sie mich. »Warum wolltest du das denn essen?«

»Wollte ich gar nicht. Ich ...« Aber ich konnte es nicht erklären. Ich wollte meinen Vater nicht ins Unrecht setzen. Und er hatte ja auch nicht Unrecht gehabt. Ich hatte ein Verbot missachtet. Ich hatte Essen aus dem Eisschrank gestohlen. Wenn es wirklich Custard gewesen wäre, hätte ich ihn wahrscheinlich aufgegessen. Wahrscheinlich hätte ich mir den Hunger verdorben, was immer das bedeuten mochte. Jetzt schnüffelte mein Vater stirnrunzelnd an dem verbliebenen Rest in der Tasse, als glaubte er uns immer noch nicht.

Plötzlich stülpte sich mir der Magen um. Ich rannte durch die Küchentür hinaus und in den Wald hinter dem Haus. Ich stand noch immer würgend hinter einem Geißblatt, als mein Vater kam. Er reichte mir sein Taschentuch.

»Tut mir Leid, Amanda. Ich hätte auf dich hören sollen«, sagte er. Er strich mir die feuchten Haarsträhnen aus dem Gesicht.

Es war mir entsetzlich unangenehm, dass er das sagte. Ich

versuchte, seine Worte zu verdrängen. »Ich hätte nicht an den Eisschrank gehen dürfen«, erwiderte ich.

»Aber du tust es doch nicht wieder, oder?«

»*Niemals!*«

»Braves Mädchen.«

Ich hätte dieses Nierenfett hundertmal wieder gegessen, nur um diese Worte zu hören.

Jetzt ging ich in den Flur, nahm meines Vaters Jacke vom Haken und schlüpfte hinein. Meine Hände verschwanden völlig in den Ärmeln. Die Jacke roch nach Pfeifentabak und Heu, Melasse und Schmierfett, so wie alle seine Arbeitsjacken gerochen hatten, soweit ich zurückdenken konnte. Ich steckte die Hände in die Taschen – Tabakkrümel, zwei Unterlegscheiben, ein Bleistiftstummel, eine Einkaufsliste für den Holzhändler: »acht 5x10, vier 10x15, zehn 5x20«, die Ziffern penibel ausgeschrieben, genauso wie er die Zahlen in sein Hauptbuch eintrug. Die Achten malte er immer als zwei Kugeln, die eine auf die andere gesetzt. »Wie ein Schneemann«, hatte er einmal zu mir gesagt, als ich mich, den frisch angespitzen Bleistift in der Hand, auf seinen Schoß gesetzt hatte. Er brachte mir wahrscheinlich schreiben bei, obwohl ich mir nie groß Gedanken darüber gemacht hatte; ich war wohl der Ansicht gewesen, als sein Kind hätte ich ein Anrecht darauf. Ich erinnerte mich, wie seine riesigen Finger meine kleine Hand – eine Hand, die ich jetzt nicht einmal als meine eigene wiedererkennen würde – umschlangen und über die Seite führten, bis wir alle Zahlen bis zehn gemalt hatten.

»Schau doch nur, wie fleißig sie ist, Mutter«, hatte er gesagt.

Später, als er feststellte, dass ich seinen Kopf für Zahlen geerbt hatte, führte er mich jedes Mal vor, wenn wir in den Ort fuhren. »Mandy rechnet alles zusammen«, sagte er dann in jedem Geschäft. »Passen Sie mal auf.« Er reichte mir einen Zettel, auf dem eine lange Reihe von Zahlen untereinander geschrieben stand, und gleich darauf nannte ich das Ergebnis. Am liebsten mochte ich es allerdings, wenn wir uns frühmorgens, während des Melkens, gegenseitig abfragten – nur wir beide und die Kühe, in dieser großen warmen Scheune.

Ich zog die Jacke aus, faltete sie zusammen und legte sie neben die Haustür. Vielleicht konnte Rudy sie gebrauchen oder einer der Manigolds. Ich ging nach oben ins Schlafzimmer meiner Eltern.

Als ich an ihre Tür klopfte, stellte Mathilda sich taub. Ich konnte hören, wie sie Ruth mit zittriger, von Schluchzern unterbrochener Stimme »Lavender's Blue« vorsang, während ich die Schubladen durchsah und die Dinge zum Weggeben von den Dingen, die wir behalten sollten, trennte. Die Kleider meiner Mutter rochen nach Lavendelwasser. Sie pflegte sie mustergültig: Die Ärmel und Oberteile waren mit Papier ausgestopft, damit sie die Form nicht verloren, und über den Schultern hingen alte Umhängetücher zum Schutz gegen den Staub. Es sah so aus, als seien im Kleiderschrank sechs Duplikate meiner Mutter, allesamt ohne Kopf. Mir wären die Kleider viel zu kurz gewesen, aber vielleicht würde Mattie das eine oder andere behalten wollen. Ich trug sie auf den Dachboden und legte sie in eine Truhe.

In dieser Nacht wachte ich schweißgebadet auf. Mein Herz raste.

»Gut«, dachte ich.

Ich hoffte, jetzt auch krank zu werden. Ich hoffte zu sterben. Wie konnte ich ein solches Unheil über sie gebracht haben und selbst nicht einmal Husten bekommen? Ich krümmte mich unter der Decke, lechzte verzweifelt nach dem Fieber und dem Delirium, den Gliederschmerzen und der Benommenheit, in denen die allzu deutliche Vorstellung dessen, was geschehen war, untergehen würde – die unwiderrufliche Tatsache, dass es sie beide nicht mehr gab, die eine nicht, den anderen nicht, dass sie beide die Welt für immer verlassen hatten. Aber was meinen Herzschlag beschleunigte, war lediglich Angst. Für mich gab es kein Entrinnen. Ich konnte nicht einmal weinen.

»Ich kann nicht länger bleiben«, sagte ich am nächsten Morgen zu Mathilda. »Ich habe Verpflichtungen.«

Ich war bereit. Meine kleine Reisetasche hatte ich schon vor dem Begräbnis gepackt. Es hat keinen Wert, bis zum letzten Augenblick zu warten, hatte meine Mutter immer gesagt.

»Du wirst schon zurechtkommen«, sagte ich zu Mathilda. »Rudy wird dir helfen.«

Rudy fuhr mich zum Bahnhof, und ich sah mich nicht um, kein einziges Mal, obwohl ich spüren konnte, wie Mathilda mir mit diesen roten, verquollenen Augen nachstarrte, den ganzen Weg lang spürte ich es, bis nach Nagawaukee.

In unserem senffarbenen Zimmer nahm sich Eliza meiner an. Sie brachte mir Kaffee, während ich auspackte.

»Ich hab mein Bestes für sie getan«, erklärte ich ihr – und auch mir selbst. »Jetzt muss ich mich wieder an die Arbeit machen. Meine Schwester begreift einfach nicht, wie viel wir hier zu tun haben.«

Unter dem Seidenpapier in der obersten Schublade meiner Kommode versteckte ich die Holzeinkaufsliste meines Vaters und die Haarbürste meiner Mutter mit den paar darin verfangenen Haaren. Wieder wachte ich nachts in panischer Angst auf. Ich würde mein Leben wieder ganz von vorn beginnen müssen, dachte ich. Jetzt hatte ich nichts mehr hinter mir, keinen Boden mehr unter den Füßen. Und dann dachte ich an Mathilda, und ich klammerte mich an ihr Bild, um mich wieder aufzurichten, mich wieder an die Oberfläche zu ziehen.

Im Licht des Tages war es etwas besser. Ich hatte Tagesschicht, und im Krankenhaus riefen die Verwundeten nach mir. Ich musste mir Dosierungen und Einnahmezeiten merken. Ich musste Verbände anlegen und Massagen verabreichen und Trost spenden. Als hätte dies auch nur den geringsten Sinn gehabt! Mittlerweile wusste ich es besser, aber ich tat trotzdem, was von mir erwartet wurde. Gab es noch andere, die wie ich erkannt hatten, dass all unsere Bemühungen nichts anderes waren als eine Möglichkeit, die Zeit herumzubringen, uns abzulenken und unsere Angst zu beschwichtigen? Ich musterte die Gesichter der Ärzte und Schwestern, selbst der Pfleger. War ich wirklich die Einzige, die das begriffen hatte? »Es ist mir egal, ob es dir da gefällt«, sagte meine Mutter immer, wenn ich mich über die Kirche oder die Schule beklagte. »Du kannst trotzdem deine Pflicht tun.« Und auch das stimmte. Ich konnte meine Pflicht tun, und das tat ich.

Und so hielt ich mich beschäftigt – auch wenn ich nicht mehr so selbstsicher war, nicht mehr so von jeder meiner Handlungen überzeugt wie früher einmal. Ich übernahm freiwillig die schwierigsten Patienten, die ansteckendsten Krankheiten, die schrecklichsten Verletzungen, die Männer, die in ihren Wutanfällen ihre Bettpfannen durchs Zimmer schleuderten. Nichts davon machte mir etwas aus.

Ich war erst seit ein paar Tagen wieder zurück und lief gerade mit Medikamenten aus der Krankenhausapotheke die Treppe hinauf, als ich eine vertraute Stimme hörte, die mich erfreut aufhorchen ließ.

»Verdammt«, sagte er gerade. »Verdammt. Verdammt. Verdammt.«

»Was ist los?« Ich bog rasch um den nächsten Treppenabsatz. Und da sah ich, was das Problem war: Papiere überall, in unordentlichen Haufen und kaskadenartig über die Stufen verteilt, bis fast hinauf, wo Clement stand.

»O jemine«, sagte ich, oder etwas vergleichbar Mitfühlendes, aber als ich mich bückte, um die Blätter aufzulesen, die vor meinen Füßen lagen, konnte ich mir ein Lächeln nicht verkneifen.

Ohne sich von der Stelle zu rühren, sah Clement bedrückt zu mir herunter. »Eine Schwester hatte mich gebeten, die Sachen auf dem Weg hinaus mit ins Untergeschoss zu nehmen.«

»Sie hatte damit, glaube ich, nicht gemeint, dass Sie sie verstreuen sollten.«

»Was Sie nicht sagen.« Er lachte. »Und dabei fand ich das eine *so* gute Idee!«

Er kam mir einige Stufen entgegen und fing an, die Blätter aufzuheben. »Das wird mich Stunden kosten, sie wieder zu sortieren! Sehen Sie einen Aktendeckel für Zimmerman? Stuart?

O'Toole?« Er hob Blätter auf und ließ sie wieder, eins nach dem anderen, zu Boden flattern.

»Nun, Sie haben doch wohl nicht vor, es auf *die* Weise zu versuchen, oder?«, sagte ich. »Hier. So schlimm ist das gar nicht.« Ich räumte ein paar Stufen auf und begann die einzelnen Blätter alphabetisch zu ordnen und in säuberliche Häufchen zu legen. »Sie können jederzeit mitmachen.«

Wäre ich nicht gewesen, hätte er mit Sicherheit Charles Bogusewskis ulzerierten Magen in Peter Hallidays Mappe gestopft, und Peters gasgeschädigte Lungen in die von Ronald Faculjak. »Die Dinger sieht sich sowieso niemand mehr an«, meinte er.

Aber davon wollte ich nichts hören. »Eine gewissenhafte Aktenablage ist absolut unerlässlich«, erklärte ich ihm, »selbst wenn die Unterlagen ins Magazin kommen. Sie wären überrascht, wie oft Ärzte den Verlauf einer bestimmten Krankheit überprüfen müssen.«

Ich hatte nicht vorgehabt, witzig zu sein, aber er lachte, und schon bald waren wir mehr mit Reden und Lachen als mit Aktensortieren beschäftigt. Die Dinge, die wir sagten, waren zu albern und zu unsinnig, als dass ich sie referieren könnte – selbst wenn ich mich noch an sie erinnerte –, aber wir gaben uns redlich Mühe, uns gegenseitig zu unterhalten. Mit Sicherheit war das die angenehmste halbe Stunde, die ich bis dahin mit dem Sortieren von Krankenblättern zugebracht hatte. Als wir fertig waren, half ich ihm, die Mappen in die Registratur zu bringen, und dort redeten wir weitere zehn Minuten, wenn auch nur ziemlich belangloses Zeug – bis er endlich fragte: »Würden Sie am Donnerstag mit mir essen gehen?«

Eliza lieh mir ihre Kaninchenfellstola. So lange, wie wir mit meinen widerspenstigen Haaren zu kämpfen hatten, war ich um sieben nicht fertig, aber glücklicherweise verspätete er sich, und wir standen schon am Fenster, als er endlich die Straße entlangkam. Eliza versicherte mir, der Zweisitzer, den er fuhr, sei ein sehr repräsentativer Wagen.

Wir fuhren bis hinaus nach Appleton, um in einem Nachtlokal zu speisen.

»Hier gibt es die besten Steaks überhaupt«, erzählte er mir. »Die müssen Sie probieren.« Er sagte den Kellnern, wie lange ein Steak gegart werden und wie viel Eis in die Gläser kommen müsse.

»Ich denke, ich werde dazu eine Tasse Kaffee trinken«, meinte ich.

»Kaffee! Sie wollen ein solches Essen doch wohl nicht im Ernst mit Kaffee ruinieren! Die Dame nimmt Champagner.«

»Clement, das ist unmöglich!«

»Wieso? Schmeckt er Ihnen nicht?«

»Ich habe natürlich noch nie welchen getrunken.«

»Na, dann müssen Sie ihn unbedingt probieren.« Und der Kellner hatte sich schon entfernt, was hätte ich also tun können?

Er hatte Recht. Jetzt wusste ich, warum die Leute Alkohol mochten. Mein Champagner prickelte und war fast süß. Ganz anders als der Whiskey, den mein Vater an kalten Winterabenden immer getrunken hatte.

Nach dem Essen gingen wir tanzen. »Amy«, sagte er, als das Orchester »An der schönen blauen Donau« spielte und er mich im Walzertakt sanft über die Tanzfläche führte. »Ich werde Sie Amy nennen.«

So ein lichter, hübscher Name! Noch niemand, nicht einmal Joe, hatte mich bis dahin je Amy genannt.

»Es passt zu Ihnen«, fuhr er fort. »Es bedeutet auf Französisch nämlich ›Liebe‹.«

Ich bekam ein ganz heißes Gesicht und musste zu Boden schauen, aber ich prägte mir diesen Augenblick ein, um mir später immer wieder vergegenwärtigen zu können, wie er es gesagt hatte und wie frisch sein Hemd nach Stärke gerochen und sich seine Hand an meinem Rücken angefühlt hatte.

Irgendwie ergab es sich, dass wir immer weit weg fuhren, wenn wir miteinander ausgingen. Wir fuhren nach Madison und Fish Creek und Racine und mehrere Male nach Chicago. Es war romantisch, erregend, diese langen dunklen Straßen entlangzubrausen, zu entdecken, was sich jenseits dieser Türen verbarg, durch die er mich, die Hand nur einen Hauch weit von meiner Taille entfernt, geleitete, in diesen dunklen Sälen zu Musik der Farbigen zu tanzen, Steaks und Schnecken zu essen. Ich wurde so müde, dass ich auf der Heimfahrt immer einschlief, den Kopf an seiner Schulter.

An manchen Abenden sagte ich: »Warum machen wir es uns heute nicht gemütlich und essen einfach irgendwo in der Nähe einen Hamburger?«

Und da erwiderte er: »Sie möchten einen Hamburger? Ich kenne das beste Hamburgerlokal im ganzen Land.« Und dann landeten wir irgendwo in Fort Atkinson oder Sheboygan oder Fond du Lac.

Es war genau wie mit Joe, nur besser, denn diesmal ermahnte mich keiner: »Solltest du dir das nicht lieber noch einmal überlegen?« oder »Du bist jung, was hast du es denn so eilig?« Wenn meine Mutter solche Dinge sagte, dann meinte sie in Wirklichkeit: Es ist schön und gut, mit Katholiken befreundet zu sein, aber man muss sie ja nicht gleich heiraten! Und wenn Joes Mutter sagte: »Natürlich, sie ist ein reizendes Mädchen, aber Reizendsein ist nicht alles«, dann meinte sie damit, dass Lutheraner ausgezeichnete Nachbarn abgeben, aber keine brauchbaren Ehefrauen. Clement war, soweit ich feststellen konnte, überhaupt nicht religiös, und das war mir sehr recht. Wenn ich jetzt an Gott dachte, dann schwebte er gerade irgendwo über Frankreich und kümmerte sich nicht im Mindesten um mich.

Normalerweise würde ich mich von einem Mann, wenn wir nicht gerade tanzen, nicht anfassen lassen – es sei denn, er möchte vielleicht einen Gutenachtkuss –, aber als Clement mich zum ersten Mal berührte, saßen wir im parkenden Wagen irgendwo am Ufer des Michigansees, einer so ungeheuer großen Wasserfläche, dass man die andere Seite nicht sah. In jener Nacht strich er mir nur mit den Fingerspitzen über das Gesicht – die Augenlider, die Wangen, die Umrisse der Lippen –, behutsam, sanft und doch entschieden, als male er mir die Gesichtszüge auf. Noch niemand hatte je etwas Ähnliches mit mir getan. Ich wusste nicht, wie ich reagieren sollte, also wartete ich einfach ab, was als Nächstes passieren würde.

Es passierte nichts weiter, wochenlang nicht, wie mir schien, bis ich mich an das Gefühl seiner Finger auf meiner Haut gewöhnt hatte und ich trotz meiner Schüchternheit nicht umhinkonnte, das Kinn anzuheben, bereit für mehr – und dann legte er seine Fingerspitze nur an mein Schlüsselbein, gerade eben unter den Rand meines Kleids, und dann gab er mir einen Kuss, so leicht und so schmelzend und so flüchtig wie Zuckerwatte.

Als er mir sagte, dass er mich liebte, lachte ich. Nicht etwa spöttisch, sondern heiter, eher mir selbst als ihm zur Warnung, das nicht allzu ernst zu nehmen. Ich glaube, dass man bei seinen Gefühlen sehr aufpassen muss. Es ist ein Fehler, ihnen freien Lauf zu lassen, nur weil sie gerade erwacht sind. Aber wie Mathilda beherrschte auch Clement die Kunst, seinen Willen zu bekommen. Es dauerte nicht lange, und ich kapitulierte und gestattete mir, ihm zu glauben und ihn meinerseits zu lieben. Es erschien mir wie eine sichere Sache. Es fühlte sich genauso an, wie es sollte. Ich fing an, daran zu denken, was früher oder später einmal passieren würde; ich malte mir das Haus aus, mit der ausladenden Ulme im Vorgarten, der sonnigen Küche und der frischen, weißen Wäsche, den Kindern, wenigstens vier oder fünf davon, mit seinen rosigen Wangen und meinen Mandelaugen. Natürlich würde mir meine Arbeit fehlen, aber insgeheim war ich schon ein bisschen froh zu wissen, dass meine eigentliche Zukunft woanders lag.

Ich erzählte ihm von der Farm und dem See. Ich erzählte ihm, wie frisch und kühl es da im Sommer war, wie klar und glitzernd im Winter. Vielleicht erweckte ich den Eindruck, als wäre jeder Tag dort ein Picknick im Grünen, denn ich wollte ihm unbedingt eine Freude machen. Und vermutlich wollte ich mir selbst auch eine Freude machen. Es war eine Erleichterung, so zu tun, als wäre da alles genau so, wie es sein sollte, durch und durch vollkommen, und als wartete es nur darauf, dass ich heimkehrte. Ich träumte von dem Sommernachmittag, an dem wir zusammen zu meiner Insel hinausrudern würden. Ich malte mir aus, wie er gleich einem Hecht aus dem Wasser schießen und wie ich ihn und er mich nass spritzen würde, und dann, wie er mich in die Arme schließen und mich mit sich hinab unter die Wellen ziehen würde.

Aber ich hätte es besser wissen sollen, denn es gab durchaus Hinweise – wenn ich sie nur zur Kenntnis genommen hätte. Eines Abends hatten wir vorgehabt, nach Chicago zu fahren, was normalerweise zum Tanzen bedeutete. Ich wartete auf der Schaukelbank unter dem Vordach, die Hände in einem Muff aus Seehundfell.

»Na, wo soll's denn hingehen, so herausgeputzt?«, fragte Thea Martins, als sie auf dem Weg hinaus an mir vorbeikam. Sie hatte einen Freund, der einen Häuserblock weiter wohnte, und er verabredete sich mit ihr immer irgendwo, anstatt sie, wie es sich gehörte, abzuholen.

»Wohin er mich ausführen wird, vermutlich.« Jedes Mal wenn man Thea erzählte, wo man hinging, behauptete sie, erst vorige Woche in einem ganz ähnlichen, nur besseren Lokal gewesen zu sein.

»Na, dann viel Spaß.« Sie winkte, ohne sich umzudrehen, während sie die Stufen hinuntereilte.

Zwei Männer gingen hinein, um ihre jeweilige Bekannte abzuholen, und dann kamen fünf Mädchen zusammen heraus, alle lachend, dass ihr Atem kleine Wölkchen bildeten. Meine neuen Tanzschuhe aus Stoff waren hübsch, aber kaum das Richtige, um darin Ende Oktober im Freien zu sitzen. Ich ging einige Male unter dem Vordach auf und ab und schlenderte dann ein paar Meter die Straße entlang in die Richtung, aus der Clement normalerweise kam.

Er wohnte im Osten der Stadt, so viel wusste ich, auch wenn mir jetzt klar wurde, dass ich nicht wusste, wo genau.

Ich sagte mir, wenn ich jetzt ganz kurz hineinginge, vielleicht rasch nach oben liefe, um mir ein neues Taschentuch zu holen, würde er in der Zwischenzeit da sein.

Eliza lag auf dem Bett und las wieder einmal *Jennie Gerhardt*. »Ruf bei ihm im Büro an«, sagte sie. »Er ist wahrscheinlich gerade dabei, ein Geschäft zu machen.« Die Worte »ein Geschäft zu machen« sagte sie in einem abfälligen Ton. Ihr missfiel die Weise, wie Clement Geschäfte machte, wie er sich auf jede neue Idee stürzte. Sie war der Ansicht, er sollte bei einer Sache bleiben, einer erprobten, sicheren Sache. Auch den Champagner missbilligte sie.

Wir fanden die Nummer, die er mir gegeben hatte, und ich ging hinunter in die Eingangshalle, wo sich ein Fernsprecher befand. Ich ließ es zwanzigmal klingeln. Er ist wahrscheinlich nur gerade nicht im Zimmer, dachte ich. Was, wenn er just in dem Augenblick zurückkommt, wenn ich auflege? Ich rief noch einmal an und ließ es dreißigmal klingeln.

Eliza klappte ihr Buch zu. »Gehen wir beide doch was essen.«

Aber ich konnte nicht. Wie schrecklich wäre es gewesen, wenn er gerade gekommen wäre, wenn ich nicht da war.

»Ach, du Ärmste«, sagte Eliza, als sie von ihrem Abendessen zurückkam und sie mich immer noch am Fenster unseres Zimmers sitzend vorfand. »Du musst ja ausgehungert sein.«

»Nein, ich habe ein Sandwich gegessen«, log ich. Ich zog meine neuen Stoffschuhe aus und stellte sie behutsam in den Schrank.

»Also, ich gehe jetzt jedenfalls ins Bett«, sagte sie. »Es hat keinen Sinn, noch länger aufzubleiben.«

Bevor sie das Licht ausschaltete, sagte Eliza freundlich: »Wahrscheinlich hast du dich im Datum geirrt.« Aber wir wussten beide, dass es nicht so war. Als ich sie tief und gleichmäßig atmen hörte, stand ich auf und setzte mich wieder auf meinen Stuhl am Fenster, und dort schlief ich zuletzt auch ein.

Alle diese Sorgen, für nichts und wieder nichts. Am folgenden Nachmittag klopfte Fanny an die Tür unseres Zimmers.

»Besuch für dich unten«, sagte sie augenzwinkernd. »Sieht mir so aus, als ob jemand ziemlich zerknirscht wäre.«

Mir schoss die Hitze in die Wangen, und ich trat kurz vor den Spiegel.

»Du siehst gut aus«, sagte Eliza, ohne die Augen von ihrem Buch zu heben.

Er stand im Salon und hielt sich einen großen Strauß lavendelfarbener Tulpen vor das Gesicht. Im Oktober waren das teure Blumen. »Es tut mir Leid, Amy«, sagte er, um den Strauß herum lugend, als fürchte er sich davor, wie ich ihn ansehen oder was ich sagen könnte.

»Es ist ja nur, dass ich dachte, dir könnte etwas zugestoßen sein«, sagte ich und nahm ihm die Blumen ab, »oder Schlimmeres.« Obwohl dies, um die Wahrheit zu sagen, nicht das Einzige war, das mich geängstigt hatte.

»Es war ein Notfall«, sagte er. »Ich habe Geld in ein Bleibergwerk in Hazel Green investiert, weißt du, und ich musste da rausfahren, um nach dem Rechten zu sehen. Die Nation braucht jetzt Blei. Es war meine vaterländische Pflicht.«

»Aber hättest du nicht anrufen können?«

»Und das ganze Haus wecken? Das wäre dir doch bestimmt nicht recht gewesen.«

»Das nächste Mal«, sagte ich, »setze ich mich direkt neben das Telefon und nehme beim ersten Klingeln ab. Dann brauche ich mir keine Sorgen zu machen, du könntest einen Unfall gehabt haben.«

»Nein«, sagte er, »mir gefällt die Vorstellung nicht, dass du aufbleiben müsstest. Es ist nicht gesund. Und weißt du, manchmal wird es bei solchen Besprechungen so spät, das kannst du dir gar nicht vorstellen. Und es ist auch nicht immer ein Telefon erreichbar, Amy. So läuft es eben in meinem Geschäft. Ich muss da hin, wo sich die Gelegenheit gerade bietet. Das verstehst du doch, nicht wahr? Du verzeihst mir doch, oder? Braves Mädchen!«

In Kriegszeiten mussten die Menschen eben manchmal Dinge tun, die sie sonst nicht tun würden. Das sagte ich auch Eliza.

»Warum ist er dann nicht in Frankreich?«, fragte sie. »Wenn er so pflichtbewusst und so vaterländisch gesonnen ist?«

Darauf wusste ich eine Antwort. Während einer unserer

nächtlichen Überlandfahrten hatte er mir erzählt, er habe sich schon vor über einem Jahr, im allerersten Sommer, freiwillig gemeldet. Obwohl er fast vierzig war, hätte er sich den jungen Burschen angeschlossen, die nichts Besseres mit ihrer Jugend anzufangen wussten, aber der Arzt hatte ihn für dienstuntauglich erklärt.

»Mein Herz ist wohl nicht hundertprozentig in Ordnung«, sagte er. »Die Ärzte meinten, das käme davon, dass ich früher einmal ein rheumatisches Fieber gehabt hatte.«

Während er mir das erzählte, wandte er den Blick ab und sah über die dunklen Felder, als falle es ihm schwer, dies einzugestehen. Ich liebte ihn nur umso mehr dafür, dass er bei all seinem Wissen und all seinem Können offenbar doch einen zarten, empfindlichen Kern hatte.

Der Krieg endete, aber Clement hatte weiterhin viel zu tun. Als er mich das nächste Mal versetzte, hatte er ein Immobiliengeschäft in Oshkosh abgewickelt. »Man muss anschließend dableiben und mit dem Käufer etwas trinken, sonst glaubt er, man habe ihn über den Tisch gezogen«, sagte er und legte mir ein Dutzend aprikosenfarbene Rosen in die Arme. Was er sagte, klang durchaus glaubwürdig. Was wusste ich schon von Geschäften?

»Rosen sollten rot sein«, sagte Eliza, aber was wusste sie schon von Rosen?

»Es ist keine Kunst, eine rote Rose zu finden«, sagte ich, während ich die Blumen, so gut es ging, in meinem Zahnputzbecher arrangierte. »Diese hier sind etwas Besonderes. Sie kommen per Zug aus New York.« Ich musste sie gegen die Wand lehnen, damit der Becher nicht umkippte, aber sie verliehen dem Senfgelb unseres Zimmers einen satten, warmen Goldton, und sie hielten fast eine Woche.

Bei der darauf folgenden Verabredung verließ ich, nachdem ich eine Stunde gewartet hatte, meinen Aussichtsposten unter dem Vordach und aß einen Teller Suppe im Drugstore, und dann lud ich mich ins Kino ein. Es war furchtbar schwierig, es Eliza andauernd erklären zu müssen.

Was war schon dabei, von Zeit zu Zeit einen Abend mit Warten zuzubringen? Es war ja nicht so, dass ich Besseres zu tun gehabt hätte. Er dagegen schon. Er hatte wichtige Dinge zu erledigen, und wenn er sich gelegentlich nicht davon freimachen konnte, um ein paar nette Stunden mit mir zu verbringen – nun, wie hätte ich mich da beklagen dürfen? Ich wusste, dass er lieber mit mir zusammen gewesen wäre. Er liebte mich nämlich von ganzem Herzen. Das waren seine Worte, und es machte mich unendlich glücklich zu glauben, sie seien wahr.

Und dann entschied die Armee der Vereinigten Staaten, dass sie sich die Vakuumbox ansehen wollte. An dem Abend sprang er aus dem Wagen und kam die Vortreppe heraufgerannt. »Ich bin drin, Amy! Drin!«

Er nahm mich in die Arme und schwang mich herum. Der Atem, der aus seinem Mund drang, roch schwach nach Gin.

Ich legte den Kopf leicht in den Nacken und lachte. Er war so aufgeregt, dass er vergessen hatte, mir die rosa Nelken zu geben, die er in der Hand hielt. Ich zog spielerisch daran, und er lachte gleichfalls und ließ sie los.

»Wo drin?«, fragte ich ganz beiläufig und erwartete, etwas über eine neue Geschäftsverbindung zu hören, von der ich nichts verstehen würde, über eine neue Investition mit den »cleversten Burschen«, die er je kennen gelernt habe, über eine neue Maschine, die etwas leistete, wovon ich gar nicht gewusst hatte, dass es geleistet werden müsste. Ich vergrub meine Nase in den Blumen, roch ihren lieblichen Duft.

»In der Armee!«, sagte er. »Sie werden mich einsetzen, mich nach Washington, vielleicht nach Frankreich schicken! Und ich wette, du errätst nicht, warum.«

»Aber der Krieg ist doch vorbei«, sagte ich. Ich setzte mich auf die Schaukelbank, und er nahm neben mir Platz.

»Ich weiß, das ist komisch, nicht? Der Krieg ist vorbei, und jetzt will mich die Armee haben. Aber du hast noch nicht geraten, warum«, sagte er, legte seine Arme um mich und begann, an meinem Ohr zu knabbern.

»Clement!« Verlegen stieß ich ihn zurück.

»Und, möchtest du nicht raten?« Er sah gekränkt aus.

Ich versuchte, ihn wieder versöhnlich zu stimmen, versuchte, mir eine vernünftige oder zumindest amüsante Antwort einfallen zu lassen, aber mir schwirrte der Kopf. Meine Finger zupften geistesabwesend an der Schnur, die den Blumenstrauß zusammenhielt. Ich konnte keinen Gedanken fassen.

»Ich komme nicht drauf«, sagte ich schließlich. »Sag du es mir.«

»Sie wollen die Vakuumbox! Ist es nicht unglaublich? Sie wollen sie in Washington testen, und wenn sie sie überzeugt, werden Freddy und ich ihnen helfen. Wir werden sie überallhin begleiten, im ganzen Land und auch nach Europa! Ich kann's gar nicht glauben.« Jetzt lief er unter dem Vordach auf und ab, dass seine Schuhe auf dem Schnee quietschten. »Hier, lass mich das machen«, sagte er, zog ein kleines Taschenmesser hervor und öffnete die Klinge. Aber er schaffte es nicht, lange genug stillzustehen, um die Schnur durchzuschneiden. Er drückte mir das Messer in die Hand und fing wieder an, auf und ab zu gehen. »Aber ich kann's *doch* glauben!«, stieß er voller Überzeugung hervor. »Ich kann es glauben. Weil ich weiß, dass es eine großartige Sache ist, eine wichtige Sache.« Er wandte sich wieder zu mir, legte mir die Hände auf die Schultern und küsste mich.

»Wann?«

»Was wann?«

»Wann fährst du?«

»In einer Woche. Die Zeit reicht kaum, um alles geregelt zu bekommen.« Dann hielt er inne und schien endlich meine Stimmung zu bemerken. »Heute Abend also«, sagte er, »feierst du mit mir, ja?« Er nahm meine Hand, zog mich sanft hoch und zu sich heran und presste dann seinen Mund an mein Ohr. »Es könnte unser letzter Abend werden, auf sehr, sehr lange Zeit.«

Eine dünne Schneeschicht ließ die Reifen auf der Straße surren, während wir durch die Nacht fuhren und fuhren. Als er mir den Arm um die Taille legte, wusste ich nicht, warum ich mich noch nie, so wie jetzt, von der Seite an ihn geschmiegt hatte. Ich hätte mich schon viel früher so fest wie ich es nur wagte an ihn klammern sollen.

Wir hielten an einem Lokal außerhalb von Racine, wo ich meinen ersten Martini probierte, dann an einer Kneipe in Kenosha, wo ich meinen zweiten genoss, und schließlich an einem anderen Lokal in Winnetka, wo ich meinen dritten trank, aber kaum schmeckte.

Als er mich in Chicago zur Tür eines schicken Hotels dirigierte, lächelte mir eine hoch gewachsene Frau, mit gewölbten Augenbrauen und einem langen, anmutigen Hals, hinter der Glasscheibe verträumt zu. »Sieh doch«, sagte ich und deutete auf sie, »wie hübsch.«

Im Zimmer kam mir, während er telefonisch Champagner bestellte, ein ganz seltsamer Gedanke. Das haben sie sich selbst zuzuschreiben, dachte ich. Da können sie sehen, was passiert, wenn sie mich ganz allein lassen. Ich musste fast weinen, als ich das dachte. Aber dann hängte er den Hörer ein und zog mich ans Fenster, damit ich all die Lichter sah, und ich vergaß, dass ich allein war. Vergaß alles.

Als es vorüber war, verspürte ich nur noch Angst und Reue. Ich konnte ihn nicht ansehen. Ich konnte mich selbst nicht ansehen. Ich hielt die Augen auf die Blütenranken der Zentifolie gerichtet, die den Teppich schmückte. »Das war nicht recht«, sagte ich zu der Zentifolie. Ich hörte nicht auf, es zu sagen, immer und immer wieder, während ich da auf der Bettkante saß, über das Kissen gebeugt, das ich mir fest auf den Schoß presste. »Das war nicht recht.«

Er aber legte mir das Laken sanft über die Schulter. Er war so lieb. Er nahm alle Schuld auf sich. Er liebe mich so sehr, sagte er. Es sei stärker als er gewesen, sagte er, und ob ich es nicht verstehen könne? Er flehte mich an, ihm zu vergeben, und natürlich tat ich's. Ich verstand.

»Es ist schon gut«, sagte ich zuletzt. »Natürlich ist alles in Ordnung. Jetzt heiraten wir. Morgen früh. Oder heute Nacht, vielleicht sogar schon heute Nacht, könnte sein, dass jemand ...«

»Du weißt, dass das unmöglich ist«, sagte er und schüttelte traurig den Kopf, während er mir mit der Hand über das Haar strich.

»Na ja, dann morgen Vormittag. Morgen ist sicherlich früh genug.«

»Ich dachte, du hättest verstanden«, sagte Clement. »Ich dachte, du wüsstest Bescheid. Ich bin schon verheiratet.«

5

Clement und Theresa Owens wohnten mit ihren drei Kindern auf der Prospect Avenue, in einem Backsteinhaus mit hohen Decken und rosafarbenen Glaskugeln an den neuen elektrischen Lampen und einem Türklopfer in Gestalt eines Engels.

Sonntagmorgen in aller Frühe spürte Clement die glatte Haut von Amandas Oberschenkel an dem seinen. Er wachte abrupt auf und warf die Decke zurück.

»Was ist los?«, murmelte Theresa.

»Müssen diese gefüllten Paprikaschoten sein, die du mir gestern Abend vorgesetzt hast. Du weißt doch, dass ich Paprika nicht gut vertrage.«

Clement begab sich nach unten, um sich von dem Schrecken zu erholen.

In der Küche trank er Kaffee und sah in den heraufziehenden Tag hinaus. Im großen Haus nebenan brannte Licht, und von Zeit zu Zeit schweifte Clements Blick über den seitlichen Grasstreifen und die Hecke, die sein Grundstück von dem des Nachbarn trennte. Er beobachtete, wie sich die Nachbarsköchin vornüberbeugte, um etwas aus dem Ofen zu holen, und verspürte ein plötzliches Hungergefühl.

Amy hatte sich am Ende als ein Missgriff erwiesen, dachte er, während er den Ofen anzündete. Natürlich waren sie alle nicht gerade erfreut, wenn er Schluss machte. Eine hatte ein unangenehmes Lachen ausgestoßen, daran konnte er sich noch erinnern. Ein paar hatten geschimpft, die meisten aber weinten. Mit Tränen kam er gut zurecht. Er war ja nicht hartherzig. Sie taten ihm Leid. Aber sie wussten alle genauso gut wie er, dass der Spaß einmal enden musste. Manchmal war nicht einmal er derjenige, der Schluss machte. Es gefiel ihm nicht sonderlich, wenn das geschah, aber Schwierigkeiten machte er nie – eine Dame musste schließlich an ihren Ruf denken. Aber die arme Amy ... Sich einzubilden, dass er sie heiraten würde! Wie war sie bloß auf die Idee gekommen? Hatte er sich nicht von Anfang an vollkommen klar ausgedrückt? Na ja, wenn schon nicht vollkommen klar, dann doch wenigstens so klar, dass jeder vernünftige Mensch Bescheid gewusst hätte. Er seufzte, vom vagen Gefühl durchdrungen, dass sie ihm mit ihren Erwartungen Unrecht getan hatte, und schob zwei dicke Scheiben Brot zum Rösten in den Ofen.

Hatte er gehofft, sie wieder zu sehen? Warum sonst hätte er Theresa überzeugen sollen, dieser bestimmte See in der Nähe dieses bestimmten Städtchens sei der einzig passende Ort, um ein Sommerhaus zu bauen? Ja, wozu überhaupt ein Sommerhaus? Er trank einen Schluck Kaffee und erschauderte bei der Bitterkeit.

Natürlich war es nicht *genau* so gewesen, erinnerte er sich, während er Zucker in die Tasse löffelte. So dumm war er schließlich nicht. Er war eines Tages einfach so, aus purer Neugier, wie er sich selbst erklärt hatte, nach Nagawaukee gefahren, um sich mal den Ort anzusehen, von dem sie ihm so viel erzählt hatte. Gucken wird man ja wohl dürfen, oder? Und dann, na ja, jeder, der etwas Fantasie besaß, hätte auf Anhieb die Möglichkeiten erkannt. Werbeanzeigen waren ihm durch den Kopf geschossen – die reizenden Seen, wie Saphire aneinander gereiht oder wie Rotkehlcheneier in die grünen Hügelmulden gebettet. In einem Städtchen in der Umgebung gab es sogar eine Thermalquelle.

Clement sah nach seinem Toast – goldbraun auf der einen Seite, perfekt. Er drehte die Scheiben um und schloss die Ofentür behutsam, um keinen Lärm zu machen. Die Schumachers hatten sich da draußen ein Haus gekauft, ebenso die Kochs und die Steinmans. Brauereibesitzer und Bankiers und Holzbarone kauften und bauten in der ganzen Region. Es war eine gute Investition, ein kluger Schachzug. Es hatte gereicht, Theresa die Feldsteinvilla zu zeigen, die die Schuhmachers sich am Lake La Belle gebaut hatten, und sie hatte ihm das Geld für mehrere ausgewählte Grundstücke bewilligt: lange Streifen am Seeufer, auf denen bis dahin Kühe geweidet hatten. Dieses Land an Leute weiterzuverkaufen, denen die Vorstellung schmeichelte, ein »Anwesen« zu besitzen, einen Ort, an dem sie mit dem Salz der Erde und der frischen Luft in Berührung kamen und dazu die Möglichkeit zu allerlei Freizeitaktivitäten im und am Wasser hatten, würde keinerlei Schwierigkeiten bereiten. Einen Teil davon würde er teils als Bauland erschließen, teils verpachten – es gab keinen Grund, warum nur Leute, die es sich leisten konnten, zu einem solchen Paradies Zutritt haben sollten –, und für sich und seine Familie hatte er eine Parzelle von nicht ganz fünf Hektar reserviert.

Dieses Grundstück hatte er besonders preisgünstig bekommen, da es zu einem großen Teil beängstigend abschüssig war und die einzige Stelle, an der ein Haus gebaut werden konnte, ein bisschen zu nah am Wasser lag. Und dann gab es natürlich auch elegantere Seen und selbst am Nagawaukee begehrtere Lagen. Aber diese Nachteile waren ihm nur recht, es war niemals klug, die erste Wahl zu kaufen. Profit machte man nur, wenn man in der Lage war zu sehen, was die anderen nicht sahen. Und er konnte dieses Anwesen sehen. Er würde das Land arbeiten lassen, ein weiteres Argument, sich in keiner Gegend niederzulassen, in der Unternehmungsgeist mit snobistischem Stirnrunzeln betrachtet wurde. Er beabsichtigte, ein wenig Landwirtschaft zu treiben, vielleicht Käse zu produzieren – ein paar Leute in Janesville hatten mit einem weißen Cheddar ausgezeichnete Erfolge erzielt –, oder Angoraziegen zu züchten. Und er beabsichtigte, ein schönes Haus zu bauen.

Was ihm vorschwebte, war etwas wie ein griechischer Tempel, mit weißen Säulen, die von der breiten Eingangsterrasse bis hinauf zum Dach reichten. Wegen des steilen Hangs würde das Haus nur eine geringe Tiefe haben können, aber das schien ihm kein Problem zu sein, da es ohnehin niemand von der Seite sehen würde. Was zählte, war die Fassade, und die Fassade würde prachtvoll werden. Auf den Rasen davor würde er einen weißen Gitterpavillon stellen, und dort würden sich Freunde versammeln – Männer in cremefarbenen Anzügen und Frauen mit Sonnenschirmen, in hauchzarten Sommerkleidern, die sich sanft in der Seebrise bewegten.

Der Architekt hatte versucht, ihn zu etwas Bescheidenerem zu überreden, etwas Zurückhaltenderem, in Braun- und Grüntönen, einem halb unter Bäumen verborgenen Schweizerhäuschen, rustikal in Kiefer eingerichtet. »Vielleicht«, hatte der Architekt vorgeschlagen, »könnten Sie ein paar Möbel sogar selbst bauen.« Clement war stets für Vorschläge offen. Er fand Gefallen an der Vorstellung, würzig duftende Bretter zu sägen, schöne, solide Stücke zu schreinern, die noch nach Generationen, vom Gebrauch seidig glatt, in Familienbesitz sein würden. Er ging sogar so weit, sich von einem Mann in einer Holzhandlung beraten zu lassen, und dieser zeichnete ihm den Bauplan zu einem kleinen Kasten und erstellte ihm eine Liste des dafür nötigen Materials und Werkzeugs. Und eines Nachmittags nahm er seinen jüngsten Sohn, Arthur, zur Gesellschaft mit in den Garten und schaffte es, den Boden und zwei Seiten der Kiste zuzuschneiden, bevor er drei Bretter verdarb und sich den Zeigefinger ansägte.

Er teilte dem Architekten mit, dass er sich *keine* Möbel schreinern würde, und bestand auf seinem ursprünglichen Entwurf. Was nützte einem ein Haus, das die Leute nicht sehen konnten? Theresa war da ganz seiner Ansicht. Ja, Clement fand sogar, dass sie weit bessere Ideen als der Architekt hatte. Sie verstand den Zweck des Hauses, begriff, dass der Wind von einem zum anderen Ende hindurchstreichen musste, dass die Veranda am Mittag Picknicker vom See heranlocken und zur Cocktailstunde einen freien Ausblick auf den Sonnenuntergang bieten sollte. Sie hatte auch vorgeschlagen, dass das Haus dreigeschossig werden sollte, mit geräumigen Dachböden. Für die Küche sah sie ein separates Gebäude vor, mit dem

Esszimmer durch einen überdachten Gehweg verbunden, damit das Haupthaus kühl blieb. Sie bestand außerdem darauf, dass sie die zwei östlich angrenzenden Grundstücke dazukauften, um genügend Platz für ein Bootshaus zu haben, und auch damit Maynard oder Avis oder Arthur, vielleicht sogar alle drei, sich später selbst Häuser bauen könnten. So machten das die Leute, erklärte sie. Er wusste, was sie mit »Leute« meinte – die Sorte Leute, die ihn in ihre Klubs einführen würden.

Nun, Ende gut, alles gut, versicherte sich Clement, während er die angebrannten Ränder seines Toasts abkratzte und die Scheiben dann dick mit Butter bestrich. Hätte er Amanda nicht kennen gelernt, hätte er auch niemals diesen Ort entdeckt, diese neue Umgebung, die ihn so belebt hatte, dass er sich wieder wie ein junger Mann fühlte, dem alle Möglichkeiten offen standen.

Die Köchin kam herein, noch mit dem Zubinden ihrer Schürze beschäftigt. »Wieder mal früh auf den Beinen, Mr. Owens?«

»Morgenstund hat Gold im Mund, Trudy.« Clement biss ein großes Stück von seinem gebutterten Toast ab, wie um seine Behauptung zu bekräftigen. Dann schenkte er ihr eine Tasse Kaffee ein und goss sich selbst etwas nach.

Trudy trank einen Schluck und stellte die Tasse dann beiseite. Mit energischen Bewegungen holte sie aus einem Schrank eine Rührschüssel und zog die Mehllade heraus.

»Na, wenn Sie Gold wollen, dann sollten Sie sich besser ans Buddeln machen«, sagte sie, während sie das Mehl abmaß. »*Ich* mache Eierkuchen.«

»Gut möglich, dass ich das demnächst wirklich tue«, sagte Clement. Er nahm seine Tasse mit und ging nach oben ins Bad.

Es war diese verdammte Vakuumbox, dachte er, während das Wasser in die Wanne rauschte. Wenn sie ein Erfolg gewesen wäre, dann hätte er keinen zweiten Gedanken an Amanda verschwendet. Man hätte meinen können, es wäre sein erster Misserfolg gewesen, so wie ihm dieses Desaster in die Knochen gefahren war. Und Theresa ... – stirnrunzelnd starrte er sich im Spiegel an. Lichtete sich sein Haar an den Schläfen? Eine Ehefrau sollte einen seelisch stützen, einen nicht ständig daran erinnern, dass sie's doch schon immer gesagt hätte oder dass es ein dummes Wagnis gewesen sei. Amanda hatte die Vakuumbox nicht für eine Dummheit gehalten. Sie hatte begriffen, welche Möglichkeiten in ihr steckten, und sie war eine Krankenschwester, was doch einiges heißen sollte. Auch seine anderen Projekte hatte sie zu würdigen gewusst. Er erinnerte sich, wie sie nach den Bleibergwerken gefragt hatte. Sie hatte wissen wollen, ob sie da Kanarienvögel einsetzten. Das war der Abend gewesen, an dem sie aufgequietscht hatte, als der Kellner mit dem Kaviar an den Tisch gekommen war. Aber auf sein Drängen hin hatte sie ihn probiert, und auf seine Versicherung hin, er würde ihr schmecken, *hatte* er ihr geschmeckt. Er ließ sich in das heiße Wasser gleiten und dachte daran, wie angenehm es doch war, einen Abend mit einer solchen Frau zu verbringen: einer Frau, die wirklich an einen glaubte.

Aber in diesem trostlosen Postamt war sie ganz und gar nicht so gewesen, wie er sie in Erinnerung gehabt hatte. Er hätte nie geglaubt, dass sie noch immer wütend sein würde, nicht nach über einem Jahr, aber in ihrem Blick war nicht *ein* Funken Zuneigung gewesen. Älter hatte sie auch ausgesehen, und im Gesicht abgemagert, was ihr allerdings, wenn er es sich jetzt überlegte, durchaus nicht schlecht gestanden hatte. Hätte er ihre Wangen berühren können, dachte er, oder auch nur ihre Hand, wäre es besser gewesen, es hätte sie ihm wieder nahe gebracht, aber mit Theresa draußen im Wagen und dieser Frau, die sie vom Schalter aus beobachtete, war es nicht möglich gewesen.

Und was tat Amy mit diesem kleinen Mädchen? In seiner Vorstellung trug Amanda tagsüber noch immer ihre ordentliche Schwesternschürze und saß abends sittsam auf der Schaukelbank des Schwesternwohnheims.

Durch die Tür konnte Clement hören, wie seine Frau den Stuhl von ihrer Frisierkommode zurückschob, die Schublade öffnete, in der sie ihre Kämme und Hutnadeln aufbewahrte, und sich für die Morgenmesse bereitmachte. Er konnte förmlich sehen, wie Theresa jetzt vor dem Spiegel saß – aufrecht, den Rücken gerade wie einen Stock – und sich bedächtig die Haare bürstete.

»Theresa! Ich habe keine Seife mehr!«, rief er und wickelte das Stück, das er hatte benutzen wollen, in einen Waschlappen und schob sich das Päckchen unter das Knie.

»Im Schränkchen«, sagte sie, und er hörte, wie sich die Tür des Ankleidezimmers hinter ihr schloss. Erwartete sie etwa von ihm, dass er fröstelnd und triefend im Badezimmer die Schubladen durchwühlte? Was, wenn er wirklich keine Seife mehr gehabt hätte?

Aber es geschähe ihm ja nur recht, wenn sie sich weigerte, je wieder etwas für ihn zu tun – oder? Clement begann, sich energisch abzuschrubben. Die Vorstellung, dass er einer Frau nachgestiegen war, die sich als eine Wahnsinnige entpuppt hatte, jagte ihm eine gewisse Angst ein. Nun, jetzt war's vorbei, endgültig und ganz vorbei. Theresa würde schon merken, dass es zwischen ihnen beiden von nun an wieder so sein würde, wie es einst gewesen war.

»Das soll mir eine Lektion sein«, sagte er sich, »eine Warnung. Von nun an bin ich meiner Frau treu.«

Das zu sagen erfüllte ihn immer mit Optimismus. Er seufzte und legte sich ins wohltuend warme Wasser zurück. Dann schloss er die Augen und legte sich einen nassen Waschlappen auf das Gesicht, um die Bartstoppeln aufzuweichen. Er fing an, über eine neue Maschine nachzudenken, von der ihm neulich jemand erzählt hatte: eine Art Kamera, mit der sich direkt durch die Haut Bilder von den Knochen machen ließen. Das war nun wirklich etwas, was eine genauere Prüfung verdiente.

Unten tapste die sechzehnjährige Avis Owens – in dem Morgenmantel und den Pantoffeln, in denen er sie eines nicht lange zurückliegenden peinlichen Morgens für seine Frau gehalten hatte, als sie am oberen Treppenabsatz vorübergehuscht war – den Korridor entlang. Maynard, achtzehn, stöhnte, vergrub das Gesicht in seinem Kissen, um dann, mit einer theatralisch verzweifelten Bewegung, seine Decken zurückzuwerfen und die bloßen Füße schwungvoll auf den Boden zu setzen.

Arthur, sechs, wurde erst völlig wach, als das Wasser in den Waschtisch klatschte, der an einer Wand des Zimmers stand, das er sich mit seinem Bruder teilte. Er blieb regungslos liegen und hörte mit geschlossenen Augen zu, wie Kleiderbügel an der Stange entlangschabten und die Schubladen der Kommode aufglitten und nicht wieder zugeknallt wurden. Als Maynard aus dem Zimmer ging, stand Arthur auf und kauerte sich, noch im Pyjama, neben seine Bausteinstadt. Die beste Arbeit gelang ihm immer am Morgen, während der Riegel an der Badezimmertür auf- und zuglitt, auf und zu, das Wasser durch die Rohre rauschte, Füße die Treppe hinunter- und hinauf- und hinuntergaloppierten, in der Küche Porzellan klapperte und die Haustür dann endlich zuknallte, zuknallte, zuknallte.

Und dann verstummten eine Zeit lang die Geräusche des Morgens, und das Einzige, was im Haus noch zu hören war, während sich der Balken von Sonnenlicht beharrlich über den Schlafzimmerfußboden auf den Schrank zubewegte, waren Arthurs wegen seiner Polypen leicht nasale Atemzüge und das Klacken der Holzklötze. Kurz nachdem die Standuhr im Vorderzimmer acht Mal geschlagen hatte, schlurften die Pantoffeln seiner Mutter den Korridor entlang, und dann stand sie da, reckte wie eine Katze die Arme über den Kopf und band sich anschließend den Gürtel des Morgenmantels neu zu. Dann schürzte sie den Morgenmantel und hockte sich neben Arthur auf die Fersen und fing an, Bauklötze zu verrücken, als wüsste sie, wo sie hingehörten. Er ließ sie machen, obwohl er später natürlich alles wieder würde umordnen müssen. Zuletzt, wenn das Spielen sie zu langweilen begann, beugte sie sich schwungvoll über ihn und gab ihm einen Kuss. Er roch ihren kaffeewürzigen Atem und ihre lotionduftenden Hände. Und dann endlich würde ihr gemeinsamer Tag wirklich beginnen.

Theresa hatte die Betreuung Maynards und Avis', solange sie klein und uninteressant gewesen waren, Kindermädchen überlassen, aber Arthur war anders, oder vielleicht war auch sie inzwischen anders, und ihr graute vor September, wenn er in die Schule kam und sie ihn nicht mehr den ganzen Tag um sich haben würde.

Diesen Vormittag, nach der Kirche, würden sie einer Mrs. Herman Kessler, die eine Spende für die neue öffentliche Bücherei zugesagt hatte, einen Besuch abstatten. Theresa wusste, dass es Leuten, die Geld spendeten, lieber war, den dankbaren Empfänger selbst zu sehen als ihren Scheck der anonymen Post anzuvertrauen. In der Newberry Street 62 wurden sie in einen hellen Salon geführt, wo Mrs. Kessler und ihre Freundin Mrs. Jones gerade einen Stoß Aquarelle durchblätterten.

»Sehen Sie sich das an!«, befahl Mrs. Kessler und hielt Theresa ein turbulentes Seestück, in dem Blau-, Grün- und Grautöne zu einer Art Schlamm verrührt worden waren, zum Bewundern hin. »Ich weiß nicht, wo meine Charlotte ihr Talent herhat. Ich kann nicht für fünf Pfennig zeichnen, und Herman kann gerade mal seinen Namen schreiben.«

»Es ist schön«, sagte Theresa.

»Bemerkenswert«, stimmte Mrs. Jones mit ihr überein.

»Wie sie die Stimmung eingefangen hat!«, sagte Mrs. Kessler. Sie hielt das Gemälde auf Armlänge von sich entfernt und kniff die Augen zusammen, bemüht, einen bestimmten Aspekt – *überhaupt* einen Aspekt – des Bildes zur Geltung kommen zu lassen. »Daran erkennt man den wahren Künstler.«

Theresa pflichtete ihr höflich bei. Und dann vergingen, da sie die beiden Frauen während des Krieges, im Rahmen ihrer Arbeit in verschiedenen Rot-Kreuz-Komitees, kennen gelernt hatte, fast zwanzig Minuten damit, dass sie sich darüber austauschten, wann sie sich zuletzt gesehen und wann sie zuletzt etwas von dieser oder jener Frau gehört hätten, und sich lachend an den Tag erinnerten, als sie Pfirsichkerne geschaufelt hatten, während Arthur die Seiten seines Bilderbuchs umblätterte und sich einen Keks nahm, wenn ihm einer angeboten wurde.

»Übrigens«, sagte Mrs. Jones endlich zu Theresa, »ich meine, wir hätten Ihre Tochter letzte Woche bei den Turners gesehen. Sie heißt doch Avis, oder täuscht mich mein Gedächtnis?«

Da spitzte Arthur die Ohren. Es kam ihm immer seltsam vor, dass Leute, die er noch nie gesehen hatte, seine Schwester und seinen Bruder kannten, und es war interessant zu hören, was sie über sie zu sagen hatten.

»Wie freundlich von Ihnen, sich noch zu erinnern«, erwiderte Theresa. »Ich hoffe, sie hat sich benommen.«

»Sie war in Begleitung einer anderen jungen Dame«, sagte Mrs. Kessler. »Ein Mädchen mit einer etwas unvorteilhaften Nase.«

»Meta Kunkel. Ja, es ist wirklich jammerschade, das mit ihrer Nase.«

»Ich bin sicher, sie ist ein reizendes Mädchen«, meinte Mrs. Kessler mit der Selbstgefälligkeit derjenigen, die sich einer Tochter mit einer geraden und hübschen Nase erfreut.

»Sie ist kein Mädchen, das ich mir als Freundin für Avis aussuchen würde, aber unsere Kinder tun nun einmal nicht immer, was wir uns wünschen, nicht wahr?«

Theresa fand Meta unbeholfen, laut und humorlos, und damit wenig geeignet, die Leute anzuziehen, die sie sich als Umgang für Avis gewünscht hätte. Insbesondere hätte sie es gern gehabt, wenn Avis mehr Interesse an den jungen Männern ihrer gesellschaftlichen Schicht bekundet hätte. Es beunruhigte sie zu sehen, wie ihre Tochter – bei ihren vielen Möglichkeiten und großen Talenten (obwohl der Michigansee das größte Gewässer war, das Avis je gesehen hatte, fingen *ihre* Seestücke wirklich die Weite des Ozeans ein!) – ihre Chancen verspielte. Trotzdem, tröstete sich Theresa, wenn sie sich etwas zurechtmachte, konnte Avis sehr hübsch sein. Mit zunehmender Reife würde sie bestimmt zu einer angemessenen Einstellung gelangen.

Mrs. Kessler trank einen Schluck Tee und entgegnete nichts, aber der Blick, mit dem sie über den Rand ihrer Tasse hinwegsah, war mitleidig und selbstzufrieden.

»Maynard«, sagte Theresa, »mein älterer Sohn hat eine sehr

gute Position. Er ist bei der First Bank. Und was für Aufgaben sie ihm anvertrauen! Wirklich, es macht mich manchmal ganz nervös, an all das viele Geld zu denken.«

Natürlich hatte Maynard noch keinerlei wirkliche Verantwortung. Meist trug er irgendwelche Papiere von einem Büro ins andere, damit höhere Bankbeamte sie unterzeichneten. Aber es waren sehr wichtige Papiere. Und der Direktor versicherte ihm täglich, dass er es noch sehr weit bringen würde.

»Er geht also nicht aufs College?«, fragte Mrs. Kessler und biss – behutsam, damit der Puderzucker nicht staubte – in ein Löffelbiskuit.

»Nun, nein. Er sah keinen rechten Sinn darin. Wissen Sie, in den Sommerferien hatte er in der Bank als Bürobote gearbeitet, und nach seinem Abschluss am St. John's haben sie ihm sofort diese Stelle angeboten.«

»Ich behaupte wirklich nicht, dass er die College-Ausbildung benötigte. Weiß Gott, mein Freddy ist aus Yale so dumm zurückgekommen, wie er hingegangen war, aber es sind die Bekanntschaften, die man macht, die gesellschaftlichen Verbindungen. Sie können nicht erwarten, dass er vorankommt, solange er nicht die richtigen Leute kennt.«

»Wahrscheinlich geht er in ein, zwei Jahren aufs College«, sagte Theresa voreilig. »Das würde mich gar nicht überraschen.«

Mrs. Kessler und Mrs. Jones, deren Sohn in diesem Herbst sein vorletztes Jahr am Northwestern beginnen würde, wechselten einen vielsagenden Blick, und Theresa erkannte, dass sie sich irgendwie als vollkommen ahnungslos verraten hatte.

Mrs. Jones schnitt ein neues Thema an. »Wie ich höre, bauen Sie sich ein Sommerhaus.«

»Ja«, antwortete Theresa argwöhnisch. Was würden sie von einem zu engen Haus an einem zu steilen Hang an der falschen Seite des falschen Sees halten?

»Ah, ich wollte, ich könnte Herman auch dazu bewegen«, sagte Mrs. Kessler. »Im Sommer verfolgt einen der Geruch des

Flusses schier überallhin. Es ist einfach unerträglich. Aber er weigert sich, die Stadt zu verlassen. Man verpasst zu viele Gelegenheiten, sagt er, wenn man nicht da ist. Das mag ja für ihn zutreffen, aber welche Gelegenheiten würde *ich* schon verpassen? An Charlotte denkt er überhaupt nicht. Sie begreift nicht, warum wir in der Stadt bleiben müssen – besonders, da all ihre Freundinnen aufs Land fahren. Wenn wir schon bleiben müssen, sage ich zu Herman, brauchen wir ein Haus am Michigansee. Aber davon will er auch nichts wissen. Dieses Haus war für meinen Vater gut genug, sagt er, und es ist auch gut genug für mich. Und so sitzen wir da und können einzig auf die Großzügigkeit von Verwandten und Freunden hoffen, *die* ein Sommerhaus haben.« Sie lächelte Theresa an.

»Es wäre uns eine große Freude, Sie, sobald das Haus fertig ist, als unsere Gäste empfangen zu dürfen«, lud Theresa sie ein. »Wir werden dem Jachtklub und dem Tennisklub beitreten, und ich weiß, dass Avis und Maynard entzückt wären, Charlotte auf die verschiedenen Feste mitzunehmen.« Genau genommen war Avis fest entschlossen, keinem Klub beizutreten, den sie als »etepetete« einstufte, und Maynard hatte es nie geschafft, ein Gefühl für Tennis zu entwickeln, aber Theresa vertraute darauf, dass sich diese geringfügigen Probleme von selbst erledigen würden, sobald sie ihre Lieben in eine neue Umgebung versetzte, in der sich ihre wahren Anlagen entfalten konnten. Sie hoffte auch, dass das Haus besonders *ein* Problem lösen würde, nämlich die Unbeständigkeit ihres Mannes. Schon jetzt konnte sie bei Clement eine Veränderung feststellen. Er kam jeden Abend pünktlich nach Haus, so dass sie gemeinsam die Pläne studieren konnten. Er setzte ihr seine Ideen mit der gleichen Begeisterung auseinander, die er damals in der allerersten Zeit ihrer Bekanntschaft an den Tag gelegt hatte, und er war begierig, ihre Meinung dazu zu hören. Außerdem klopfte er wieder häufiger an die Tür ihres Schlafzimmers. Ja, er würde mit Sicherheit zu ihr zurückkehren, und sie war davon überzeugt, dass dieses neue Projekt – ein Projekt, das ihr gemeinschaftliches Vorhaben war, so wie es früher, vor langer

Zeit, *alle* seine Unternehmungen gewesen waren – ihn auch bei ihr *halten* würde.

Später, als sie auf den Stufen vor dem Kesslerschen Haus für einen Moment stehen blieb und Arthurs Hand losließ, um den Scheck zusammenzufalten und in ihre Handtasche zu stecken, entschied Theresa, dass der Besuch im Großen und Ganzen ein Erfolg gewesen war. Eine besondere Erleichterung bedeutete es ihr zu wissen, dass das Haus in Ordnung ging. Bis dahin war sie sich nicht sicher gewesen. Clement ja, aber schließlich war er von allen seinen Ideen grundsätzlich überzeugt – sein Enthusiasmus bedeutete also nichts. Aber Florence Kessler würde nicht jeden beliebigen Einfall gutheißen, und ebenso wenig Alice Jones.

Und so gestattete sich Theresa jetzt endlich, sich ihre Familie dort vorzustellen: Arthur, wie er mit einem Stecken ein Spielzeugsegelboot am Ufer entlangschob, seine Knie voller Grasflecken, sein Haar zerzaust; Maynard am Ruder eines echten Segelboots, wie er mit zusammengekniffenen Augen zur strahlend weißen Leinwand emporblickte, vielleicht sogar eine Regatta gewann und ihr anschließend den Silberpokal zum Geschenk überreichte; Avis, wie sie mit einem netten Jungen, vielleicht einem Freund Maynards, im ausklingenden Sommerabend im Pavillon saß und das quälende Wissen auskostete, dass sie sich mindestens eine Woche lang nicht wieder sehen würden.

Und sie und Clement? Noch zu früh, noch zu früh, dachte sie. Aber sie hielt die Vorstellung warm, wie ein Saatkorn unter der Schneedecke.

Jeden Tag um vier Uhr legten sich Theresa und Arthur auf die kühle Satindecke, die auf ihrem Bett ausgebreitet war, und machten ein Nickerchen. Bevor sie einschliefen, lauschten beide auf den ruhigen, gleichmäßigen Atem des anderen und betrachteten die nachmittäglichen Schatten, die sich langsam über die Zimmerdecke bewegten. Manchmal legte Arthur den Kopf auf Theresas Magen und staunte über das unablässige Gegurgel, das niemand außer ihm hören konnte.

Um halb sechs setzte sich Arthur vor das Haus auf die steinernen Stufen und wartete auf Clements Heimkehr. Nichts konnte ihn von dieser Pflicht abbringen, nicht einmal das schlechteste Wetter. Wenn es regnete oder hagelte, stellte er sich nah ans Haus, unter das Vordach, das die Eingangstür schützte. Wenn die Sonne schien oder Schnee lag, vertrieb er sich die Zeit des Wartens damit, dass er von Stufe zu Stufe hüpfte oder sich auf eine Stufe setzte, als wäre sie ein Thron. Manchmal schweifte er auch durch den Garten und benutzte die Vortreppe nur als Stützpunkt. Stets jedoch behielt er die Straße aufmerksam im Auge, da er befürchtete, dass sein Vater andernfalls vielleicht nicht heil nach Haus zurückkommen würde, und er wusste, dass sein Vater heimkommen musste – auch wenn er sich manchmal wünschte, er täte es nicht.

6

Auf Anraten Pastor Jensens hatte Carl Hilda Grossman angeschrieben, eine Cousine zweiten bis dritten Grades väterlicherseits, und mit ihr vereinbart, dass sie von Tomahawk kommen und für die Dauer von Amandas Unterbringung im St. Michael's die Hausarbeit erledigen und sich ein wenig um Ruth kümmern würde. Hilda hatte von vornherein klargestellt, dass ihre Freude über das Arrangement nicht gänzlich ungetrübt war.

»Ich sag's dir gleich, wie es ist, Carl«, hatte Hilda erklärt und dabei ihre Reisetasche fallen lassen, dass sie mit einem Knall neben ihren Füßen gelandet war. »Ich weiß, dass in diesem Haus komische Dinge passiert sind. Du meinst vielleicht, wir da oben in Tomahawk haben von nichts eine Ahnung, aber manches spricht sich bis zu uns herum. Jemand anders wäre vielleicht nicht gekommen, aber du sitzt in der Klemme, und Blut ist dicker als Wasser, und da bin ich also.« Sie verschränkte die Arme vor ihren üppigen Brüsten und wartete darauf, dass er etwas erwiderte.

»Was meinst du damit, komische Dinge?«

»Ich weiß nicht, aber eines weiß ich, dass eine anständige Frau sich nicht monatelang auf einer Insel versteckt und mit keiner Menschenseele redet, und ich weiß auch, dass eine anständige Frau am helllichten Tag ertrinkt, wenn jeder sehen kann, was los ist, und nicht klammheimlich mitten in der Nacht. So viel weiß ich.«

Carl kniff die Augen ein wenig zusammen, als versuchte er,

schärfer zu sehen. »Ich verstehe nicht, worauf du eigentlich hinaus willst?«

»Mehr sage ich nicht. Klatsch ist von Übel. So hab ich's gelernt. Ich wollte nur meinen Standpunkt klarstellen.«

Aber für Carl hatte sie alles nur noch unklarer gemacht. Was war während seiner Abwesenheit passiert? Er hätte Amanda zum Reden drängen sollen, solange es noch möglich gewesen war, aber jetzt – jetzt kam das natürlich nicht mehr in Frage. Spät an dem Abend musterte Carl Mathildas gerahmte Fotografie, die auf dem Nachttisch stand. Er nahm sie in die Hand und schüttelte sie, um sie zu ... was? ... zum Sprechen zu bringen? Dazu zu bringen, ihren Gesichtsausdruck zu ändern? Sie lächelte weiter, mit einer Miene, als hätte sie vor, für immer und ewig zu leben.

Die ersten ein, zwei Wochen nach Amandas Verschwinden fand Ruth keine Ruhe. Sie irrte von Zimmer zu Zimmer und blieb an jedem niedrigen Fenster stehen, um hinauszustarren. Während ihrer Wanderungen hob sie allerlei Gegenstände auf, leichte, kleine Dinge – ihre Decke, ihr Bärchen, einen Löffel, einen Strumpf aus Amandas Schublade –, und ließ sie unterwegs gedankenlos wieder fallen, so dass das Haus am Ende des Tages mit Kram übersät war. Und sie weinte – obwohl das Geräusch eher eine Art Wimmern war, ein schwacher Klagelaut, der in ihrer Kehle zu lauern schien und beim geringsten Anlass, oft sogar ohne jeden Anlass, hervorbrach und, sobald er einmal angefangen hatte, nicht mehr aufhörte.

Ein- oder zweimal klopfte sich Hilda auf den Schoß und streckte dem kleinen Mädchen die Arme entgegen. »Na komm schon, komm zu Hilda«, sagte sie und lächelte Carl beruhigend zu. Aber Ruth wandte sich ab, kam nicht einmal in ihre Nähe. Beschämt schien Hilda da ihr Herz vor Ruth zu verschließen. »Manchen Leuten kann man's einfach nicht recht machen«, sagte sie, stand abrupt auf und strich sich die Schürze vorn wieder glatt.

Carl nahm Ruth hoch und wiegte sie, aber das ging nie lange. Wie Quecksilber glitt sie aus seiner Umarmung und von seinem

Schoß herunter, und er war außer Stande, sie in ihrer ziellosen Bewegung aufzuhalten, bis sie vor Erschöpfung in irgendeiner Ecke einschlief.

Eines Morgens dann streckte sie beim Frühstück ihr Glas mit beiden Händen vor.

»Wie sagt man?«, fragte er mahnend und hob den Krug mit der Milch.

Als sie keine Antwort gab und lediglich das Glas wieder vorstreckte, wurde ihm bewusst, dass er sie seit Tagen nicht mehr hatte sprechen hören.

»Ruthie, wie sagt man?«, wiederholte er, diesmal in strengerem Ton.

Noch immer sagte sie nichts.

»Kann ich bitte etwas Milch haben«, bat er.

Ruth knallte mit dem Boden ihres Glases einmal fest auf den Tisch.

»Jetzt reicht's, Ruthie.« Er stellte den Krug wieder auf den Tisch und machte Anstalten, ihr das Glas aus der Hand zu nehmen. Was dann wirklich geschah, war schwer zu sagen. Ließ sie es absichtlich fallen, oder öffnete sie die Hand lediglich etwas zu früh, ehe er fest zugegriffen hatte? Jedenfalls schlug das Glas klirrend auf den Boden und zersprang in tausend Stücke.

Hilda kam zum Frühstück herunter, als er gerade die Scherben zusammenkehrte.

»Ruth bekommt heute gar nichts, bevor sie nicht anständig fragt, Hilda«, wies er sie an und kippte das Glas in den Abfalleimer. »Sie kann schließlich reden.«

»Ich verstehe«, antwortete Hilda und goss sich Kaffee ein, als sei das ihre eigene Küche. Sie schien beinahe erfreut darüber zu sein, fand Carl, Ruth bestrafen zu können, und er bereute seine Worte.

»Ich meine damit nicht, dass du sie den ganzen Tag hungern lassen sollst.«

Hilda sah ihn nachdenklich an und nahm einen Schluck aus ihrer Tasse. »Du lässt dir von den Frauen auf der Nase rumtanzen, Carl, ist dir das eigentlich klar? Sogar von dem Knirps hier. Du tust ihr keinen Gefallen damit, dass du ihr alles durchgehen lässt.«

Es machte ihn wütend, sie so reden zu hören, aber vielleicht hatte sie ja Recht, zumindest was Ruth anbelangte. Was wusste er schon davon, wie man ein kleines Mädchen erzieht? Die arme Kleine! Zwei Mamas zu verlieren – kein Wunder, dass sie sich schlecht benahm, aber was konnte *er* tun? Hilda wusste es am besten, dachte er, hoffte er, als er in Richtung Scheune davoneilte.

Mittags machte Hilda ein Käsesandwich, legte es auf einen Teller und hielt diesen Ruth hin. Als das kleine Mädchen die Hand danach ausstreckte, hob ihn Hilda in die Höhe. »Wie sagt man?«

Ruth fing an zu wimmern.

»Mit Krokodilstränen erreichst du bei mir gar nichts, junge Dame.« Hilda biss ein Stück von dem Sandwich ab und kaute demonstrativ, während Ruth loskreischte.

Hilda legte das Sandwich hin und kramte in einer Schublade. Als sie sich wieder zu Ruth wandte, hielt sie einen Holzlöffel in der Hand. »Ich geb dir einen richtigen Grund zum Heulen.« Sie packte Ruth beim Arm und verpasste ihr drei, vier ordentliche Schläge auf den Po.

»Das hast du nun davon.« Sie klemmte sich Ruth unter den Arm, trug sie nach oben, setzte sie in ihrem Zimmer ab und machte die Tür zu.

Jeden Abend bereitete Hilda für alle eine warme Mahlzeit, gewöhnlich Salzkartoffeln und dazu ein Stück Fleisch, das sie so lange kochen ließ, bis es restlos ausgelaugt war.

»Sie ist nicht mal sauber«, beschwerte sie sich, während sie mit dem Messer Senf auf ihre Kartoffel strich.

»Was meinst du damit? Wäscht sie sich denn nicht?« Gewöhnlich hielt Carl während des Essens den Kopf gesenkt, um ihr nicht beim Kauen zuschauen zu müssen, aber jetzt sah er verblüfft auf.

»Du weißt schon. Sauber.«

Als Carl noch immer nicht begriff und den Kopf schüttelte,

errötete Hilda und schlug die Augen nieder. »Du weißt schon. Sie macht sich nass.«

Es war eine derartige Erleichterung, Hilda mit einer solchen Miene zu sehen – verwirrt, überhaupt nicht Furcht einflößend –, dass Carl lachen musste. Und erstaunlicherweise lachte Hilda ebenfalls.

»Das ist gar nicht zum Lachen«, protestierte sie, aber sie lächelte immer noch. Für ein paar kurze Augenblicke sahen sie sich an, von der veränderten Situation überrascht, aber keiner von beiden wusste erst mal weiter.

»Na ja, und was kann man da machen?«, fragte Carl schließlich.

»Also, ich wüsste schon, wie man ein Kind sauber bekommt.«

Hildas Erziehungsmethode bestand darin, Ruth, wenn sie sich nass gemacht hatte, nicht zu erlauben, das Höschen zu wechseln. Und natürlich bedeutete dies, dass sie sich im Haus auch nirgendwo hinsetzen durfte.

»Du musst endlich lernen, die Folgen für dein Verhalten zu tragen«, sagte Hilda.

Deshalb ging Ruth dazu über, ihre durchnässten Sachen zu verstecken und für den Rest des Tages nichts unter dem Rock zu tragen.

»Tut mir wirklich Leid, dir das sagen zu müssen, Carl«, meinte Hilda an dem Tag, als sie Ruth auf die Schliche gekommen war und ihn nun an der Hintertür erwartete, »aber ein normales Kind, ein anständiges Kind, läuft nicht nackt durch die Gegend. Da sieht man doch sofort, dass sie keine Kinderstube gehabt hat. Kein Wunder, dass die Schwester in der Klapsmühle ist. Und da fragt man sich doch auch, was mit der Mutter los war. Tut mir Leid, dir das sagen zu müssen, aber das fragt man sich wirklich.«

Sie machte nicht den Eindruck, als ob es ihr Leid täte. Sie wirkte erfreut, triumphierend. Carl war empört. »Du hast kein Recht, so über meine Frau oder die Familie meiner Frau zu reden. Wenn das deine Meinung ist, kannst du gleich wieder nach Tomahawk fahren. Ich geb dir das Geld für die Fahrkarte.«

Hilda schien von seinem Zorn überrascht zu sein. »Und dich mit einem solchen Kind allein lassen? So pflichtvergessen bin ich dann auch wieder nicht.«

Dann drehte sie sich abrupt um und ging in die Küche, wo sie sich an den Töpfen zu schaffen machte. Carl zog seine Jacke wieder an und ging in die Scheune zurück, obwohl er eigentlich für den heutigen Tag schon Schluss gemacht hatte, und fing an, Frenchies Zaumzeug einzuseifen.

Was nimmt sie sich eigentlich heraus, dachte er, so über Mathilda und ihre Familie zu reden? Sie war bloß eine neidische alte Jungfer, die versuchte, eine andere Frau schlecht zu machen, eine glückliche Frau, eine Frau, die einen Mann gehabt hatte, der sie liebte. Er rieb so wütend am Zaumzeug, dass der Putzlappen abglitt und er sich die Finger am Leder verbrannte. Warum konnte eine Frau nicht einfach ertrinken? Dauernd ertranken irgendwelche Leute, das waren doch Amandas Worte gewesen. Amanda, die sich jetzt nicht einmal die Schuhe selbst zubinden konnte. Aber das hatte nichts damit zu tun, beruhigte er sich. Natürlich kam es vor, dass Leute ertranken. Das bedeutete noch lange nicht, dass da irgendwas dahintersteckte, etwas, worüber man sich den Kopf zerbrechen müsste.

Dennoch nagte der Zweifel an ihm. Zweifel woran genau, hätte er nicht zu sagen gewusst. Hätte er nur mit Mathilda sprechen können! Wenn er sie nur sehen könnte, dachte er, dann würde er Gewissheit haben, würde beruhigt sein. Aber seine Erinnerung an sie war an den Rändern immer undeutlicher geworden. Manchmal wurde ihm zu seinem Entsetzen bewusst, dass er sich nicht an sie erinnerte, sondern an die Fotografie von ihr, die er am Tag zuvor betrachtet hatte. Und so ... und so ... ahnte Hilda vielleicht, ohne irgendetwas mit Sicherheit zu wissen – denn wie hätte sie auch irgendetwas mit Sicherheit wissen können? –, ahnte sie doch etwas, wofür ihm selbst das Gespür fehlte.

Ruth fing an, Dinge zu zerschlagen. Sie stupste so lange mit einem Stock gegen die Blumentöpfe, die auf dem Verandageländer standen, bis sie auf die Schieferplatten hinunterkrachten. Sie schob den Milchkrug vom Tisch. Sie ließ die mexikanischen Glastiere, die ihre Großmutter Starkey gesammelt hatte, eins nach dem anderen auf den Herdstein fallen. Sie riss Seiten aus Büchern und zerfetzte die Stereoskopbilder. Sie sägte die Kante des Küchentisches mit einem Buttermesser an.

»Grässliches, grässliches Kind!« Obwohl Hilda gleich losrannte, sobald sie einen Knall oder ein Klirren hörte, war sie selten schnell genug, um Ruth richtig fassen zu können, und so entwischte die Kleine, halb laufend, halb schlitternd, hinunter in den Keller, wo sie sich unter den Waschkessel kauerte, fest an die Wand gepresst, neben dem Bleichmittel und der Lauge. Die Finger tasteten vor ihrem Gesicht herum, kratzten über ihre Kopfhaut, ohne einen Halt zu finden, und ohrfeigten dann wütend die Luft. Hilda hatte Probleme damit, sich hinzuknien. Sie bückte sich vor dem Schrank, und während sie sich mit einer Hand am Rand des Kessels festhielt, um das Gleichgewicht nicht zu verlieren, fuchtelte sie mit der anderen blindlings im dunklen Raum darunter herum. Ihre Brüste und die gespreizten stämmigen Beine versperrten den Fluchtweg wie eine gelb geblümte Wand. Zuletzt verlagerte sie den Schwerpunkt ihrer Körpermasse und schob die Schulter tiefer hinein, um ihre Reichweite zu vergrößern, bis sie einen Zipfel von Ruths Rock oder eine Hand voll Haare erwischte. Dann zerrte sie das heulende Kind heraus und die Treppe hinauf bis zur Schublade mit dem Holzlöffel.

Wenn Carl von der Arbeit zurückkam, erwartete ihn Hilda so oft mit einer Papiertüte voll Scherben an der Tür, dass er sich allmählich fragte, was es denn überhaupt noch an Zerbrechlichem und Zerbrechbarem im Haus geben mochte. Die einzige Abweichung von diesem Muster trat eines regnerischen Nachmittags ein, als Hildas Hand, die wieder einmal unter dem Waschkessel nach Ruth tastete, für einen Augenblick in der Bewegung innehielt. An dem Tag biss Ruth zu, genüsslich das Fleisch zwischen den Zähnen, den leicht salzigen Geschmack der Haut auskostend. Einen kurzen Moment lang war's im Haus still. Hilda starrte überrascht ihre Hand an und kreischte dann auf wie ein Pfau. Sobald Carl die Veranda betrat, streckte sie ihm die bandagierte Hand entgegen.

»Du solltest dir klar machen«, sagte sie, »dass du ein wildes Tier großziehst.«

Carl fühlte sich schuldig. Er versuchte, Hilda dadurch wieder zu besänftigen, dass er sich seinerseits um ausgesuchte Höflichkeit bemühte, sich nicht in ihre Erziehungsmethoden einmischte, ihre Sachen in das beste Schlafzimmer schaffte. Was würden sie nur anfangen, wenn sie sie im Stich lassen sollte?

Carl stand direkt hinter der Schwelle des Aufenthaltsraums des St. Michael's und wünschte sich, seine Schwägerin würde sich ein bisschen zusammenreißen. Amanda hatte ihren Stuhl so herumgedreht, dass sie dem Raum den Rücken kehrte und in den Wald hinausstarren konnte, wo der Winter sich beharrlich weigerte, dem Frühling Platz zu machen. Sie hielt sich jetzt seit fast einem Jahr im Sanatorium auf. Ihre Hände waren unentwegt in Bewegung. Die Finger der einen machten sich am Daumen der anderen zu schaffen – eine Angewohnheit, die ihm in letzter Zeit schon mehrmals aufgefallen war. Offensichtlich hatte jemand sie dazu ermutigt, sich selbst anzuziehen (wie man es gern bei Patienten tat, deren Zustand dies erlaubte), denn ihr Rock war verdreht und ihre Bluse falsch zugeknöpft. Ihr von Natur aus lockiges und ungebärdiges Haar, das er früher recht hübsch gefunden hatte, sah jetzt aus wie ... nun, wie das einer Verrückten. »Amanda?«, sagte er, und sie machte einen Satz, nahm die Hände abrupt auseinander und ließ die Arme schlaff herunterhängen.

Sie drehte sich zu ihm um und nickte mit feierlichem Ernst: »Hallo, Carl. Und wie ist es dir so ergangen?«

»Oh, gut, gut«, sagte er, setzte sich auf den Stuhl neben ihr und drückte ihr die Hand. Sie ließ es zu, erwiderte seinen sanften Druck allerdings nicht.

»Möchtest du dich nicht ein bisschen zurechtmachen?«, fragte er.

Amanda fasste sich an die Bluse und an das Haar, als überrasche es sie zu hören, dass sie nicht ordentlich aussah.

»Also ... ja, doch ...« Sie stockte. »Ich ... also, ich habe nämlich keinen Spiegel«, sagte sie vorwurfsvoll.

»Dann kann ich dir doch helfen«, sagte Carl leise. »Die Knöpfe sind nicht richtig zu«, begann er und streckte zögernd seine Hand aus, zuerst nach einer Stelle am Oberbauch, wo der Stoff verzogen spannte, dann, als ihm das weniger ratsam erschien, nach dem Zipfel, der zu hoch aus ihrem Halsausschnitt heraussah.

»Wie du siehst, haben sie wieder meine Pantoffeln versteckt«, beklagte sie sich und streckte zum Beweis ihre bestrumpften Füße vor.

Ihre langen, schmalen Füße und mageren Knöchel so entblößt zu sehen kam ihm fast noch schlimmer, ja als eine fast noch peinlichere Intimität vor, als der Anblick des Eckchens Mieder, das aus ihrer falsch geknöpften Bluse hervorschimmerte. Während Carl die Augen niederschlug und unter den Stühlen nach ihren Hausschuhen suchte, knöpfte sich Amanda die Bluse neu zu.

»So ist's besser«, meinte er und zupfte ihr die Strickjacke über den Schultern zurecht. Er wünschte sich, er hätte ihr auch das Haar ein bisschen glatt streichen können, wo er schon hinter ihr stand, aber das traute er sich nicht. Und überhaupt, was hätte er schon tun können? Er hatte keine Ahnung, wie Frauen es anstellten, sich das Haar zurechtzumachen.

»Nun, jetzt möchte ich dich nicht länger aufhalten«, sagte sie, als er fertig war.

»Oh, Amanda, du hältst mich überhaupt nicht auf.« Er lehnte sich in seinem Stuhl zurück und schlug die Beine übereinander. Er empfand es als angenehm, hier zu sein, weg von Ruth, die kein Wort redete, und von Hilda, die viel zu viel redete. Er konnte schon irgendwie nachvollziehen, warum sie dableiben wollte.

»Ich weiß, dass du dich jetzt auf den Heimweg machen musst«, sagte sie, diesmal entschiedener.

Also stand er mit einem Seufzer auf. Er sagte ihr, dass er am nächsten Tag wiederkommen würde, es sei denn, er musste auf den Hufschmied warten, in welchem Fall er erst am Tag darauf kommen könnte. Als er gegangen war, legte sie den Kopf zurück auf die Stuhllehne, damit die Tränen, mit denen sich ihre Augen gefüllt hatten, nicht überliefen.

Amanda

Ich hatte dir doch gesagt, du solltest wieder zurückgehen, Mattie. Ich hatte es dir gesagt. Ich hatt's dir gesagt. Warum hörst du bloß nie auf mich?

Du hast vom allerersten Tag deines Lebens an Probleme gemacht. Du erinnerst dich nicht, aber ich schon. Das dauernde Geschrei in der Nacht, so viel Geschrei, dass Mama und Papa es bald nicht mehr ausgehalten und deine Wiege bei mir reingestellt haben. Du erinnerst dich nicht, aber ich habe dir immer vorgesungen. Ich hab dir den Rücken massiert. Ich hab dich hochgenommen und dich auf meinem Schoß hopsen lassen. Ich hab dich zu mir ins Bett genommen und deinen Kopf unter mein Kinn gesteckt, und trotzdem kamst und kamst du nicht zur Ruhe. Ich bin eingeschlafen, während du noch weintest, und deine Schreie haben wie ein Sturm in meinen Träumen gewütet. Daran kannst du dich bestimmt nicht erinnern.

Und dann dieser erste Sommer, wo du endlich still warst, so still – wie eine Puppe lagst du da in deinem Bettchen, und an deinem ganzen Körper blühten zornig rote Flecken auf. Papa richtete mir das Liegesofa unten im Hinterzimmer her. Er verbot mir, nach oben zu gehen, wo du und Mama waren.

Ich versuchte, einen geregelten Tagesablauf beizubehalten, versuchte, mir am Morgen nach dem Aufstehen und abends vor dem Schlafengehen das Gesicht zu waschen und die Zähne zu putzen. Ich lief den ganzen Tag auf dem Hof und in der Scheune herum oder legte meine Papierpuppen auf dem Fußboden aus. Manchmal erinnerte sich das Dienstmädchen daran, mir ein Sandwich zu machen. Ansonsten stieg ich, wenn ich Hunger hatte, auf einen Hocker und holte mir die Kekse aus dem Schrank. Ich nahm mir die kaputten, deren Fehlen niemandem auffallen würde, und stippte sie in ein Glas Brombeermarmelade. Morgens, mittags und abends konnte ich Mama an deiner Wiege leise singen hören.

Eines Nachmittags muss ich eingeschlafen sein, denn ich wachte davon auf, dass mir die heiße Sonne schräg ins Gesicht schien. Die Haare klebten mir an der marmeladeverschmierten Wange. Ich war erschöpft, verschwitzt und hungrig. Und irgendetwas stimmte nicht. Ich konnte aus dem Zimmer über mir nichts hören, nicht das leiseste Geräusch.

Ich schlich mich die Treppe hinauf, immer nur einen lautlosen Schritt, jederzeit bereit, sollte ich auf dem oberen Absatz Mamas Schuhe oder an der Tür Papas Hand hören, wieder hinunterzulaufen. Oben angelangt, konnte ich ins Schlafzimmer hineinsehen, in dem du mutterseelenallein und regungslos lagst. Ich ging hinein. Ich legte dir die Hand auf die kleine Stirn. Sie war so heiß wie ein Brot, das gerade aus dem Backofen kommt.

Und dann fiel Mama plötzlich über mich her. »Rühr sie nicht an! Rühr sie bloß nicht an! Verschwinde augenblicklich aus diesem Zimmer!«

Ich erkannte sie kaum wieder mit den völlig zerzausten Haaren, den Flecken auf dem Hemdblusenkleid – ganz und gar nicht die adrette, hübsche Mama, die sie sonst war. Ich zog erschrocken meine Hand zurück und stürzte aus dem Zimmer, die Treppe hinunter und raus durch die Hintertür. Ich rannte über das Feld hinter unserem Haus und hinein in den Wald. Die Brombeerranken krallten sich mir in die Haut, aber ich biss die Zähne zusammen und weinte nicht. Die dünnen Zweige peitschten mir die Wangen, aber ich hastete weiter. Ich lief, bis ich das Ufer des Sees erreichte. Das Wasser war glatt und grün. Es lag da wie ein ebener Weg von dort, wo ich stand, bis zu einer Ansammlung von Bäumen und Felsen in dessen Mitte: der Insel. Dort drüben fiel die Sonne auf üppiges Laub, so dass dieser Fleck Erde richtig glühte.

Ich ging am Ufer entlang, noch ganz außer Atem, ohne den Blick von der Insel zu wenden. Wenn ich's gekonnt hätte, hätte ich mich bestimmt ins Wasser gestürzt und wäre hinübergeschwommen. Und dann, wie durch Zauberei, lag da plötzlich ein Boot, ein kleines hölzernes Ruderboot, dessen ursprünglich grünlich blaue Farbe fast völlig verblasst war. Sein Bug lag im Schlamm, das Heck jedoch schwamm im Wasser, so dass es selbst mir mit meinen Kinderkräften gelang, es vom Ufer abzustoßen.

Ich kletterte hinein, hob eines der Ruder auf und stakte mich damit weiter vom Ufer weg. Und dann paddelte ich drauflos und immer fort, fort, zu meiner Insel.

Das war das erste Mal, dass ich dorthin geflohen bin. Ich war davon überzeugt, dort würde alles gut sein. So glaubte ich damals. So glaubte ich später. Aber später war's ein Irrtum.

»Und, Carl, wie geht's ihr?«, fragte Hilda und reichte ihm eine Schüssel mit eingelegter roter Bete.

Carl schüttelte den Kopf. »Nicht so gut, glaube ich.«

Hilda beugte den Kopf über das Brot, das sie gerade mit Butter bestrich, aber Carl konnte trotzdem sehen, dass sich ihr Mundwinkel zu einem zufriedenen Lächeln verzog. Sie biss ein Stück ab, tupfte sich dann mit einer Ecke ihrer Serviette geziert die Krümel von den Lippen und strich sich ein paar lose herabhängende Haare hinters Ohr. Zum ersten Mal fiel ihm an ihr eine irgendwie kokette Kopfhaltung auf, und er räusperte sich nervös.

»Ruthies Benehmen hat sich gebessert, ist mir aufgefallen«, sagte er.

»Oh, Ruth und ich kommen in letzter Zeit ausgezeichnet miteinander aus, nicht wahr, Ruth?« Hilda streckte den Arm aus, um Ruth mit starrer Hand den Kopf zu tätscheln, aber das Kind wich der Berührung aus. »Sie hilft sehr brav mit«, fuhr Hilda fort und tat so, als hätte sie lediglich vorgehabt, ein paar Erbsen aufzuklauben, die aus dem Teller des Mädchens auf die Wachstuchtischdecke gekullert waren. »Es würde mich gar nicht wundern, wenn sie langsam anfinge, mich als ihre Mama anzusehen.«

Sie bedachte Carl mit einem verträumten Blick, der ihn veranlasste, seinen Stuhl vom Tisch zurückzuschieben und seinen restlichen Kaffee im Stehen hinunterzukippen. »Muss in den Ort fahren. Uns gehen langsam die ...« Aber er war schon draußen, noch ehe er den Satz beendet hatte.

Mit dem Zerschlagen von Sachen hatte Ruth an dem Abend aufgehört, als sie eine Taschenuhr vom oberen Treppenabsatz aus über das Geländer geworfen hatte.

»Die war von meinem Papa«, hatte er ihr gesagt und dabei das zerbrochene Ziffernblatt mit dem Daumen liebkost, und dann hatte er sich die Hände vor das Gesicht geschlagen und war in dieser Haltung geblieben, bis Ruth Angst bekommen hatte und ihm auf den Schoß geklettert war, um die Hände wegzuziehen.

Seitdem beobachtete sie Hilda: Sie folgte ihr leise in einem Abstand von ungefähr anderthalb Metern und kopierte ihren Gang, ihre Kopfhaltung, die müde Geste, mit der sie sich immer die Haare mit dem Handrücken aus der Stirn wischte. An dem Nachmittag saß sie auf dem Teppich in Hildas Zimmer und beobachtete diese bei ihrer rudimentären Toilette.

»Ein bisschen auf sein Äußeres zu achten kann viel ausmachen«, sagte Hilda mit einem Blick auf Ruths Spiegelbild über ihrem Frisiertisch, während sie sich mit den Fingerspitzen Creme auf die flachen Wangen tupfte. »Hier«, sagte sie und holte aus einer Schublade ihr Korsett hervor; sie trug es immer nur sonntags, zum Gottesdienst. »Hast du saubere Hände? Fühl mal.«

Ruth strich mit einem Finger behutsam den Rand entlang.

»Echte belgische Spitze«, meinte Hilda. »Siehst du, wie fein sie ist? Das ist die beste Qualität, die es zu kaufen gibt.

Und das hier ist, um sich im Gesicht hübsch zu machen«, erklärte sie und zog ein kleines Töpfchen Rouge und einen roten Lippenstift von ganz hinten aus einer Schublade hervor.

Nachdem sie Ruth die Wirkung gezeigt und sie selbst im Spiegel begutachtet hatte, wischte sie sich sorgfältig alle Spuren von Farbe aus dem Gesicht, ehe sie das Zimmer verließ.

»Ich habe ein paar Damen eingeladen«, sagte Carl an dem Abend, während er sich auf der hinteren Veranda die Stiefel abtrat.

Hilda, die Wache gestanden hatte, um sich zu vergewissern, dass er seine schmutzigen Stiefel auszog, kniff die Augen zusammen und versuchte, an ihm vorbeizuspähen, so als ob sich schon jetzt auf dem Rasen ein halbes Dutzend Frauen tummeln könnten. »Wovon redest du da?«

»Ich dachte, du fühlst dich vielleicht einsam hier draußen, und da habe ich für nächste Woche ein paar Damen zu uns eingeladen«, sagte er so beiläufig wie möglich. Ohne sie anzusehen, kehrte er ihr den Rücken zu, um seine Jacke ordentlich an den entsprechenden Haken zu hängen. »Eine Art Kaffeeklatsch eben.«

»Carl, sag mir sofort, dass das nicht wahr ist!« Die Hände in die Hüften gestemmt, versperrte sie ihm den Durchgang in die Küche.

»Was? Hab ich was falsch gemacht? Wär's dir nicht recht, ein bisschen Gesellschaft zu haben?«

»Ich renn von früh bis spät diesem Kind hinterher. Ich schufte mich Tag für Tag im Haushalt ab. Und jetzt verlangst du von mir, dass ich auch noch eine Gesellschaft gebe!«

»Ich hatte einfach gedacht, du würdest dich freuen, ... na ja, ein paar Leute zu sehen. Zu deiner Mutter kamen die Damen jeden Donnerstag zu Besuch, wie ich mich erinnere.«

»Mittwoch. Und was erwartest du von mir, was ich mit diesen Leuten anfange, die ich kaum kenne?«

»Ich weiß nicht, was Damen so tun.« Carl zuckte die Achseln. »Karten spielen, nehm ich mal an. Kaffee trinken. Kuchen essen.«

»Kuchen! Soll ich jetzt auch noch backen? Und es gibt in diesem Haus keine drei zusammenpassenden Tassen.«

»Na gut«, sagte Carl und schlüpfte an ihr vorbei, »in Ordnung. Lade ich sie morgen eben alle wieder aus.«

»Damit sie dann denken, ich werde mit einer einfachen Einladung nicht fertig? Nein, jetzt ist nichts mehr zu ändern.« Sie stieß einen tiefen Seufzer aus und kehrte zum Herd zurück, um die brodelnde Flüssigkeit, die angefangen hatte, wütende Blasen zu werfen, mit einem Holzlöffel energisch umzurühren.

Während der ganzen Woche schickte sie Carl wenigstens einmal am Tag in den Ort, irgendwelche besonderen Dinge zu besorgen, wie neue Spielkarten, drollige kleine Schreibblöcke und kurze Bleistifte aus Baeckes Laden und Nüsse und Dörrobst und Zuckerwürfel von Mr. Pucci. Sie verabredete mit Thekla Manigold, einer von Mary Louises jüngeren Schwestern, dass sie ihr gegen Entgelt an dem Nachmittag zur Hand gehen sollte, und wies Rudy an, den Dachboden nach Spieltischen zu durchstöbern. An drei aufeinander folgenden Abenden bestand die Unterhaltung bei Tisch hauptsächlich in Hildas Selbstgesprächen darüber, ob sie eher bei Mr. Klein eine feine Schichttorte mit rosa und gelben Rosen darauf kaufen oder ihren in Tomahawk allseits gerühmten Stollen backen sollte. Sie nähte sogar aus einem ihrer besten Taschentücher und einem Band eine winzige Schürze für Ruth und ließ sie üben, mit einem Silbertablett in der Hand ganz vorsichtig im Zimmer herumzugehen und vor jedem Sessel stehen zu bleiben und Sahnekännchen und Zuckerdose anzubieten.

»Wenn alles gut geht«, erklärte sie Ruth, »würd's mich nicht wundern, wenn wir beschließen würden, einen Klub zu gründen. Meine Mutter und ich gehörten in Tomahawk drei Kartenklubs an, weißt du?«

»Carl«, sagte Hilda am Abend vor dem Kaffeeklatsch, »du

schaust doch kurz herein, ja?« Sie sah konzentriert auf das Apfelmus, das sie sich auf den Teller löffelte. »Nur für eine halbe Stunde oder so, zwanzig Minuten. Ich weiß, dass alle Wert darauf legen, dich zu sehen. Und Ruth hat so fleißig servieren geübt«, fügte sie hinzu.

Carl sah seine Tochter an. Seit Wochen, ja Monaten hatte sie keine Schwierigkeiten mehr gemacht, aber sie blieb weiterhin stumm. Jetzt wünschte er sich, sie *würde* Ärger machen – da war wenigstens etwas zu hören, kam wenigstens etwas zum Ausdruck –, aber was konnte er schon tun? Man konnte ein Kind schließlich nicht zum Reden zwingen. Man konnte es nicht einmal zwingen, Dinge kaputtzuschlagen.

Um Zeit zu gewinnen, kaute er demonstrativ an einem Bissen Fleisch. Er wusste, dass Hilda ihn um ihretwillen dabeihaben wollte, nicht Ruths wegen, aber was war schon eine halbe Stunde? Das bisschen Zeit konnte er ihr doch wohl opfern, wenn er ihr damit eine Freude machte. Schließlich kümmerte sie sich um seine Tochter – so gut, wie sie es eben vermochte. Und wenn es nicht allzu gut war, dann musste er doch zugeben, dass es nicht ausschließlich ihre Schuld war. Er hatte seine Cousine schon als Kind gekannt, und er sagte sich, dass sie kaum etwas anderes hatte werden können als die harte und unangenehme Frau, die sie jetzt war. Sie war praktisch schon so geboren. »In Ordnung, ich schau kurz rein«, sagte er zu Hilda. »Um wie viel Uhr?«

»Ach, sagen wir vier.« Hilda strahlte. »Dass alle erst mal Zeit haben, es sich gemütlich zu machen.«

Am folgenden Morgen erlaubte Hilda niemandem, beim Frühstück zu trödeln. Bis Mittag war der Stollen glasiert, waren die Kissen aufgeschüttelt und die sauberen Sesselschoner glatt gestrichen. Um Zeit zu sparen und um die Küche nicht wieder schmutzig zu machen, hatte sie nur Sandwiches vorbereitet. Sie aß ihrs, während sie die blank polierten Teelöffel auf Fingerabdrücke hin untersuchte.

»Ich bin sicher, ihr habt Besseres zu tun, als hier herumzusitzen und auf einen Haufen Weibsen zu warten«, sagte sie, als

Carl und Rudy den Eindruck erweckten, als könnten sie noch ein Weilchen bei ihrem Kaffee sitzen. Gehorsam leerten sie ihre Tassen und schoben ihre Stühle zurück.

»Du vergisst es nicht?«, erinnerte Hilda Carl an der Tür. »Und ziehst du dir ein sauberes Hemd an?«

»Ich vergesse es nicht«, versicherte er ihr, während er Ruth ein-, zweimal in die Luft warf. Dann gab er der Kleinen einen leichten Schubs, damit sie sich trollte. »Und du sei jetzt brav.«

Hilda ging im Unterrock ins Bad, und Ruth sah ihr zu, wie sie sich mit einem Schwamm unter den Armen und am Hals einseifte. Sie sah zu, wie Hildas Haare sich, durch hundert Bürstenstriche elektrisch aufgeladen, von selbst aufrichteten und dann unter Hildas kunstfertigen Fingern am Hinterkopf wie eine Plunderschnecke aufrollten. Von der Nische zwischen Wand und Kleiderschrank aus sah Ruth zu, wie Hilda ihr Korsett aus dem Schrank holte, die Arme durch die Träger steckte und dann die Lippen vorstülpte und blies, bis sie die ganze Luft aus den Lungen gepresst hatte. Ihre Finger bemühten sich angestrengt, die Seiten um Taille und Brustkorb herum nach vorn zu ziehen und zusammenzuführen. Einen, zwei, drei Haken geschafft. Sie atmete ganz kurz und flach ein und stieß dann selbst dieses bisschen Luft wieder aus. Vier. Und dann vernahmen sie ein Reißen. Hilda hörte auf zu atmen. Das Geräusch verstummte. Sie atmete wieder ein, und da war's wieder. Eine der Nähte gab nach.

Rasch öffnete Hilda die Haken, um die Spannung zu verringern. »Nein, nein, nein, bitte mach, dass das nicht wahr ist«, flüsterte sie.

Aber es war wahr. Der Schaden war passiert, eine Seite bis weit hinauf eingerissen, und um sie zu reparieren, reichte die Zeit nicht mehr. Hilda sank aufs Bett und saß ein paar Augenblicke lang mit hängendem Kopf da. Dann straffte sie die Schultern, schüttelte das Korsett ab und ließ es die Arme entlang hinter sich aufs Bett fallen.

»Nur gut«, sagte sie zu Ruth, »dass ich auf meine Mama gehört habe und bei diesem Kleid nicht an der Qualität geknausert habe. Es sitzt auch ohne etwas darunter, meinst du nicht auch?« Sie stellte sich im Profil vor den Spiegel, zog, obwohl er nach unten nicht viel mehr als ihre Schultern zeigte, den Magen ein und strich den Stoff darüber glatt. »So wird's gehen müssen«, sagte sie. »Heutzutage trägt sowieso kein Mensch mehr diese sperrigen Dinger. Das habe ich Mrs. Lindgren erst letzte Woche sagen hören.«

Hilda beugte sich zum Spiegel vor und musterte ihr Gesicht. »Nur ein klitzekleines Spürchen Farbe«, befand sie, steckte den Finger in das Rougetöpfchen und massierte sich die Farbe mit kleinen kreisenden Bewegungen erst in die eine, dann in die andere teigige Wange ein.

»Nun?« Sie drehte sich um und wies Ruth ihre von der groben Behandlung hochroten Wangen zu. »Wie sehe ich aus?«

Ruth presste sich die Hände flach an das rosige Gesichtchen.

Hilda runzelte die Stirn. »Ich wette, du hältst dich für ganz was Feines«, sagte sie. »Was ist das da an deinem Kleid? Senf? Na, das kannst du jetzt nicht anbehalten. Beeilung. Ich hab nicht den ganzen Tag Zeit.«

Aber es war noch mehr als genug Zeit, und als Thekla eintraf – eine halbe Stunde bevor die Gäste kommen sollten –, waren Hilda und Ruth längst fertig und saßen, um die Kissen im Vorderzimmer nicht zu zerknautschen, wartend am Küchentisch.

Um zwanzig nach drei klopften Clara Gutenkunst und Ida Brummer an die Tür, und kurz darauf erschienen die übrigen Damen, so dass um halb vier, die verabredete Zeit, die Gesellschaft vollzählig versammelt war. Thekla lief, mit Mänteln beladen, leichtfüßig die Treppe hinauf und hinunter, und Hilda führte die Damen herein und bot ihnen Sitzplätze an. Der Plan sah etwas allgemeine Konversation vor, ehe man sich den Karten widmete, und dann, nach der ersten Partie, Erfrischungen zu sich nahm.

Zu Beginn herrschte eine gewisse Befangenheit, wie es in

solchen Fällen eben so ist, wenn die Frauen nicht recht wissen, ob sie sich mit ihren Bemerkungen an alle Anwesenden richten sollen oder nur an ihre unmittelbaren Platznachbarinnen. Doch das gab sich rasch, und da sie sich alle untereinander gut kannten, fehlte es ihnen nicht an Gesprächsstoff, und dies umso mehr, als *ein* bestimmtes Thema für praktisch alle von größtem Interesse war. Obwohl nur einige wenige direkte Fragen stellten und den Hals reckten, um so viel wie möglich vom Haus zu sehen, während die anderen lediglich, höflich lächelnd, Hildas Antworten abwarteten, gab es kaum eine Frau im Raum, die nicht krankhaft neugierig gewesen wäre, mit eigenen Augen zu sehen, was »nach der schrecklichen Tragödie« aus dem Haus geworden war, und etwas über Amanda zu erfahren. Natürlich war eine gewisse Diskretion angebracht. Schließlich war das *ihr* Haus. Und dann musste man auch auf Mary Louise Rücksicht nehmen – da die beiden doch »so gute Freundinnen waren«. Dennoch bildeten sich überall im Raum kleine Tratschzentren: »Sie soll sich ja die Haare ratzekahl abgeschnitten haben.« »Fünf Männer waren nötig, um sie aus dem Haus zu schleifen.« »Nach dem, was *ich* gehört habe, hatte sie versucht, das kleine Mädchen zu ertränken.« »Ach, dieses arme mutterlose Kind!«

Abrupt und ziemlich laut sagte Hilda: »Wollen wir jetzt Karten spielen?« Sie war schon dabei, die Beine des ersten Klapptisches einrasten zu lassen.

»Ach ja. Spielen wir«, stimmte Mary Louise bei.

»Wie möchten Sie, dass wir uns setzen?«, fragte Leota Prunerstorfen, und diejenigen, die bereits angefangen hatten, planlos Stühle an die Tische zu rücken, hielten zögernd inne.

»Ach«, sagte Hilda und sah verdutzt in die erwartungsvoll blickende Runde. »Das habe ich mir gar nicht überlegt.«

»Ich denke, Hattie könnte den ersten Tisch übernehmen, meinen Sie nicht auch, Hilda?«, sagte Mary Louise, und Hattie Jensen, eine der ältesten anwesenden Damen und die Frau des Pastors, nickte und nahm huldvoll ihren gewohnten Platz ein. »Und Dolly dann den zweiten. Und Albertina hier, würde ich sagen.« Und sie fuhr fort, wie es in Amandas Sinn gewesen wäre, die Frauen geschickt in zwei passende Gruppen einzuteilen, als stelle sie Blumensträuße zusammen.

Hilda behielt die steifen neuen Kartenspiele zurück, bis jede an ihrem Platz saß, und überreichte dann förmlich das eine Hattie Jensen und nahm das andere mit zu ihrem Tisch.

Gespielt wurde Rommé, und so ging die Konversation, mit gelegentlichen Unterbrechungen, auch während des Spiels weiter. Die erste Partie war schon ziemlich weit gediehen, als man im Stimmengewirr die Küchentür auf- und zugehen hörte.

»Nur einen Augenblick«, sagte Hilda mit plötzlich geröteten Wangen, erhob sich von ihrem Platz und eilte in die Küche.

Rudy war zusammen mit Carl hereingekommen und stand jetzt, den Hut in der Hand, befangen in der Tür. Als Hilda sich ihm näherte, sagte er leise, schüchtern: »Sie sehen sehr hübsch aus.«

Hilda bedachte ihn mit einem strengen Blick, wandte sich dann zu Carl und zog ihn am Arm mit sich ins Vorderzimmer. »Sie kennen natürlich alle Carl«, flötete sie mit einer unnatürlichen Munterkeit, die die anderen Frauen veranlasste, sich über die Karten hinweg vielsagende Blicke zuzuwerfen. Grüße wurden gemurmelt, und Carls etwas unbeholfene, jungenhafte Art fanden alle reizend. Sie wussten, dass er im Krieg tapfer gekämpft hatte und verwundet worden war, auch wenn Clara Gutenkunst und Ida Brummer sich noch erinnerten, dass er, als die arme Mathilda ihn geheiratet hatte, ein einfacher Fleischabpacker gewesen war.

»Du bleibst doch zum Kaffee, Carl, nicht wahr? Warum trinken wir ihn nicht jetzt?«, schlug Hilda vor, worauf Hattie Jensen die Augenbrauen hob, da sie mitten in einer Partie waren und sie gute Aussichten zu gewinnen hatte.

Hilda ging zur Küchentür. »Thekla, wir wären jetzt für den Kaffee bereit.«

»Klar«, sagte das Mädchen, »ich bring ihn gleich rein«, klappte ihr Magazin zu und ging zum Eisschrank, um die Sahne zu holen.

»Wo ist Ruth?« Hilda sah sich in der Küche um und spähte dann gebückt unter den Spülstein. »Ich dachte, sie wäre hier bei dir.«

»Jetzt, wo Sie es sagen«, meinte Thekla und ließ den Blick pro Forma einmal im Kreis durch die Küche schweifen, »habe ich sie schon seit einer ganzen Weile nicht gesehen.«

»Du hättest sie im Auge behalten sollen. Geh sie suchen, sobald du den Kaffee hereingetragen hast, und achte darauf, dass ihre Schürze gerade sitzt. Wahrscheinlich hat sie sich mittlerweile wieder völlig eingeschmutzt.«

Als Hilda zu ihren Gästen zurückkehrte, lächelte sie, aber sie warf immer wieder nervöse Blicke in Richtung Tür, bis Thekla alle Kaffeetassen und die zwei Kaffeekannen sicher auf dem Beistelltisch abgesetzt hatte.

»Der Stollen kommt in einer Minute«, kündigte Hilda an und begann bereits, Kaffee einzuschenken. »Sahne und Zucker, Mrs. Jensen?«

Leota Prunerstorfen, die sich nichts aus Kaffee machte und hoffte, aus der Küche könnte auch noch eine Kanne Tee auftauchen, sah Ruth als Erste. »Ruth Neumann, was in Herrgotts Namen hast du da an?«

Da richteten sich alle Blicke auf das kleine Mädchen, das da in der Tür stand und stolz das Tablett mit dem Zucker und der Sahne hielt. Nadeln ragten aus ihren Haaren, ihre Wangen waren knallrot geschminkt, und ihre Ärmchen steckten in den Trägern eines großen spitzenbesetzten rosafarbenen Kleidungsstücks, das ihr bis zu den Knöcheln reichte.

»Sie trägt ja ein Korsett!«, rief Leota aus, um sich dann, über ihre eigenen Worte erschrocken, die Hand vor den Mund zu schlagen.

Carl dachte sich, es sei am besten, das Ganze als einen Scherz abzutun und fing bei Ruths Anblick an zu lächeln. Jetzt, wo sie nicht mehr ganz wie das kleine Mädchen aussah, das sie war, erkannte er in ihr plötzlich Mathildas Verspieltheit wieder, und dieser Gedanke stimmt ihn traurig, zugleich hatte er aber auch etwas Tröstliches, das ihn fast glücklich machte. Es war das erste Mal seit dem Tod seiner Frau, dass er an sie gedacht hatte und glücklich dabei gewesen war.

Behutsam stellte Hilda die Tasse, die sie in der Hand gehalten hatte, auf das Tablett zurück. Und dann marschierte sie, die Augen starr geradeaus, durch das Zimmer und ohne einen Mantel anzuziehen hinaus in den kühlen Aprilnachmittag.

Mary Louise hatte Ruth unter den Armen gepackt und sie hochgehoben. »Sehen wir zu, dass wir dich wieder sauber bekommen«, sagte sie und trug sie nach oben.

»Wir sollten besser gehen«, meinte Hattie Jensen und schob ihren Stuhl entschlossen zurück, womit die ganze Gesellschaft in Bewegung geriet. Alle standen auf, und jemandem fiel ein, Thekla nach den Mänteln zu schicken. Zur allgemeinen Erleichterung gab es viel Stimmengewirr und Durcheinander, bis endlich jede den ihrigen hatte.

»Sie kommt schon drüber weg«, sagte Ida Brummer zu Carl.

»Ja«, bestätigte Dolly Brennan und tätschelte ihm mütterlich die Schultern, »bis zum Abendessen ist alles wieder in bester Ordnung, Sie werden schon sehen.«

Aber sie kannten Hilda nicht. Am nächsten Morgen stand sie in aller Frühe mit Sack und Pack in der Küche. »Mein Zug fährt um fünf nach sieben.«

»Aber wer wird sich jetzt um Ruth kümmern?«, fragte Carl hilflos.

Hilda sah ihn verächtlich an. »Sie ist das Kind des Teufels«, sagte sie. »Soll er sich doch um sie kümmern.«

Als Carl von der Bahnstation zurückkehrte, schien die Sonne warm vom Himmel, auch wenn in der Luft noch ein Hauch von Winter lag. Während er die Eier einsammelte und die Schweine fütterte, zeichnete Ruth mit einem Stöckchen Muster in den Morast vor dem Schweinekoben. Als er die Tiere versorgt hatte, hob Carl Ruth aus dem Dreck, um sie ins Haus zu tragen. Sie kreischte auf, klammerte sich an den Zaunpfosten und versuchte mit aller Kraft, sich von ihm loszureißen. Ihre Stiefel hinterließen schlammige Streifen an seiner Hose, und sie hatte ins Höschen gemacht; er konnte es riechen. Fünf Jahre alt, und nicht besser als ein Tier! Entnervt verpasste er dem Zaun einen Tritt.

»Dann bleib eben da!« Er ließ sie an seinem Bein hinuntergleiten und wieder in den Modder fallen. Er stapfte wütend davon, so schnell sein schlimmes Bein es zuließ, und sah sich nicht um, bis er im Haus war. Dann beobachtete er sie von der Küche aus, während er sich einen Kaffee kochte. Sie hatte ihren Stock weggeworfen und pflügte jetzt mit der Handwurzel Gräben in den Schlamm, die sie anschließend mit der flachen Hand wieder einebnete.

Die Sonne knallte durch die Fensterscheibe, und über seinem Kopf tickte bedächtig die gelbe Küchenuhr. Als er das Fenster öffnete, sah Ruth kurz erschrocken auf. Sie schien überrascht zu sein, das Haus zu sehen – das Fenster und ihn im Fenster. Sie zog die Brauen zusammen und schlug schnell die Augen nieder, als hätte sie eigentlich nicht hinsehen wollen.

Was, zum Teufel, sollte er mit ihr tun? Die Katze sprang auf die Anrichte und rieb sich an seinem Ellbogen. Er hob seine Tasse und trank sie einschließlich des Kaffeesatzes leer, dann spülte er sie aus und ließ sie im Ausguss stehen. Er ging auf die Tür zu, machte dann aber wieder kehrt, trocknete die Tasse sorgfältig mit einem seiner Hemdschöße ab und stellte sie behutsam verkehrt herum in den Schrank.

Als er Ruth aufhob, schrie sie wieder, doch diesmal gab er nicht nach. Er badete sie und zog ihr das beste Kleid an, das sie besaß, kämmte ihr die feinen glatten Haare – die Haare ihrer Mutter – und befestigte auf dem Scheitel eine große blaue Schleife. Dann zog er selbst ein sauberes Hemd an, spannte das Pferd vor den Wagen, und sie machten sich auf den Weg nach St. Michael's.

Die Räder des Einspänners rumpelten bedenklich auf der zerfurchten Straße, und Carl musste sich ganz aufs Lenken konzentrieren. Als sie den gepflegten Weg erreichten, der den Hügel hinauf zum Sanatorium führte, sah er kurz zu Ruth hinüber. Die Schleife war halb aufgegangen und heruntergerutscht, und ihr Haar sah so aus, als sei es noch nie im Leben gekämmt worden. Was war dieser Knuddel da hinten? Kletten? Ein Strumpf war ihr bis zum Knöchel hinuntergerutscht, beim Stiefel am anderen Fuß hatten sich die Haken geöffnet. Ihr Kleid bildete über der Gürtelschärpe einen seltsamen Wulst. Das Kind löste sich vor seinen Augen förmlich auf. Er schnalzte Frenchie zu und fuhr schneller.

Der Weg führte durch einen dichten Wald, und die Zweige schnitten das Sonnenlicht in tausend Stücke. Auf dem Gipfel des Hügels lichteten sich die Bäume und gaben den Blick auf das Gebäude frei: cremefarbener Backstein, fünfgeschossig und quadratisch. Ein kleineres Haus zur Rechten, aus Kalkstein und neuerer Bauart, beherbergte den Direktor und dessen Familie, bestehend aus einer Ehefrau, zwei kugelrunden Knaben und einem Irishsetter. Die Kinder und der Hund spielten Fangen auf dem grünen Rasen und schenkten Carl und Ruth keinerlei Beachtung, als sie hineingingen.

Das Gebäude war früher ein Kloster gewesen, und die ehemaligen Mönchszellen waren jetzt Privat- oder Halbprivatzimmer, aber wenn man einmal davon absah, dass sich die Fenster und massiven Türen nur von außen öffnen ließen, erinnerte das Ganze eher an ein Kurhotel – jedenfalls wie Carl sich eins vorstellte. Der Fußboden von Flur und Eingangshalle war mit cremefarbenen und rotbraunen Fliesen ausgelegt, pflegeleicht und dennoch ansprechend. Die Treppe bestand aus dunklem, auf Hochglanz poliertem Holz. Von Zeit zu Zeit hallte ein Misston durch die Korridore – ein plötzlicher Schrei, ein zu lang anhaltendes Lachen oder ein Schwall von Verwünschungen –, aber die meisten Patienten, oder zumindest diejenigen in Amandas Trakt, behielten ihre Probleme für sich.

Die Empfangsdame kannte ihn inzwischen und sah von dem Brief, mit dem sie gerade beschäftigt war, nur kurz auf, um ihnen zuzulächeln und sie durchzuwinken. »Heute Vormittag ist sie oben«, sagte sie.

Er nahm seinen Hut ab und stieg die läuferlose Treppe hinauf; auf dem zweiten Absatz blieb er einen Moment stehen, um sich die Haare zurückzustreichen, seinen Schlips gerade zu rücken und durch das Fenster zu den Jungen hinunterzuschauen, die sich gerade nach Kräften bemühten, den Hund als Reittier zu missbrauchen. Ruths kleine Hand schob sich in seine.

Bei Zimmer 312 angelangt, blieb er stehen. Er ging vor Ruth in die Hocke und versuchte, ihre Kleidung wieder halbwegs in Ordnung zu bringen. »Ruthie«, sagte er, »du benimmst dich jetzt. Wenn du brav bist, kommt sie vielleicht wieder nach Haus. Einverstanden? Sei brav.« Sie starrte Amandas Tür an und schwieg. Er seufzte, richtete sich wieder auf, nahm den Hut ab und klopfte.

Sie gab keine Antwort, aber das tat sie schließlich nie. Sein Klopfen war eher eine Warnung als eine Frage.

Sanft schob er Ruth vor sich her ins Zimmer. »Schau, wen ich dir heute mitgebracht habe, Amanda.«

Zaghaft, als glaubte sie, Ruth könnte nur ein Trugbild sein, berührte Amanda mit den Fingerspitzen das Gesicht des Kindes.

Ruth wich zurück. »Ich hasse dich!«, schrie sie. »Ich hasse dich!« Carl starrte sie an, mehr durch die Tatsache erschüttert, dass sie überhaupt redete, als durch das, was sie sagte. Auch Amanda starrte sie an. Über ihre eigenen Worte entsetzt, tat Ruth einen Schritt nach hinten, dann noch einen und noch einen, bis ... »Ruthie, pass auf!« – aber da war es schon zu spät. Sie hatte das Gleichgewicht verloren und fiel polternd bis zum nächsten Absatz die Treppe hinunter.

Amanda war als Erste bei ihr. Sie schloss sie in die Arme und wiegte sie, wie sie da mit blutig aufgeschlagener Lippe schreiend auf den roten und weißen Fliesen lag. »Es ist alles gut, Ruthie. Es ist alles gut«, beruhigte sie sie. »Für einen Moment bist du geflogen. Ich hab's gesehen. Du bist richtig geflogen.«

Endlich wurden die Schluchzer zu lautlosen Tränen, und Ruth schmiegte ihr Gesicht an Amandas Schulter. »Tante Mandy«, flüsterte sie.

»Was, Ruthie?«

»Du kannst jetzt heimkommen. Ich hab sie weggegrault.«

Sie war genauso leichtsinnig wie du, Mattie.

Kaum konntest du gehen, bist du quietschend und lachend von einem Zimmer zum nächsten gerannt. Ich sagte dir, du solltest aufpassen, aber du hast nicht auf mich gehört. Du wolltest nie auf mich hören, ehe du nicht gestolpert und hingefallen bist oder dir den Finger in einer Tür eingeklemmt hast – und dann hast du gebrüllt und geschrien, als hätte sich vor dir noch nie jemand wehgetan.

Du warst erst vier, als du mir zum ersten Mal durch den Winterwald gefolgt bist. Ich war schon halb über das Eis, als ich deine Stimme hörte.

»Wart, Mandy! Wart!«

Ich drehte mich um und sah, wie du mir, unförmig in deinen Schichten von Wolle, den wippenden Zipfel deiner braunen Samtmütze über den Augen, mühsam übers Eis entgegentapptest.

»Geh weg!«, schrie ich, dass meine Stimme über den gläsernen See hallte. »Lass mich in Ruhe!«

Aber es hat dich ja nie gekümmert, was ich sagte, oder? Jedenfalls nicht, wenn du mal wieder deinen Kopf durchsetzen musstest. Du bist weitergetrippelt, dass deine Stiefelchen auf dem verschneiten Eis knirschten. Ich kehrte um, fest entschlossen, dich nach Hause zu schleifen. Warum hätte ich meine Insel mit dir teilen sollen? Aber ich war noch keine zehn Schritte gegangen, da hattest du mich schon erreicht und dich mit deinen Fäustlingen an mein Bein geklammert, um nicht das Gleichgewicht zu verlieren.

»Bitte, nimm mich mit, Mandy.«

Ich konnte es dir nicht abschlagen.

Zu zweit war's auf der Insel schöner, viel, viel schöner. Weißt du noch die kleine Schutzhütte, die wir uns da draußen bauten? Weißt du noch unseren Garten, unsere »Gemüsebeete«? Du wolltest Radieschen, und ich fand, wir sollten Kapuzinerkresse anbauen. Wir haben beides gesät, weißt du noch?

Und weißt du noch, wie du eine Königin warst? Du hast dir eine Krone aus Geißblatt gemacht. Du hast dir das Gesicht mit Blutkraut angemalt. »Fliegt nach Suscatoon«, hast du zu den Libellen gesagt, »und holt mir Salz!« »Wie heißt eine Königin?«, hast du mich gefragt, mit strähnigen Haaren und verdrecktem Gesicht. »Wie soll ich heißen, wenn ich die Queen bin?« »Imogene«, sagte ich. Das fiel mir nur wegen des Reims ein, aber du fandest, das sei der hübscheste Name, den du jemals gehört hättest. Von da an wolltest du immer, dass ich dich Imogene nannte, wenn wir auf der Insel waren, weißt du noch? Queen Imogene. Erinnerst du dich?

Wir wateten ins Wasser hinaus und plantschten herum, und wenn es zu tief für dich wurde, hast du dich an mich geklammert, die Ärmchen um meinen Nacken, die spindeligen Beine um meine Taille, federleicht warst du im Wasser. Ich fand es wunderschön, wenn du dich so festgehalten hast, wenn du meinen Halt brauchtest. Du fühltest dich bei mir sicher. Du wusstest, dass ich auf dich Acht geben würde.

Und dann hast du angefangen, dich von mir zu entfernen. Anfangs nur ein paar Zentimeter weit – du hast mit den Beinen losgelassen, aber dich noch mit den Armen festgehalten, oder die Arme gelockert, aber die Beine um mich geschlungen. Ich sagte zu dir: »Nein.« Ich sagte zu dir, du solltest dich festhalten. Aber du wolltest nicht hören. Du hast angefangen, ganz loszulassen, einen Augenblick hier, einen Augenblick da, hast den Kopf unter Wasser getaucht und dann wieder nach mir gegriffen und dir, hustend, mit der anderen Hand das Wasser aus den Augen gewischt. Aber ich habe dich ausgeschimpft. Ich hielt deinen glatten, schlüpfrigen Körper fest. Das ist gefährlich, sagte ich zu dir. Bleib hier bei mir. Ich wollte dich nicht wegschwimmen lassen. Ich wollte dich nicht loslassen.

Du hättest auf mich hören sollen, Mattie, als ich dir sagte, du solltest zurückgehen. Du hättest mich in Ruhe lassen sollen. Du und Ruth mit eurem Geheul und Geflenne – dass alle Welt von meinen Angelegenheiten erfuhr ... warum konntet ihr mich nicht loslassen?

Warum hast du mich losgelassen, Mattie? Ich hab dir doch gesagt, halt dich fest. Ich hätte dich niemals losgelassen, aber du hast mich dazu gezwungen. Du warst das. Du hast mich dazu gezwungen. Das werde ich dir nie verzeihen. Niemals!

Wart, Mattie – ich bin dir nicht böse. Hab keine Angst – ich schimpf schon nicht mit dir. Ich lache, siehst du? Es ist alles in Ordnung. Ich hab's nicht so gemeint. Du kannst jetzt zurückkommen, Mattie. Hörst du? Komm zurück.

7

Amanda

Die ganze Sache mit Clement war Schnee von gestern, schon seit mindestens einen Monat vorbei, als ich im März 1919 heimfuhr, um einen Neuanfang zu machen.

Das Problem war, dass ich mich zu Hause auch nicht viel besser fühlte als vorher bei der Arbeit im Krankenhaus, und nach dem, was das letzte Mal passiert war, als ich krank zu Hause auftauchte, bekam ich es mit der Angst zu tun.

»Besser, du kommst mir nicht zu nah«, warnte ich Mattie am anderen Morgen, als ich vom Melken hereintorkelte, nachdem ich hinter der Scheune mein Frühstück wieder von mir gegeben hatte.

Trotzdem, Fieber hatte ich keins, und jetzt, da ich vom Krankenhaus weg war, würde ich mich bestimmt bald wieder berappeln.

»Es ist nichts«, schnauzte ich Mattie an, als sie am dritten oder vierten Tag vorschlug, Dr. Karbler zu rufen. »Ich bin Krankenschwester, schon vergessen? Glaubst du etwa, ich kann's nicht selbst beurteilen?«

Ich drückte mich vor dem Küchendienst und übernahm lieber Hofarbeiten, weil mir schon vom bloßen Gedanken an Essen übel wurde und die frische Luft mir gut zu tun schien. Am Freitag kündigte Mattie an, sie habe mir etwas ganz Besonderes gekocht.

»Das bringt deinen Appetit bestimmt zurück«, sagte sie und

holte mit theatralisch schwungvoller Geste eine Platte mit Flussbarschen aus dem Ofen, wo sie sie warm gehalten hatte.

Flussbarsch war schon immer eines meiner Lieblingsgerichte gewesen, aber an dem Abend bekam ich einen Schweißausbruch und schaffte es kaum rechtzeitig nach draußen.

»Jammerschade«, sagte Mattie später, während sie mich mit Zwieback und Käse fütterte. »Aber Pickles hat sich gefreut. Sie hat einen ganzen Fisch aufgefressen.« Dann kicherte sie.

»Was?«

»Ach, ich musste nur dran denken, wie mir das letzte Mal von Barsch schlecht geworden ist – das war, als ich Ruth erwartete. Der arme Carl. Er hat damals geschworen, er würde nie wieder angeln gehen.« Sie lächelte.

Aber ich konnte nicht lächeln, denn Mathildas Worte hatten mich getroffen. Sobald sie in ihr Zimmer gegangen war, bemühte ich mich, das, was sie gesagt hatte, wieder abzuschütteln. Ich stand auf und begann, auf und ab zu gehen. Ich riss das Fenster auf und streckte den Kopf hinaus in die kalte Luft, aber je verzweifelter ich ihm zu entfliehen versuchte, desto tiefer bohrte sich der Gedanke in mein Gehirn. Also gut – es stimmte.

Ich hatte versucht, es zu verleugnen. Ich hatte mir eingeredet, es seien nur Sorgen oder Kummer oder Einsamkeit, wovon die Schwindelgefühle und die Müdigkeit und das Übelsein kämen. Aber ich hätte nicht einmal Krankenschwester zu sein brauchen, um zu begreifen, dass ich etwas Konkreteres als bloße Traurigkeit in mir herumtrug.

Ich hatte versucht, zum vorherigen Zustand zurückzukehren, aber es hatte keinen Zweck. Ich musste der Tatsache ins Auge sehen, dass es kein Zurück gab, dass keine Heimkehr mich wieder zu dem Mädchen machen konnte, das ich einmal gewesen war.

Der einzige Ausweg, der mir einfiel, war, wieder wegzulaufen. Ich würde, wenn ich mir sicher wäre, dass Mattie und Ruth schliefen, meinen Koffer packen. Dann setzte ich mich, eine Hand auf den Unterleib gepresst, auf die Bettkante und dachte nach, wohin ich vor diesem Ding fliehen könnte.

Ich wusste, dass es von Nonnen geführte Häuser gab, wo man, auch als Nichtkatholikin, unterkriechen konnte, bis alles vorbei war. Ich hatte von einer anderen Schwester gehört, die in ein solches Haus gegangen war, und in Erinnerung an die Scham und die Verachtung, die ich damals für sie empfunden hatte, schauderte ich. Frieda war ihr Name gewesen. Vielleicht sollte ich mich auch so nennen.

Ich würde da hingehen. Die barmherzigen Schwestern würden mir beibringen, wie man betet. Vielleicht würde ich anschließend da bleiben, selbst Nonne werden. Aber wahrscheinlich erlaubten sie einem das nicht. Bei der Vorstellung, dass ich niemals Nonne werden könnte, fing ich an zu weinen. Es war albern, wegen so etwas zu weinen – ich *wollte* ja nicht einmal Nonne werden. Dennoch vergrub ich mein Gesicht im Kissen und schluchzte. Dann lag ich lange mit dem Gesicht auf dem feuchten Stoff. Wenigstens würden Mama und Papa nichts davon erfahren, dachte ich. Wenigstens waren sie vor meiner Schande sicher.

Ich zog die Füße aufs Bett, ohne auch nur die Schuhe auszuziehen. Unten spielte Mathilda auf dem Klavier und sang dazu: »Hello, my baby. Hello, my honey. Hello, my ragtime girl.« Zwischendurch war immer wieder mal ein falscher Ton zu hören, und da wusste ich, dass Ruth auf ihrem Schoß saß und mit den Händchen auf die Tasten patschte, weil ich früher genauso bei meiner Mutter auf dem Schoß gesessen hatte. Ich war plötzlich so müde, so müde, dass ich mich dafür entschied, noch eine weitere Nacht dazubleiben. Niemand kannte die Wahrheit. Und daran würde sich wahrscheinlich auch noch monatelang nichts ändern. Ich konnte mir ein wenig Schlaf gönnen.

Wenn sie spürte, dass einer ihrer Anfälle kam, ging Mama immer ins hintere Zimmer. Sie zog die Vorhänge zu und legte sich aufs Sofa, das Gesicht zur Wand und ein Kissen auf die Ohren gepresst, um das Zirpen der Zikaden und das Gezwitscher der Vögel auszusperren. Mein Vater machte dann die Tür zu.

»Da siehst du, wie weh ihr das tut, wenn du dich nicht ordentlich benimmst«, sagte er dann zu mir. »Jetzt sei brav und leise.« Und dann ging er aus dem Haus.

Ich versuchte, brav und leise zu sein. Ich ging hinauf in mein Zimmer und spielte mit meiner Puppe oder sah mir mein Bilderbuch an, aber nach einer Weile bekam ich Angst, wenn ich an meine Mutter dachte, wie sie da ganz allein in diesem dunklen Zimmer lag. Und ich dachte, dass sie vielleicht weinte, und dachte, dass sie vielleicht gestorben sei, und dachte, dass sie vielleicht weggelaufen sei. Also schlich ich mich wieder nach unten, drehte ganz leise den Türknauf und stieß die Tür einen Spalt breit auf – nur um kurz nachzusehen, nur um mich zu vergewissern.

Und natürlich war sie immer da, den Rücken dem Zimmer zugewandt, den Kopf zugedeckt. Außer das eine mal, wo sie weg war.

An dem Tag lag niemand auf dem Sofa. Das Umhängetuch, das sonst ihre Schultern bedeckte, lag unordentlich auf dem Boden. Das Zimmer war klein, aber ich ging trotzdem ganz hinein und legte mich flach auf den Boden, um unter die Möbel zu schauen. Sie war tatsächlich weg.

Also begann ich, das ganze Haus zu durchsuchen: die Schlafzimmer, die Küchenschränke, den Kleiderschrank, die Speisekammer. Ich fragte das Dienstmädchen, das gerade auf der hinteren Veranda Wäsche auswrang. »Weißt du, wo meine Mama ist, Gert?«

»Muss irgendwo sein. Vielleicht ist sie in den Ort.«

Gert kannte Mama nicht so gut wie ich. Mama wäre niemals in diesem Zustand in den Ort gegangen. Sie wäre niemals weggegangen, ohne mir was zu sagen.

Ich versuchte, die Falltür zum Dachboden zu öffnen. Ich dachte mir, Gespenster und Hexen könnten sie entführt haben. Ich stellte mir vor, wie sie ängstlich nach mir rief, wie sie von einem Ort aus, den ich nicht sehen konnte, die Arme nach mir ausstreckte. Zuletzt fiel mir ein näher liegender Ort ein – das Toilettenhäuschen –, aber da war sie auch nicht. Ich lief durch die Scheune, rief sie, sah in jede einzelne Stallbucht hinein.

Endlich, als ich wieder zum Haus zurückrannte, fiel mir auf, dass die Kellertür offen stand. Langsam stieg ich in die feuchte Dunkelheit hinab, die Schulter immer dicht an der Wand, um nicht an der offenen Seite der Treppe hinunterzufallen. Unten angelangt, sah ich sie auf der nackten Erde sitzen, die Stirn gegen den feuchten Stein gepresst.

Dann wandte sie mir das Gesicht zu, seltsam fahl in dem Halbdunkel. Aber das war nicht meine Mutter. Sie verspottete mich. »Mama! Mama!«, äffte sie mich höhnisch nach. Dann verdrehte sie die Augen nach oben. »Bitte. Bring dieses grässliche Kind zum Schweigen«, sagte sie.

Ich wusste nicht, welches Kind sie meinte. Erst Jahre später begriff ich, dass sie mich gemeint hatte.

Als ich am nächsten Morgen aufwachte, wusste ich, wohin ich gehen wollte: zu einem Ort, wo niemand etwas mitbekommen würde – niemand außer Mattie.

Ich hatte noch meine Sachen vom Vorabend an, ja selbst die Schuhe, und stampfte die Treppe hinunter und machte im Ofen Feuer. Ich fing an, Arme Ritter zuzubereiten – wohlweislich ohne hinzusehen, als ich das Ekel erregende Ei aufschlagen musste. Mattie liebte Arme Ritter.

»Geht's dir besser?«, gähnte sie und ließ sich auf ihren Stuhl fallen. Mattie brauchte immer ziemlich lange, um wach zu werden.

»Viel.« Ich drehte das eigetränkte Brot um, fühlte mich tatsächlich besser, und einen Augenblick lang gab ich mich der Hoffnung hin, ich könnte mich die vorhergehende Nacht in meinen Schlussfolgerungen geirrt haben. Aber dann sah ich die Überreste des Barsches in der Katzenschüssel und musste würgen.

»Hör mal, Mattie«, sagte ich, setzte mich neben sie und schob die Zuckerdose beiseite, um näher an sie heranrücken zu können. »Ich hab mir überlegt, ob wir nicht den Sommer auf der

Insel verbringen sollten, du und ich und Ruthie. Die Felder sind sowieso verpachtet. Um die Tiere kann sich Rudy kümmern. Wozu sollten wir hier bleiben?« Als sie keine Antwort gab, bohrte ich nach. »Das wird bestimmt lustig. Wir verreisen. Nur du und ich und Ruthie.«

»Ach, nein, Amanda. Es ist doch viel zu kalt.« Sie schnitt eine Ecke ihres Armen Ritters ab.

»Nein, ist es gar nicht. Oder zumindest bleibt es noch höchstens ein paar Wochen kalt. Wir haben schon April. Und überleg doch, wie bequem es ist, dass wir unsere Sachen über das Eis hinschaffen können.«

»Über das Eis! Amanda, was hast du nur für Ideen? Das Eis muss mittlerweile ganz dünn sein. Wir brechen ein.«

»Nein, tun wir nicht. Das Frühjahr ist sehr kalt gewesen. Es ist bestimmt noch fest. Natürlich würde ich es zuerst prüfen und mich vergewissern, dass es auch hält.« Und wenn ich dabei einbrach, umso besser, dachte ich bitter.

»Mandy, du machst dir gar keine Vorstellung, wie trostlos und kalt diese Insel im Winter ist. Für eine Stunde am Nachmittag, wenn man beim Schlittschuhlaufen ein Ziel haben will, ist sie ganz in Ordnung, aber nicht um tagelang, nächtelang da zu leben. Du vergisst, *ich* hab's gemacht. Ich weiß, wie das ist. An manchen Tagen dachte ich, ich würde noch verrückt werden.«

»Ganz genau, du hast es gemacht! Du hast die Gelegenheit dazu gehabt. Und was ist mit mir? Wer hat denn schließlich diese Insel entdeckt? Wäre ich nicht gewesen, hättet ihr euch beide, du und Carl, nie so gemütlich da einrichten können.«

Ich ließ kein Argument aus, während Mattie nervös an ihren Haarspitzen kaute. Es war schwierig, sie umzustimmen, aber ich wusste, dass ich es schaffen konnte, wenn ich mir nur richtig Mühe gab. Ich war schließlich die Ältere. Ich wusste es besser.

Auch Rudy gefiel die Idee nicht.

»Zwei Mädchen allein da draußen ...« Kopfschüttelnd schnalzte er mit der Zunge. »Nicht gut.«

»Aber wir werden doch zu dritt sein«, scherzte ich. Ich wusste, wie man mit Rudy umgehen musste. »Ruthie wird bei uns sein.« Ihn daran erinnern, dass wenigstens ich kaum noch als Mädchen bezeichnet werden konnte, mochte ich denn doch nicht.

Diesmal aber runzelte er die Stirn. »Sie wissen schon, was ich meine, Manda. Sie könnten da einfrieren – so warm ist es wirklich noch nicht. Sie könnten das Haus in Brand stecken.«

»Das Gleiche könnte uns auch hier passieren, Rudy«, erwiderte Mathilda. Obwohl ich sie gerade erst mit Müh und Not dazu überredet hatte, sich meinem Plan anzuschließen, überraschte mich ihre neue Einstellung nicht. Mathilda neigte seit jeher dazu, das zu tun, wovon man ihr abriet.

Ich erinnerte ihn daran, dass eine von uns alle paar Tage auf der Farm vorbeischauen würde, und wenn er sich Sorgen machte, brauchte er doch schließlich nur herüberzukommen. Ich war mir ziemlich sicher, dass er das nie tun würde. Rudy war ein Mensch, der nichts überstürzte. Die Insel müsste schon in Flammen aufgehen, bevor es ihm in den Sinn käme, dass es vielleicht besser wäre, nach dem Rechten zu sehen. Oh, ich kannte sie alle so gut! Alle außer mich selbst – und jetzt diesem Anderen, das ich in mir trug.

»Wir werden jeden Tag Punkt zwölf herüberwinken«, sagte Mathilda.

Wir brauchten nur zwei Tage, um alles zu organisieren, unsere Sachen zu packen und den Lebensmittelhändler und Metzger zu beauftragen, uns Fleisch und andere Dinge zum Schließkasten auf unserem winzigen Strand zu liefern, sobald das Eis geschmolzen war. Butter, Eier und Milch würden wir – zumindest Mattie – von der Farm holen. Und bald könnten wir auch unser eigenes Gemüse anbauen.

Rudy schleppte immer mehr Dinge aus der Scheune an und legte sie auf unseren Stapel, Laternen und Schraubenzwingen und Öl. »Das werden Sie alles noch brauchen können. Sie werden schon sehen.«

Und Mathilda schaffte immer mehr Bücher herbei. »Nur

noch drei«, bettelte sie, als ich erklärte, der Schlitten würde allmählich zu schwer werden.

Dafür vergaßen wir wirklich wichtige Dinge, aber wir entfernten uns ja nur knapp anderthalb Kilometer vom Haus – wir würden jederzeit problemlos zurückkehren können. Zumindest Mathilda.

Und so fiel es ihr leicht zu gehen. Für sie war es ein Spiel, kaum anders als in unserer Kindheit, als wir auf die Insel gefahren waren, um unserem wirklichen Leben zu Haus zu entrinnen. Aber für mich war es Ernst. Wenn ich wieder zurückkam, würde ich eine andere sein. Falls ich jemals zurückkam.

Wir brachen am Morgen auf, um möglichst viel vom Tageslicht auszunutzen. Der Himmel war grau, der Schnee alt und verharscht. Es war einer von diesen Tagen, an denen man befürchtet, Gott könnte einen, von erfreulicheren Dingen abgelenkt, vergessen haben. Ruth aber hatte keinerlei solche Bedenken. Sie marschierte vor dem Schlitten her, einen Eiszapfen wie eine Fackel in der Hand, jeden Schritt energisch in den knirschenden Schnee setzend und sich der Welt mit schrillen, misstönenden Rufen ankündigend.

»Wartet einen Augenblick«, sagte ich, als wir das Ufer des Sees erreichten. »Ich muss das Eis prüfen.« Ich legte die Hand auf Mathildas Ärmel, um sie zurückzuhalten.

Es war ein kalter März gewesen, aber trotzdem – der Frühling war nicht mehr allzu weit, und wir hatten zwischendurch schon eine kürzere Tauwetterperiode gehabt; Mattie hatte Recht damit gehabt, sich über den Zustand des Eises Sorgen zu machen. Ich spähte zur Mitte des Sees nach den verräterischen dunklen Streifen offenen Wassers. Aber alles war glatt und weiß. Ich kletterte über den Schneewall, der den See säumte, und schlitterte dann vorsichtig weiter, ohne die Füße zu heben. Die Oberfläche bestand aus körnigem Schnee, der matschig geworden und während des kürzlichen Kälteeinbruchs wieder gefroren war.

Ich hob einen Fuß in die Höhe und stampfte. Der See protestierte nicht. Kein Knarren oder Knirschen, kein Furcht erregender Riss. Ich ging weiter, über immer tieferes Wasser, jetzt mit schweren Schritten und gelegentlichen Hüpfern, um die volle Last meines Gewichts aufs Eis zu bringen. Ich malte mir aus, ich würde einbrechen, ich und das Andere, und durch dieses kalte Wasser bis zum Grund sinken.

»Wart, Tante Mandy! Wart auf uns!«, piepste Ruths Stimme vom Ufer her.

Ich drehte mich um und winkte den beiden zu. Mathilda stand klein und reglos da, in einen rotbraunen Kapuzenmantel gehüllt, der früher unserer Mutter gehört hatte. Ich fröstelte bei dem Gedanken, wie treu sie war, immer bereit zu tun, worum ich sie bat, im Vertrauen darauf, dass es schon seine Richtigkeit haben würde. Ruth, ein knallroter Fleck in ihrem neuen Mäntelchen, zerrte mit solcher Kraft an der behandschuhten Hand ihrer Mutter, dass sie mit Kopf und Schultern bedenklich tief über dem Boden hing. Sie wusste, dass ihre Mutter sie niemals loslassen würde.

Ich dachte damals nicht daran, dass mein Baby eines Tages auch so sein könnte. Ich dachte genau genommen überhaupt nicht an mein Baby. Ich konzentrierte mich ausschließlich auf die Aufgabe, uns auf die Insel zu bringen. Es schien mir das Einzige zu sein, was ich tun konnte.

Wir setzten Ruth auf den Schlitten, und Mathilda hielt sie und die Ladung im Gleichgewicht, während ich zog. Je mehr wir uns der Insel näherten, desto glatter wurde das Eis, bis schließlich der Schlitten anfing, mich zu überholen. Ich hörte auf zu ziehen und klammerte mich auf der anderen Seite des Schlittens fest. Wir ließen uns mitschleifen und kamen so in Fahrt, dass wir kaum die Balance halten konnten. Ich stürzte fast, und dann legte sich Mattie beinahe längelang hin, und dann wieder ich, während wir dahinflitzten, schlitternd und lachend, alle drei wie Kinder auf einer nachmittäglichen Rodelpartie.

Die Insel war von einem Zackenhalsband umgeben, das das Eis aus Schollen ringsum aufgetürmt hatte, als versuche es, an

Land zu klettern. Wir mussten sie zweimal umkreisen, ehe wir eine Stelle fanden, die so niedrig und so wenig steil war, dass Mattie hinüberklettern und dann Ruth und mir helfen konnte nachzukommen. Dann ließen wir Schlitten und Gepäck auf dem Eis stehen und sahen nach, wie es dem so lange unbewohnten Haus in der Zwischenzeit ergangen war.

Mit seinem hellgrauen, grün abgesetzten Anstrich sah das Haus im Sommer so aus, als sei es von selbst aus dem Boden gewachsen, aber im Winter hob es sich inmitten der kahlen schwarzen Bäume deutlich ab. Als wir die Tür öffneten, schlug uns der Geruch von modrigem Holz entgegen und der eisige Hauch von Luft, die so unbewegt und kalt war wie in einem Grab. Vielleicht hatte Rudy doch Recht gehabt, dachte ich. Vielleicht konnten wir wirklich nicht da wohnen, zwei Frauen, ganz allein.

»Zuallererst müssen wir das Ding hier in Gang bringen«, sagte Mattie und öffnete die Klappe des Holzofens.

Natürlich, erinnerte ich mich, Mattie und Carl hatten das Jahr davor den Winter auf der Insel verbracht. Mattie schien schon zu wissen, was sie tat. Wir würden dieses letzte bisschen Winterwetter überstehen, und dann würde endlich der Frühling kommen.

»Ich geh Holz holen«, sagte ich.

Die Arme vor meinen empfindlichen Brüsten verschränkt, blieb ich kurz auf den Stufen der Veranda stehen und blickte über die Weite des Sees und auf das schwarze Gestrichel, das die Küstenlinie markierte. Zwischen den Bäumen konnte ich das Dach der Tullyschen Scheune sehen. In ein bis zwei Stunden, wenn es dunkel wurde und die Leute ihre Lampen anzündeten, würden ihre Fenster wie Augen zwischen den Bäumen herüberleuchten und uns anstarren. Vielleicht konnte man sich hier gar nicht verstecken. Vielleicht war es ein Fehler gewesen herzukommen.

Aber wenn es erst Sommer war, beruhigte ich mich, während ich mir Holz in die Armbeuge lud, würde alles anders sein. Dann würde die Insel ganz hinter dem Laub der Bäume verborgen sein, und niemand bekäme etwas von meinen Privatangelegenheiten mit.

Ruth

Tante Mandy hatte unten am Daumen einen Mund.

»Was ist das?«, habe ich sie gefragt. Mein Finger streichelte den weißen Kreis auf ihrer braunen Haut.

Wir saßen im grünen Sessel, ich eingequetscht zwischen der Armlehne und ihr, weil wir es so am liebsten mochten.

»Das ist von deiner Mama«, hat Tante Mandy gesagt. »Das hat sie mir gegeben, damit ich immer daran denke, auf sie zu hören.«

»Und was sagt sie?«

»Verlass Ruthie nie. Das sagt sie. Verlass Ruth nie.«

Tante Mandy hat auf meine Mama nicht gehört. Sie hat mich verlassen. Aber dann ist sie wiedergekommen.

Eines Morgens im Mai, als Amanda seit ungefähr einem Monat vom St. Michael's zurück war und der Tau auf dem Gras den Sommer verhieß, saßen Carl und Ruth am Küchentisch und warteten auf ihr Frühstück.

»An einem dieser schönen Tage, Ruth«, sagte Carl, »fahre ich mit dir zur Insel, wo wir beide früher mit deiner Mama gewohnt haben. Würde dir das gefallen?«

»Nein«, sagte Amanda. Sie knallte die Pfanne mit den Eiern, die sie gerade an den Tisch hatte bringen wollen, wieder auf den Ofen. »Dieser verdammte Topflappen. Hab mich glatt durch das Ding verbrannt.«

Carl sah sie überrascht an. »Was?«

»Es würde ihr nicht gefallen. Ruth mag den See nicht.«

»Tut sie doch. Du magst den See, nicht wahr, Ruth?«

Ruth sah von ihrem Vater zu ihrer Tante, und da sie sich nicht sicher war, welche Antwort die richtige gewesen wäre, sagte sie nichts.

»Ich will, dass du dieses Haus abschließt«, sagte Amanda, die Hände in die Hüften gestemmt. »Es dicht machst. Es zunagelst und vergisst, dass es überhaupt existiert. Ich kann's gar nicht fassen, dass du Ruth dahin mitnehmen möchtest, nach dem … na ja, nach all dem. Was ist mit dir los?«

Carl starrte auf seinen leeren Teller. Vielleicht *war* was mit ihm los, denn er hätte Ruth gern den Ort gezeigt, an dem sie gezeugt worden war. Es beunruhigte ihn, dass es Amanda gelungen war, Mathilda vollständig aus Ruths Leben zu tilgen. Soweit er wusste, hatte sie dem Kind nichts von dem erzählt, was vor seiner Heimkehr geschehen war, ebenso wenig erlaubte sie ihm, von der Zeit vor seiner Abreise zu sprechen.

»Das würde sie doch nur traurig machen«, hatte sie zu ihm gesagt. »Es ist ein großer Segen, dass sie zu klein war, um sich zu erinnern.«

Grundsätzlich gab er Amanda Recht. Was hätte es Ruth schon genutzt zu wissen, dass ihre Mutter wie ein Fisch geschwommen war und ihren Frühstücksspeck kross gemocht hatte? Was hätte es für sie schon für einen Unterschied gemacht zu erfahren, dass Mattie ihr einmal eine Krone aus Wegwarte und Gänseblümchen geflochten hatte? Und trotzdem, er wollte, dass sie es erfuhr – um Matties willen. Vielleicht war Amanda im Stande, Mathilda verschwinden zu lassen, als hätte sie niemals existiert, aber er konnte das nicht.

Er wartete einen Dienstag ab, den Tag, an dem Amanda immer in den Ort ging, und er sagte sich, dass er schließlich nur das tat, worum sie ihn gebeten hatte. Er wollte das Haus dicht machen. Und er konnte Ruth ja schlecht allein zu Haus lassen.

Er fand sie unter den Fliedersträuchern, wie sie gerade versuchte, die Katze beim Schwanz festzuhalten. Er packte sie von hinten und schwang sie in die Luft.

»Heute kommst du mit mir mit, junge Dame«, sagte Carl, küsste sie auf den Nacken und sog den Geruch ihrer jungen Haut ein. Sie, plötzlich in Höhe der Fliederblüten, hob das Gesicht zum duftenden Violett.

»Wohin?«

»Wirst schon sehen.«

Er setzte sie wieder ab, hob seine Werkzeugkiste auf und führte die Kleine die Fliederhecke entlang zum hinteren Ende des Gartens, wo er den Laubvorhang beiseite schob und sie vorgehen ließ, den Waldweg hinein.

»Spazieren?«, fragte sie, da sie diesen Weg oft mit Amanda entlangging.

»Wirst schon sehen.«

Der Pfad war schmal, und sie hoppelte vorneweg wie ein Kaninchen, hockte sich rechts vor ein lavendelfarbenes Leberblümchen, scheuchte links eine scharlachrote Prachtmeise von ihrem Zweig und schwenkte wieder nach rechts, um einen weißen Kringel Birkenrinde abzuschälen. Humpelnd bemühte sich Carl, sein verletztes Bein zu strecken und zu beugen. Er überholte sie, als sie sich vor einem Moospolster hinkniete und mit den Handflächen über die Sporen strich. Er verschwand hinter einer Biegung, und sie rannte los, um ihn wieder zu überholen. An der riesigen Eiche, wo sie und Amanda immer umkehrten, blieb sie stehen und wartete. Er nahm sie bei der Hand, und sie gingen weiter – Ruth jetzt vorsichtiger, etwas eingeschüchtert, obwohl der Teil des Waldes, durch den sie jetzt kamen, sich kaum von dem unterschied, durch den sie bis eben gegangen waren.

Er spürte ihr Widerstreben. Ihre Schritte wurden immer kürzer und langsamer, bis sie schließlich halb zurückgewandt ging und er sie fast hinter sich her schleifte.

»Was ist denn los, Ruthie?« Sie blieben stehen, noch einige Meter vom Ufer entfernt, und er kauerte sich hin, um ihr ins Gesicht zu sehen. »Du brauchst keine Angst zu haben. Es ist nur Wasser. Wie eine Badewanne. Eine riesengroße Badewanne.« Er blickte über die stille, von sanften Wellen gekräuselte Oberfläche und freute sich über den Vergleich. »Ganz genau wie eine Badewanne.«

Sie aber kniff die Augen zusammen und wandte den Kopf ab, als versuche er, ihr eine bittere Medizin einzuflößen.

Hilflos sah Carl das Ufer entlang nach Osten. »Wir müssen sowieso auf Mr. Tully warten.« Als er ihre Hand losließ, stand sie ohne zu wanken da und blickte sogar auf, betrachtete das Wasser – ein gutes Zeichen. Ermutigt, setzte er sich auf die Erde, zog seine Stiefel aus und krempelte sich die Hosenbeine hoch.

»Also, ich gehe jedenfalls rein.« Er watete zögernd hinein; die spitzen Steine und das kalte Wasser setzten seinen weichen Füßen arg zu. Als das Wasser seine aufgerollte Hose erreichte, drehte er sich vorsichtig um, mit den schmerzenden Füßen mühsam Halt suchend. Er sah über diesen schmalen Streifen Wasser hinweg zu ihr. Klein und verängstigt, verschwand sie fast bis zur Taille im Unkraut. Wie er sie so ansah, erkannte er in ihrem breiten Mund, in der angedeuteten Schräge, die irgendwann ihre fertige Wange sein würde, in der Form ihrer Ohren, statt wie bisher Mathildas Gesicht, zum ersten Mal sein eigenes. Dieses Wiedererkennen war wie ein Schock. Wie konnte er es bis dahin nicht gesehen haben? In ihm wallte ein Gefühl der Verbundenheit mit Ruth auf, das nichts anderes als Liebe sein konnte, und er verspürte den Drang, sie hochzuheben und ganz fest an sich zu drücken. Gleichzeitig aber, als er sah, wie klein sie war und wie verängstigt, wie hilflos und allein, verspürte er noch etwas anderes, etwas, was ihn veranlasste, die Hand ins Wasser zu tauchen – in dieses Wasser, das wohl doch keine allzu große Ähnlichkeit mit dem in einer Badewanne hatte, sondern kalt und unermesslich weit war und unbeherrschbar –, die Hand fast bis zum Ellbogen hineinzutauchen und dann den Arm zu heben und die Hand auszuschütteln, so dass die Tropfen von seinen Fingerspitzen in Ruths Richtung flogen. »Etwas abhärten«, dachte er. Es war nur ein leichter Sprühregen, so leicht und aus einer solch großen Entfernung, dass er sie unmöglich erreicht haben konnte. Und dann lächelte er schnell, als sei das nur ein Scherz gewesen.

Trotzdem kreischte sie auf und fing an zu weinen. Er watete eilig zurück, gleichermaßen von den Steinen wie von ihrem Geschrei gepeinigt. »Ist ja schon gut.« Er kniete sich neben sie hin und nahm sie in die Arme. »Es tut mir Leid. Ist schon gut.«

Joe Tullys Boot schrappte über den steinigen Grund, und Joe stieg mit seinen schweren Schuhen platschend ins Wasser, blieb dann aber verunsichert stehen. »Ist sie hingefallen? Hat sie sich wehgetan?«

»Nein, nein, es ist nichts. Sie hat nur ein bisschen Angst.«

»Vielleicht sollten Sie sie besser nach Haus bringen?«

»Nein, nein, es ist schon in Ordnung. Gleich ist alles wieder gut, nicht wahr, Ruthie? Ganz bestimmt.«

Ruth hatte aufgehört zu weinen, und obwohl sie Tully anzusehen schien, schaute sie in Wirklichkeit an ihm vorbei, auf sein Boot. Carl richtete sich auf, und die Männer gaben sich die Hand.

»Danke, dass Sie extra gekommen sind, Joe.«

Joe nickte. Er wusste nie, wie er auf die Dankbarkeitsbekundungen reagieren sollte, die ihm die Leute immer aufdrängten. Er zwinkerte Ruth zu.

»Sie wächst ja wie das Unkraut«, meinte er. »Und Amanda?«, fügte er hinzu, wieder zu Carl gewandt. »Sie ist doch jetzt gesund, oder? Ich hab gehört …« Er schlug für einen Moment die Augen nieder, dann nahm er einen neuen Anlauf: »Also – es geht ihr doch gut, oder?«

»Es geht ihr gut, Joe. Kommen Sie doch heute Mittag zum Essen vorbei und sehen Sie selbst.«

»Könnte ich machen. Wenn Sie sagen, dass es in Ordnung geht. Ich meine, wenn Sie glauben, dass sie nichts dagegen hat.«

»Sie würde sich bestimmt freuen, Sie zu sehen, Joe«, erwiderte Carl zerstreut, während er sich den Schlamm von den Knien wischte.

Ruth setzte sich genau in die Mitte des Bootes und wandte kein Auge vom Festland.

»Einmal hab ich ziemlich genau hier Amandas Hut gerettet«, sagte Joe, während er die Ruder durchzog. »Einen aus Stroh mit einem blauen Band. Ob sie den wohl noch hat?« Aber dann schaute er über die Schulter zur Insel und hoffte, Carl würde nicht antworten, da es ihm peinlich war, dass er sich an so etwas überhaupt noch erinnerte. In eigene Gedanken versunken, starrte Carl aufs Wasser hinaus und schwieg.

Auf die Insel gebracht hatte Mathilda Carl, schon lange bevor es da ein Haus gab.

»Das ist sie«, hatte sie erklärt. Er hatte ein Ruder ungeschickt aus dem Wasser gehoben und sich gefragt, wie er es wohl anstellen sollte, die beiden sperrigen Dinger ins Boot zu bekommen. Er hatte darauf bestanden, selbst zu rudern, obwohl sie das hervorragend konnte und er alle Mühe hatte, nicht in Schlangenlinien zu fahren. Er warf ihr einen Blick zu und wusste nicht genau, ob er eher auf einen Ratschlag hoffte oder darauf, dass sie seine Unbeholfenheit übersah. Sie saß auf dem Dollbord – ein gefährlicher Platz. Er wollte gerade sagen, sie solle aufpassen, sich in Acht nehmen, als sie den Kopf zurückwarf. Und noch ehe er einen Schrei ausstoßen konnte, verlor sie das Gleichgewicht, kippte hintenüber ins Wasser und war verschwunden.

Er krabbelte nach vorn zu der Stelle, wo sie untergegangen war. Nichts wies auf eine Spur von ihr. Das ließ ihn zögern, nicht zu wissen, wo sie sein konnte, nicht das kleinste Indiz zu haben, keine Kräuselung, keine Luftblase. Sonst wäre er hineingesprungen, obwohl er überhaupt nicht schwimmen konnte. Das sagte er sich immer wieder. Wenn er gewusst hätte, wo sie war, hätte er sich sofort ins Wasser gestürzt.

Und dann hörte er ihre Stimme. »Carl!«

Er hörte ihre Stimme, aber sie selbst war nicht zu sehen. »Carl! Hier drüben!«

Es kam von hinter ihm. Irgendwie war sie unter dem Boot hindurchgeschwommen, ohne dass er etwas gemerkt hatte. Mit den nassen Haaren war ihr Kopf so stromlinienförmig wie der einer Bisamratte. Das Wasser kräuselte sich um ihre Schultern, aber es war offensichtlich, dass sie mit den Füßen den Grund berührte. Sie lachte ihn aus, lachte über die Angst, die ihm ins Gesicht geschrieben stand.

»Hier bin ich, Carl. Dachtest du, ich wär ertrunken?«

Sobald er wusste, dass alles in Ordnung war, sobald klar war, dass sie sich nur einen Scherz erlaubt hatte, konnte Carl an nichts anderes mehr denken, als dass er ihr nicht hinterhergesprungen war. Später sagte er sich, er habe gewusst, dass ihr nichts passiert war, aber das stimmte nicht. Er sagte sich, sobald er sich sicher gewesen wäre, nach einer, vielleicht zwei Sekunden, wäre er ihr nachgesprungen. Wer konnte schließlich schon wissen, was er – mit nur ein bisschen mehr Zeit – getan hätte? Aber insgeheim wusste er, dass er auf die Probe gestellt worden war und versagt hatte.

Um das wieder gutzumachen, schwang er die Beine über die Bordwand und ließ sich hineingleiten, nach Luft schnappend, als das kalte Wasser auf die empfindliche Haut an seinem Bauch trat. Sie lachte und stieß sich ab in Richtung Ufer. Er watete ihr durch das Wasser nach.

»Ich krieg dich schon! Ich krieg dich!«

Es war eine mühsame Verfolgungsjagd. Ihre Füße glitten auf den Felsen aus. Das Wasser bremste sie. Dennoch, er war der Stärkere, Schnellere. Er bekam sie tatsächlich zu fassen, erst bei einem Zipfel ihres Ärmels, dann am Arm. Sie wirbelte herum, und einen Augenblick lang war er verwirrt, wusste nicht, was er mit ihr anfangen sollte. Aber sie wusste es. Sie hob einladend das Gesicht, und er küsste sie.

Sie hatte ihn ganz schön an der Nase herumgeführt, dachte Carl zärtlich. Sie war eines Abends mit ihm ausgegangen und hatte dann zu oft mit anderen getanzt. Sie hatte Verabredungen, ohne Angabe von Gründen, in allerletzter Minute abgesagt; sie hatte immer wieder mal einen Streit vom Zaun gebrochen und geweint und erklärt, sie wolle ihn nie wieder sehen. Aber zu guter Letzt hatte er sie doch gekriegt. Eines Herbstabends, als die Luft kalt und klar war, waren ihm die Worte einfach so aus dem Mund gesprudelt, ganz ohne seinen Willen: »Heirate mich.«

Und was hatte sie gesagt? Er konnte sich nicht erinnern, aber es musste »ja« oder »klar« oder »in Ordnung« gewesen sein, denn schon bald darauf waren sie verheiratet.

Als sie die Insel erreichten, legte Joe die Ruderblätter flach aufs Wasser, so dass das Boot ganz sanft an die Felsen stieß. Dann wurde Ruth wieder hochgehoben, durch die Luft geschwungen und trockenen Fußes an Land gesetzt – ein völlig anderes Land. Hier gab es schwer mit Früchten beladene Brombeer- und Johannisbeersträucher, und ein Stückchen ab vom Wasser, zwischen den dicht belaubten Bäumen und dem Unkraut, ein grau-grünes Haus.

»Hinter dem Schuppen müssten bestimmt noch einige Bretter herumliegen«, sagte Carl. Er nahm Ruth bei der Hand und ging mit ihr voraus, den überwucherten Pfad entlang. Ein paar Schritte vor der Verandatreppe blieb er stehen. »Sollen wir zuerst einen Blick hineinwerfen?« Er schien seine Frage an das Haus zu richten.

Joe gähnte. Carl hätte das ganze Zeug verkaufen sollen und sich lieber auf das Wertvolle konzentrieren, was er hatte. Aber jeder war in irgendeiner Hinsicht vernagelt. »Klar, ganz wie Sie wollen.«

Carl wippte in den Knien und stampfte ein-, zweimal auf jede Stufe der Verandatreppe. Er freute sich über die Stabilität des Hauses, da er es größtenteils selbst gebaut hatte. Aber andererseits, sagte er sich, warum hätte das Haus *nicht* gut in Schuss sein sollen? Schließlich war es erst fünf Jahre alt.

Anfangs hatte er gedacht, er und Mathilda würden nach der Heirat nach Chicago ziehen, vielleicht sogar nach Toronto, und solange seine Pläne vage blieben, war sie Feuer und Flamme gewesen. Als er dann allmählich begriffen hatte, dass ihr die Idee in Wirklichkeit vollkommen zuwider war, hatte es, so wie sie aneinander hingen, schon gar keine Rolle mehr gespielt. Er hatte Geld von ihrem Vater angenommen, um auf der Insel die Hütte zu bauen – damals erst ein einziges Zimmer und die Veranda. Von der Hochzeit war ihm kaum etwas in Erinnerung geblieben. Er hatte in seinem Anzug geschwitzt, das wusste er noch, obwohl es Mitte Dezember gewesen war, wusste noch, wie er dauernd das Bedürfnis verspürt hatte, sich einen Finger in den Kragen zu stecken, um den Hals ein wenig freizubekommen.

Carl öffnete die Schränke und betrachtete das Porzellan – weiß mit grünen Schiffen an den Rändern. Wie vergnügt und optimistisch waren sie anfangs gewesen! Er hatte für ihren Vater auf der Farm gearbeitet. Jeden Morgen war er noch vor Sonnenaufgang hinübergerudert. Tagsüber hatte Mathilda allein am Haus gearbeitet und weit mehr geschafft als erwartet, selbst während des knappen Monats, wo es ihr ständig schlecht zu gehen schien. Sie hatte Unterholz gerodet, Baupläne für zwei weitere Zimmer gezeichnet und die Decke der Veranda hellblau gestrichen. Abends holte er Joe und George oder Wally und Rudy oder ein paar andere Farmarbeiter, und gemeinsam schleppten sie das zu einem Floß gebundene Holz zur Insel und bauten die zwei Schlafzimmer und eine richtige Küche an. Gerade wenn es anfing, zu dunkel zum Arbeiten zu werden, hörten sie immer einen Ruf von der Anlegestelle, und dann ließen sie ihr Werkzeug fallen und liefen hinunter, um Amanda beim Ausladen der Körbe zu helfen – kaltes Hühnchen und Kartoffelsalat und Eingelegtes und Rhabarberkuchen –, und dann aßen sie alle, als hätten sie seit Tagen gehungert. Oft kam Georges Frau Mary Louise auch mit, und dann war es wie ein Fest, jeden Abend ein Fest, das sich nur um Carl und Mathilda und ihr Haus und ihre Insel drehte.

Im September aber war es rasch still um sie geworden. Amanda zog nach Madison, um die Schwesternschule zu besuchen. Auch die Angler und Ruderer verschwanden allmählich, als die Temperatur zurückging und der See stumm unter der kühlen Herbstluft lag. Das Laub fiel, und in jeder Richtung erschienen das Wasser und das Land jenseits davon breiter und Carl und Mathilda, inmitten dieser Weite sich selbst überlassen, kleiner und einsamer.

Die verzogene Schublade, an der Joe gerüttelt hatte, sprang krachend heraus.

»He, Bleistifte«, sagte Joe. »Die könnten wir gut gebrauchen, wenn wir die Bretter zuschneiden müssen.«

»Klar, nehmen Sie sie mit. Wir sollten uns jetzt besser ranhalten.«

Joe ließ die Schublade offen, und Carl warf einen Blick hinein. Zwischen den Bleistiftstummeln und Papierfetzen, Federn, Schrauben und Spulen sah er ein schmales silbernes Taschenmesser. Wo Mathilda das wohl herhatte? Er holte es heraus, steckte es sich in die Tasche und folgte Joe nach draußen.

Carl hatte seinerzeit keine Läden für die Fenster gezimmert, und so mussten er und Joe jetzt mit dem Holz, das hinter dem Schuppen aufgestapelt lag, etwas improvisieren. Es war eigentlich eine simple Arbeit. Sie maßen ein Fenster aus, sägten Bretter so zurecht, dass sie zwischen den Sims und den oberen Rand des Fensterrahmens passten, dann entsprechende Bretter für die Breite des Fensters, und nagelten alles zusammen.

»Muss gemütlich gewesen sein, hier zu wohnen«, sagte Joe, während er eine fertige Abdeckung an eines der Fenster der geschlossenen Veranda hielt, damit Carl sie festnageln konnte.

»Gemütlich? Ja, war's wohl.« Carl schwang seinen Hammer mit gleichmäßigen Bewegungen. Nachträglich betrachtet, schien es tatsächlich gemütlich gewesen zu sein. Dort auf der Insel waren er und Mathilda die ganze Welt füreinander gewesen. Sie hatten in gewisser Weise Flitterwochen verlebt, die Monate und Monate dauerten. Das war es, woran Carl sich erinnerte – wie glücklich und einander nah sie sich gewesen waren, damals vor dem Krieg. Das war die Geschichte, die er sich jetzt erzählte, nachts, wenn er nicht einschlafen konnte.

Damals allerdings hatte er sich ein bisschen gefürchtet. Er liebte sie natürlich, daran hatte er nie gezweifelt, aber dennoch fühlte er sich fast ... nun ja, das war seltsam, aber fast wie eingesperrt. Er wusste, dass es Unsinn war, besonders da er jeden Tag zum Festland fuhr, um mit Mathildas Vater auf der

Farm zu arbeiten. Wenn überhaupt jemand in der Falle saß, dann Mathilda, aber sie schien das gar nicht zu stören. Das Kanu stand immer zu ihrer Verfügung, aber sie benutzte es nur selten.

Wenn er abends übers Wasser zurückkam, erwartete sie ihn meist schon auf dem kleinen Anlegesteg und fiel ihm um den Hals, beinahe noch ehe er ganz aus dem Boot gestiegen war. Mehr als nur einmal wären sie beide um ein Haar ins Wasser gefallen. Sie erzählte ihm aufs Ausführlichste, wie ihr Tag gewesen war, von jedem Strauch, den sie gerodet, von jedem Gockel, den sie mit der Schablone an die Küchenwand gemalt hatte, von jedem zufälligen Gedanken, der ihr im Lauf des Tages durch den Kopf gegangen war. Sie sang und tanzte. An einem Tag entschied sie, Gelb würde für das Kinderzimmer am besten sein, am nächsten Tag Blau, die Woche darauf war es wieder Gelb, unbedingt Gelb und nichts anderes. Sie plapperte wie ein Wasserfall – der See sei gar nicht so kalt, wie man meinen könnte, und ob's nicht komisch sei, wie ungern sie als Kind zur Schule gegangen sei, und warum Frauen nicht wählen dürfen sollten, wenn sie's wollten, aber ihr persönlich würde eigentlich nichts daran liegen, und ob der Sonnenuntergang nicht hinreißend gewesen sei, einfach hinreißend? Und sie lachte immer über sich selbst und seine Verwirrung und ihr vollkommenes Glück, und auch er lachte, leicht beklommen, froh darüber, dass sie glücklich war, aber keineswegs sicher, ganz und gar nicht davon überzeugt, dass sie festen Boden unter den Füßen hatten.

Denn zu anderen Gelegenheiten war das Haus unbeleuchtet, wenn er anlegte, und kein Laut drang durch die zugezogenen Vorhänge. Dann fand er sie im Dunkeln auf der Veranda vor, an einer Haarsträhne lutschend, oder im Bett zusammengerollt, mit rot geweinten Augen. Manchmal war sie in panischer Angst um das Baby. Was, wenn es starb? Was, wenn es falsch herauskam? Was, wenn es eine Missgeburt war? Oder sie war davon überzeugt, dass der Wasserspiegel steige, dass der Wind sie fortreißen, der Blitz ihn auf dem Feld erschlagen würde.

Oder sie hatte lediglich das Abendessen anbrennen lassen. Sie tauge nichts als Ehefrau. Sie werde als Mutter nichts taugen. Er hätte sie niemals heiraten dürfen. Das waren die Dinge, die sie dann sagte.

»Mein süßes Vögelchen«, beruhigte er sie dann und setzte sich neben sie aufs Bett. »Hab keine Angst. Alles wird gut werden.«

»Als ob du das wüsstest!«, entgegnete sie abfällig.

Und natürlich hatte sie Recht. Das war einfach etwas, was Leute wie Carl sagten, wenn sie nicht weiter wussten.

Aber schon kurz darauf, während er Kartoffeln und Eier briet, erschien sie am Küchentisch, den Morgenrock mit einer Schleife um die dicker werdende Taille gebunden, und nach und nach kehrte ihre Euphorie zurück, bis es wieder so weit war und sie ihn mit neuen Geschichten beglückte: über die Buchstabierwettbewerbe, bei denen sie gewonnen hatte, und die Jungen, die sie hinter der Schule geküsst hatten, und die Nachmittage, an denen sie und Amanda sich von zu Hause weggestohlen hatten und zusammen zu dieser Insel gerudert waren. Sie legte seine Hand an ihren schwellenden Leib, damit er spürte, wie straff ihre Haut wurde, wie gut das Baby sich entwickelte. Sie redete und redete über ihre Pläne, über all die Kinder, die sie haben würden, und dass die Farm mit seiner Hilfe wachsen und gedeihen würde, dass sie mehr Land und mehr Kühe kaufen und ein zweites Geschoss auf ihr Inselhaus bauen würden.

Doch es fiel ihm zunehmend schwerer, sich von ihr so detailliert anhören zu müssen, wie sie ihn an diesen Ort, an diese Lebensweise kettete und festnagelte. Er war zu der Erkenntnis gelangt, dass ihm die Landwirtschaft nicht besonders lag und er dazu auch nicht taugte. Zumindest gab ihm das sein Schwiegervater jedes Mal zu verstehen, wenn er sich verächtlich abwandte oder mit einem Seufzer die Arbeit übernahm, die Carl seiner Ansicht nach ungeschickt oder nicht schnell genug erledigte.

Eines Abends hatte Carl Mathilda erzählt, dass ihr Vater ihm, als er gerade dabei gewesen sei, Frenchie einen Huf zu feilen, einen solchen Stoß versetzt habe, dass er längelang unter den Bauch der Stute gefallen sei.

»Du musst sie sanft behandeln«, hatte Mr. Starkey geknurrt und mit der flachen Hand behutsam über die Rückseite der Vorderhand gestrichen, bis die Stute wieder den Fuß hob. Dann hatte er sich den Huf zwischen die Knie geklemmt. »Sie ist keine Rinderhälfte.«

Mathilda wandte sich von ihm ab und griff nach einem der Bücher, die sich auf ihrer Seite des Betts stapelten. »Du musst das verstehen«, sagte sie, »er hat Frenchie seit ihrer Geburt. Er weiß, was für sie das Beste ist.« Die Hand, die sie ihm dann tröstend auf die Schulter legte, tat weh. »Er kann dir eine Menge beibringen, weißt du, wenn du ihn nur lässt.«

Aber Carl wusste, dass Mr. Starkey keineswegs versuchte, ihm etwas über Pferde beizubringen.

Als Carl und Joe mit dem Vernageln der Verandafenster fertig waren, nahmen sie die Südseite des Hauses in Angriff. Zwischendurch redete Joe immer wieder ein paar Worte – über die Wettervorhersagen des Bauernkalenders für diesen Sommer, über die neue Sorte Futtermais, die er gesät hatte, darüber, dass die Fische in diesem Frühjahr von der Westseite der Taylor's Bay zur Ostseite abgewandert zu sein schienen.

Bis Februar hatte sich das zierliche Mädchen, das Carl geheiratet hatte, in eine Frau verwandelt, die mit jedem Schritt das ganze Haus erdröhnen ließ. Sie kommandierte ihn herum, verlangte von ihm, dass er die Möbel umräumte, einen undichten Fensterrahmen reparierte, eine raue Stelle der Dielen abschleifte. Jeden Morgen gab sie ihm eine Liste von Dingen, die er von der Farm oder aus dem Ort mitbringen sollte: Decken und Kissen, Seife und Zwieback, Stricknadeln in verschiedenen Größen, Teppiche und Bücher und Flaschen und Holz und Holz und Holz, immer mehr Holz für den Ofen, bis sie einen Vorrat angelegt hatte, mit dem sie drei Jahre lang ausgekommen wären. Er transportierte das Zeug in einem Schlitten über das Eis, das, mit einer dünnen Schneeschicht überzuckert, so weich und schwarz wie eine Pflaume aussah.

Auf der Farm gab es sehr wenig zu tun. Vormittags schnitt Carl an der Bucht Eisblöcke und schleppte sie die Glacier Road hinauf zum Eishaus. An klaren Nachmittagen wollte Mathilda Schlittschuh laufen.

»Es kann Jahre dauern, bis es wieder so schön glatt ist«, hatte sie gesagt. »Eine solche Gelegenheit kann ich mir nicht entgehen lassen.«

Und als er eingewandt hatte, sie dürfe wegen des Babys keinen Sturz riskieren, hatte sie abschätzig entgegnet: »Ich fall schon nicht hin, Carl. Ich weiß, was ich tue.«

Er hatte sie einfach nicht davon abbringen können, und schließlich hatte sich gezeigt, dass sie Recht gehabt hatte. Sie lief vorsichtig, ihren plumpen Körper behutsam von einem Bein aufs andere verlagernd. Jetzt begriff er, warum sie so hartnäckig darauf bestanden hatte. Auf dem Eis konnte sie sich so anmutig bewegen wie eh und je. Und wenn sie gelegentlich nach seinem Arm greifen musste, um die Balance zu halten, was spielte es schon für eine Rolle? Er war ja schließlich da. Er würde schon darauf achten, dass ihr nichts passierte.

Aber später war er natürlich nicht da gewesen. Carl erinnerte sich an Amandas ungeduldige Worte: »Sie meinte wahrscheinlich, es sei eine schöne Nacht zum Schlittschuhlaufen, und ist eingebrochen. Das wäre typisch Mattie gewesen.« Vielleicht stimmte das ja. Vielleicht war Mathilda wirklich leichtsinnig gewesen und nachts Schlittschuh laufen gegangen, weil sie nicht hatte schlafen können und ihr das Eis ideal erschien. Vielleicht war das schon die ganze Geschichte, und schuld war nur das trügerische Eis gewesen.

Ruth war mit der Frühlingsschmelze gekommen. Sie war leicht, ja gewichtslos, und trotzdem, als die Hebamme ihm das winzige Bündel zum ersten Mal in die Arme gelegt hatte, war ihm bange gewesen, er könnte sie fallen lassen, so schwer war sie in ihrer Hilflosigkeit gewesen, in ihrer vollkommenen Schutzbedürftigkeit. Er wusste, dass er sie nicht fallen lassen durfte, niemals, unter keinen Umständen. Stolz hatte er sich innerlich darauf eingestellt, diese ungeheure Last zu tragen, aber in dem Moment, als sie ihre blaugrauen Augen aufschlug, verspürte er das erste zarte Nagen des Zweifels. Er verlor alle Kraft in den Armen, und seine Beine waren plötzlich so schlapp, dass er sich hinsetzen musste.

Ständig forderte ihn Mathilda auf, Holz nachzulegen. Im Haus war es zum Ersticken warm. Die Fenster durften nicht geöffnet werden. Die Tür musste sofort wieder geschlossen werden. Die Kleine tat ihm Leid, so fest in all die Decken gewickelt, dass nur das rosige Gesichtchen heraussah. Was, wenn sie sich unwohl fühlte? Was, wenn sie Angst hatte? Was, wenn ihr zu heiß war? Woran hätten sie es gemerkt?

Eines Nachts in Ruths dritter Lebenswoche, wachte Mathilda nicht auf, als das Baby anfing zu weinen. Carl stand leise auf, froh, seine erschöpfte Frau schlafen lassen zu können. Er hob seine Tochter aus der Wiege, und ein Weilchen kaute sie zahnlos an seiner Schulter und war friedlich. Als sie wieder zu wimmern begann, trug er sie aus dem Schlafzimmer ins Vorderzimmer, während ihm die Kälte der Dielen mehr und mehr in die Beine kroch. Als ihr Gewimmer in Weinen überging, setzte er sich hin und schaukelte sie; als aus dem Weinen Geschrei wurde, stand er wieder auf und wiegte sich mit ihr hin und her. Er schwang sie auf und ab, ihren weichen Schädel und den schwachen Hals mit der Hand stützend. Er schüttelte sie ganz sanft und tanzte mit ihr und hielt sie sich fest an die Halsbeuge, und immer noch weinte sie, schrie bis zum Ende eines jeden Atemzugs, als ob die Welt unterginge.

»Hör auf! Was treibst du da mit ihr?« Mathilda stellte die Kerze auf den Tisch, nahm ihm Ruth aus den Armen und legte sie sich an die Brust. Das Baby hörte zwar nicht augenblicklich auf zu weinen, aber doch recht bald, und Carl atmete innerlich auf, auch wenn er ein wenig über die Kleine verärgert war. War das alles, was Ruth interessierte? Etwas, was er ihr nicht geben konnte? Doch dann verachtete er sich dafür, dass er auf einen Säugling ärgerlich war, und legte seiner Frau fürsorglich eine Decke um die Schultern und schob ihr ein Kissen unter den Ellbogen.

»Du hattest einfach Hunger, nicht wahr?«, gurrte Mathilda auf den flaumigen Kopf ihres Babys. »Papa hat das nicht begriffen.«

Er fand, dass sie sich darüber zu freuen schien, etwas tun zu können, wozu er nicht imstande war.

»Leg noch Holz nach, Carl«, sagte Mathilda. »Es ist eisig hier drin.« Er tat wie ihm befohlen und überließ dann Mutter und Tochter sich selbst und legte sich allein ins Bett.

Carl hämmerte weiter, nagelte erst die Oberkante, dann die Unterkante des Ladens fest. Schatten junger runder Blätter sprenkelten die besonnte Wand. Drei Seiten des Hauses waren dicht. Die Arbeit war fast erledigt.

Jetzt, hier, angesichts des gemütlichen Häuschens, in seinem Inneren die wohltuende Erinnerung an seine Frau und sein kleines Mädchen, schämte er sich seines einst so verzweifelten Bedürfnisses, Mathilda zu zeigen, dass er ihr nicht gehörte – jedenfalls nicht so, wie sie sich das vorstellte. Sie mochte ihre Insel haben, ihr Haus, die Farm ihres Vaters, ihr Kind, aber *ihn* besaß sie nicht. Trotzdem hätte er nie daran gedacht, sie wirklich zu verlassen, keinen Augenblick lang, aber in den Krieg zu ziehen war nicht »verlassen«. Von einem Mann wurde schließlich erwartet, dass er Soldat wurde. Von einem Mann wurde erwartet, dass er seine Pflicht tat. Nach seiner Rückkehr – er zweifelte keinen Augenblick daran, dass er zurückkehren würde – würde ihr Vater schon damit aufhören, den Kopf über ihn zu schütteln, und alles würde anders sein. Sie würde … was würde sie? Was wünschte er sich eigentlich von ihr?

Als er ihr gesagt hatte, er habe auf seine Freistellung wegen abhängiger Angehöriger verzichtet, war sie mit einem Aufschrei zu Boden gestürzt.

»Du hast Ruth verleugnet?«, sagte sie. »Du hast mich verleugnet?«

Nein, das hatte er nicht, oder? So hatte er das nicht gemeint. Er hatte sich nur nicht herausreden, sich nicht wie ein Feigling drücken wollen. Schließlich waren Mattie und Ruth nicht wirklich von ihm abhängig.

Sie hatte ihm befohlen zurückzugehen und zu erklären, es sei ein Missverständnis gewesen. Sie hatte in leidenschaftlicher Verzweiflung mit der Faust auf den Fußboden gehämmert; sie hatte geschworen, dass er fallen würde, dass sie ohne ihn sterben würde. Dann hatte sie ihm mit kalter Stimme gesagt, dass es ihm noch Leid tun würde. Dann hatte sie erklärt, dass sie und Ruth mitkommen, dass sie sich draußen vor seinem Lager postieren, ihm mit dem Dampfer bis nach Frankreich folgen würden. Und dann hatte sie nur noch geweint.

Es tat ihm Leid, aber er war auch erleichtert. Er wollte ihr sagen, dass sie sich irrte, dass sie keinen Grund hatte zu weinen, gleichzeitig aber verspürte er auch eine tiefe Befriedigung im Wissen, dass es zu spät war. Er konnte nichts mehr tun. Alles, was er ihr bieten konnte, war: »Ich komme wieder. Du wirst sehen. Ehe du dich versiehst, bin ich wieder da.« Er versuchte, ihr Gesicht anzuheben, um sie zu küssen.

»Kann sein, dass *ich* dann nicht mehr da bin«, sagte sie mit einem hasserfüllten Blick.

Der Hammer glitt ihm aus der Hand und fiel zu Boden. Bis zu diesem Moment hatte Carl diese Worte vergessen gehabt. Aber sie hatte das nicht so gemeint. Das wusste er. Sie hatte das nur im Zorn gesagt. Er bückte sich nach dem Hammer und schlug fünf Nägel in den Laden, den Joe ans letzte Fenster der letzten Wand hielt.

»Mama!« Der Schrei kam aus dem Inneren des jetzt vollkommen mit Brettern vernagelten Hauses.

»Himmel noch eins!« Wie hatte sich Ruth nur da hineingeschlichen, dachte Carl, während er zur Tür rannte. Joe fing an, die Abdeckung, die sie gerade festgenagelt hatten, wieder loszustemmen.

»Hier bin ich, Ruth!« Carl riss die Tür auf, und ein Streifen Sonnenlicht fiel mitten in das dunkle Haus. »Hier bin ich!«

Er fand sie schließlich unter dem Bett des hinteren Zimmers, seines und Mathildas früheres Schlafzimmer. »Alles in Ordnung, Schätzchen. Es ist alles in Ordnung«, beruhigte er sie. »Wir wussten nicht, dass du noch hier drin warst. Es ist alles vorbei. Keine Angst. Gleich ist alles wieder gut.«

Anders als Mathilda glaubte Ruth seinen Worten. Sie ließ sich von ihm trösten, während er durch das halbdunkle Haus ging und Fensterriegel überprüfte und Türen schloss. Wieder draußen, machte er sich sanft von ihr los und setzte sie ab. In einer Hand hielt sie einen grünen Beutel, der mit einem Lederriemen verschnürt war. »Wo hast du das her?«

Mathilda war entsetzt gewesen, als er damit nach Haus gekommen war. Sie hatte sie ihm aus der Hand gerissen. »Murmeln für ein Baby? Bist du wahnsinnig? Sie erstickt doch daran!« Die Vorstellung hatte ihn entsetzt, und als sie seinen Gesichtsausdruck gesehen hatte, war sie sanfter geworden. »Ist schon gut, Carl. Wir bewahren sie für sie auf. Wenn sie ein bisschen älter ist, freut sie sich bestimmt riesig darüber.« Und sie fügte hinzu – und bei der Erinnerung an ihre freundlichen Worte krampfte sich ihm das Herz zusammen: »Ich war als Kind immer ganz verrückt nach Murmeln. Ruth ist ein Glückspilz von einem Mädchen.« Dann hatte sie den Riemen so fest wie möglich zugezogen und den Beutel ganz zuunterst in die Spielzeugkiste gelegt.

Joe, Carl und Ruth kamen leise den Pfad zum Farmhaus entlang, aber noch ehe sie die Tür erreichten, flog das Fliegengitter auf und knallte gegen die Wand. Amanda kam über die Veranda herausmarschiert, packte Ruth bei den Schultern und zog sie zu sich heran.

»Hallo, Joseph«, sagte sie und nickte ihm knapp zu. »Sie bleiben doch zum Essen?« Ohne seine Antwort abzuwarten, sah sie zu Ruth hinunter und schüttelte sie sanft. »Wo bist du bloß gewesen? Du siehst ja furchtbar aus.« Sie vermied es, Carl anzusehen. Sie streifte dem Kind die Bänder von den Enden der Zöpfe, kämmte diese mit den Fingern aus und fing dann an, sie wieder fest zu flechten.

»Wir sind zum Wasser – autsch, das tut weh –, und dann ist es dunkel geworden.«

»Jetzt lauf und zeig Mr. Tully, wo er sich vor dem Essen waschen kann«, sagte Amanda und schubste sie mit einem kleinen Stoß auf das Haus zu.

Die Stimmen übertönten das Quietschen der Pumpe und das Rauschen des Wassers im Spülstein.

»... zum See! Zum See! Wie konntest du nur so etwas tun?«

»Was ist so schlimm daran, sie dahin zu bringen? Das wüsste ich wirklich gern. Himmel noch eins, sie ist da geboren!«

»Du hast kein Recht, da jetzt noch rauszufahren.«

»Was soll das heißen, ich habe kein Recht? Das ist schließlich mein Haus, oder nicht?«

»Du weißt überhaupt nicht Bescheid, Carl. Du warst nicht da. Du hast sie im Stich gelassen.«

»Ach, das schon wieder ...«

»Ja, das schon wieder. Wenn du deine Frau und dein Kind nicht im Stich gelassen hättest, dann wäre Mattie nie ...«

Ruth stand am Türpfosten, gegen das Gitter gelehnt.

»He, Ruthie, wo kommt das denn her?« Joe hob den Beutel auf, den Ruth in die Werkzeugkiste gelegt hatte. »Weißt du, was ich glaube, was da drin ist, Ruthie?« Er warf den Beutel mehrmals in die Luft und fing ihn mit einer Hand wieder auf. »Ich glaube, das sind Murmeln. Was meinst du, Ruthie, spielen wir, du und ich, vor dem Essen noch eine Runde? Na komm.« Als sie sich nicht von der Stelle rührte, ging er zu ihr, zog sie sanft von der Gittertür weg und ins Haus. »Kannst du Murmeln spielen, Ruthie? Komm, ich zeig's dir.«

Die Farben der kleinen Ton- und Glaskugeln und ihre kühle Glätte erregten ihr Interesse. Sie hätte sie sich gern genau angesehen, sie aufgereiht, ihnen vielleicht zugesehen, wie sie rollten, sie zwischen ihren Handflächen gerieben, aber sie versuchte, die Finger so zu halten, wie er es ihr zeigte, bemühte sich, den Daumen richtig zu knicken. Schließlich ließ er sie es auf ihre Weise tun, einfach rollen, zielen und rollen, so dass sie manchmal aneinander stießen und ein hübsches Klicken produzierten.

Ruth

Wir sind da langgegangen, wo Tante Mandy und ich immer langgehen, und dann, als es Zeit war für kehren wir um, sollten besser nach Haus, muss noch das Abendessen vorbereiten, sind wir nicht stehen geblieben. Wir sind weitergelaufen, wo ich nicht wusste, wo der Weg hinführt, und dann kamen blaue Flecken zwischen den Stämmen und unter den Ästen, und dann war das Wasser da. Ich erinnere mich an das Wasser, ein Himmel auf dem Boden, wo man fällt und fällt und fällt und fällt. Wir waren am Himmel, und ich hatte Angst, weil da kommt man hin, wenn man tot ist.

Das Wasser war irgendwie hubbelig, mit rubbeliger Haut. Wir sind in einem Boot mitten drüber gefahren, und das Ufer sah überhaupt nicht so aus, wie wo wir gestanden hatten, obwohl ich genau wusste, dass wir da gestanden hatten.

Und dann ist das Boot gegen ein anderes Ufer gerumst.

»Erinnerst du dich, Ruth?«, hat er gefragt. »Früher haben wir hier gewohnt, als du ein ganz kleines Baby warst, Mama und du und ich.«

»Ich kann mich nicht erinnern, wie ich ein Baby war«, habe ich zu ihm gesagt. »Ich glaube, ich war ein gutes Baby. Ich glaube, ich hab nicht geweint.«

»Alle Babys weinen, Ruth.«

»Nein, ich nicht.«

Den Geruch im Haus kannte ich: nasses Holz und nasse Fäustlinge und der grüne Geruch vom Wasser. Das war der Geruch von wo meine Mama war.

Ich hab sie gesucht. Ich hab an den geheimen Stellen gesucht, unter der roten Decke, unter den Betten und in einer Kommode, wo ihr Geruch so stark war, dass ich dachte, sie steht hinter mir, aber da war sie nicht. Ich hab ein Mäusehaus aus Tuch und Papier gefunden, aber sie hab ich nicht gefunden. Trotzdem hab ich gewusst, dass Tante Mandy Unrecht hatte. *Hier* mussten wir warten. *Hier* würde sie zurückkommen.

In der Küche habe ich in die Schränke geguckt. Ich hab eine Schüssel gefunden, eine Tasse und eine Pfanne mit flaumigen Spinnennestern auf dem Boden. Ich bin auf einen Stuhl gestiegen, um zu sehen, wo die Bleistifte waren – »Los geht's, Ruthie. Immer auf dem Papier bleiben. Sie ist's gut.«

Dann ist die Hälfte von der Sonne, die auf dem Küchenfußboden lag, verschwunden. Und da hat der Krach angefangen. Peng, peng, peng. Still. Peng, peng, peng. Und dann war auch die andere Hälfte der Sonne weg.

In den anderen Zimmern aber war noch Licht, also bin ich in das Zimmer mit der Kiste gegangen, wo meine Spielsachen wohnten.

In der Kiste waren Blätter und Stöckchen und Schneckenhäuser und Steine, die unter Wasser grün und rot und blau und gelb gewesen waren, aber jetzt waren sie in der Kiste alle braun geworden. »Guck, hier ist ein hübscher«, sagte sie. Sie konnte das gut, die hübschen finden, und die hat sie dann alle mir geschenkt.

Der Krach hat wieder angefangen. Peng, peng, peng. Still. Peng, peng, peng. Still.

Mamas Schlittschuhe waren in der Kiste. Ich hab die weiche Innenseite gefühlt, wo ihre Füße reinkamen, aber ich habe mich an das Blanke erinnert. »Niemals anfassen«, sagte sie. Sie hat immer so Holzstöcke auf das Silber gesteckt.

Der kleine grüne Beutel war in der Kiste. »Für wenn du älter bist«, hatte sie gesagt. Fünf ist älter.

Da waren Steine drin im Beutel. Das hat man dran gemerkt, wie schwer er war, und wie es klickte und klackte, wenn man ihn bewegt hat. Das waren ganz bestimmt welche von den hübschen. Die Schnur war ganz fest zugebunden. Sie hätte sie aufgekriegt oder sogar Tante Mandy, aber ich konnte das nicht.

Ich hab mich auf den grünen Teppich neben dem Bett gesetzt, wo wir sagten müde bin ich geh zur Ruh, und ich hab die Zähne benutzt. Ich hab gute Zähne. Einer davon ist grau von wie ich die Treppe runtergefallen bin, aber er funktioniert genauso gut wie die weißen. Die Schnur war aus Leder. Sie schmeckte gut und fühlte sich gut an im Mund. Ich hab daran gearbeitet. Meine Tante Mandy sagt, ich hab Geduld und kann gut arbeiten. Ich hab gearbeitet, bis ich's aufgekriegt habe.

Die Steine drinnen waren hübsch. Ein paar waren ein bisschen rotbraun, wie Blumentöpfe, aber die besten waren Edelsteine, mit Farben wie Bonbons. Alle waren ganz kugelrund. Wie ich die auf den Boden getan hab, sind sie gerollt. Sie sind in die Rillen vom Zopf vom Teppich gerollt, und zwei von ihnen, eine Zitrone und eine Zimt, sind unters Bett gerollt.

Unters Bett war wo ich hinmusste an dem Tag, wo die Geräusche Angst machten. Geh auf dein Zimmer, hat Mama gesagt, aber ich wollte nicht gehen. Sie waren böse. Sie haben mich angeschrien. Geh weg jetzt, Ruthie, haben sie gesagt. Aber ich bin unters Bett ins Dunkel und Niedrig. Tante Mandy hat sich runtergebückt. Nu, nu. Siehst du? Schh, komm, Tante Mandy hat einen Lutscher. Ich wollte keinen Lutscher. Ich wollte da bleiben, aber Mama hat Nein gesagt. Geh auf dein Zimmer. Du brauchst keine Angst zu haben. Aber ich hab gesehen, dass das nicht stimmte.

Unter dem Bett ist ein guter Ort zum Verstecken, wenn man das Geschrei hört, wenn man den Atem hört, wenn man den Gott, o Gott, o Gott hört.

Im Dunkel und Niedrig auf dem Müde bin ich geh zur Ruh schh ich und lutsch ich und lutsch ich. Ich lutsch meinen Lutscher so dünn wie eine Nadel. Ich geh zur Ruh, und dann wach ich wieder auf. Und da sind noch immer die Geräusche. Sie hören nicht auf, die Geräusche zu machen. Ich halte mir die Ohren zu, aber trotzdem hören sie nicht auf. Ich versuch zu schlafen, aber die Geräusche sind da drin. Hin und her gehen Mamas Schuhe. Hin und her, bis ich müde bin, bis das Baby weint, und dann ist es still.

Ich tu die Steine in den Beutel, und dann war der Krach, grad über meinem Kopf. Und dann war alles Licht weg. Es war so dunkel wie in der Nacht, so dunkel wie das Wasser, als ich nicht wieder hochkonnte.

»Mama!«, hab ich geschrien. »Mama!« Ich hab gefunden, wo sie war. Aber sie war nicht da.

Und dann ist er gekommen. Er hat mich hochgenommen und mich in die Sonne getragen und wieder zum Wasser, wo ich nicht geweint habe. Ich hab ganz bestimmt nicht geweint.

Amanda

Den ganzen April und Mai und bis in den Juni hinein war ich, wenn ich nicht gerade wie eine Tote schlief, ein veritabler Wirbelwind – das kann ich mir ehrlich bescheinigen. Ich verbannte mein Problem aus meinem Kopf und brachte die Insel auf Vordermann. Ich bestellte den Garten und steckte die Samen mit Hilfe von Schnüren, die Ruth und ich ausspannten, in säuberlichen Reihen in den Boden. Ich schrieb die Bestellungen für den Lebensmittelhändler auf und holte die angelieferten Waren aus dem Schließkasten und sogar die Eisblöcke für den Eisschrank. Sie waren schwer, aber ich schleppte sie den Hügel hinauf auf einer Decke. Ich wusch Ruths Kittel und kämmte ihr die Haare und brachte ihr bei, bis zwanzig zu zählen, und achtete darauf, dass sie die Schuhe anbehielt und nicht in die Nähe des Wassers kam. Vor allem beobachtete ich sie während ihrer endlosen Spiele, um sicherzugehen, dass die Steine und Zweige ihren Augen fernblieben und dass ihre Puppen anständig angezogen blieben und ihr Gesicht halbwegs sauber blieb.

Natürlich tat auch Mathilda all diese Dinge, aber sie tat sie weniger ernsthaft und mit geringerem Eifer. Ständig zog sie sich zurück, um Carl einen Brief zu schreiben oder um die Nase in eines der Bücher zu stecken, mit denen sie unseren Schlitten befrachtet hatte. Jetzt, da das Wetter warm war, erlaubte sie Ruth oft, direkt am Wasser zu spielen, während sie selbst las, und ich hatte große Sorge, ob sie den Unterschied zwischen dem Plitsch von Ruths Steinchen und dem etwaigen Platsch des hineinfallenden Kindes auch wirklich erkennen würde.

Einmal, als der Mond so hell leuchtete, dass er aus der Nacht einen gespenstischen Tag machte, wachte ich auf und hörte Plantschgeräusche und Ruths Gekreisch. Entsetzt rannte ich hinunter zum Ufer. Mathilda hielt Ruth an den Armen und wirbelte sie so schnell wie sie konnte im Kreis, immer rundherum durch das Wasser, während das Mondlicht die Wellen wie Flammen um sie züngeln ließ.

»Schluss damit! Augenblicklich Schluss damit!« Ich stampfte mit dem Fuß auf.

Mathilda hörte auf zu kreiseln und wandte sich zu mir um; dabei zog sie, die Arme fest um die Taille des Kindes geschlungen, Ruth an sich, so dass ihre Füße tropfend über dem Wasser hingen. Ruth war allerdings nicht groß genug, um Mathildas Nacktheit zu bedecken. Ich war schockiert – die beiden ohne einen Faden am Leib, wo jeder sie sehen konnte. Ich wusste nicht, wohin ich schauen sollte. Verwirrt machte ich kehrt, eilte zurück zum Haus und tastete mich durch den dunklen Flur in mein Zimmer.

Ich legte mich aufs Bett, die Hände an meinen Brustkorb gepresst, um meinen rasenden Herzschlag zu beruhigen. Dann ließ ich sie nach unten gleiten, ließ sie durch den dünnen Stoff meines Nachthemds den Teil fühlen, der wie Brotteig aufzugehen begonnen hatte. Ich versuchte, wie ich es schon seit Wochen tat, es hinunterzudrücken, aber es war fest – es gab nicht nach.

Und dann bewegte es sich in mir.

»Halt still. Ich bekomme sie nicht auseinander.« Amanda versuchte, Ruths Haar um eine Hand voll Kletten zu toupieren. »Gut. Genau wie eine Hexe.« Sie stieß ein Gemecker aus, um ein Spiel daraus zu machen, und Ruth kicherte. »Und jetzt ein bisschen davon auf die Wangen.« Behutsam verrieb sie etwas Rouge auf Ruths weiche Haut. »Nicht zu viel. Weißt du jetzt noch, was wir geübt haben?«

Ruth nickte.

»Schön, also rein ins Bett, und mach die Augen zu, und vergiss nicht, kein Wort, egal, was er dich fragt.«

Amanda war darum bemüht, Ruths Einschulung so lange wie möglich hinauszuschieben. Während dieses ersten Jahres, nachdem sie aus dem St. Michael's entlassen worden war, hatte ihr niemand Schwierigkeiten gemacht. Ruth war schließlich erst fünf, und nach ihrem monatelangen Schweigen und ihren Reinlichkeitsproblemen schien sie ohnehin kaum reif für die Grundschule zu sein. Im darauf folgenden Jahr war es allerdings schwieriger gewesen. Sie hatte Carl mehrmals daran erinnern müssen, dass er keine Ahnung von Kindern hatte, dass er sich das Trauma, das Ruth durch den Tod ihrer Mutter erlitten hatte, überhaupt nicht vorstellen konnte, dass sie dem Kind mehr beibrachte, als es in jeder Schule gelernt hätte. Zumindest Letzteres stimmte. Auch wenn sie keine Rechenkünstlerin war wie seinerzeit Amanda, konnte Ruth schon addieren und subtrahieren, und auch wenn sie den grausigen Struwwelpeter hasste, konnte sie jedes einzelne Wort über ihn lesen. Sie konnte Bäume anhand ihrer Blätter erkennen und Vögel auf Grund ihrer Rufe, und sie konnte wenigstens vier Sternbilder am Himmel identifizieren. Sie wusste, dass Blau und Gelb zusammen Grün ergeben, wusste, wie man eine Guernsey- von einer Jersey-Kuh unterscheidet, und hatte sogar schon eigenhändig ein Lamm großgezogen, dessen Mutter verendet war.

Carl war vergleichsweise leicht zu überzeugen gewesen, aber Amanda wusste, dass ihr das bei der Schulbehörde schwerer fallen würde. Als die Behörde jemanden vorbeischickte, der Erkundigungen einziehen sollte, behauptete sie, Ruth sei krank, und inszenierte sogar einen überzeugenden epileptischen Anfall.

»Vielleicht warten Sie besser im Vorderzimmer, Mr. Schmidt«, sagte Amanda ruhig, als Ruth mit heraushängender Zunge erst zu zucken und dann zu bellen anfing.

Das erste Mal hatte es hervorragend geklappt, aber dieses Jahr kam Carl, der ausgerechnet an dem Tag eine Zange in seinem Zimmer hatte liegen lassen, unvermutet ins Haus und fand den Mann von der Schulbehörde auf dem Sofa vor.

»Es ist wirklich sehr traurig mit Ihrer Tochter«, sagte Mr. Schmidt. »Ich hatte gehofft, dieses Jahr würde es ihr besser gehen.«

Als sie Carl die Treppe heraufstürmen hörte, begriff Amanda, dass nichts mehr zu machen war. Ruth würde eingeschult werden.

Zweiter Teil

8

Der Vormittag war geschwängert von Mistgeruch, einem stechenden Geruch, der die Nase beleidigte, wenn er sie erstmals erreichte, aber immer unwiderstehlicher und angenehmer wurde, wie ein guter Käse, je länger er in der Luft hing. Die Schule und ihr Hof waren von Feldern umgeben, alle frisch gedüngt und im warmen Septemberwind trocknend. Auf einer Anhöhe am westlichen Ende des Schulhofs saßen zwölf Mädchen, die meisten im Schneidersitz, den Rock zwischen den Oberschenkeln auf den Boden gedrückt, in der so entstandenen Mulde die Butterbrotdose. Das Grüppchen umfasste die gesamte weibliche Schülerschaft der Lakeridge School – mit einer Ausnahme: Ruth Neumann, die die Mittagspause immer allein verbrachte.

Ein paar, die schon fertig gegessen hatten, lehnten sich auf ihren Ellbogen zurück und hoben das Kinn an, um die letzten warmen Sonnenstrahlen des Jahres zu genießen. Auf dem Gipfel des Hügels saß Imogene Lindgren, die Knie geschlossen, die Beine nach einer Seite angewinkelt, so wie es die älteren Mädchen machten. Im Alter von knapp neun Jahren ließ Imogene bereits deutlich erkennen, dass sie im Begriff war, eine Frau zu werden. Auch wenn keine ihrer Freundinnen, und noch viel weniger sie selbst, hätte sagen können, worin ihr gewisses Etwas bestand, beobachteten sie alle aufmerksam, als wäre sie ihnen im Spiel einen Schritt voraus.

Auch auf die Jungen übte Imogene eine starke Faszination aus, und fast ohne sich dessen bewusst zu sein, scharwenzelten ständig zwei oder drei um sie herum, wagten einen gelegentlichen Vorstoß in ihre Richtung, zogen sich dann rasch wieder zurück und nahmen eine aus ihrem Gefolge ins Visier, ein ungefährlicheres Zielobjekt.

»Guck mal, guck mal«, forderte einer, der zu ihr hinaufgeflitzt war und ihr jetzt mit dem Finger an die Schulter tippte. Dann rollte er sein Augenlid zurück, bis es umgestülpt war und wie eine rote Mondsichel über dem Augapfel schimmerte, und wandte den Kopf hierhin und dorthin, damit ihn ein möglichst großes Publikum bewundern konnte.

Es ertönte ein vergnügtes Kreischen und Stöhnen. Mehrere Mädchen schlugen sich kichernd die Hände vor das Gesicht, und eines, das auf dem Hang des Hügels gesessen hatte, kippte seitwärts um. Imogene war über derlei Amüsements keineswegs erhaben, doch sie hütete sich wohlweislich, dies zu zeigen, verdrehte stattdessen entnervt die Augen und steckte sich den letzten Bissen ihres Schinkensandwiches in den Mund.

Jetzt, da eine Vorhut ihnen den Weg geebnet hatte, setzten sich ein paar Jungs geschlossen in Bewegung. Imogene beobachtete sie aus dem Augenwinkel, während sie ihre Salzgurken fertig aß, das Wachspapier, das ihr Brot davor bewahrt hatte, von der Lake durchweicht zu werden, säuberlich zusammenfaltete und sich an der blütenweißen Serviette, die ihre Mutter mit einem Spitzenrand versehen hatte, die Finger abwischte. Das beliebteste Spiel der letzten Wochen war eine Variante von Verstecken-und-Fangen gewesen, Jungen gegen Mädchen. Die Regeln besagten, dass wer gefangen wurde, sich entweder einen Kuss gefallen lassen oder aber kurz seine Unterhose zeigen musste, wobei er – oder sie – allerdings im Falle mangelnder Bereitschaft die Ausführung der Buße ohne allzu große Schwierigkeiten so lange hinauszögern konnte, bis die Schulglocke ihn rettete.

Nachdem sie ihre Brotdosen an der Mauer des Schulgebäudes in einer Reihe abgestellt hatten, verstreuten sich die Mädchen, um sich ein Versteck zu suchen, während die Jungen bis hundert zählten. Bei vierzig hatte Imogene mit wachsendem

Missfallen festgestellt, dass jedes Gebüsch und jeder Winkel des Schulhofs schon so oft aufgesucht worden war, dass jeweils ein deutlicher Trampelpfad zu ihm führte. Bei fünfzig gab sie es auf, nach einem Versteck zu suchen, in dem man sie nicht finden würde, und rannte zu den drei Betonrohren, die von irgendwelchen Kanalisationsarbeiten übrig geblieben waren und seitdem wie die verfallene Kultstätte eines vergessenen Gottes in einer Ecke des Schulhofs herumlagen. Diese Art von Versteck sagte ihr ohnehin mehr zu, da sie aus einem solchen Tunnel leicht herauskrabbeln und den Spieß umdrehen, also selbst zur Angreiferin werden konnte.

Bei sechzig kroch sie in den ersten Tunnel und flitzte augenblicklich schaudernd wieder heraus, von den langen Ameisenstraßen, die sich über dessen Boden wanden, in die Flucht geschlagen. Der zweite Tunnel war, wie sich herausstellte, bereits besetzt, aber Imogene kauerte sich für einen Moment vor den Eingang und spähte hinein.

Ruth Neumann sah wie immer unmöglich aus. Ihre feinen Haare hatten sich auf einer Seite halb aus dem Zopf gelöst und bildeten einen verfilzten Wulst über dem Ohr. Der Saum ihres Rocks war eingerissen. Sie war so offensichtlich sonderbar, dass sie fast von der ersten Woche an, als sie vor vier Jahren in der Schule auftauchte, zur Zielscheibe ständiger Hänseleien geworden war. Sogar Imogene hatte sich gelegentlich ihren Schulkameraden angeschlossen, wenn sie sich besonders toll dabei vorgekommen waren, Ruth zu verspotten – in der Regel wegen ihres rechten oberen Schneidezahns, der abgestorben war und mittlerweile die Farbe einer Bleistiftmine angenommen hatte: ein Milchzahn, der, obwohl sie schon elf war, noch immer an ihrem Zahnfleisch hing. Manch eine öde Unterrichtsstunde war dadurch auf angenehme Weise verkürzt worden, dass jemand ein breit grinsendes Gesicht skizziert, den entsprechenden Zahn schattiert, die Zeichnung mit der Unterschrift »Ruth« versehen und das Machwerk, sobald die Lehrerin nicht hinsah, zur allgemeinen Belustigung hoch gehalten hatte.

Ruth schien selten etwas davon mitzubekommen, oder sie bedachte die Übeltäter und die Lachenden mit einem ruhigen, nicht vorwurfsvollen, sondern lediglich neugierigen Blick, als sehe sie etwas Unnatürliches in ihren Gesichtern. Dieses Spiel verursachte anfangs einen gewissen Nervenkitzel, wurde aber auf die Dauer langweilig, und so waren es zuletzt nur noch diejenigen, die keinen anderen Weg wussten, ihren Status zu behaupten, die sie in ihrer Einsamkeit belästigten.

Im Kanalisationsrohr saß Ruth einfach nur da, betrachtete die pockennarbige Oberfläche des Betons und genoss dessen angenehme Kühle durch den dünnen Baumwollstoff ihres Rocks. Immer wenn ihr Körper eine Stelle aufgewärmt hatte, rutschte sie ein Stückchen weiter, zum nächsten kühlen Fleck. Ein paar Reihen von Ameisen marschierten um sie herum, aber das schien sie überhaupt nicht zu stören. Von Zeit zu Zeit ließ sie eine Tonmurmel aus dem kleinen Vorrat in ihrer Tasche mit gerade so viel Kraft den Tunnel entlangrollen, dass sie genau die Kante erreichte.

Imogene war nicht nur die Queen, sondern auch die ungekrönte Murmelmeisterin der zweiten und dritten Klasse der Lakeridge School – oder zumindest waren sie und alle anderen davon überzeugt. Aber als sie in den Tunnel blickte, sah sie Folgendes: einen blauen Klicker, der mit minimalem Effet langsam, langsam, langsam zum Ende des Tunnels rollte, dort einen braunen Klicker leicht antippte und dann stehen blieb. Sie sah, mit anderen Worten, eine Murmelspielerin, die ihr möglicherweise überlegen war.

Dies verstimmte sie keineswegs. Imogene wusste Können zu würdigen, insbesondere dann, wenn sie daraus Nutzen ziehen konnte. Sie betrat im Entengang den Tunnel, in dem es dadurch fast ganz dunkel wurde. Ruth blickte kurz auf, rührte sich aber nicht.

»Was machst du da?«, fragte Imogene.

Ruth gab keine Antwort, sondern sah auf ihre Hand hinab und ließ eine weitere Murmel langsam, langsam, langsam zum Rand des Betontunnels rollen.

Vor den Kopf gestoßen, vergaß Imogene ihre anfängliche Herablassung. »Hör mal, du spielst Klicker«, sagte sie und klatschte mit der flachen Hand auf den Betonboden des Tunnels. »Ich kann doch sehen, dass du Klicker spielst. Warum sagst du's dann nicht einfach?«

»Wenn du sehen kannst, dass ich Klicker spiele, wozu soll ich's dann noch sagen?«, erwiderte Ruth. Und dann schielte sie von unten herauf nach Imogene, die sich dunkel vor dem klaren strahlenden Blau des Himmels abzeichnete, und lächelte, dass alle Welt ihren schwarzen Zahn sehen konnte.

Imogenes Finger brannten vom Schlag auf den Beton. Zögernd kniff sie für einen Moment die Augen zusammen, und dann ließ sie ihren Ärger verpuffen. Ohne einen weiteren Gedanken an das Versteckspiel oder die Ameisen zu verschwenden, kroch sie zu Ruth hinein und setzte ihr ihren hervorragenden Plan auseinander.

Imogene gierte nach einem Achatklicker, so blau wie der Mittagshimmel. Diese Murmel war irgendwie in die Klauen von Bert Weiss geraten, einem bereits im Alter von acht angeberischen, überheblichen Jungen, der oft und in aller Öffentlichkeit in der Nase bohrte. Imogene wollte diese Murmel haben, aber sie war darüber hinaus auch zu der Überzeugung gelangt, es sei geradezu ihre Pflicht, sie aus dem dicken, schmuddeligen Klickersack zu befreien, den Bert in seiner Schulbank verwahrte.

Bislang war sie an die Sache, wie sich herausstellte, falsch herangegangen. Sie hatte monatelang geübt und einen älteren Jungen, den sie kannte – er war bereits in der Siebten und hatte von Murmeln genug –, nach seinen Geheimnissen ausgehorcht: ein bisschen Spucke am Finger für bestimmte Schüsse, eine bestimmte Schulterhaltung für andere. Ihre Röcke hatten mittlerweile vom dauernden Hocken und Knien auf der Erde eine permanent bräunliche Tönung an Saum und Vorderseite angenommen. Sie war gut geworden, dann besser und immer besser und hatte dabei nach und nach vielen anderen Kindern ihre schönsten Kugeln abgewonnen, bis zuletzt ihr eigener weicher rindslederner Murmelbeutel nahezu prallvoll war. Während dieser ersten Spiele war die blaue Murmel oft zwischen den braunen Tonkugeln und den grünen und roten und gelben Kristallen und den bunten Kreislern und den Katzenaugen aufgetaucht, aber mit der Zeit fiel Bert – dessen Scharfblick keine Gelegenheit entging, jemandem eine Freude zu verderben – Imogenes Interesse an dieser bestimmten Kugel auf, und als ihre Zielsicherheit zu gut zu werden begann, nahm er die Murmel einfach aus dem Spiel.

Er nahm sie aus dem Spiel. Einfach so. Schwupp, und sie war weg, im grünlichen Beutel verschwunden, und vor Imogenes Augen zog Bert die Schnur straff und presste die ganze Luft heraus. Und dort blieb die Murmel fortan.

Aber jetzt hatte Imogene einen Plan.

»He, Bert«, flüsterte sie am nächsten Tag dem pomadigen Hinterkopf zu, während Miss Crawley schnarrend ihre Litanei von den Buchstaben, die in der Schreibschrift über die Linie gehen, und denen, die unter die Linie gehen, anstimmte, »in der Pause Klickern, abgemacht?«

»Nö, Klickern ist Kinderkram«, murmelte Bert.

»Nein, ich hab eine wirklich gute Idee. Wir spielen in Mannschaften.«

Miss Crawley wandte sich von der Tafel und der Serie von »1«s ab, die sie gerade bewundert hatte: »Wer redet da? Ich dulde kein Reden, während ich rede. Habt ihr mich verstanden, Kinder?« Sie drehte sich wieder zur Tafel um. »Nun dürfen wir das ›1‹ nicht mit dem ›i‹ verwechseln, das nur bis zur Mittellinie reicht und natürlich das Tüpfelchen hat. Und ich möchte auch keine von diesen hingekrakelten Riesenpunkten mehr auf euren ›i‹s sehen. Ihr braucht keine Rattennester zu malen. Ihr braucht nichts anderes zu tun, als das Papier kurz mit dem Bleistift zu berühren. So.« Sie tippte über ihrer Reihe von Buchstaben mehrmals leicht mit der Kreide auf. Ein paar Punkte blieben unsichtbar. »Seht ihr?« Bert gab gerade schulterzuckend sein Einverständnis zu Imogenes Vorschlag, als Miss Crawley sich lächelnd der Klasse zuwandte. Das Lächeln verschwand schlagartig aus ihrem Gesicht. »Bert, ich bin bald mit meiner Geduld am Ende. Hast du etwas auf dem Herzen, woran du die ganze Klasse teilhaben lassen möchtest?«

Der Plan ging genauso auf, wie Imogene es sich erhofft hatte. Erst durfte sich Bert seinen Mitspieler aussuchen – er nahm Otto Schmidt –, dann sagte sie ihm, er solle auch *ihre* Mitspielerin bestimmen. Er musterte die Zuschauer, die sich eingefunden hatten, und schied rasch die guten Spieler von denen, die kaum eine Murmel zwischen Daumen und Zeigefinger halten konnten. Und dann entdeckte er Ruth, die, an einem Niednagel kauend und auf ihre Schuhe starrend, vielleicht gerade ein Stückchen näher stand als sonst und ganz den Eindruck erweckte, als hoffte sie dazuzugehören, ohne aufzufallen. Imogenes Herz tat einen kleinen Satz, als sie sah, wie sich Berts Augen vor triumphierender Schadenfreude zusammenzogen.

»Da, die ist deine Mitspielerin. Ruth Grauzahn. Fangen wir an.«

Anfangs blieb der blaue Achat im Beutel, was Imogenes Konzentrationsfähigkeit erheblich beeinträchtigte. Selbst ohne sich eigens darum bemühen zu müssen, legte sie gleich zu Beginn ein paar schwache Schüsse hin und musste mit ansehen, wie ein aprikosenfarbenes Katzenauge, einer ihrer Lieblingsklicker, im schmutzigen Beutel verschwand. Ruth vermasselte gekonnt jeden einzelnen Schuss, genau wie Imogene es ihr gesagt hatte. Sie schien unfähig zu sein, den Schusser daran zu hindern, ihr immer wieder aus der Hand zu gleiten, und blieb jedes Mal, wenn sie sich hinzuknien versuchte, auf die denkbar ungeschickteste Weise an ihrem Rocksaum hängen. Schließlich führte die Darbietung der zwei Mädchen dazu, dass Berts Boshaftigkeit sich gegen seine Vorsicht durchsetzte, und der Junge die blaue Murmel hervorzog. »Ist sie nicht bildschön«, bemerkte er, während er die Kugel an seinem vergilbten Hemd blank polierte. »Was gibst du mir, wenn ich die ins Spiel bringe?«

»Einen Nickel«, sagte Imogene prompt.

»Du hast ja gar keinen Nickel.«

»Hab ich doch.«

»Vorzeigen.«

»Ich kann einen kriegen.«

»Ha! In fünfzig Jahren vielleicht! Nein, ich glaub, ich muss schon was Besseres kriegen, wenn ich diese Schönheit riskieren soll.«

Imogene kochte vor Wut. Die Murmel war ihm völlig egal. Das war pure Gemeinheit. »Na gut, was willst du dann?«

»Ich will« – er sah in die Runde und leckte sich die schmalen Lippen –, »ich will den schwarzen Zahn.« Er starrte Ruth an.

Jemand schnaubte verächtlich. Jemand anders produzierte ein Würggeräusch und wurde durch kurzes Gekicher belohnt. Imogene sah Ruth an. Eine Minute lang zögerte sie – eine Minute, während der sie aus dem Augenwinkel die in Berts Hand gefangene blaue Murmel hoffnungsvoll leuchten sah.

Dann sagte sie: »Vergiss es. Das ist ja lächerlich.« Sie bückte sich nach ihren Murmeln, die noch im Kreis verblieben waren.

»Wart mal«, meldete sich Ruth zu Wort. »Ich mach's. Siehst du, der geht sowieso bald ab.« Sie öffnete die Lippen und zeigte, wie sie den Zahn mit der Zunge vor und zurück bewegte.

»Das darfst du nicht«, erwiderte Imogene. »Es ist nicht richtig.«

»Es ist mein Zahn«, sagte Ruth, »ich kann damit tun und lassen, was ich will.« Und dann lächelte sie Imogene an, so offen und strahlend, wie sie aus dem Kanalrohr gelächelt hatte. »Spielen wir.«

»Erst den Zahn«, forderte Bert. Aber genau in dem Moment kam Miss Crawley auf den Hof und läutete mit der Glocke. »Nach der Schule«, meinte Bert, ließ die blaue Murmel in seinen Beutel fallen und zog die Schnur straff.

Als sie endlich in den Septembernachmittag entlassen wurden, hatte eine graue Wolkendecke den Dunggeruch zu einem stechenden Gestank verdichtet. Ruth gehörte zu den Letzten, die das Schulgebäude verließen, und die Kinder, die sich ein paar

Meter von der Tür entfernt versammelt hatten, fingen schon an, sich leicht mit dem Ellbogen anzustupsen und sich gegenseitig ein wenig ans Schienbein zu treten, als sie endlich erschien. In der augenblicklich eintretenden Stille zog sie aus der Tasche ihres Kleides ein Stück Schnur, das sie aus dem Materialschrank gestohlen hatte, während Miss Crawleys Aufmerksamkeit durch den Stundenplan der dritten Klasse abgelenkt gewesen war. Den Bindfaden um den kleinen Zahn zu knoten war schwierig; mehrmals rutschte er ab, ehe es Ruth gelang, ihn ordentlich festzumachen, aber endlich erklärte sie sich bereit und ging, mit aus dem Mund baumelnder Schnur, hinüber zum Werkzeugschuppen der Schule.

»Hast du keine Angst, dass es wehtut?«, fragte ein kleines Mädchen, das dicht neben ihr herlief.

»Nicht sehr. Ich hab während Rechnen die ganze Zeit daran gewackelt«, antwortete Ruth und öffnete die Tür des Schuppens. Um die Schnur am Knauf festzubinden, musste sie sich hinknien. »So, und wer knallt die jetzt zu?«, fragte sie, die Augen auf Imogene gerichtet.

Imogene zögerte. Bei der Vorstellung, Ruth diesen Zahn aus dem Zahnfleisch zu reißen, wurde ihr ganz übel. Aber Ruth sah sie weiter unverwandt an. Schließlich atmete Imogene tief durch und griff nach der Tür. »Fertig?«

»Fertig.«

Imogene atmete wieder ein und hielt die Luft an. Ruths Blick ruhte noch immer auf ihr, Imogene dagegen kniff die Augen zusammen, bis sie fast geschlossen waren. Dann knallte sie die Tür so fest sie konnte ins Schloss.

Überall Blut. Es schien nach allen Richtungen zu sprudeln, es strömte aus Ruths Mund und über ihr ganzes Kleid. Ohne nachzudenken, zog Imogene ihr Taschentuch heraus und drückte es Ruth in die rechte Hand. Während Ruth verständnislos darauf hinunterstarrte, sickerten ein paar Tropfen Blut durch die Finger der Hand, die sie sich an die Lippen hielt, und färbten den weißen Stoff rot. Erschrocken sah sie zu Imogene auf, die ihrerseits ein leicht angeekeltes Gesicht machte.

»Benutz es«, sagte Imogene ungeduldig, und Ruth stopfte sich das Taschentuch an die wunde Stelle.

Der Zahn baumelte am Türknauf, perlgrau und da, wo er abgerissen worden war, rot. Ruth band ihn los und polierte ihn dann mit einem sauberen Zipfel des Taschentuchs. »Hier«, sagte sie und reichte ihn Bert. »Jetzt spielen wir.«

Die Murmel zu gewinnen war leicht. Ein rasches Schnippen, und Ruths Schusser beförderte sie aus dem Kreis und aus dem Spiel, und danach verlor sich bei allen rasch das Interesse.

Imogene spürte in ihrer Brust das unbändige Verlangen, so schnell wie möglich nach Haus zu laufen und sich neben ihre Mutter auf das lange niedrige Sofa im Vorderzimmer zu setzen. Aber sie biss die Zähne zusammen und blieb an Ruths Seite, denn sie hatte ein Stück weit den gleichen Heimweg. Während sie gingen, presste Ruth ihre Zunge in die neu entstandene Lücke, und Imogene ließ die blaue Murmel zwischen ihren Fingern in der Tasche rollen und rollen. Die Kugel fühlte sich schwer und besudelt an. Sie holte sie heraus und erwartete halb, sie verfärbt, befleckt zu sehen, aber das Blau leuchtete unverändert, gänzlich unberührt von dem Blut, das um seinetwillen vergossen worden war.

»Lass mal sehen.« Ruth streckte die Hand aus.

Imogene zögerte einen Augenblick und legte dann die Achatkugel in die Mitte von Ruths Handteller. Ruth nahm sie zwischen Daumen und Zeigefinger der linken Hand und drehte sich zur Sonne. Sie hielt sich die Murmel vor das Auge und schloss das andere. »Guck, man kann direkt reinsehen.«

»Gib her«, sagte Imogene, und Ruth gab ihr die Kugel zurück.

Ruth hatte Recht; man konnte wirklich hineinsehen. Imogene betrachtete die Schichten von tieferem Blau, die durch die Kugel verliefen, und ein Wölkchen von hellerer Tönung, das an einer Seite dicht unter der Oberfläche schwebte.

»Die gebe ich nie wieder her«, meinte Imogene. »Fühl doch mal, wie glatt.« Sie hielt sie an Ruths Wange und rollte sie dann mit der flachen Hand langsam nach oben.

Sie schlenderten weiter, mit gelegentlichen Pausen, um aus einem neuen Blickwinkel in die Murmel zu schauen, sie sich blinzelnd hin und her zu reichen, von der Sonne geblendet.

»Meine Mutter sagt, deine Mutter ist tot«, sagte Imogene. Sie warf Ruth einen Blick von der Seite zu, unsicher, wie das andere Mädchen reagieren würde. Weinte man, wenn man an seine tote Mutter erinnert wurde?

Doch Ruth war damit beschäftigt, die Murmel am Saum ihres Kleids zu polieren, und wirkte ziemlich ungerührt. »Stimmt.«

Ermutigt bohrte Imogene nach. Schließlich war das ein interessantes Thema. Ihr fiel überhaupt niemand aus ihrem Bekanntenkreis ein, der keine Mutter gehabt hätte. »Wie ist sie denn gestorben?«

»Ertrunken.«

»Im See?«

»Natürlich. Wo sollte man wohl sonst ertrinken?«

»Es gibt ja schließlich auch anderes Wasser als den Nagawaukee Lake.«

»Na ja, also sie ist jedenfalls da ertrunken. Im Nagawaukee Lake.«

Inzwischen hatte Imogene die Murmel wieder, und sie rollte sie eine Zeit lang nachdenklich zwischen den Handflächen, ehe sie eine *noch* gewagtere Frage stellte. »Hast du denn gesehen, wie's passiert ist?«

Ruth dachte einen Moment lang darüber nach. »Ich denk schon«, sagte sie schließlich. »Ich bin auch ertrunken.«

»So'n Blödsinn. Wenn du ertrunken wärst, dann wärst du jetzt tot.«

»Manchmal stirbt man, manchmal nicht. So ist das wohl mit dem Ertrinken.«

Ruth sagte das mit einer solchen Überzeugung, dass Imogene spürte, wie ihre Position als diejenige, die am meisten wusste, die am interessantesten war, die selbstverständlich sagen würde, welche Antwort die Richtige war und welches Spiel für wie lange gespielt werden sollte, ins Wanken geriet. »Meine

Mutter hat mich im Garten gefunden, wie im Märchen«, konterte sie.

»Wirklich?« Ruth wirkte gebührend beeindruckt, und Imogene konnte sich wieder gönnerhaft geben.

»Du siehst bestimmt besser aus, wenn dieser Zahn erst mal nachgewachsen ist«, sagte sie.

Da sie nicht wusste, was sie darauf erwidern sollte, warf Ruth die Murmel in die Höhe und fing sie wieder auf.

Imogene schnappte nach Luft. »Verlier sie bloß nicht!«

»Keine Angst«, sagte Ruth und warf sie noch einmal hoch, um zu beweisen, dass sie das konnte. Als sie sie wieder aufgefangen hatte, gab sie sie Imogene zurück, die sie ihrerseits in ihrer Tasche verschwinden ließ.

Sie hatten den Punkt erreicht, wo sich ihre Wege trennten. »Na«, sagte Imogene, »dann sehen wir uns ja wohl morgen.«

»Wart mal.« Ruth steckte die Hand in die Tasche. »Hier.« Sie hielt ihr das blutbesudelte Taschentuch hin.

»Wie wär's mit Waschen?«, fragte Imogene und wich mit dem Oberkörper ein wenig zurück. Ruth sah sich das Taschentuch an und nickte, als fiele ihr zum ersten Mal auf, dass es schmutzig war. Dann fing sie an, es sorgfältig zusammenzufalten. Als sie das sah, fügte Imogene freundlicher hinzu: »Du kannst es behalten.«

»Bist du sicher?«

»Natürlich, ich hab haufenweise davon. Also bis dann.«

Imogene ging ein paar Schritte auf ihr Haus zu und drehte sich dann um. Ruth stand noch immer auf der Straße und sah ihr nach. »Ruth!«, rief Imogene, »willst du die haben?« Sie holte die Murmel aus der Tasche und hielt sie hoch.

»Nein. Sie gehört dir. Bis morgen.«

Imogene winkte und legte, selig über ihren Schatz, den ganzen Heimweg halb rennend, halb hüpfend zurück. Ruth hingegen hatte es nicht eilig. Hätte Imogene sich noch einmal umgedreht, hätte sie Ruth kehrtmachen und zur Schule zurücklaufen sehen. Sie ging mit vorgerecktem Kinn, einen Fuß exakt vor den anderen setzend, als balanciere sie etwas auf dem Kopf.

Als sie den Schulhof erreichte, begann die Sonne schon karmesinrot unterzugehen, und der Mistgeruch war in der Kühle des Abends so schwach geworden, dass er der Luft nur noch eine gewisse würzige Note verlieh.

Ruth kehrte zu den Kanalisationsrohren zurück und hielt wieder auf das eine zu, in dem Imogene sie an dem Morgen entdeckt hatte. Diesmal allerdings nahm sie Anlauf und versuchte, sich auf den Betonzylinder hinaufzuschwingen. Beim ersten Versuch sprang sie nicht hoch genug, um den Scheitelpunkt zu erreichen, und rutschte wieder auf den Boden; auf ihrer Talfahrt schürfte sie sich leicht den Ellbogen auf. Beim zweiten Versuch kam sie mit den falschen Fuß an und schwenkte im letzten Augenblick ab. Beim dritten Versuch rannte sie so schnell, dass sie ihren Schritten gar nicht mehr folgen konnte, stieß sich vielleicht dreißig Zentimeter vor der Röhre mit beiden Füßen ab und flog hoch in die Luft; dabei vollführte sie eine halbe Drehung, so dass sie auf dem Po landete und schon beinah oben saß. Sie brauchte nur noch die Oberschenkel fest anzuspannen und sich aufwärts zu schieben und sie hatte es geschafft.

Beim Hinaufkriechen hatte sich das Kleid straff nach hinten gezogen und drückte ihr jetzt gegen die Kehle, und sie lehnte sich erst nach links und dann nach rechts, um es wieder zu lockern. Dann schlug sie die Füße übereinander. Obwohl es am Nachmittag bewölkt gewesen war, hatte der Beton genügend Sonnenlicht aufgenommen, um ihr jetzt die Rückseite der Beine zu wärmen. Einen Augenblick lehnte sie sich zurück und betrachtete den Schulhof verkehrt herum. Wenn sie sich richtig konzentrierte, konnte sie fast glauben, die Bäume und das Geißblatt hingen von einem grünen Himmel herab und die orangeroten und purpurnen Flüsse des Sonnenuntergangs ergössen sich über eine Wiese von Vergissmeinnicht, aber schon bald stieg ihr das Blut in den Kopf, und ihr aufgeschürfter Ellbogen fing an zu brennen. Sie setzte sich wieder auf, spuckte sich ein bisschen auf die Finger und rieb die wunde Stelle mit dem Speichel ein.

Ruth strich sich den Rock ordentlich über die Knie, holte dann das spitzenbesetzte Taschentuch heraus und breitete es auf ihrem Rock aus. Da, wo das Blut getrocknet war, war der Stoff ein bisschen steif geworden, aber es gelang ihr doch, es halbwegs zu glätten. Behutsam fasste sie die Spitzenränder zwischen dem Daumen und den ersten zwei Fingern beider Hände und setzte sich die Krone auf den Kopf. Aufrecht auf ihrem hohen Thron sitzend starrte sie auf den leeren Schulhof, der sich vor ihren Augen in der Ferne verlor.

9

Letztlich hatte alles geklappt. Sie hatten es irgendwie geschafft. Diese Erkenntnis versetzte Amanda jeden Morgen wieder in Erstaunen, wenn sie aufwachte und Carls Stuhl auf dem Holzfußboden scharren hörte und dann wusste, dass er sich anzog, um melken zu gehen. Er brachte es einfach nicht fertig, diesen Stuhl nicht zu verrücken, dachte sie liebevoll. Es war fast so, als wollte er ihr mitteilen, dass er aufgestanden war und ihr gemeinsamer Tag jetzt seinen Anfang nahm.

Ein, zwei Jahre lang hatte diese Ungewissheit geherrscht, wer bleiben und wie alles im Einzelnen arrangiert werden würde, aber irgendwie hatten sie sich zuletzt zusammengerauft, hatten die verschiedenen Pflichten und Aufgaben unter sich aufgeteilt. Jetzt liefen die Tage ruhig und gleichmäßig ab. Auch als Carl in letzter Zeit missmutiger Stimmung gewesen war, hatten Amanda und Ruth sich einfach entsprechend verhalten und Platz für seine Launen gelassen. Und obwohl Joe Amanda mittlerweile jeden Freitagabend zum Bratfischessen und einem Kinobesuch ausführte, bestand zwischen ihnen die stillschweigende Abmachung, dass sie nie über wichtigere Themen als das Wetter und die Eierpreise reden würden. Und sie würde niemals an einem Samstag mit ihm ausgehen. Das war der Abend, an dem sie und Carl sich ihre Sendungen im Radio anhörten.

All das wäre wirklich genug gewesen, mehr als genug sogar, aber dann hatte Ruth Imogene gefunden.

Als Ruth zum ersten Mal von Imogene gesprochen hatte, an dem Abend, als sie mit blutverschmierten Wangen heimgekommen war, hatte Amanda gespürt, wie ihr selbst alles Blut aus den Wangen gewichen war. Die Versuchung war stark gewesen. Die Erwiderung hatte ihr schon auf der Zunge gelegen – es gibt keine Imogene. Du kannst gar keine Imogene kennen. Aber natürlich gab es sie und kannte Ruth sie. Ruth war kein kleines Kind mehr, dem man etwas vormachen konnte, und außerdem war da das ganze Blut.

»Dieses Kleid ist hin«, hatte Amanda also stattdessen gesagt und besagtes Kleid dem Mädchen ein bisschen zu grob über den Kopf gestreift. »Ich weiß nicht, ob ich das je wieder rausbekomme.«

»Imogene sagt, dass die Feen sie gebracht haben«, war Ruths Stimme durch den Stoff, der ihr Gesicht bedeckte, gedämpft zu hören.

Amanda spürte die innere Erregung, welche die Erwähnung dieses Namens immer bei ihr auslöste, und beugte sich über die Pumpe, um ihr Gesicht zu verbergen. »Das ist doch nur so eine Geschichte, Ruth«, meinte sie.

Auch Carl war nicht an Feen interessiert. Er legte eine Hand auf Ruths Stirn, die andere an ihr Kinn und drehte ihr Gesicht nach oben, um sich ihr Zahnfleisch anzusehen.

»Hier«, sagte er, und tränkte einen Zipfel seines Taschentuchs mit dem Inhalt einer Flasche, die er hinter dem Mehlkasten verwahrte. »So heilt's schneller.«

Ruth runzelte bei dem Geschmack die Stirn, aber sie hielt den Kopf still und ließ sich von ihrem Vater verarzten.

Es war natürlich nicht ganz richtig zu sagen, Ruth hätte Imogene gefunden. Imogene war schon die ganze Zeit da gewesen – wie Amanda sehr wohl wusste, da sie, seitdem man sie aus St. Michael's entlassen hatte, oft in den Laden für Anglerbedarf hineingegangen war, um sich zu vergewissern, dass das Kind keine Nachwirkungen der unheilvollen Umstände seiner Geburt zeigte. Obwohl sie wusste, dass ihr Geheimnis nur so lange sicher sein konnte, wie sie sich von dem Mädchen fern hielt, schien sie gegen dieses Bedürfnis machtlos zu sein.

Mary Louise schob Imogene dann immer ein Stückchen vor,

damit Amanda sie bewundern konnte, hielt sie aber gleichzeitig an der Schulter fest. »Ist sie nicht gewachsen? Genie, du kennst doch Miss Starkey. Sag guten Tag.«

Doch Imogene hielt sich zurück, als gehorche sie einer Botschaft, die sie durch die Berührung ihrer Mutter empfing.

Seitdem Ruth eingeschult worden war, kam Amanda aus dem einen oder anderen Grund häufiger in den Ort. So war sie auch in dem Laden, als Imogene eines Tages im März über Schlappheit und Schwindelgefühl klagte, und sie erkannte als Erste, dass das Mädchen Scharlach hatte. Sie bestand darauf, zusammen mit den Lindgrens in Quarantäne zu gehen, obwohl man den Arzt vielleicht dazu hätte überreden können, sie nach Hause zu schicken.

»Wir können nicht riskieren, dass auch Ruth angesteckt wird«, wischte sie Mary Louises Proteste entschieden beiseite. »Außerdem braucht Imogene mich. Ich habe nichts von meiner Ausbildung vergessen.«

Imogenes Krankheit ängstigte Amanda so sehr, dass sie Atembeklemmungen bekam, wenn sie daran dachte, was passieren könnte, aber sobald die kritische Phase überstanden war, wünschte sie sich, die Genesung würde sich ewig hinziehen. Sie schnitt für das kleine Mädchen Papierpuppen aus, und nicht nur die simplen Figürchen, die einfach steif herumstanden und sich wie ein Gartenzaun bei der Hand hielten, sondern auch Silhouetten, die wie richtige Frauen aussahen und denen man die Kleider anziehen konnte, die Amanda aus den Katalogen ausschnitt. Ruth hatte sich für Papierpuppen, die man lediglich anschauen, lediglich nebeneinander legen konnte, nie interessiert, aber Imogene liebte sie.

»Guck!«, befahl Imogene eines Abends ihrer Mutter. Sie schob den Kissenbezug beiseite, den Mary Louise gerade stopfte, und kletterte mit einem Blatt Papier in den Händen auf den frei gewordenen Schoß. Amanda hatte dem Mädchen Schnurrhaare aufgemalt und ihm die Nasenspitze schwarz gefärbt. »Miss Starkey hat mir beigebracht, die Zahlen zu schreiben.«

»Die sind ja wunderschön, Schätzchen«, sagte Mary Louise, aber später an dem Abend hatte sie ein Gespräch mit Amanda. »Morgen nehme ich Genie wieder mit ins Geschäft. Es ist nicht richtig, dass wir dich so von Ruth und Carl fern halten, und ich glaube, es geht ihr jetzt gut genug. Ich meine, dank dir ist sie wieder vollkommen gesund. Ich weiß nicht, was wir ohne dich getan hätten, Mandy. Ich hab mir solche Sorgen gemacht. Aber jetzt ist doch alles wieder in Ordnung, nicht?«

Und so zog Imogene am nächsten Morgen an der Hand ihrer Mutter los, und Amanda kehrte zur Farm zurück. Ihre Besuche stellte sie allerdings nicht ein, und Mary Louise war immer froh, ihre Tochter vorführen zu können. »Amanda, du musst dir anhören, wie gut Imogene rechnen kann. Was ist fünf und sieben, Genie?« Und später: »Was ist fünf mal sieben, Genie?« Und noch später: »Was ist fünf mal sieben und fünfundsiebzig weniger siebenundfünfzig?« – bis die Zahlen so schnell kamen und so kompliziert waren, dass nur noch Amanda und Imogene das Ergebnis wussten.

Als Imogene älter wurde, wäre es nur natürlich gewesen, wenn Amanda etwas unternommen hätte, damit die zwei Mädchen sich anfreundeten, aber sie tat es nicht. Imogene hatte etwas an sich, was sie zutiefst beunruhigte, etwas, was es ihr zu riskant erscheinen ließ, die beiden zusammenzubringen. Aufgefallen war es ihr eines Sonntagmorgens, als sie von der gegenüberliegenden Straßenseite aus beobachtet hatte, wie die Lindgrens aus der Kirche kamen. Imogene rittlings auf den Schultern ihres Vaters. Das Mädchen war Mathilda wie aus dem Gesicht geschnitten.

»Das macht dann fünfzehn Cents, bitte«, sagte Imogene mit ihrer erwachsensten Stimme. Sie stand im Anglerladen ihrer Mutter hinter der Theke auf einem Hocker, so dass sie an die Registrierkasse herankam.

»Arthur, hast du einen Nickel?«, fragte der Mann den Jungen, der neben ihm stand. »Ich geb ihn dir zurück, sobald wir wieder zu Hause sind.«

»Geht schon klar«, sagte der Junge. »Den habe ich doch sowieso von dir.« Als er in seine Tasche griff, fielen ihm die Haare über die Brille.

»Mein Sohn und ich überlegen uns, in Nagawaukee Beach ein Vergnügungsdampferunternehmen aufzuziehen«, sagte der Mann. »Wenn es ein Boot gäbe, das rund um den See fährt, würdet ihr Mädchen dann mitkommen?«

»Dad«, sagte Arthur. Er scharrte verlegen mit den Füßen und sah zu Boden.

»Nagawaukee Beach ist zu weit weg«, meinte Ruth.

»Aber es würde euretwegen an jeder beliebigen Stelle anhalten und euch auch wieder zurückbringen.«

»Einfach nur im Kreis herum?«, fragte Imogene.

»In einem großen Kreis, ganz um den See herum. Und es wäre ein schönes Boot, mit zwei Decks und einer Reling aus Mahagoni. Sitzpolster aus rotem Samt. Oder vielleicht auch blau-weiß gestreift.«

»Rot gefällt mir besser«, sagte Imogene. »Gäb es da auch was zu essen?«

»Wär möglich. Das ist eine gute Idee. Findest du nicht, dass das eine gute Idee ist, Arthur?«

»Ja«, erwiderte der Junge höflich. »Aber sollten wir jetzt nicht nach Haus?«

Als die Tür sich hinter ihnen geschlossen hatte, sagte Imogene: »Kennst du das große weiße Haus mit den Säulen? Bei den Franziskanern die Straße weiter? Da wohnen die.«

Jeder, der auch nur ein einziges Mal auf dem See gewesen war, kannte das Haus mit den Säulen. »Das Weiße Haus«, sagten manche und lächelten vielsagend hinter ihren Martinis, aber es zog sie trotzdem magisch an. Sie mussten einfach daran vorbeifahren.

Imogene stützte den Kopf in die Hand, seufzte und kramte mit der anderen gedankenlos in einer Schachtel Bleisenker. Ruth behielt sie im Auge, während sie im Laden herumging und sich die Ware ansah – Tröge mit Regenwürmern und Blutegeln, Wannen mit Elritzen, Rollen von Angelschnur, Körbe mit rot-weißen Korkschwimmern. Sie verschränkte die Hände hinter dem Rücken. Gucken, aber nicht anfassen, sagte Tante Mandy immer.

Ruth wollte auch ein Geschäft haben, wenn sie einmal groß war. Nur, ein Anglerladen brauchte es nicht unbedingt zu sein. Tatsächlich konnte sie sich vorstellen, dass ihr ein Kurzwarenladen lieber gewesen wäre, oder ein Lebensmittelgeschäft, oder vielleicht auch ein Süßigkeitengeschäft – ein Geschäft, wo die Waren nicht lebendig waren und nicht so viel Dreck machten. Was sie sich wünschte, war ein schönes Sortiment, wo jedes Ding auf seinem eigenen Regal stand, und einen großen Kasten auf der Theke mit ganz vielen kleinen Schublädchen. Sie würde wissen, was in jedem Einzelnen war, ohne nachsehen zu müssen, genau wie Mrs. Lindgren.

Es gefiel Ruth, wie man als Ladenbesitzer einfach nur zu warten brauchte, dass die Leute hereinkamen und einem erzählten, wie es ihnen seit dem letzten Mal so ergangen war. Die Geschäftsbücher gefielen ihr, mit ihren besonderen Spalten für Soll und Haben, und es gefiel ihr, wie schön säuberlich Mrs. Lindgren ihre Zahlen hineinmalte.

Gut konnte Mrs. Lindgren die Zahlen nur aufschreiben, sie addieren und subtrahieren weniger, und so musste Imogene manchmal für sie nachrechnen. Imogene konnte Summen im Kopf schneller ausrechnen, als andere Leute sie auch nur aufschrieben. Die meisten ihrer sonstigen Pflichten waren ihr zuwider. Wenn sie mit dem Staubtuch herumging, tat sie nur so, als würde sie wischen, und immer wenn Mrs. Lindgren sie und Ruth bat, einen der Tröge auszuwaschen, beschränkte sie sich darauf, das Wasser zu pumpen, während Ruth das Schrubben übernahm. Ruth störte das nicht. Es machte Spaß zu arbeiten, solange Imogene gut gelaunt war, von Leuten erzählte, die sie beide kannten, oder berichtete, was sie mit ihren Cousinen oben im Norden so alles angestellt hatte. Ruth hoffte, dass sie irgendwann einmal die Registrierkasse bedienen dürfte, aber Imogene sagte, das würde ihre Mutter nicht wollen.

An manchen Tagen aber, wie heute, war es schwierig, Imogene zum Reden zu bringen, und Ruth wusste, wenn es ihr nicht bald gelang, ihr Interesse zu wecken, würde sie früher oder später sagen, dass Ruth genauso gut nach Hause gehen könnte. Ruth nahm ein Messer mit einer flachen gekrümmten Klinge in die Hand. »Wozu ist das?«, fragte sie, nur um etwas zu sagen. Manchmal war es ganz schön anstrengend, Imogene als Freundin zu haben.

»Igitt. Zum Schuppen. Ich hasse Fisch.« Den letzten Satz flüsterte Imogene, damit ihre Mutter, die im hinteren Zimmer über den Büchern saß, sie nicht hörte. Mrs. Lindgren sagte Imogene immer, sie solle dankbar sein – dem Fisch verdanke sie ihre Kleider und Haarbänder, Brathühnchen und Zugfahrten nach Milwaukee, ein warmes Haus. Das war eine witzige Vorstellung, fand Ruth – ein Flussbarsch, der, aufrecht auf seinem Schwanz, einen Einkaufskorb an der Brustflosse, im Textilwarenladen stand und ein hübsches Stück Kattun und sieben Perlmuttknöpfe aussuchte.

Imogene fuhr fort, handvollweise Senkblei aus der Schachtel zu holen und zwischen den Fingern wieder herunterfallen zu lassen.

Da kam Ruth in den Sinn, was sie ihr vorschlagen konnte, etwas so Großes und Wichtiges, dass sie gar nicht glauben mochte, dass sie es noch nicht getan hatte. »Magst du sehen, wo meine Mutter begraben liegt?«

Imogene richtete sich stocksteif auf. »Wirklich?« Sie glitt vom Hocker herunter.

»Klar. Wenn du möchtest.« Ruth sagte das in einem Ton, als sei das gar nichts, als könne sie ihr hundert nicht minder interessante Dinge zeigen, wenn sie in der Stimmung wäre.

»Wir gehen raus, Mutter!«, rief Imogene zur Tür, die nach hinten führte.

»Viel Spaß, Mädchen. Kommt nicht zu spät zurück«, sagte Mrs. Lindgren durch die Tür.

Ruth gefiel es, dass Mrs. Lindgren sie so behandelte, als seien sie alt genug, um zu wissen, was sie taten – ganz anders als

Tante Mandy, die sie ständig betütern musste, selbst jetzt noch, wo sie dreizehn und Imogene fast elf war.

Ruth hatte keine Lust, den ganzen Weg bis zum Friedhofstor zu laufen. Kaum hatten sie also die Bruchsteinmauer erreicht, stemmte sie sich hoch und schwang die Beine darüber.

Imogene blieb entsetzt stehen. »Ruth, dir kann ja jeder unters Kleid gucken!«

»Na und? Hier sind alle tot.« Dann stellte sich Ruth auf die Mauer und packte den Ast eines Birnbaums, der über ihren Kopf ragte. Sie kletterte hoch, bis sie sich mit den Knien am Ast einhaken konnte, und dann blieb sie so hängen. »Keine Angst. Kein Mensch kann sehen, dass ich es bin.« Ihre Stimme wurde vom umgestülpten Rock gedämpft, der ihr das Gesicht bedeckte.

»Ruth, bitte!«, sagte Imogene, aber sie kicherte und kletterte gleichfalls auf die Mauer. »Hilf mir rauf.« Zu klein, um an den Ast heranzukommen, auf dem Ruth mittlerweile saß, reckte sie die Arme so weit sie konnte in die Höhe und wackelte erwartungsvoll mit den Fingern.

Ruth lehnte sich gefährlich weit zu ihr herüber, erst nur sich selbst, dann sie beide stützend, indem sie den Spann unter einen zweiten Ast klemmte. Ihre Kraft reichte allerdings nicht aus, um Imogene hochzuziehen. »Ich kann dich nicht mehr halten«, sagte sie und ließ sie ins weiche Friedhofsgras fallen.

»Dann komm runter«, forderte Imogene. »Gehen wir.«

Normalerweise kam Ruth nicht gern zum Friedhof. Wenn sie mit Amanda den Kiesweg entlangging, wo ihre Füße bei jedem Schritt immer ein Stückchen zurück rutschten, kam es ihr dort immer entweder zu heiß oder zu kalt vor. Außerdem taten ihr ihre Mutter und ihre Großeltern Leid, wie sie da festsaßen, zwölfte Reihe, sechster, siebter und achter Platz, wie im Backofen oder im Eisschrank, und nichts zu sehen bekamen – obwohl sie wusste, dass Toten, da sie doch im Himmel wohnten, solche Dinge nichts ausmachten. Heute aber, als sie mit Imogene durch das Gras schlenderte, kam ihr der Ort wie verwandelt vor, wie eine Spielwiese.

»Guck dir den hier an«, sagte Imogene und blieb vor dem Stein mit dem eingemeißelten Schiff stehen.

»Er war Schiffskapitän«, erklärte Ruth mit wichtiger Miene. »Er ist genauso wie meine Mutter ertrunken.« In Wirklichkeit hatte sie keine Ahnung, warum Albert Morgan ein Schiff auf seinem Grabstein hatte, aber sie nahm nicht an, dass er was dagegen haben würde, wenn sie sich eine Geschichte über ihn ausdachte. »Und hier sind die aus dem Krieg.« *Das* stimmte wieder – das hatte sie von Tante Mandy.

»Das ist ein Baby.« Imogene las die Daten auf dem Stein vor ihr, und dann suchten sie nach weiteren Kindern und überlegten sich, wie es wohl sein mochte, schon endgültig unter der Erde zu liegen und von den Würmern gefressen zu werden.

»Aber ihre Seelen kommen in den Himmel«, meinte Ruth. »Tante Mandy hat mir gesagt, dass die Seelen aller Kinder in den Himmel kommen.«

»Das weiß doch jeder.«

Ruth

Als wir den Stein meiner Mutter gefunden hatten, mit dem dichten grünen Geißblatt dahinter, da tat es mir fast Leid, dass ich Imogene dahin gebracht hatte. Man sollte nicht seine tote Mutter besuchen, nur um bei einer gelangweilten Freundin Eindruck zu schinden. Ich zog die Buchstaben des Namens meiner Mutter mit dem Finger nach und hoffte, sie würde glauben, dass ich nur ihretwegen gekommen war, und mir verzeihen.

»Das ist komisch«, sagte Imogene.

»Was denn?«

»Sie ist an meinem Geburtstag gestorben. Am 27. November. Auch noch im selben Jahr.«

Wir sahen uns an. Es war eine seltsame Vorstellung, irgendwie beängstigend, als wäre die Tür zwischen der Welt der Lebenden und der Welt der Toten für einen Moment aufgeflogen.

»Vielleicht bist du ihre Reinkarnation«, sagte ich im Scherz, um die gruselige Stimmung zu verscheuchen.

»Was heißt Reinkarnation?«

Ich erklärte ihr, was Rudy mir erzählt hatte: dass die Seele, wenn sie starb, einen neuen Körper bekam, dass man ein neues Leben als ein ganz anderer Mensch führen konnte oder sogar als Katze oder Stieglitz, und dass jemand, der vor langer Zeit gelebt hatte, als man selbst wieder geboren werden konnte. Nicht dass Rudy und ich wirklich daran geglaubt hätten, aber seitdem ich das wusste, suchte ich in jedem neuen Tier, das auf der Farm geboren wurde, nach meiner Mutter. Keins von ihnen schien mich so zu kennen, wie das meine Mutter getan hätte – und ebenso wenig natürlich Imogene.

Während wir in den Ort zurückgingen, unterhielten wir uns darüber, was wir in einem späteren Leben sein würden und was wir früher vielleicht gewesen waren.

»Ich bin ganz bestimmt jemand Berühmtes gewesen«, sagte Imogene. »Wenigstens ein- oder zweimal. Vielleicht Pocahontas. Alle sagen, dass ich wegen meiner dunklen Haare Indianerblut in mir haben muss, denn meine Eltern sind beide blond.«

»Das läuft nicht so. Wenn man zurückkommt, sieht man überhaupt nicht aus wie die Person, die man vorher war. Das ist anders, als wenn man verwandt wäre.« Und weil ich wünschte, ich hätte ihr meine Mutter nicht vorgeführt, fügte ich hinzu: »Und wie kommst du überhaupt da drauf, dass du was Besonderes gewesen bist? Ist doch viel wahrscheinlicher, dass du was ganz Normales warst. Es gibt schließlich viel mehr normale Leute als Berühmtheiten.«

Ich sagte das in fiesem Ton und meinte es auch fies, und ich rechnete schon damit, dass sie sauer werden würde, aber Imogene war zu selbstbewusst, um sich von irgendetwas, das ich sagte, aus der Ruhe bringen zu lassen.

»Och, ich bin ganz sicher, dass wir beide berühmt waren«, sagte sie. Sie blieb stehen, packte mich am Arm, drehte mich zu sich herum und starrte mir ins Gesicht, ohne zu blinzeln. »Ich weiß, wer du warst«, fuhr sie fort. »Du warst ein chinesischer Spion. Deine Augen stehen so ein bisschen schräg, und du bist immer so still und beobachtest die Leute. Du weißt alles Mögliche, aber du behältst es für dich.« Sie lächelte, mit sich und ihrer Geschichte zufrieden.

Aber in Wirklichkeit wusste ich gar nichts. Ich überlegte mir nur, dass es ganz schön komisch war, dass gerade während meine Mutter und ich am Ertrinken gewesen waren, Imogene geboren wurde.

Als Ruth die Küchentür öffnete, sah Amanda von den leuchtend roten Rhabarberstängeln auf, die sie gerade in Würfel schnitt. »Wo bist du nur den ganzen Tag gewesen? Du wusstest doch, dass die Bohnen gejätet werden mussten, und die Kartoffeln sind voll von Käfern, und ich möchte wetten, dass die Vögel ein gutes Dutzend Tomaten weggefressen haben.«

Ruth seufzte. Sie wünschte sich, die Pflanzen würden endlich aufhören zu wachsen. Das war noch so eine gute Sache an einem Geschäft: Alles blieb so, wie es war. »Ich mach's jetzt«, sagte sie und wandte sich wieder zur Tür.

»Um diese Uhrzeit wirst du bei lebendigem Leib aufgefressen. Alles hat seine Zeit.« Mit einer Hand hielt Amanda fünf Rhabarberstangen auf dem Tisch fest, mit der anderen schwang sie ein langes Messer. »Außerdem«, sagte sie und hackte flink auf die knackigen Strünke ein, während sie die Finger immer nur gerade so weit zurückzog, dass sie nicht unter die Klinge gerieten, »habe ich es schon selbst erledigt.«

Beschämt sah Ruth zu Boden. »Dad hat gesagt, dass ich gehen dürfte.«

»Na ja, was passiert ist, ist passiert. Wasch dich, und ich geb dir einen Rubin.«

Ruth betätigte den Pumpenschwengel und fing an, sich die Hände zu waschen.

»Vielleicht«, sagte Amanda leise, »möchtest du Imogene auch mal herbringen.«

»Was?« Ruth konnte sie wegen des Quietschens der Pumpe und des Rauschens des Wasser kaum verstehen.

Amanda stippte ein Stück Rhabarber in Zucker. »Ich hab gesagt, warum bringst du Imogene nicht mal her?«

Ruth streckte die Hand so aus, dass Amanda den Rhabarber, wie den Edelstein eines Rings, auf ihren Finger platzieren konnte. Es war ihr gemeinsamer Scherz aus lange zurückliegenden Zeiten kindlicher Missverständnisse.

»Wäre es nicht lustig, wir drei, alle hier zusammen? Bist du nicht gern hier bei mir?«

»Doch«, sagte Ruth, aber die Wahrheit wäre gleichzeitig »doch« und »nein« gewesen. Während sie ihren Rhabarber kaute, spürte sie, wie Amandas Liebe sie in der heißen Küche, heimtückisch und unwiderstehlich, von allen Seiten bedrängte, und der gleichzeitig saure und süße Geschmack ließ sie die Lippen schürzen und die Augen zusammenkneifen. Ihr wurde zum ersten Mal bewusst, dass sie Imogene genau deshalb mochte, weil sie nichts mit Amanda zu tun hatte.

Carl saß in einem der Schlafzimmer des Inselhauses auf dem Fußboden, umgeben von Schubladen, die er aus der Kommode herausgezogen hatte. Durch die Bretter, die er vom Fenster losgestemmt hatte, fiel ein breiter Lichtbalken ins Zimmer. Er hatte alle diese Schubladen und Schränke, und die Hohlräume zwischen den Wänden und unter den Dielen, bereits viele Male durchsucht. Seit Monaten schon ruderte er – manchmal einmal die Woche, manchmal täglich – zur Insel hinüber, um zu stöbern.

Es war ein Gefühl wie auf dem Riesenrad. An einem Tag war er entspannt, unbesorgt, sicher, dass Amandas Geschichte der Wahrheit entsprach – sie und Mathilda hätten auf der Insel gewohnt, weil es ihnen dort gefiel, weil Mathilda in dem Haus sein wollte, das sie zusammen mit ihm bewohnt hatte. Und dann stiegen wieder Zweifel in ihm auf, und die Ungewissheit nahm immer mehr zu, bis er schließlich alles stehen und liegen ließ und nichts anderes mehr im Kopf hatte, als sofort zum Haus zu fahren und nach Beweisen für eine andere Erklärung zu suchen.

Er versuchte, dagegen anzukämpfen. Was, wenn du wirklich etwas findest, sagte er zu sich selbst – was dann? Es kann zu nichts Gutem führen. Konzentrier dich auf deine Arbeit. Aber er vernachlässigte die Farm, versuchte, sich doch noch auf eine Stelle zu besinnen, die er noch nicht überprüft hatte, malte sich schon aus, wie er den weißen Rand eines zusammengefalteten Liebesbriefs entdecken oder das Goldglitzern eines Gedenkrings sehen würde. Irgendein Mann hatte seine Frau verführt. Den Verdacht hatte Carl jetzt schon seit über sechs Monaten. Er brauchte nur noch den Beweis zu finden.

Entdeckt hatte er nur ein einziges Indiz. Er holte das silberne Messer aus der Tasche, wie er es mittlerweile mehrmals am Tag tat, und betrachtete es. Es war ein gutes, teures Messer – nichts, was jemand, der am Hausbau mitgearbeitet hatte, achtlos liegen gelassen hätte. Außerdem kannte er jeden, der mitgeholfen hatte, und zu niemandem passten die eingravierten Initialen: CJO. Das Messer hatte einem anderen Mann gehört.

Na, und wenn schon, sagte er sich immer und immer wieder. Das brauchte gar nichts zu bedeuten. Es *hatte* wahrscheinlich gar nichts zu bedeuten. Aber wie ließ sich dann Amandas Reaktion erklären, als er ihr das Messer gezeigt hatte?

Ständig aufs Neue ließ er die Szene vor seinem geistigen Auge ablaufen – wie er eines Morgens in der Schublade zwischen seinen Socken das Messer gefunden hatte, das er Jahre zuvor, als er mit Joe und Ruth auf der Insel gewesen war, mitgenommen hatte. Er hatte es beim Frühstück auf den Tisch gelegt und Amanda gefragt, ob sie wisse, wem das gehöre, da er der Meinung sei, einen so wertvollen Gegenstand müsse man dem Eigentümer zurückgeben. Sie hatte es in die Hand genommen, es einmal umgedreht und ihm dann sofort wieder zurückgegeben.

»Ich weiß nicht. Woher soll ich das wissen? Der Krimskrams, der sich so ansammelt! Du müsstest mal sehen, was ich letzte Woche nicht alles hinter dem Eisschrank gefunden habe.« Sie hatte ihm den Teller weggezogen, bevor er fertig war, und die letzten paar Bissen Spiegelei in den Abfalleimer gekippt und dazu gemurmelt: »Man kann mich doch nicht für jedes Taschenmesser verantwortlich machen, das sich in irgendeine Schublade verirrt.«

Damals hatte Carl nicht einmal im Traum daran gedacht, Amandas Verhalten könnte etwas mit Mathilda zu tun haben. Zunächst einmal war seine Schwägerin immer nervös und schnell eingeschnappt, so dass ihm ihre Reaktion kaum ungewöhnlich erschien. Und zweitens hatte er seine Frau schon fast vergessen. Zumindest hatte er sie in irgendein Hinterstübchen geräumt. Er schämte sich, es zuzugeben, aber wenn er in letzter Zeit an sie dachte, kam es ihm fast so vor, als sei sie mit irgendeinem anderen Mann verheiratet gewesen, mit einem Freund, den er früher gut gekannt, aber vor langer Zeit aus den Augen verloren hatte. Er trauerte ihr auf eine nostalgische Weise nach, nicht viel anders, als er seiner eigenen Jugend nachtrauerte, und selbst wenn er sich Mühe gab, gelang es ihm nicht, auch nur die geringste Spur jener unerträglichen Qual und düsteren Verzweiflung nachzuempfinden, die ihn einst gepeinigt hatten. Er bedauerte Mathilda dafür, dass sie um einen so großen Teil ihres Lebens betrogen worden war, und er bedauerte Ruth dafür, dass sie ohne ihre Mutter aufwachsen musste. Aber es war lange her, dass er daran gedacht hatte, sich selbst zu bedauern.

Dann aber hatte er Mathildas Stimme gehört. Das erste Mal vernahm er sie in der Scheune, nur einen Satzfetzen, ein, zwei Worte, oder vielleicht nicht einmal ein ganzes Wort, sondern ein Stück eines Wortes und eine Intonation, einen Tonfall, der so vertraut war, dass er ohne nachzudenken laut »Mathilda« sagte und zum Heuboden hinaufschaute in der Erwartung, sie dort sitzen zu sehen, gelbes Stroh im dunklen Haar, mit den Füßen baumelnd und ihm zulächelnd. Natürlich war sie nicht da. Natürlich war sie nicht wiederauferstanden. Dennoch wusste er, dass sie irgendwo doch da war. Er spitzte die Ohren, aber die Stimme war nicht mehr zu hören, von Ruth übertönt, die die Gänse zu ihrem Futter rief.

Das zweite Mal, als Carl Mathildas Stimme vernahm, befestigte er gerade einen Leckstein in der Nähe der Tränke. Diesmal war sie viel deutlicher zu hören. Sie sang »Lavender's Blue« und schien aus einem Rohrdickicht zu kommen. Obwohl er wusste, dass es nur eine Erinnerung war, die aus irgendeinem Grund besonders klar und deutlich in ihm emporstieg, obwohl er wusste, dass er nichts sehen würde, ging er dem Geräusch nach, bei jedem Schritt im saftigen, tintenschwarzen Sumpfboden einsinkend. Vorsichtig schob er die steifen Halme und die rasiermesserscharfen Blätter der Rohrkolben auseinander und sah sich plötzlich der Sängerin gegenüber.

»Hallo, Daddy. Guck, wie viel Malve ich für Tante Amanda gesammelt hab.«

Carl verlor das Gleichgewicht und fiel auf die Knie. Von da an schien ihn fast alles, was Ruth tat, an Mathilda zu erinnern – wie sie beim Reden die Brauen wölbte, wie sie den Kopf hielt, während sie ihre Hausaufgaben machte, wie sie mit untergeschlagenen Beinen saß, wie sie mit emphatischer Geste die Finger spreizte, wenn sie einer Äußerung besonderen Nachdruck verleihen wollte. Am liebsten hätte er dann ihre Hände gepackt und diese Finger zusammengedrückt. Stattdessen runzelte er die Stirn und sah weg.

Und damals holte er auch das Messer wieder aus seiner Strumpfschublade hervor. Und während er das Silber in seinen Händen drehte und wendete, während er die Schneide an seinem Daumen prüfte, da ertappte er sich zum ersten Mal dabei, dass er sich fragte, worauf Hilda damals, vor Jahren, mit ihrer Bemerkung hinausgewollt haben mochte. Warum sollten zwei junge Frauen beschließen, allein auf einer Insel zu wohnen? Warum waren sie bis weit in den Herbst dort geblieben?

Rudy war keine große Hilfe. Carl stellte ihn eines Abends in der Geschirrkammer zur Rede.

»Ich hab's versucht, sie wieder heimzuholen, Carl«, sagte Rudy und rieb energisch am Zaumzeug, das er gerade einfettete. »Ich bin da rausgerudert. Ich hab zu ihr gesagt: ›Ihr Mädchen kommt jetzt besser wieder zurück. Es wird langsam kalt.‹«

»Was meinen Sie damit, Sie haben es ihr gesagt? *Wem* haben Sie's gesagt?«

»Also ...« Rudy starrte die Gebissstange an, als versuchte er, im blanken Metall ein Bild aus der Vergangenheit heraufzubeschwören. »Das war wohl Mattie, der ich das gesagt hab. Amanda hab ich überhaupt nicht oft zu sehen gekriegt, oder höchstens dass sie mal gewinkt hat, oben von der Veranda aus. Aber was macht das schon für einen Unterschied? Was die eine tat, tat die andere auch, so lief das doch.«

»So lief das doch? Wollen Sie damit sagen, dass sie das schon mal gemacht hatten?«

»Nicht genau so, nicht da zu wohnen. Aber als sie noch jünger waren, sind sie da ständig hin – schnurstracks zu dieser Insel, sobald sie für Mrs. Starkey irgendeine Arbeit erledigen sollten. Wir haben uns jedes Mal dumm und dusslig gesucht, Mr. Starkey und ich, bis wir das mit der Insel rausgekriegt haben. Natürlich hat er denen dafür, dass sie abgehauen sind, jedes Mal ganz schön die Leviten gelesen, besonders Amanda. Sie wissen schon, sie war die Ältere, sie sollte doch die Vernünftigere sein, solche Sprüche eben. Aber er fand es auch gut, wie die beiden immer zusammenhielten. ›Ich hab nie einen Bruder gehabt‹, sagte er zu mir, und ich wusste, wie er das meinte.«

Carl hatte für derlei Reminiszenzen im Augenblick keinen Sinn. »Aber diesmal, Rudy, als sie da wohnten, was hat Mattie da gesagt, als Sie meinten, sie sollten wieder zur Farm zurück?«

»Sie wissen doch, wie Mattie war, Carl. Nicht mal Mr. Starkey konnte sie dazu bringen, irgendwas zu tun, wenn sie nicht wollte. ›Nein, Rudy, es gefällt uns hier‹, das hat sie gesagt. Und sie und die Kleine sahen auch wirklich gut und gesund aus. Ich würde sogar sagen, sie hatte ein bisschen zugenommen, war ein bisschen runder geworden, deswegen wusste ich, dass alles in Ordnung war. Also, wenn ich mit Amanda geredet hätte, wär es vielleicht anders gelaufen. Sie ist ein braves Mädchen. Sie tut, was man ihr sagt. Aber Sie wissen, wie Mattie war. Sie hat sich dahin gestellt, die Hände in die Hüften gestemmt und ihren hübschen Kopf geschüttelt. Sie hat mich ja kaum aus dem

Boot aussteigen lassen.« Rudy schnalzte mit der Zunge, drehte sich um und hängte das Zaumzeug an seinen Haken.

Schwacher alter Mann, dachte Carl. Sich von zwei Mädchen dermaßen herumkommandieren zu lassen. Aber er wusste, dass er sich an Rudys Stelle genauso verhalten hätte.

Als Rudy sich ihm wieder zuwandte, hatte er Tränen in den Augen. »Ich weiß schon, was das Richtige gewesen wär, Carl – ich hab schon oft drüber nachgedacht –, ich hätt mir Ruthie schnappen sollen. Wenn ich Ruthie zurückgeholt hätte, bevor das Eis kam, dann wären die beiden schon von selbst nachgekommen, und dann wär das Ganze nicht passiert. Das hätt mir schon damals einfallen müssen, sag ich immer zu mir. Jeden Tag sag ich das zu mir.«

»Ist schon in Ordnung, Rudy«, sagte Carl und legte dem alten Mann tröstend eine Hand auf die Schulter. Amanda hatte Recht, es war unsinnig, Dinge zu beklagen, die sich nicht mehr ändern ließen.

Sie ließ ihn nicht mal aus dem Boot aussteigen. Über diese Bemerkung stolperte Carl, als er später noch einmal über das Gespräch nachdachte. Warum eigentlich nicht? Warum hat sie ihm keine Tasse Kaffee angeboten, kein Stück Kuchen? Was haben sie auf der Insel da getrieben, was Rudy nicht sehen durfte?

Eine Woche lang oder mehr zermarterte er sich das Hirn. Er kam einfach auf keine Erklärung, die einen Sinn ergeben hätte. Und dann erinnerte er sich an Madame Schürhaken.

Das war kaum ein Dorf gewesen, wo er eines grauen Nachmittags mit McKinley und Sims hingeraten war. Ein paar schmutzige Hütten. Ein leerer Schweinestall. Eine Kirche ohne Kirchturm und mit einer zerbombten Wand. Schon vor dem Krieg konnte der Ort nicht viel hergemacht haben, und jetzt bestand er aus nichts als ein paar wenigen verlassenen Ruinen.

Oder wohl doch nicht ganz verlassen. Henny Sims kam mit noch halb offener Hose hinter einem der Häuser hervorgerannt.

»Da drinnen ist ein Mann! Jesus, zumindest glaub ich, dass es ein Mann ist.«

Genau in dem Moment erschien eine alte Frau an der Tür. Ihr Rücken war so gekrümmt, dass sie sich den Hals verrenken musste, um ihnen ins Gesicht zu sehen, und das graue Haar stand ihr wie ein Heiligenschein vom Kopf. Sie sprach Französisch, und McKinley übersetzte.

»Er gehört mir«, sagte sie. »Ihr kriegt ihn nicht. Ich behalte ihn. Er gehört mir.« Und dann hob sie etwas, was Carl im ersten Moment für einen Krückstock gehalten hatte, sich aber als Schürhaken erwies, und reckte es ihnen mit der Spitze entgegen, als könnte sie damit drei bewaffnete Männer in Schach halten.

Die Amerikaner sahen sich an, und Sims zuckte die Achseln. »Viel ist mit dem sowieso nicht mehr los«, sagte er, »soweit ich erkennen konnte. Ich glaub, ihm fehlt ein Ohr, wenn nicht mehr.«

»Lassen wir den Kerl in Frieden«, meinte Carl, erpicht darauf, möglichst schnell wegzukommen.

»Von mir aus gern«, stimmte McKinley ihm zu. »Wer verzweifelt genug ist, um mit *der* da zusammenzuleben, sollte auch das Recht zu desertieren haben.«

Niemand hätte der Greisin weniger ähneln können als Mathilda, aber mit einem Mal begriff Carl, dass sie und Amanda und diese alte Frau das Gleiche getan hatten. Obwohl, nicht ganz, denn während die arme Madame Schürhaken einen Franzosen versteckte, den ein jahrelanger Krieg an den Rand des Wahnsinns – und vielleicht darüber hinaus – getrieben hatte, gewährten Mathilda und Amanda einem hundsgewöhnlichen amerikanischen Drückeberger Unterschlupf, einem Mann, der es Leuten wie Carl überließ, für ihn die Drecksarbeit zu erledigen und ihr Leben aufs Spiel zu setzen, während er auf der faulen Haut lag und sich von zwei Frauen umsorgen ließ.

Carl ballte die Faust um das silberne Taschenmesser und knallte es mit aller Kraft auf den Tisch. Sie hatten einen feigen

Drückeberger versteckt. Einen Drückeberger mit den Initialen CJO.

Es war ein unmöglicher Gedankensprung und zugleich ein kleiner Schritt von der Vorstellung, dass ein Unbekannter sich im Inselhaus versteckt gehalten hatte, bis zur Gewissheit, dass dieser Drückeberger Mathilda geliebt hatte. Hatte sie ihn auch geliebt? Natürlich nicht. Sie war lediglich freundlich zu ihm gewesen – in der törichten Überzeugung, richtig zu handeln, und vielleicht sogar in der Hoffnung, jemand anders würde, wenn nötig, für Carl das Gleiche tun. Selbstverständlich hatte sie ihn nicht geliebt.

Aber der Gedanke ließ ihm keine Ruhe. Aus Liebe tut man Dinge, hatte Amanda gesagt, die man anschließend bereut. Was hatte sie damit gemeint? Er nagte an dem Gedanken wie an einem Niednagel, immer weiter und weiter, bis schließlich Blut floss, bis er sich wie auch immer Gewissheit verschaffen musste, bis er sich wieder im Inselhaus vorfand und Dielen losstemmte, Fensterrahmen aufbrach, jede Schublade durchwühlte und nach dem entscheidenden Beweisstück suchte.

Zuletzt ließ die Kraft, die Carl den ganzen Nachmittag lang getrieben hatte, allmählich nach, und er räumte die Schubladen, die er im ganzen Schlafzimmer verstreut hatte, wieder an ihren Platz zurück. Er war erschöpft, mit einem Mal ganz ruhig, sicher, dass er hier nur seine Zeit vergeudete, dass es auf der Insel völlig harmlos zugegangen war, dass lediglich ein Unfall passiert war, ein tragischer Unfall, eines Nachts im November. Jetzt kam er sich wie ein Idiot vor, wie immer nach einem dieser periodischen Anfälle, und er warf einen abergläubisch verstohlenen Blick über die Schulter, als könnte ihn jemand – Mathilda vielleicht – gerade beobachten und wegen seiner Verrücktheit auslachen. Er verließ das Haus und ruderte langsam übers Wasser zurück, von Zeit zu Zeit innehaltend, um dem frischen Nachmittagswind Gelegenheit zu geben, seine schweißnasse Haut zu trocknen. Arme Mattie, dass sie all diese Jahre und Jahre herrlicher Sommertage nicht erleben dürfte!

»Ellbogen vom Tisch, Ruth«, wies Amanda sie zurecht und reichte dem Mädchen einen Teller Weißbrot. »Wie oft muss ich dir das eigentlich noch sagen?«

Carl hielt die Augen auf seinen Teller gerichtet. Er wusste, dass er mehr auf Ruths Manieren achten sollte, nicht alles Amanda überlassen durfte, aber es war ihm nicht einmal aufgefallen, wo das Mädchen seine Ellbogen gehabt hatte. »Dieser Schinken ist ausgezeichnet«, sagte er.

»Freut mich, dass er dir schmeckt. Ich wusste, dass du nach dieser ganzen Graberei eine kräftige Mahlzeit brauchen würdest.«

Carl rutschte auf seinem Stuhl hin und her. »Um ehrlich zu sein, war ich nicht bei den Gräben. Reich mir bitte die Kartoffeln, Ruth. Heute haben wir die neuen Bäumchen im Obstgarten gegossen.«

Mit einem scharfen Klirren legte Amanda ihr Messer auf den Rand ihres Tellers. »Ich dachte, ich hätte dir erklärt, wie wichtig diese Gräben sind, Carl.« Sie klopfte mit der Fingerspitze auf die Tischplatte. »Mein Vater sorgte immer dafür, dass die Gräben spätestens in der ersten Juniwoche geräumt waren, und jetzt haben wir schon die dritte. Was, wenn ein richtiger Wolkenbruch kommt? Dann steht dieses Feld unter Wasser.«

»Und was, wenn nicht? Diese Bäumchen verdorren uns da draußen.«

»Carl, auf einer Farm muss man vorausdenken. Du kannst nicht immer nur von einem Notfall zum nächsten hetzen. Auf die Weise kommst du nie auf einen grünen Zweig.«

»Was ist aus diesem Baby geworden?«, fragte Ruth plötzlich. Sie hielt die Gabel, mit der sie gerade eine Scheibe Bete aufgespießt hatte, senkrecht in die Luft.

Im ersten Moment antwortete niemand, da Amanda und Carl sich nicht schlüssig waren, ob sie sich eher freuten oder ärgerten, bei ihrem Wortwechsel unterbrochen worden zu sein.

»Was denn für ein Baby?«, fragte Rudy schließlich.

»Noch etwas Tomaten, Rudy?« Amanda hielt ihm den Teller hin.

»Das Baby, das wir zu seiner Mutter gebracht haben«, sagte Ruth. »Wie war's denn überhaupt verloren gegangen?«

»Ein verlorenes Baby?«, fragte Carl. »Wer hat ein Baby verloren?«

»Sie muss von einem Lamm reden«, meinte Amanda.

»Ich red nicht von einem Lamm. Es war ein Baby, und es hat geweint, und deswegen haben wir es zu seiner Mutter gebracht.«

»Der Storch bringt das Baby zu seiner Mutter«, sagte Rudy.

»Nein«, erwiderte Ruth, »das haben *wir* getan. Ich und Tante Amanda.«

»Tante Amanda und ich«, korrigierte Amanda.

»Vielleicht hast du das nur irgendwo gelesen«, sagte Carl. »In einem Buch.«

»Dieses Mädchen, immer die Nase in Büchern«, wunderte sich Rudy.

»Das war nicht in einem Buch«, sagte Ruth. Sie schob ihre Bete auf dem Teller herum und malte Muster mit ihrem roten Saft.

»Bist du dir sicher?«, wollte Amanda wissen. »Das passiert mir nämlich manchmal, dass ich eine Geschichte lese und dann davon träume, und wenn ich aufwache, weiß ich nicht mehr, was ich davon gelesen oder geträumt oder sogar wirklich erlebt habe.«

Ruth stützte einen Ellbogen auf den Tisch, das Kinn in die Hand. Sie sah, sich von den anderen abwendend, über die Schulter zu Boden. »Es war ein wirkliches Baby«, sagte sie mürrisch.

»Ich weiß noch, wie ich dich einmal rumgetragen hab, wie du noch so'n winzigkleines Baby warst. Du musst da 'ne Kolik oder so was Furchtbares gehabt haben, denn du hast geweint und geweint«, sagte Rudy.

Ruth warf Rudy einen zornigen Blick zu. »Hab ich nicht! Ich *hab* nicht geweint!«

Mit einem Ruck schob Amanda ihren Stuhl zurück. Sie packte Ruth beim Kragen und stellte sie auf die Füße. »Ruth

Sapphira Neumann! Du entschuldigst dich augenblicklich bei Rudy!«

Ruth schlug sich die Hände vor das Gesicht. »Es tut mir Leid, Rudy. Tut mir Leid, dass ich dich angeschrien habe.«

»Ist schon gut, Schätzchen.« Er zwinkerte ihr zu.

»Jetzt gehst du auf dein Zimmer«, befahl Amanda. Sie folgte Ruth in den Flur und sah ihr nach, während sie die Treppe hinaufstieg. »Ruth«, sagte sie, als das Mädchen oben angelangt war.

Ruth blieb stehen, drehte sich aber nicht um.

»Ich heb dir was vom Kuchen auf.«

10

Amanda

»Schwimmen!«, piepste das Stimmchen direkt neben meinem Ohr. »Schwimmen! Schwimmen!«

Ich schlug die Augen auf und sah Ruthie neben meinem Bett stehen, so wie sie es seit zwei Wochen jeden Morgen tat. »Gehen wir schwimmen«, bettelte sie und klatschte in die Hände.

»Na gut, Süße. Schh, schh, ja, wir gehen schwimmen.«

Ich zog sie zu mir ins Bett. Es war inzwischen Mitte Juli und so heiß, dass ich schon unter dem bloßen Laken schwitzte und nachts nicht einschlafen konnte. Es kam mir so vor, als hätte ich erst vor einer Stunde die Augen geschlossen. »Schlafen wir noch ein Minütchen.«

Aber Ruthie hielt und hielt nicht still. Sie hopste auf der Matratze und zappelte in meinen Armen, und alle paar Sekunden platzte es geflüstert aus ihr heraus: »Schwimmen!« Schließlich gab ich es auf. Im Wasser würde es wenigstens kühl sein.

»Sei leise, Ruthie. Du weckst noch deine Mutter auf«, sagte ich, während ich versuchte, meinen Zopf hochzustecken.

»Schh, schh!«, sagte sie, auf dem Bett auf und ab hüpfend und wieder in die Hände klatschend.

Ich streckte ihr die Arme entgegen, und sie sprang mir mit einem lauten Freudenschrei an die Brust. Ich trug sie aus dem Haus und hinunter zum Wasser.

Und dann schwammen wir – obwohl man das, was ich im Wasser tat, kaum schwimmen nennen konnte –, beide im

Nachthemd, weil Ruthie keinen Badeanzug hatte und meiner mir, selbst wenn ich damals daran gedacht hätte, ihn mit auf die Insel zu nehmen, nicht mehr gepasst hätte.

Eine Zeit lang spielten wir im Seichten. Ich saß auf dem Seegrund und ließ mir das kühle Wasser über die Oberschenkel und um die Hüften schwappen, und Ruth hockte, so dass ihr Po nass wurde, aber ihre Knie trocken blieben. Ich zog die Arme locker durch das Wasser und kühlte mir mit den Händen Hals und Nacken. Ruth plantschte herum und spritzte uns beide nass, begeistert vom Gefühl, mit etwas zu werfen, was ihre Finger nicht festhalten konnten, und vom Schauspiel der zerstäubenden Tröpfchen. Dann legte sie die Hände behutsam flach aufs Wasser und prüfte die Oberflächenspannung, bevor sie sie eintauchte und ihre Finger betrachtete, die plötzlich ganz anders aussahen. Sie grapschte nach hübschen Steinchen und lachte, wenn sie nur eine Faust voll Wasser zu Tage förderte, weil die Steine so viel tiefer lagen, als es ausgesehen hatte.

Bald würde sie sich weiter hinauswagen. Wenn das Wasser mir gerade über die Knie reichte, würde sie fast schon schwimmen. Ich hielt ihr die Hand unter das feste Bäuchlein, aber sie brauchte meine Hilfe eigentlich nicht. Das Kinn weit vorgereckt, mit den Händen wie eine kleine Schildkröte paddelnd, hinten wild mit den Füßchen strampelnd, hielt sie sich allein über Wasser.

An irgendeinem Punkt flitzte sie immer weg. Sie entfernte sich ein Stückchen von mir, und dann blieb sie stehen und vergewisserte sich, ob ich etwas bemerkt hatte. Ich schaute dann immer weg und tat so, als sähe ich nichts, bis sie unter die Trauerweide geschlüpft war, hinter die Zweige, die ins Wasser hingen.

»Wo ist Ruth?«, rief ich. Und dann ertönte ihr Lachen aus dem Baum. »Wo bist du, Ruthie?« Zuletzt bog ich den Laubvorhang zur Seite und holte sie aus dem Wasser, und dann wateten wir plantschend ans Ufer zurück.

An dem Morgen stand Mathilda in der Tür. Ich setzte Ruthie auf dem Strand ab, und sie wollte auf ihre Mutter zurennen.

Doch Mathilda sah nicht zu ihr hin, sie starrte mich an, wie ich, den Unterleib vorgereckt, mit klatschnassem, am Körper klebendem Nachthemd dastand.

Als ich vierzehn war und Mathilda sechs, kam sie eines Morgens in unser Zimmer hereingeplatzt, während ich gerade dabei war, mich anzuziehen. Ich hatte zu der Zeit immer peinlich darauf geachtet, dass sie entweder unten war oder noch fest schlief, bevor ich meine Sachen wechselte, aber an dem Tag erwischte sie mich. Das Nachthemd hatte ich mir schon über den Kopf gestreift, und mein Kleid lag am anderen Ende des Zimmers. Sie erstarrte an der Schwelle und riss die Augen auf.

»Tür zu!«, sagte ich.

Aber sie stand einfach nur so da und starrte. Langsam hob sie die Hände bis auf Höhe ihrer Brust und beschrieb zwei kleine Bogenlinien durch die Luft. Ihr fehlten die Worte, diese Unmöglichkeit zu beschreiben. Ich war nicht mehr die Schwester, die sie kannte.

»Amanda«, flüsterte Mathilda jetzt. Das war alles.

Jetzt war es an mir, Ruthie hochzureißen und sie fest an mich zu drücken. Ich brauchte sie, um mein schwellendes Geheimnis zu verdecken.

Die Ahornblätter hatten erst die Größe einer Kleinkinderhand, aber die Nachmittagssonne war so heiß wie ein Backofen. Seit einer vollen Woche hinkte der Kalender dem Wetter hinterher, so dass jeder sehen konnte, dass es Sommer war, aber die Schule trotzdem weiterging.

Imogene und Ruth, Ray und Louis gingen, ein wenig voneinander getrennt, den plattenbelegten Bürgersteig entlang.

»Tritt mitten rein, sonst bricht sich Mama 'n Bein«, sagte Louis.

Ruth sorgte sich. Galt das auch, wenn jemandes Mutter in Wirklichkeit seine Tante war? Sie achtete peinlich darauf, nicht auf die Fugen zu treten, und atmete auf, als der Bürgersteig endete und sie am Straßenrand gehen konnte, wie sie wollte.

Ray und Louis kickten einen Stein vor sich her, dass es nur so staubte.

»Ach, dieser ganze Staub«, sagte Imogene und wandte das Gesicht ab.

Darauf kickte Ray fester, um eine noch größere Wolke aufzuwirbeln.

»Wir sollten was machen«, sagte er.

»Genau«, bestärkte Louis ihn. »Machen wir was.«

»Wir sollten irgendwohin gehen.«

»Genau, gehen wir irgendwohin.« Louis blieb stehen, drehte sich um und wartete darauf, dass Imogene und Ruth aufholten. »Habt ihr Lust, irgendwohin zu gehen?«

»Wohin?«, fragte Imogene.

»Ich weiß nicht. Mal woandershin. Nicht immer nur zur Schule, nach Hause, zur Schule, nach Hause.«

Imogene sah Ruth an. »Wir wüssten einen Ort.«

Ruth runzelte die Stirn. »Nein, das geht nicht, Imogene«, flüsterte sie. »Das wär meiner Tante nicht recht.«

»Dann gehen wir eben ohne dich.« Imogene lief los und holte die Jungen ein.

Ruth sah ihnen nach, wie sie sich entfernten. Es tat ihr Leid, aber sie konnte sich nicht von der Stelle rühren. Sie wusste, dass sie Recht hatte.

Zehn Schritte, elf, zwölf, und dann kam Imogene zurückgerannt und packte sie an der Hand und zog.

»Bitte komm mit, Ruth. Ich will nicht ohne dich gehen. Bitte verdirb uns den Spaß nicht.«

Und so folgte ihnen Ruth, als sie den Pfad erreicht hatten, widerwillig in den Wald. Der Wald war grün, aber von einem zarten Grün, und das Blätterwerk war noch nicht zu einer dichten, undurchdringlichen Wand geworden, sondern bildete lediglich duftige, zart gerüschte Spitzenvorhänge. Die starren Äste trieben neue, grüne Schösslinge, und der Pfad war bedeckt von leuchtenden kleinen Brennnesseln und jungen Giftsumachpflanzen, die die Kinder mit ihren schweren Schuhen leicht zertraten.

»Wir müssen das Boot nehmen«, sagte Imogene wichtigtuerisch und legte eine Hand auf den Dollbord. »Wir steigen ein, und dann schiebt ihr Jungs es ins Wasser«, bestimmte sie.

Die Jungen gehorchten und kletterten dann, mit nassen Füßen, an Bord, aber es war Ruth, die die Ruder in die Dollen einhängte und zu rudern begann. Schließlich gehörte das Boot ihrer Familie.

Dann glitt Louis neben sie auf die Bank. »Komm, lass mich das machen«, sagte er. Und sie ließ ihn.

Und so zickzackten sie langsam auf die Insel zu.

Imogene saß vorn. »Mal sehen, wie das Wasser ist«, verkündete sie und ließ die Finger über die Bordwand hängen. »Traumhaft!«

»Ruth ist nämlich auf dieser Insel geboren«, sagte sie einen Moment später. »Und dort ist auch ihre Mutter ertrunken. Deswegen darf Ruth nicht ins Wasser gehen.«

Ruth warf ihr einen finsteren Blick zu. Imogene hätte diese Dinge nicht ausplaudern dürfen. »Sie ist gar nicht auf der Insel ertrunken.«

Imogene redete ungerührt weiter. »Na ja, klar, ich meinte nicht direkt auf der Insel, aber irgendwo hier draußen. Sie könnte genau hier untergegangen sein, genau an dieser Stelle.« Sie beugte sich über den Bootsrand und stach mit einem Finger ins Wasser.

Ruth musterte die Stelle. Man konnte ewig ins Wasser starren und sah doch nie tiefer als einen halben, höchstens einen Meter. Da unten konnte es ohne weiteres eine ganz andere Welt geben, und man würde sie nie kennen lernen.

Als sie klein war, hatte Ruth eine ganze Weile geglaubt, ihre Mutter sei so etwas wie eine Nixe geworden und lebe in einem Häuschen auf dem Grund des Sees. Tagsüber gefiel ihr diese Vorstellung, und sie spann sie endlos weiter – sie dachte sich für die Mathilda, die sie von der Fotografie auf ihrer Kommode her kannte, einen Algengarten und Nachbarn aus, stellte sich ein unterseeisches Postamt vor, wo Mathilda die Steine abholte, in die Ruth, noch bevor sie schreiben konnte, Botschaften für sie geritzt hatte. Im Schlaf aber verwandelte sich diese heitere Vision in einen Albtraum. Dann tauchten Hände aus den Wellen auf und griffen nach ihr, zogen sie bei den Füßen hinab, bei den Armen, bei den Haaren, und hielten sie unter Wasser, bis sie endlich nach Atem ringend, aufwachte.

Ruth blinzelte und sah zu Imogene auf. »Nein«, sagte sie. »Ich glaube nicht, dass es hier war.«

»Und jetzt?«, wollte Louis, auf die Ruder gestützt, wissen, »wo ruder ich jetzt lang?«

Sie waren fast an der Insel angelangt.

»Rechts herum um die Spitze«, sagte Ruth. »Da ist ein Strand.«

Sie zogen das Boot so weit sie konnten die kleine sandige Landzunge hinauf und wickelten zur Sicherheit die Fangleine um ein junges Bäumchen.

»He, gucken wir uns das Haus an«, schlug Ray vor.

»Es ist ganz mit Brettern vernagelt«, sagte Ruth.

Ray lief trotzdem vor und drückte gegen die Tür. »Es ist offen!«, rief er.

»Geht ihr nur rein«, sagte Ruth am Fuß der Verandatreppe. »Ich bin dann unten am Wasser.« Und während die anderen im Haus verschwanden, wandte sie sich ab und schlenderte wieder zum See.

Eine Weide wuchs so nah am Ufer, dass ihre Zweige über das seichte Wasser hingen und einen Baldachin bildeten. Ruth schlang sich eine Ranke um die Hand und hängte sich kurz daran, um zu prüfen, ob sie ihr Gewicht halten würde, und streckte dann den Kopf unter den Blättervorhang. Da unten schien das Wasser ruhiger und grüner zu sein. Das Geräusch, das die kleinen Wellen an den Felsen erzeugten, war lauter, während die Außengeräusche – das Gelächter und die Stimmen der anderen Kinder – gedämpft klangen. An genau so einem Ort würde eine Nixe wohnen, wenn es welche gäbe. Inzwischen wusste Ruth natürlich, dass es keine gab.

Und dann waren die anderen plötzlich wieder da.

»Da ist nichts drin«, erklärte Ray. »Nur ein Haufen Möbel und Kram.«

»Ich fand's da hübsch«, sagte Imogene loyal. »Wie kommt's, dass es offen ist, Ruth? Zieht ihr hier wieder ein?«

»Nein, nicht dass ich wüsste.«

»Vielleicht ist ein Landstreicher da eingestiegen«, meinte Louis.

»Ich wette, das ist ein Unterschlupf von Gangstern«, sagte Ray.

»Ist es nicht«, erwiderte Imogene. »Keine Angst, Ruth.«

Aber Ruth dachte noch immer an die Höhle unter der Weide und hatte gar nicht zugehört.

Louis zog sich die Schuhe aus. »Ich geh ins Wasser.«

»Ich auch«, sagte Ray und fing an, sich das Hemd aufzuknöpfen.

Die Jungen zogen sich bis auf ihre kurzen Hosen aus und rannten, schreiend, als sie auf den Felsen ausrutschten, um die Wette in den See.

»Ist gar nicht kalt!«, rief Ray. »Kommt schon!«

Ihren Rock schürzend, watete Imogene schon zögernd hinein. »Es ist *doch* kalt, Ray Johnson.« Sie drehte sich zu Ruth um. »Meine Mutter sagt, vor Juli ist das Wasser zum Baden einfach noch zu kalt. Sie würde Zustände kriegen, wenn sie wüsste, dass ich so früh im Jahr auch nur die Zehen reinstecke.« Doch sie watete weiter, tiefer und tiefer hinein, bis sie ausrutschte und sich aufplatschend hinsetzte. Die Jungen lachten, und sie lachte mit und strich sich die nassen Haare aus dem Gesicht. »Na ja, jetzt bin ich drin. Da kann ich wohl genauso gut schwimmen. Komm schon, Ruth. Komm mit mir rein. Es ist schön. Ehrlich.«

Louis blies einen dünnen Strahl Wasser zwischen den Zähnen hindurch. »Ja, komm schon, Ruth! Komm rein!«

Die anderen spritzten Wasser in Ruths Richtung und schrien um die Wette, immer lauter und lauter, aber als Ruth sich, kopfschüttelnd, dennoch nicht von der Stelle bewegte, verloren sie das Interesse.

»Guck, hier geht's steil runter«, sagte Ray und verschwand.

»Lass mich mal probieren«, meinte Louis, als Rays Kopf wieder auftauchte.

»Mal sehen, wer am weitesten unter Wasser schwimmen kann«, schlug Imogene vor. »Ich bin der Schiedsrichter.«

Von den herabhängenden Weidenzweigen wie von einem Cape eingehüllt, sah Ruth ihnen zu. »Du hast dich früher immer gern im Seichten unter der Weide versteckt«, hatte Tante Mandy Abend für Abend gesagt, wenn Ruth schon mit geschlossenen Augen im Bett lag. Das gehörte zu den Geschichten über »die alten Zeiten«, die sie Ruth zum Einschlafen erzählte. »Und deine Mama und ich haben dann gerufen: ›Wo ist Ruthie? Wo ist unser Mädchen?‹ Und irgendwann konntest du dich dann nicht mehr beherrschen. Du musstest lachen, und so haben wir dich gefunden. Wir haben dich jedes Mal gefunden.« Ruth bückte sich und band die Schuhe auf.

Langsam – die Augen auf die anderen drei gerichtet, um sich abzulenken und die Hände straff mit Weidenzweigen umwunden – schob Ruth die Füße zentimeterweise ins kalte Wasser. Jetzt führte Imogene ihre Schwimmkünste vor, wie ein Frosch im blaugrünen Wasser rhythmisch auf- und untertauchend.

Ruth watete vorsichtig in den See und ließ die vergessenen Sinneseindrücke wieder aufleben: das kühle Wasser auf der Haut, die algenglitschigen Steine unter den Füßen, die von der Sonne glitzernden Wassertröpfchen in den Wimpern. Tiefer und tiefer ging sie hinein, gegen die sanft widerstrebenden Wellen gestemmt, kräuselte die Oberfläche mit der flachen Hand, beugte die Knie, um zu spüren, wie das Wasser sich prickelnd und weich um ihre Oberschenkel schmiegte.

»He, Ruth kommt ja rein!«, schrie Louis.

Ray war gerade dabei gewesen, Imogene zu zeigen, wie man sich die Nase zuhält und einen Purzelbaum schlägt. »He, Ruth«, sagte er, »willst du schwimmen? Wir bringen's dir bei. Komm schon, das ist das Einfachste, was es gibt.« Sie kamen alle drei auf sie zu, wateten entschlossen heran, dass das Wasser sich V-förmig hinter ihnen teilte.

Wo war sie bloß? Amanda zog die Kante der Gardine ein Stückchen zurück, als hätten diese paar Zentimeter Stoff Ruths Gestalt verbergen können, die den Weg entlang auf das Haus zukam. Sie hätte schon vor einer Stunde da sein sollen, und jetzt grasten die Schafe schon praktisch im Garten, obwohl sie Ruth doch aufgetragen hatte, sie am Nachmittag zur unteren Weide zu treiben. Und plötzlich kam ihr ein Gedanke – kam mit einer solchen Wucht, dass sie fast taumelte. Sie wusste, wo Ruth war.

Und tatsächlich, als sie den See erreichte, war das Boot weg. Also würde sie wieder Joe Tullys Kahn nehmen müssen, dachte sie grimmig und marschierte am Ufer entlang weiter.

Das Ruderboot der Tullys schien lange nicht benutzt zu sein. Es war schmutzig, und an den Sitzbänken klebten Nacktschnecken, aber Amanda wischte sie mit ein paar Hand voll Gras weg und schob das Boot dann mit einem einzigen kraftvollen Stoß ins Wasser. Sie stieg so geschickt im allerletzten Moment ein, dass ihre Füße vollkommen trocken blieben. Sie ruderte verbissen, bis sie ihre Stimmen hörte, ein Gekreisch wie von Möwen, die sich um einen Fisch zankten. Und dann, als sie über die Schulter blickte, sah sie auf der anderen Seite der Insel einen kleinen dunklen Kopf, der auf dem Wasser dahinglitt, zwei Jungen, die den Schwimmer anfeuerten, und neben ihnen, im Wasser, Ruth.

Wie oft hatte sie Ruth schon eingeschärft, ja nicht in die Nähe des Sees zu gehen? Immer wieder im Lauf der Jahre hatten Carl und Mary Louise und sogar Joe Tully sie angebettelt, sie möge ihnen erlauben, Ruth schwimmen beizubringen. Dann, behaupteten sie, wäre sie sicher. Dann bräuchte man sich keine Sorgen mehr um sie zu machen. Aber das war eine törichte Hoffnung, wie Amanda sehr wohl wusste. Mathilda war wie ein Fisch geschwommen, und trotzdem war sie ertrunken. Vor dem Wasser würde Ruth nur sicher sein, wenn sie einen möglichst großen Bogen darum machte. Und jetzt stand sie mitten drin, bis zur Taille, und neben ihr zwei Jungen, die schmalen weißen Oberkörper herausfordernd entblößt.

Ruth hörte Amandas Stimme, noch ehe sie sie herankommen sah. »Was treibt ihr da?«, kam der Schrei, so wütend, dass sogar Imogene ihn nicht überhören konnte, obwohl ihre Ohren halb unter Wasser waren. Sie hielt inne und stellte die Füße auf den Boden. Alle vier starrten sie Amanda an, zu überrascht, um eine Antwort zu geben. »Was treibst du da?«, schrie sie noch einmal, diesmal direkt an Ruth gewandt.

»Ich ... ich schwimme«, erwiderte Ruth.

Amanda hörte aus dem Wasser neben dem Mädchen Mathildas Stimme aufsteigen.

Imogene lachte. »Na ja, so richtig schwimmen tut sie noch nicht. Aber wir bringen's ihr gerade bei.«

Amanda hörte aus dem Wasser neben Imogene Mathildas Lachen perlen. Sie sah die grinsenden Jungen an. Plötzlich, wie aus heiterem Himmel, fühlte Amanda eine maßlose Wut in sich aufsteigen, wie eine Woge tief in ihren Eingeweiden beginnend und dann immer mehr anwachsend, bis sie jede Vene und jede Arterie ausfüllte, bis selbst ihre Augäpfel und Fingerspitzen davon anschwollen. Sie hörte wie aus der Ferne ihre eigene Stimme, die Ruths Tonfall nachäffte:

»Schwimmen«, sagte sie. »*Ich* werd dich schwimmen lehren!«

Die Kinder starrten sie an, als sie sich wieder in Bewegung setzte und mit dem Heck voran auf sie zuruderte. Immer näher und näher kam sie heran, mit langen, wuchtigen Schlägen, die das Wasser bis ins Bootsinnere spritzen ließen. Erst die Jungen, dann auch Imogene, wichen Schritt für Schritt zurück, bis sie sich schließlich umdrehten und ans Ufer rannten. Ruth hingegen blieb reglos stehen und wartete.

Amanda ließ das Boot bis ins seichte Wasser treiben, bis ganz an das Mädchen heran, so nah, dass sich ihre Gesichter auf gleicher Höhe befanden und Ruth sehen konnte, wie sehr sich die Kiefernmuskeln ihrer Tante verkrampften. Sie konnte den Schweiß an ihrem Haaransatz erkennen und die feinen Linien, die den oberen Rand von Amandas Lippe wie winzige senkrechte Einschnitte säumten.

»Was …?«, war alles, was sie herausbrachte, bevor Amanda sich zu ihr hinüberbeugte und die Hand ausstreckte. Ruth griff danach.

»Steig ein«, sagte Amanda mit einem festen Ruck, und Ruth fiel vornüber ins Boot, mit dem Gesicht auf die Sitzbank. »Setz dich.«

Ruth hatte Angst – die Stimme klang überhaupt nicht wie die von Amanda –, doch sie gehorchte. Sie strich sich den nassen Rock über den Knien glatt und hielt die Augen auf das Wasser gerichtet, das vom Saum ihres Kleids hinabtroff und eine Pfütze um ihre Füße bildete.

Amanda ruderte los. Sie sah Ruth nicht an, sondern hielt den Blick über ihre Schulter hinweg starr auf die Insel gerichtet. Sie biss die Zähne zusammen und riss an den Rudern, bis die Adern wie Drahtseile an ihren Armen hervortraten. Sie fuhren weiter und weiter auf den See hinaus, aber Ruth sah nicht zurück.

Endlich hörte Amanda auf zu rudern. Sie hob die Ruder für einen Moment aus dem Wasser, um sie abtropfen zu lassen, ehe sie sie ins Boot legte. Dann stand sie auf und machte einen Schritt auf Ruth zu. Das Boot schaukelte heftig, und sie griff nach den Dollborden, um nicht das Gleichgewicht zu verlieren. Sie bewegte sich nicht, bis das Boot wieder ruhig lag, dann ging sie weiter auf Ruth zu. »Steh auf«, befahl sie, als sie vor ihr stand. »Rauf auf die Bank.«

»Nein. Was machst du da? Ich will nicht.«

»Rauf auf die Bank, hab ich gesagt.«

Langsam zog Ruth erst die Füße unter sich auf die Sitzbank und richtete sich dann langsam auf. Das Boot schaukelte, und sie ging wieder in die Hocke und hielt sich an den Dollborden fest.

»Steh auf, Ruth.«

»Aber Tante Mandy!«

»Ich muss dir eine Lektion erteilen, Ruth!« Ihre Stimme klang schrill, hysterisch. »Steh auf!«

Noch langsamer als das erste Mal stand Ruth wieder auf.

»Dreh dich um.«

Ruth drehte sich um. Amanda stand so dicht hinter ihr, dass Ruth sie, ohne sie zu berühren, spüren konnte. »Ich habe dir gesagt, dass du nicht ans Wasser sollst, Ruth.«

»Tut mir Leid.«

»Ich hab es dir gesagt, und du hast es trotzdem getan. Kann ich mich nicht auf dich verlassen, Ruth?«

Ruth schwieg. Die Sonne glitzerte und funkelte auf dem grünen Wasser in Rauten und Sternen, Lichtblitzen, die sie blendeten. Tu es, dachte sie. Na los. Tu's.

»Wenn du ans Wasser gehst, dann musst du eben schwimmen lernen.«

Amanda stieß kräftig zu, aber nicht so kräftig, dass Ruth nicht das Gleichgewicht hätte halten können, wenn sie es versucht hätte. Aber Ruth versuchte es nicht. Sie flog hinaus über das Wasser, den eigenen Schatten unter sich auf den Wellen, und endlich prallte sie auf.

Rauschend schlug das Wasser über ihrem Kopf zusammen und füllte Ohren und Augen. Es schmiegte sich um ihre Beine, um ihre Arme, um ihren Hals. Es zog sie tiefer und versuchte, sie sich an die Brust zu drücken. Einen Augenblick lang ließ sie es gewähren. Einen Augenblick lang sank sie.

Und dann geriet sie in Panik. Sie schlug um sich, kämpfte gegen das Weiche an, das keinen Widerstand leisten wollte. Sie strampelte und strampelte und fuchtelte mit den Armen, und endlich ging es wieder aufwärts.

Ihr Kopf brach durch die Oberfläche, und nach Luft schnappend verschluckte sie einen Mund voll Wasser. Erleichtert sah sie, dass Amanda direkt vor ihr stand, da im Boot, und aufs Wasser herabsah, sie beobachtete.

»Ich tu das um deinetwillen, Ruth. Ich muss dir schwimmen beibringen«, sagte Amanda noch einmal. Dann setzte sie sich auf die Bank und ruderte los, aufs Ufer zu.

In Ruths Panik mischte sich jetzt Verwirrung. »Bleib stehen!«, keuchte sie, und wieder lief ihr Wasser in den Mund. Sie drosch mit Armen und Beinen wild um sich. Ihre Füße verfingen sich in ihrem Kleid. Ihre Hände klatschten aufs Wasser. Aber sie war halbwegs beruhigt. Sie merkte jetzt, dass sie es schaffen würde, sich ein paar Augenblicke lang über Wasser zu halten – so lange, wie ihre Tante brauchen würde, um sie herauszufischen.

Aber Amanda fischte sie nicht heraus.

»Na los, schwimm!«, schrie sie und drückte die Ruderblätter in die Höhe.

Das Boot war nur ein paar Meter entfernt. Ruth strampelte und drosch um sich. Sie warf die Arme nach vorn, erst den einen, dann den anderen, und versuchte nach dem Boot zu greifen. Irgendwie begann sie, sich vorwärts zu bewegen. Der Streifen Wasser zwischen ihr und dem Boot wurde schmaler und schmaler, bis sie fast das Heck berühren konnte. Sie hob die Hand aus dem Wasser. Sie streckte sie aus und erwartete, dass Amanda danach greifen, sie retten, sie an Bord ziehen würde, aber Amanda tauchte die Ruder wieder ein, und das Boot glitt davon.

Das Spiel wiederholte sich unaufhörlich – Amanda ließ Ruth so nah heranschwimmen, dass sie fast den Bootsrand zu fassen bekam, und ruderte dann davon. Ruth schrie und schluckte das grün schmeckende Wasser; sie flehte Amanda an, stehen zu bleiben, sie zu retten, aber Amanda wandte nur den Kopf zurück, um sich zu orientieren und um die Tränen an ihrer Schulter abzuwischen, und ruderte weiter.

Als sie fast das Ufer erreicht hatten, hörte Ruth auf zu schreien. Sie war inzwischen zu erschöpft, zu durchgefroren. Endlich hob Amanda die Ruder ins Boot. Sie saß regungslos da, bis Ruth längsseits des Bootes herankam, und dann lächelte sie und reichte ihr die Hand. Amanda beugte sich mit ausgestreckter Hand lächelnd zu Ruth hinunter, aber Ruth schwamm weiter.

Irgendwo auf der anderen Seite des Boots hüpfte ein Fisch. Ruth hörte seinen Körper schwer ins Wasser klatschen. Auch Amanda hörte es, und erschrocken wandte sie sich instinktiv nach dem Geräusch um. Als Ruth sah, dass Amanda sich umdrehte, atmete sie tief ein und ließ sich sinken. Sie tauchte unter und kam erst hinter dem Weidenvorhang wieder an die Oberfläche.

Die kleinen Wellen gluckten laut an den Felsen, und Tupfen von Sonne fielen zwischen den Blättern hindurch und übersprenkelten das Wasser mit tanzenden Pünktchen und Splittern aus Licht. Das Kinn auf die Knie gestützt, saß sie auf dem Grund des Sees. Durch die Ranken sah sie Amanda auf den Fleck starren, wo sie eben noch gewesen war. Sie sah ihr vor Ungläubigkeit und Angst verzerrtes Gesicht.

Da sprang Amanda auf und stürzte sich seitlich aus dem Boot. Eines der Ruder fiel mit ihr heraus. Und jetzt fuchtelte *sie* mit den Armen, tauchte, zerkrallte das Wasser, ohrfeigte die Luft. »Ruth!«, schrie sie. »Ruth, komm zurück!« Doch Ruth gab keine Antwort. Sie wünschte sich, sie hätte sich von Amanda retten lassen können, doch es war zu spät. Sie ertrank nicht mehr. Dann endlich teilte sie den Vorhang aus Weidenzweigen und watete durchs Wasser, nicht anmutig wie Imogene, sondern mit wildem, unbeholfenem Geplantsche, das sie dennoch voranbrachte. Sie trat das Wasser hinter sich schaumig, so dass alle sehen würden, dass sie schwimmen konnte.

11

Amanda

Mattie sagte nicht »Wie konntest du nur«, wie ich es getan hätte. Das war nicht ihre Art, und ich bedauerte es fast. Es war schwer, das alles, die Selbstvorwürfe und die Schuldgefühle, ganz allein tragen zu müssen. Manchmal hatte ich das Gefühl, mich unter der Belastung kaum noch vorwärts schleppen zu können.

»Wer ist es?«, wagte es Mattie stattdessen zu fragen.

Beim Gedanken an ihn und an das, was er mir angetan hatte, stieg mir die Galle hoch. »Das spielt keine Rolle«, sagte ich zu ihr. »Ich werde ihn nie wieder sehen, wenn ich es irgendwie verhindern kann.«

Und wenn ich vielleicht andere Hoffnungen gehegt hatte, wenn ich mich ein-, zweimal danach gesehnt hatte, er würde plötzlich vor mir stehen und mich in die Arme schließen und mir eine Geschichte erzählen, die alles irgendwie wieder gut machen würde, so wusste ich doch in dem Augenblick, als ich diese Worte sagte, dass es niemals so sein würde.

Danach sprach Mathilda zwei Tage lang sehr wenig mit mir, aber am dritten Abend stand sie plötzlich in der Tür zu meinem Zimmer und weinte. »Arme Amanda! Es muss so furchtbar für dich sein!«

»Es ist meine eigene Schuld. Wenn ich mich richtig verhalten hätte, wäre das nicht geschehen.« Doch dann weinte ich auch. Was würden wir nur tun, dieses Andere und ich?

Mattie kroch zu mir ins Bett, und wir schliefen zusammen ein, wie wir das früher getan hatten, als sie ein kleines Kind war und Trost brauchte.

Am Morgen darauf eröffnete sie mir, dass sie einen Plan habe. »Wir werden sagen, wir hätten es gefunden.«

»Wo gefunden?«

»Ach, irgendwo, spielt doch keine Rolle. Sagen wir, ein Mädchen ist zu uns gekommen. Ja, sie wusste, dass du Krankenschwester bist, also hat sie sich an uns um Hilfe gewandt. Ein armes Farmarbeitermädchen. Aber es war eine furchtbare Geburt. Ja, die schlimmste, die du in all den Jahren als Krankenschwester erlebt hast.«

»Das waren nur drei.«

Sie schüttelte ungeduldig den Kopf. »Spielt doch keine Rolle. Es war eine schrecklich schwere Geburt, und sie hat geblutet und geblutet. Und du hast dein Bestes getan. Du hast absolut alles Menschenmögliche getan, aber es war umsonst.« Ihr Kopf fiel dramatisch vornüber, und in ihren Wimpern glitzerten Tränen. »Und es war sonst niemand da, absolut niemand, der dieses arme Würmchen hätte zu sich nehmen können, also hast du es zu mir gebracht. Weil du nämlich wusstest, dass ich Mitleid mit ihm haben und es zusammen mit meiner Tochter aufziehen würde, als sei es mein eigenes.«

Eine Zeit lang protestierte ich, das könnte ich unmöglich von ihr verlangen. Ich würde einen anderen Ausweg finden, beteuerte ich; ich könne sie nicht in diese Sache hineinziehen. Aber hatte ich das nicht bereits getan? Als ich sie überredet hatte, mit mir auf die Insel zu ziehen, hatte ich da nicht gehofft, dass sie irgendwie für mich sorgen würde, so wie ich früher immer für sie gesorgt hatte?

Als Mathilda mir ihren Plan auseinander setzte, schien die Last von mir genommen. Vielleicht hatte ich unser Leben doch nicht verpfuscht. Ich würde außer für Ruth auch für dieses Baby Tante Mandy sein. Ich würde es auf dem Schoß halten und es in den Schlaf wiegen. Ich würde es auf das weiche Köpfchen küssen und ihm zählen beibringen und es vor der ganzen

Welt beschützen. Und ich selbst würde auch in Sicherheit sein. Niemand würde je erfahren, was ich getan hatte.

Zum ersten Mal, seit wir auf der Insel waren, kniete ich mich mit Ruthie und Mattie auf den grünen Teppich neben Mathildas Bett und flüsterte die Worte, die sie sprachen, lautlos mit: »Müde bin ich, geh zur Ruh'.« Schlafen konnte ich danach allerdings nicht. Ich war einfach zu erleichtert. Zum ersten Mal freute ich mich auf dieses Kleine, das jetzt in mir strampelte, als ob es – als ob er oder sie sich gleichfalls freute.

»Mathilda wird deine Mama sein«, flüsterte ich und streichelte meinen festen runden Bauch, »aber ich werde dich immer lieben.« Und ich spürte wirklich, dass ich jetzt im Stande sein würde, dieses ruhelose Geschöpf zu lieben. »Na los«, sagte ich. »Tanz!«

Nachdem ich eine Stunde und mehr wach gelegen hatte, weckte ich Mathilda. »Gehen wir mit Ruthie schwimmen.«

Während Mattie und Ruth im Seichten plantschten, schwamm ich weit hinaus auf den See. Ich drehte mich auf den Rücken, so dass mein Bauch wie ein blasses Inselchen aus dem schwarzen Wasser aufragte, und lächelte zum milchweißen Mond empor.

Anschließend bereitete ich uns einen Festschmaus zu: Berge von Stampfkartoffeln und knusprige Speckstreifen und in Sahne ertränkte Himbeeren. Ruth schlief über ihren Himbeeren ein, aber der östliche Himmel war schon perlgrau, als Mattie und ich endlich, erschöpft, wieder in unsere Betten krochen.

Es war falsch gewesen, was sie mit Ruth getan hatte, sie so ins Wasser zu stoßen. Amanda versuchte sich mit dem Gedanken zu beruhigen, dass das Mädchen jetzt wenigstens schwimmen konnte, aber insgeheim wusste sie, dass es ihr damals nicht darum gegangen war, ihr beizubringen, sich über Wasser zu halten. Worum es ihr gegangen, was ihr wirkliches Motiv gewesen war, konnte sie selbst nicht genau sagen, und das machte ihr Angst. Ab und zu ertappte sie sich dabei, dass sie verstohlen nach oben schaute. Was würde Mathilda wohl denken?

Sie hatte Ruth wieder an sich binden wollen; so viel war ihr klar. Ruth gehörte ihr, nicht diesen Jungen, nicht einmal Imogene. Amanda geriet noch immer in helle Empörung, wenn sie sich die Szene von damals vergegenwärtigte, das alberne Geplantsche der Kinder, ihre schrillen Stimmen. Selbst heute noch, nach drei Jahren, musste sie sich schütteln, um die Bitterkeit loszuwerden, die sie damals erfüllt hatte. Wie hatte Ruth sie wegen dieser anderen verraten können? Ihr und Ruth war es bestimmt, gemeinsam dem Wasser zu trotzen, das ihnen alles genommen hatte. Aber stattdessen beschlich Amanda das vage Gefühl, dass der See sie ihr möglicherweise noch einmal entrissen hatte. Seit jenem Nachmittag war ihr Ruth – das Kind, das sie einst wieder ins Leben zurückgeholt, das sie blutend vom Fuß der Treppe aufgehoben hatte, das die Schule ihr hatte vom Busen reißen müssen – mehr und mehr aus den Händen geglitten.

Meist ging Ruth bei ihren Fluchten diskret vor – brauchte lediglich mehr Zeit als früher für ihre Arbeiten in der Scheune, zog den Heimweg von der Schule etwas mehr in die Länge, fragte ihren Vater um Rat, wo sie sich früher an Amanda gewandt hätte, immer an Amanda. Ein anderer hätte die Veränderung möglicherweise gar nicht bemerkt, aber Amanda schon. Sie wusste, dass sie darauf mit keinem Wort reagieren durfte, wusste, dass sie das Mädchen einfach machen lassen sollte – früher oder später würde sie schon zurückkommen –, aber es war ihr unmöglich. Immer wieder ertappte sie sich dabei, wie sie fast gegen ihren Willen die Hand nach Ruth ausstreckte, aber jedes Mal, wenn sich ihre Finger schlossen, schienen sie sich in Krallen zu verwandeln, und das Mädchen, das einst so an ihr gehangen hatte, wich vor ihr zurück.

Aber es würde nicht ewig so weitergehen, dachte Amanda; es war gar nicht möglich. Und in der Zwischenzeit hatte Ruth ihr Imogene ins Haus gebracht.

»Mädchen!«, rief Amanda vom Fuß der Treppe aus und trocknete sich mit dem Ärmel das Gesicht ab. Die beiden hatten versprochen, ihr beim Einmachen der Tomaten zu helfen, und jetzt kochte das Wasser, die Küche war schon voller Dampf.

Es machte ihr Freude, sie zu rufen, zu wissen, dass die beiden zusammen in diesem, ihrem Haus schliefen, wie sie es von Anfang an hätten tun sollen. »Mädchen«, rief sie noch einmal, jetzt mit einem ungeduldigen Unterton in der Stimme. »Ihr wollt doch wohl nicht den ganzen Tag verschlafen!«

Noch immer keine Antwort. Amanda stieg die Treppe hinauf und öffnete die Tür von Ruths Zimmer. Wenn Ruth wach war, erschien ihr sechzehnjähriges Gesicht, aus dem langsam die kindlichen Rundungen verschwanden, Amanda fast wie ein Affront – als ob auch diese Entwicklung Teil von Ruths Anstrengungen wäre, sich in einen Menschen zu verwandeln, den ihre Tante nicht wieder erkennen würde. Weltvergessen aber, wie sie jetzt in sich zusammengerollt dalag, war sie noch immer das kleine Mädchen, das Amanda so gut kannte. Und hier war Imogene, ihr Augenstern, und sah gleichfalls jünger aus, als sie in Wirklichkeit war, und ließ einen Fuß über die Bettkante baumeln. Amanda nahm ihn behutsam in die Hand.

Wer weiß, wie absonderlich Ruth hätte werden können, wenn sie, von diesen grässlichen Schulkindern wie eine Aussätzige behandelt, sich selbst überlassen geblieben wäre? So aber hatte Imogenes Anerkennung bewirkt, dass sie mittlerweile in der Schule, wenn schon nicht beliebt, so doch akzeptiert war, und dadurch hatte sie auch gelernt, ein wenig darauf zu achten, was andere – und nicht nur Amanda – über sie dachten. Sie hatte angefangen, sich die Haare zu kräuseln und wie ein ganz normales Mädchen zu lächeln. Sie wollte sich sogar einen Bubikopf schneiden lassen. Auch wenn Amanda das zugleich verängstigte und grimmige Kind, das scheinbar nur an ihr gehangen hatte, vermisste, wusste sie, dass diese Veränderung nur gut war, und sie empfand Dankbarkeit gegenüber diesem Mädchen, dessen Fuß sie in ihrer Hand hielt.

»Wach auf, Imogene«, sagte Ruth plötzlich und hob den Kopf vom Kissen, wodurch sie dem Mädchen einen solchen Schrecken einjagte, dass es nach Luft schnappte und den

Fuß aus Amandas Hand riss. »Wir sind wach«, sagte Ruth zu Amanda. »Du kannst wieder runtergehen.«

Amanda aber ging in Carls Zimmer und machte sein Bett, räumte dann ihr eigenes Zimmer auf und lauschte dem Geplauder der Mädchen, die sich derweil anzogen. Sie schüttelte gerade energisch Kissen auf, als sie Imogene in der Tür stehen sah.

»Normalerweise kämmt mir meine Mutter die Haare«, sagte das Mädchen. »Würden Sie das bitte machen?« Sie hielt ihr die Bürste hin.

Amanda setzte sich aufs Bett und klopfte einladend auf den Platz neben sich. Als sie die Bürste nahm, zitterte ihr die Hand, beruhigte sich aber wieder, als sie begann, damit über Imogenes Haar zu fahren. Es war himmlisch, dieses Haar zu bürsten, es zu fühlen und zu riechen, so nah und so weich. Imogene aber wurde zunehmend unruhiger. Zu wohlerzogen, um etwas zu sagen, rutschte sie unbehaglich hin und her.

»Soll ich dir Zöpfe flechten«, fragte Amanda, »so wie ich früher immer Ruths Mutter frisiert habe?«

»Wie auf dem Bild?«

»Ja.«

»Gut.« Imogene nickte zufrieden.

Am Abend zuvor hatten sich die beiden das Bild auf Ruths Frisierkommode angesehen und Amanda gebeten, die Geschichten über Mathilda zu wiederholen, die sie früher Ruth erzählt hatte. Das Bild zeigte die zwei Schwestern, wie sie in ungezwungener Haltung auf dem Rand der Veranda saßen. Amanda erinnerte sich, wie ihre Mutter auf dem Hof gestanden hatte, den Kopf über ihre neue Brownie-Kamera gebeugt.

»Schaut her zu mir«, hatte sie ihnen zugerufen, und Amanda hatte gehorcht, aber Mattie war im letzten Moment durch irgendetwas abgelenkt worden – das Gebell eines Hundes oder ein flatterndes Huhn, oder vielleicht auch bloß ein tanzendes Licht im Flieder, wer konnte das jetzt noch sagen? Ihre Mutter hatte das Foto wegen Mathildas Unaufmerksamkeit als misslungen betrachtet und es hinten in ein Album gesteckt, ohne sich auch nur die Mühe zu machen, es mit schwarzen Papierecken einzukleben.

Carl allerdings hatte das Bild gefallen. »Das ist typisch sie«, hatte er gesagt und freundlich hinzugefügt: »Und du bist auch sehr gut getroffen, Amanda.« Er hatte das Foto vergrößern lassen und es Ruth, hübsch in Holz gerahmt, zu ihrem zwölften Geburtstag geschenkt – dem Alter, in dem Mathilda, soweit Amanda sich erinnern konnte, zur Zeit der Aufnahme selbst gewesen war.

»Wo ist Dad?«, fragte Ruth, als sie endlich alle in der Küche versammelt waren. Carl war in letzter Zeit selten da, wo er eigentlich hätte sein sollen, und seine Abwesenheiten beunruhigten sie.

Amanda gab es vor Eifersucht einen Stich, und sie verbrannte sich gleichzeitig die Finger, als sie ein frisch sterilisiertes Einmachglas aus dem siedenden Wasserbad hob. »Wenn du rechtzeitig aufgestanden wärst, um mir zu helfen, dann wüsstest du es jetzt«, erwiderte sie ärgerlich. »Er ist mit Rudy rüber nach Slinger gefahren, um sich einen neuen Traktor anzusehen.«

Auch Carl war gereizt. »Einen ganzen Vormittag vergeudet«, murrte er, als er und Rudy sich schon wieder auf der Heimfahrt befanden. In letzter Zeit hatte er überhaupt nicht mehr geschlafen, denn sobald er die Augen schloss, öffnete sich der Vorhang zu einer Szene, die er einmal geträumt und seitdem nie wieder vergessen hatte: Mathilda, die in einem dunklen Abgrund versank, Arme und Beine zuckend verdreht, eine Haarsträhne von ihrem Gesicht emporwallend, so dass ihr Mund sichtbar wurde – ob zum Schrei oder Gelächter aufgerissen, war nicht zu erkennen.

»Tja, da kann man nichts machen.« Rudy war gleichfalls der Meinung gewesen, dass der Traktor den Preis nicht wert sei.

»Ich mag's halt einfach nicht, Zeit zu verschwenden. Und wir brauchen einen Traktor.«

Aber sie konnten sich keinen Traktor leisten – selbst wenn

der Farmer sich mit einem reelleren Preis einverstanden erklärt hätte. Es war idiotisch gewesen, den Sprit für die Fahrt auszugeben, nur um sich das Ding anzusehen. Weiss und noch ein paar andere hatten kürzlich davon geredet, Milch auf die Watertown Plank Road zu kippen. Nicht dass Carl annahm, sie würden es tatsächlich tun – aber andererseits, warum eigentlich nicht? Die Preis waren zurzeit so niedrig, dass es mehr kostete, die Kühe zu füttern, als die Milch anschließend einbrachte. Amanda hatte sogar vorgeschlagen, er solle sich vielleicht für den Winter – wenn die Farm, wie sie sagte, ohnehin fast von selbst funktionierte – irgendeine Arbeit suchen. Carl hatte das Gefühl, dass es ihr Freude bereitete, darauf hinweisen zu können, wie entbehrlich er war.

Aber nein – er schüttelte den Kopf und versuchte, die Situation realistischer zu betrachten –, das war jetzt nicht fair. Schließlich bat sie ihn damit ja gerade um seine Mithilfe. Sie hatte wieder angefangen, als Krankenschwester zu arbeiten, assistierte Dr. Karbler bei Entbindungen und half Hattie Jensen, nach ihrem Sturz wieder auf die Beine zu kommen. Und sogar Ruth hatte an der Kreuzung einen Stand aufgebaut, an dem sie nach der Schule Gemüse und Kuchen zum Verkauf anbot. Er sollte gleichfalls seinen Teil beitragen, wenigstens Ruth zuliebe. Aber das war ihm nicht möglich. Nicht, wenn es bedeutete, die Farm zu verlassen, und sei es auch nur für ein paar Monate. Nicht mit Mathilda, die hinter jedem Baum und aus jedem Schrank heraus spöttisch nach ihm rief: »Find mich doch!«

Er dachte an das Inselhaus. Vor einer knappen Stunde, während er finster auf den hoffnungslos verdreckten Motor des Traktors gestarrt hatte, war ihm eine Stelle wieder eingefallen, ein kleiner Hohlraum unter einer lockeren Diele in der Küche, wo sich früher ein Beißring von Ruth versteckt hatte. Er hatte an dieser Stelle schon nachgesehen, aber jetzt wurde ihm bewusst, dass er dies nicht wirklich gründlich getan hatte – zumindest konnte er sich problemlos vorstellen, wie ein Foto oder ein Brief da hochkant hineingerutscht sein konnten, so dass man sie nur finden würde, wenn man auch wirklich wusste, wo man hinschauen musste. Sobald sie zu Hause waren, würde er hinausrudern und diese Stelle noch einmal genau inspizieren.

Rudy legte den Ellbogen in das offene Fenster und betrachtete die vorüberziehenden Felder. Wann war Carl eigentlich so geworden, so ungeduldig, so leicht aus der Bahn zu werfen? Es hatte keinen Zweck, mit ihm zu reden, wenn er sich wie ein Pferd mit einer Klette unterm Sattel aufführte.

Als die Männer vorfuhren, saßen die Mädchen auf der Veranda und schälten Maiskolben. Das war eine nette Freundin für Ruth, diese Imogene. Er machte sich Sorgen um Ruth, dass sie, als einziges Kind auf der Farm, hatte einsam aufwachsen müssen. Es wäre schön gewesen, wenn er und Mattie noch ein zweites gehabt hätten. Er knallte die Tür des Lasters hinter sich zu und ging über den Hof zur Pumpe, um sich zu waschen. Das kühle Wasser tat ihm gut, und er spritzte sich etwas davon auf den Kopf und fuhr mit den gespreizten Fingern durch die Haare.

»Alles in Ordnung bei euch Mädchen?«, rief er über den Hof hinweg. Dann redete er gleich weiter, ohne ihnen Gelegenheit zu einer Antwort zu geben: »Ist Tante Mandy im Haus?«

»In der Küche«, erwiderte Ruth. »Wo ist der Traktor?«

»Hat nichts getaugt«, meinte Carl kopfschüttelnd und mit zusammengezogenen Augenbrauen. Er ging auf die Veranda zu.

In der Ferne bellte ein Hund, und Imogene wandte sich nach dem Geräusch um.

Auf halbem Weg zum Haus blieb Carl stehen. Irgendetwas Undefinierbares streifte den Rand seines Bewusstseins.

»Was ist los, Dad?«

Doch Carl gab keine Antwort. Er starrte auf Imogene, ihr Profil und ihre Zöpfe. Sie hatte etwas Befremdliches an sich – nein, etwas befremdlich Vertrautes. Dann richtete sie den Blick über den Hof hinweg auf ihn, und plötzlich kam ihm die Erkenntnis. Er hätte es niemals bemerkt, wenn sie näher gewesen wäre, wenn sie keine Zöpfe gehabt und nicht exakt da gesessen hätte, wo Mattie an dem Tag saß, als das Bild aufgenommen wurde. Ihm war niemals aufgefallen, dass Imogene Mattie war, eine junge Mattie, jünger, als er sie je gekannt hatte. Sie war die Mattie auf dem Foto.

Ohne ein Wort machte Carl kehrt und ging zurück zum Laster. Er stieg ein, setzte auf den Rasen zurück und wendete. Dann fuhr er wieder die Straße zurück, eine dichte Staubwolke hinter sich aufwirbelnd.

Das Glöckchen über der Tür des Anglerladens bimmelte, und Carl blieb einen Moment mitten im Raum stehen, bis sich seine Augen an das Dämmerlicht gewöhnt hatten.

»Carl!«, rief Mary Louise, als sie aus dem Hinterzimmer kam. »Schön, Sie zu sehen.« Sie lehnte sich lächelnd an die Ladentheke. Und als er weiter da stand und nichts sagte, fragte sie: »Sind Sie nur vorbeigekommen, um hallo zu sagen?«

»Nein.« Sich zusammenreißend, ging Carl hinüber zu den Eimern und Bottichen voll Köder und sah zerstreut hinein.

»Dann haben Sie also endlich doch angefangen zu angeln?«

»Nein«, sagte er wieder. Aber er ging weiter unentschlossen im Laden herum, fasste hier was an, da was an, und vermied es, Mary Louise anzusehen. Er blieb links von ihr am Ladentisch stehen und fing an, die Schublädchen des Kastens aufzuziehen.

»Suchen Sie etwas Bestimmtes?«

»Ja. Nein. Ich nehm den hier«, sagte er und zog aus einer Schublade einen Angelhaken, der sich ihm ein wenig in den Finger gebohrt hatte.

Mary Louise streckte die Hand danach aus. »Ich hoffe, meine Tochter benimmt sich«, sagte sie in einem Ton, der diesbezüglich keine Zweifel verriet. »Ich finde es schön, dass die beiden so gute Freundinnen sind. Genau wie Mandy und ich. Ich wünschte, wir hätten noch so viel Zeit füreinander wie früher.«

Bevor Mary Louise weiterreden konnte, unterbrach Carl sie. »Genau über Imogene wollte ich mit Ihnen reden.«

Mary Louise erstarrte und verkrampfte die Hand mit dem Wechselgeld. »Es ist doch nichts passiert, oder?«

»Nein, nein, nichts dergleichen. Nein, tut mir Leid.« Carl hob die Hände beschwichtigend in die Höhe und schüttelte den Kopf. »Ich glaube ...«, fing er an und verstummte dann. Er setzte noch einmal an: »Sie hat so etwas an sich. Ich meine, ist das sonst niemandem aufgefallen? Ihr Haar. Ihre Nase.«

Carl glaubte, sich so klar ausgedrückt zu haben, dass er, als Mary Louise ihn völlig ratlos ansah, eine plötzliche Erleichterung, ja Fröhlichkeit verspürte. Er lächelte. »Ach, ich bin ja verrückt. Ich muss verrückt sein«, wiederholte er innerlich aufatmend. »Wie konnte ich nur auf so einen verrückten Einfall kommen? Und dann ...« – er fuhr sich mit der Hand über das Gesicht, von der Stirn bis hinunter zum Kinn – »... hier hereinzuplatzen und Dummheiten zu reden! Natürlich sind Sie ihre Mutter. Na ja«, er zuckte die Achseln, »ich könnt's Ihnen kein bisschen übel nehmen, wenn Sie mich jetzt einfach hinauswerfen würden.« Er schüttelte den Kopf, erstaunt über die eigene Taktlosigkeit, aber mehr als alles andere erfreut, unendlich erfreut festzustellen, dass er sich getäuscht hatte. »Es ist nur ...«, versuchte er zu erklären, »Amanda hat doch dieses Bild ...« Er brach ab und sah auf die Theke hinunter, schüttelte weiterhin den Kopf über seinen Irrtum und wusste nicht, was er noch sagen sollte, ehe er festgestellt haben würde, ob sie wütend war oder ob sie lachen oder – wie so viele in letzter Zeit – ihn fragen würde, was eigentlich in ihn gefahren sei. Und zugegeben, es war wirklich eine Frage, über die sich nachzudenken lohnte. Man brauchte sich doch nur anzusehen, was für ein Leben er in letzter Zeit geführt hatte, wie er sich von diesen fixen Ideen mal hierhin, mal dorthin hatte zerren lassen.

So mit seinen eigenen Gedanken beschäftigt, bemerkte Carl nicht, dass Mary Louise die ganze Zeit regungslos, mit angstvoll aufgerissenen Augen dagestanden hatte. Zuletzt schien sie fast vornüber zu fallen und klammerte sich mit beiden Händen an die Theke, um sich aufrecht zu halten. »Sie werden Imogene nichts davon sagen. Carl, versprechen Sie mir, dass Sie Imogene nichts davon sagen.«

Carls Haut begann zu prickeln. Er versuchte zu sprechen,

aber er bekam keinen Ton heraus. Er schaffte es fast nicht, ihr in die Augen zu sehen und leicht den Kopf zu schütteln.

Mary Louise kam um den Ladentisch herum und legte Carl die Hand auf den Arm. »Sie müssen das verstehen, Carl. Sie ist unser Kind. Sie hat nie jemand anders gehabt, von Anfang an nicht. Es war eine schreckliche Geburt, hat Amanda gesagt, die schlimmste, die sie je miterlebt hatte, in all den Jahren als Krankenschwester. Das arme Ding hat kaum noch eine Stunde gelebt.«

»Wer?«, brachte Carl mühsam heraus.

»Diese arme Farmarbeiterin.« Sie redete so, als wüsste er ganz genau, von wem sie sprach, als wäre er in die ganze Geschichte eingeweiht und als tauschten sie jetzt lediglich Erinnerungen aus. »Die, die sie bekommen hat. Ich weiß nicht mehr, auf wessen Farm sie arbeitete – irgendwo drüben bei Nashotah, glaube ich. Es muss eine lange Fahrt mit dem Einspänner gewesen sein, denn Ruth war praktisch steif gefroren, als sie hier angekommen sind. Es muss furchtbar gewesen sein. Die Geburt, meine ich. Sie hätten das Blut an Amandas Händen sehen sollen. Aber wissen Sie«, sagte sie, flüsternd jetzt, »sie hätte das Baby sowieso nicht behalten können. Kein Ehemann da.«

»Kein Ehemann da«, wiederholte Carl.

Einen Augenblick lang standen sie sich schweigend gegenüber, und dann fuhr Mary Louise fort. Sie wirkte erleichtert darüber, sich die Sache von der Seele geredet zu haben. »Es wundert mich, dass Amanda Ihnen von dem Mädchen und der ganzen Sache erzählt hat. Sie war so fest entschlossen, den Namen der Mutter geheim zu halten. Um die Familie zu schonen, Sie wissen schon. Und das war uns nur recht. Für uns war es wie ein Wunder, dieses Baby behalten zu können. Das war alles, was uns interessierte. Und ich danke Gott täglich dafür.«

»War Mattie dabei?«

»Was?«

»War Mattie dabei, als Amanda Ihnen das Baby gebracht hat?«

»Nein, Carl. Das war die Nacht ... Amanda hatte Ruth bei

sich. Ich hab's Ihnen doch gesagt, die Kleine war eiskalt. Wir mussten ihr ein heißes Bad machen, ihr Brühe einflößen. Und als Amanda wieder auf die Insel kam, war … war Mattie verschwunden.«

»Warum war Ruth nicht bei ihrer Mutter?«

»Ich weiß es nicht. Vielleicht fühlte sich Mattie nicht ganz wohl? Oder vielleicht waren Amanda und Ruth an dem Tag zusammen in Oconomowoc gewesen. Das würde erklären, warum sie dann bei einer Entbindung drüben in Nashotah geholfen hat. Wie auch immer, Amanda hat's mir damals glaub ich erklärt, aber ich erinnere mich jetzt nicht mehr. Es erschien mir unwichtig, nach allem, was passiert war.«

Carl spürte, wie seine Beine sich in Richtung Tür zu bewegen begannen, aber Mary Louise kam um den Ladentisch herum und verstellte ihm den Weg. Jetzt war der ängstliche Ausdruck wieder da. »Sie werden Genie nichts davon sagen. Sie haben es versprochen.«

»Nein, ich sag nichts. Ich verspreche, dass ich ihr nichts sage.« In seiner Eile wegzukommen drängte er sie praktisch beiseite.

Während er fuhr, hüpften und schossen seine Gedanken herum wie Fische an der Angel. Diese hanebüchene Geschichte, Mathilda sei verschwunden, im Eis eingebrochen. Es war kein armes Farmarbeitermädchen ohne Ehemann gewesen, das bei der Entbindung gestorben war – Mathilda war es gewesen. Und Mathilda *hatte* einen Mann gehabt, o ja, aber er war nicht der Vater dieses Kindes. Die Sache war Carl jetzt völlig klar. Dieses Baby, diese Imogene, hatte Mathilda getötet, das Kind dieses anderen Mannes. C. J. O.

Er schlug mit den Handflächen auf das Lenkrad, für jede Initiale einmal, und ließ den Laster schlingern, bis er mit einem Rad in den Straßengraben geriet und Carl nur mit Mühe verhindern konnte, dass er auf dem Acker landete. Außer Atem gab er wieder Gas und raste die erste steile Böschung des Hog's Back hinauf. Lügnerin! Amanda war eine solche Lügnerin! Hielt sie ihn eigentlich für einen Vollidioten? Aber er *war* ja ein Idiot gewesen. Trotz seiner Zweifel, trotz seiner Nachforschungen, hatte er ihr die Geschichte geglaubt. Er hatte darauf vertraut, dass er den Beweis, nach dem er so zwanghaft gesucht hatte, niemals finden würde.

Als er den Kamm eines weiteren Hügels erreicht hatte, schlug er die Hände vors Gesicht, als könne er sich vor der Beschämung verstecken. Dreizehn Jahre lang hatte er Mathildas Land bearbeitet, ihre Tochter aufgezogen, hatte ihretwegen das Leben geführt, das sie sich gewünscht hatte – und dabei war sie seiner Liebe überhaupt nicht würdig gewesen! Und Ruth, was wusste *sie*? Hatte sie auf dem Schoß dieses Mannes gesessen – so eines dreckigen, feigen Drückebergers, den man sie angewiesen hatte, »Onkel« zu nennen –, während ihre Mutter, voll und rund wie eine Melone, auf der Armlehne seines Sessels gehockt hatte?

Er brachte den Laster am Fuß von Holy Hill zum Stehen. Er stieg aus und ging die Stufen zur Kathedrale hinauf. Carl war kein religiöser Mensch. Von innen hatte er eine Kirche zuletzt in Frankreich gesehen, und auch da war er nur aus Neugier hineingegangen. Trotzdem berührte ihn die Atmosphäre sofort. Die Kühle und Stille dort schienen einer Welt anzugehören, in der sein innerer Aufruhr keinen Platz hatte. Sie lähmten ihn fast, und wie in Trance ging er zu einer Bank, wo er eine Kniebeuge machte – eine Angewohnheit aus seiner Kindheit – und dann sofort auf die Knie sank. Hinter ihm betete eine alte Frau, ein monotones, beruhigendes Gemurmel.

Carl legte die Stirn auf seine gefalteten Hände und verspürte eine plötzliche Müdigkeit. Die traurige Tatsache war, dass er sich an Mathilda nicht einmal deutlich genug erinnerte, um sie hassen zu können. Er dachte daran, wie jung sie gewesen war, wie naiv und bemüht, alles richtig zu machen. Monatelang war sie ganz allein gewesen, mehr als ein Jahr. Nach dem Tod ihrer Eltern musste es schrecklich für sie gewesen sein, nicht zu wissen, ob er überhaupt je zurückkommen würde. Wie konnte er sie dafür hassen, dass sie jemanden gebraucht hatte, der sich um sie kümmerte? Er wusste, dass sie ihre Tat bestimmt bereut hatte. Wie konnte er sie hassen, wo sie doch so grausam bestraft worden war?

Und C. J. O. – war *er* für das bestraft worden, was er ihr angetan hatte?

Carl schloss die Augen. Dort in der feuchten Kirche spürte er wieder die Kälte des Bodens, die ihm damals durch die Wolljacke bis ins Mark gekrochen war, sah die silbernen Bajonette und hörte Pete McKinleys verzweifelte Schreie abrupt im Geräusch von Stahl untergehen, der, wie ein Messer in einen Kürbis, durch Stoff und Fleisch gestoßen wird, und im Gegurgel von Blut, das in die Luftröhre dringt. Und während all dem hatte Carl stocksteif dagelegen, wie eine feige Ratte, aber sein Totstellen hatte ihm nichts genutzt. Sie waren nicht darauf reingefallen. Sie wandten sich zu ihm, erst der Eine, dann der Andere, zuletzt der Dritte. Sie gingen los, den Schützengraben entlang, auf ihn zu. Er sah die schiefen gelben Zähne desjenigen, der ihm am nächsten stand, desjenigen, der mit dem Bajonett ausholte, schon zustoßen wollte. Und dann fing die Granate an zu winseln. Er sah die Angst in ihren Augen aufblitzen, wie sie es vermutlich noch wenige Augenblicke zuvor in McKinleys Augen getan hatte. Und dann das Rot.

Carl riss den Kopf hoch. Er war im Knien eingeschlafen. Steh auf, steh auf, mach dich auf die Beine, dachte er, aber er wusste nicht, wohin er hätte gehen sollen. Langsam glitt er auf die Bank zurück. Die vor sich hin murmelnde Frau war nicht mehr da. Er betrachtete die an die Wand gehängten Krücken, die die von Christus geheilten Pilger zurückgelassen hatten. Er stand auf und rieb sich ein paar Mal die Knie, bevor er wieder auf den Mittelgang hinaus trat. An der Tür zündete er schuldbewusst eine Kerze für Mathilda an; er hätte das längst tun sollen. Er hätte sie niemals so allein lassen dürfen.

Als Carls Laster in die Einfahrt rollte, war es schon dunkel. Imogene war nach Haus gegangen und die Abendessenszeit längst vorbei. Er entschuldigte sich mit der Ausrede, er habe Joe bei seinem Mais geholfen.

»Das nächste Mal solltest du es mir rechtzeitig sagen, Carl. Wir haben mit dem Mittagessen und dann mit dem Abendessen auf dich gewartet, jeweils fast eine Stunde.«

»Wird nicht wieder vorkommen«, entschuldigte er sich.

Die Nachtluft war angenehm, noch warm genug zum Draußensitzen. Amanda hatte sich mit einer Schüssel Spätbohnen, die sie noch brechen musste, auf der dunklen Veranda in einen Schaukelstuhl gesetzt. Sie konnte Carl hinter sich hören, wie er im Vorderzimmer Schubladen aufzog. Er würde sie wie üblich offen lassen – sie musste daran denken, sie vor dem Schlafengehen zu schließen.

»Suchst du was, Carl?«

Aber er war inzwischen in die Küche gegangen und gab keine Antwort.

Carl saß am Küchentisch und blätterte das Album durch, das Amanda ihm kurz nach seiner Rückkehr aus Frankreich gezeigt hatte. Er betrachtete die Bilder von Mathilda mit größter Aufmerksamkeit. Er bedauerte es, kein Foto von dem Mädchen zu haben, dieser Imogene, aber andererseits war ihm ihre Verwandtschaft mit Mathilda eher durch eine allgemeine Ähnlichkeit als durch bestimmte konkrete Übereinstimmungen aufgefallen. Wenn man Mattie genau ansah, fiel es schwer zu sagen, worin sich die beiden eigentlich ähnelten. Trotzdem war er sicher, dass die Nase die gleiche war, ebenso die Form der Stirn und des Mundes. Ja, was das anging, war er sich sicher.

Aber wenn es dieses Baby war, das Mathilda umgebracht hatte, wie war sie dann in den See gekommen? Wer hatte denn gesagt, dass sie ertrunken war? Amanda. Die schließlich gelogen hatte.

Carl schloss die Augen und versuchte, Klarheit in die Sache zu bringen. Konnte Amanda …? Aber die Vorstellung, sie könnte Mathildas Leichnam aufs Eis geschleift und ein Loch gehackt haben, um sie ins Wasser zu stoßen, war ihm unerträglich. Vielleicht war sie wirklich eingebrochen und ertrunken. Wer hatte denn gesagt, dass die Mutter des Babys im Kindbett gestorben war? Amanda. Die schließlich gelogen hatte.

Er war so müde, dass er kaum noch einen klaren Gedanken fassen konnte. Mathilda *war* tot. Sie *war* Imogenes Mutter. Man *hatte* sie im See gefunden. Er presste die Hand flach auf den Tisch, während er im Geist alle Dinge auflistete, derer er sich gewiss war.

Ja, dass sie im See gewesen war, stand eindeutig fest. Jemand hatte sie da gefunden. Carl blätterte zu den vergilbten Zeitungsausschnitten zurück, die Amanda in das Album geklebt hatte. Der spröde Leim gab unter seiner Berührung nach, und die Notiz, nach der er gesucht hatte, flatterte ihm auf den Schoß.

> 6. DEZEMBER 1919 – VERMISSTE FRAU ERTRUNKEN AUFGEFUNDEN
> Gestern Abend wurde der Leichnam Mrs. Carl Neumanns von Mr. C. J. Owens, wohnhaft Prospect Avenue 24, Milwaukee, und dessen 5-jährigem Sohn Arthur im Eis des Nagawaukee Lake aufgefunden.
> Mrs. Neumann war seit der Nacht des 27. November vermisst gemeldet gewesen.

Carl stieß sich vom Tisch ab; sein Atem flatterte, seine Finger bebten. Er war aus der Küche und durch die Haustür, noch ehe er einen Gedanken fassen, noch ehe er es sich anders überlegen konnte.

Sie saß im Dunkeln, ihr Schaukelstuhl knarrte, die Bohnen knackten gleichmäßig zwischen ihren Fingern.

»Amanda«, sagte er. Es überraschte ihn zu hören, wie ruhig seine Stimme klang.

Sie blickte zu ihm auf. Er konnte zwar ihre Gesichtszüge nicht erkennen, aber die Art, wie sie den Kopf hielt, erinnerte ihn sofort an ihre Schwester. Das zu sehen gab ihm die nötige innere Kraft. Die steckten hier alle unter einer Decke. Er verlangte in einem solchen Ton von ihr eine Antwort, als wäre sie selbst seine untreue Ehefrau. »Sag mir, wer Imogenes Vater ist.«

»Wieso? George Lindgren. Das weißt du doch.«

»Nein. Und Mary Louise ist auch nicht ihre Mutter. Ich weiß über das Baby Bescheid, Amanda. Sag mir, wer der Vater ist.«

»Woher …?«, begann sie.

»Wer ist es?« Er sagte es sanft, vorsichtig, als redete er einem Kätzchen gut zu.

Amanda hörte auf zu schaukeln. Das Zirpen der Grillen und Zikaden war ohrenbetäubend und so beharrlich wie ihr Pulsschlag. Sie hatte sich so lange vor diesem Moment gefürchtet, dass sie sich schon fast in Sicherheit gewiegt hatte, fast sicher gewesen war, dass er niemals kommen würde. Sie sah zu Carl auf, dessen Kopf sich jetzt vor der hellen Türöffnung als schwarze, gesichtslose Silhouette abzeichnete. Wie gut kannte sie inzwischen dieses Gesicht!

Amanda beugte sich in ihrem Stuhl vor. Er, der gleichfalls Mattie verloren hatte, würde ihr helfen. Er, der gelitten hatte, würde ihr vergeben. Sie würde ihr Geständnis ablegen, und er würde wissen, was zu tun war, wie sie es wieder gutmachen konnte.

»Ist er es?« Carl streckte die Hand aus, hielt ihr den Zeitungsausschnitt hin. Deutete auf den Namen. Diesmal würde ihm der Mut nicht fehlen.

Es war so einfach. Sie brauchte lediglich zu nicken. Als sie wieder aufsah, war das Lichtrechteck leer, als wäre Carl nie da gewesen.

Ruth

Ich war gerade an der Stelle, wo Maggie Tulliver, vom Hochwasser mitgerissen, ihr Boot in die Strömung des Flusses zu steuern versuchte, als er meine Tür öffnete und mich ansprach.

»Ruthie.«

»Hmm?« Es fiel mir schwer, mich von der Seite loszureißen, so gefährlich war Maggies Situation, aber ich warf ihm einen

Blick zu und nahm mir die Haarsträhne, an der ich herumgekaut hatte, aus dem Mund.

Er kam herein, und sein grün-schwarz-kariertes Hemd hing ihm aus der Hose, als wäre er schon dabei gewesen, ins Bett zu gehen. Er setzte sich auf den Stuhl, über dessen Lehne ich abends immer meinen Rock und meine Bluse hängte. Ich ließ das Buch auf meinen Knien aufgeschlagen, den Finger auf der richtigen Zeile. Ich lehnte mich in die Kissen zurück und wartete darauf, dass er sagte, was er von mir wollte, aber er sah mich nur an, ohne etwas zu sagen. Dann stand er wieder auf und ging ans Fenster. Ich sah verstohlen zu Maggie hinunter. Würde sie es schaffen, Tom zu retten?

»Ruth«, sagte er und drehte sich wieder zu mir, »wie gut erinnerst du dich an deine Mutter?«

»Ich weiß nicht. Ich erinnere mich eben an sie.«

»Erinnerst du dich an die Zeit, als du und deine Mutter und Tante Mandy auf der Insel gewohnt habt?«

»Ein bisschen.« Ich war mit meinen Gedanken noch immer bei Maggie. Der Sog des Hochwassers war so stark, dass mir der Nacken schon wehtat – ich konnte mich nicht länger zurückhalten.

»Warum ist deine Mutter damals aufs Eis gegangen, Ruth? Erinnerst du dich *daran*?«

Ja, daran erinnerte ich mich. Ich erinnerte mich an das Eis, so blank, so schwarz, als würde man auf dem Himmel laufen. »Ruth, komm zurück!«, hatte meine Mutter gerufen. »Mandy, bring sie zurück!« Sie heulte wie der Wind. Ich blieb stehen, aber ich ging nicht zurück. Und dann war sie um mich herum, ihr Herz in meinem Ohr. Sie war so fest um mich herum, dass ich kaum atmen konnte. Und dann sind wir ertrunken.

»Nein«, sagte ich zu meinem Vater. »Ich erinnere mich nicht. Ich kann mich an gar nichts mehr erinnern.«

12

Um halb sieben Uhr morgens des 10. September 1931 sah Clement Owens gerade nach den Alfalfahybriden, die er am See vorgekeimt hatte, die aber jetzt in seinem kleinen Treibhaus in der Stadt wuchsen. Es war wirklich schade, dass er sie hatte umpflanzen müssen, aber es war schon recht spät im Jahr und höchste Zeit, dass die Familie wieder in das Stadthaus umzog. Dafür konnte er hier auch nach Beginn der Nachtfröste weiterarbeiten.

»Mrs. Owens sagt, ich soll sagen, dass Ihr Frühstück fertig ist.« Mimi, ein neues Mädchen, das Theresa als Haushaltshilfe eingestellt hatte, stand draußen vor dem Gewächshaus.

»Schau dir das an, Mimi. Fünf neue Blättchen seit Dienstag. Sieben, wenn man diese Knospen mitzählt. Ich denke, ich sollte die Knospen mitzählen, meinst du nicht?«

Mimi zögerte. »Ich weiß nicht, Sir.« Mr. Owens' Projekte waren ihr von Anfang an etwas suspekt gewesen, und seit im August die Schnapsbrennerei im Keller in die Luft geflogen war, nahm sie sich ganz besonders in Acht.

»In Ordnung. Sag Mrs. Owens, ich bin sofort da, ja?«

Sie nickte und verfügte sich eilig wieder in die Sicherheit des Hauses.

Auf dem Dach der Remise lag Carl bäuchlings ausgestreckt und hielt sein Gewehr in Anschlag. Seine Lippen zuckten. Wenn man durch das Glas auf diesen Mann im Bademantel hinuntersah, war es schwer, nicht an einen Fisch in einem Bottich zu denken. Obwohl er noch nie auf einen Fisch geschossen hatte. Ein so schlüpfriges Ziel! Wäre es wirklich leicht? Ein Steinchen bohrte sich ihm in die Brust, und Carl verlagerte sein Gewicht. Da war doch was mit Glashäusern. Auf Leute in Glashäusern soll man mit Steinen werfen?

Ein Schuss ins Gehirn, und dann würde Carl verschwinden: den Baum runter, in seinen Laster und wieder nach Haus. Wo alles anders sein würde. Völlig anders, wenn er erst einmal Mathildas ... diesen Mann in dem blau-golden gemusterten Bademantel erschossen haben würde.

Natürlich sollte er sich erst vergewissern – ihn beim Namen rufen, ihn dazu bringen, dass er heraufsah, ihm vielleicht sogar sagen, warum er den Tod verdiente, und zusehen, wie sich die Angst auf seinem Gesicht ausbreitete. Wär Unsinn gewesen, den falschen Mann zu erschießen.

Aber dieser Kerl musste C. J. O. sein. Wer sonst wäre so selbstsicher im Bademantel herumgelaufen, als sei er der Herr im Haus? Owens beugte sich über eine Pflanze und schien ihre Blätter zu streicheln. Carl stellte sich diese Finger auf ihrer Haut vor. Was hatte sie zu ihm gesagt? Was hatte sie getan? Hatte sie dieses hellrosa Hemdchen mit den Seidenschleifen angehabt? Hatte sie sich geziert, als er eins nach dem anderen aufzog? Hatte sie ihn auf diese gewisse Weise angelächelt? Er veränderte wieder seine unbequeme Lage. Hatte sie sich die Hände vor die Brüste gehalten, so dass die Brustwarzen zwischen den Fingern hervorlugten? Oder war sie mit ihm ganz anders gewesen: eine Frau, die Carl nie kennen gelernt hatte?

Carl schloss die Augen. Er spürte die Kälte des Metalls, als sein Finger sich um den Abzug krümmte, und der Knall explodierte schon in seinem Kopf, der Rückstoß erschütterte seine Schulter. Das Blut würde fließen, das Blau und Gold sich mit Rot vollsaugen. Dunklem nassem Rot. Er öffnete die Augen und zielte sorgfältig. Ein sauberer Schuss und alles wäre vorbei. Ein Schuss in den Kopf.

Aber er drückte nicht ab. In dem Augenblick, da er den Mann im Visier hatte, löste sich die rasende Wut, die Carl so oft hinaus auf die Insel getrieben hatte, die Wut, die ihn zu Mary

Louise gebracht, die die Seiten des Albums umgeblättert, ihn auf dieses Dach gestoßen hatte, wie Rauch auf und verflüchtigte sich. Er bemühte sich, sie wieder heraufzubeschwören. Er rief sich ins Gedächtnis zurück, was dieser Mann getan, wohin seine Tat geführt hatte, stellte sich Mathildas leblosen, blutbesudelten Körper vor. Aber diese Gedanken hatten keinerlei Beziehung zu dem rotgesichtigen Mann im Gewächshaus. Wenn er sie zusammen gesehen hätte, dachte Carl, wenn er die groben Finger dieses Mannes auf der schimmernden Haut von Mathildas Brüsten gesehen hätte, dann wäre es ihm vielleicht gelungen, ihn zu erschießen. Aber es war zu spät. Jetzt vereinigten sich Mathilda und Clement Owens nur noch in seiner Vorstellung, und seine Vorstellungskraft reichte nicht annähernd, um ihn zum Mörder werden zu lassen.

Er senkte den Kopf und legte die Wange auf die Schieferplatten. Noch vor einem Augenblick hatte er keinerlei Angst empfunden, doch jetzt flatterte sein Herz wie wild, als wäre es plötzlich seiner Gefangenschaft entronnen und könnte es gar nicht mehr erwarten davonzufliegen. Er spürte, wie das Blut durch sämtliche Adern pulsierte und seine Knöchel und Fingerspitzen zucken ließ, und er schmiegte sich noch fester ans Dach und zwang sich, still zu liegen. Ein paar Sekunden lang machte er sogar wie ein kleines Kind, das unsichtbar werden will, die Augen zu.

Endlich hörte er, wie sich die Tür des Gewächshauses mit leisem Klirren schloss, und dann, wie die Haustür auf- und zuging. Er hob den Kopf, und in weniger als einer Minute war er den Baum hinuntergeklettert, durch den Garten geschlichen und wieder zu seinem Laster gerannt.

Nachdem er eingestiegen war, beobachtete Carl die Fassade des Owensschen Hauses und bemühte sich, sein Zittern zu unterdrücken. Abgesehen davon, dass die Backsteinmauer jetzt in der Morgensonne warm und freundlich aussah, hatte sie sich seit seinem Eintreffen hier vor drei Stunden nicht verändert.

Carl wusste, dass er richtig gehandelt hatte. Um ein Haar hätte er einen Menschen getötet, hätte er alles verändert, aber dann hatte er es doch nicht getan. In diesem Augenblick war das Leben ebenso Glück verheißend, wie es gestern gewesen war. Doch gestern hatte er dies nicht wahrgenommen. Er hatte am Rande des Abgrunds gestanden, aber er war nicht gestürzt.

Benommen vor Erleichterung ließ er den Motor an und fuhr in westlicher Richtung die Wisconsin Avenue entlang, wo die Sonne in hundert Fensterscheiben blitzte und klingelnde Straßenbahnen und hupende Autos ihn vorantrieben, über den Fluss und weiter in das ruhige, gediegene Wohnviertel dahinter. Und schon wenige Minuten später hatte er auch diese Häuser hinter sich gelassen, diese Stadt mit ihrem Trubel, in der sein Gewehr starr und stumm auf einem Schuppendach lag.

Auf der Blue Road hielt er an. Der Tank war noch halb voll – er brauchte eigentlich kein Benzin –, aber er musste wieder zu Atem kommen und mit jemandem reden. Er musste sich mit der lebensprallen Welt einlassen, mit der Welt, in der er keinen Mann in einem buntgemusterten Bademantel getötet hatte.

»He«, sagte er zum Tankwart, der zu ihm an die Zapfsäule kam – er musste es einfach sagen –, »ich hätte vorhin beinah einen Mann umgebracht.«

Der Tankwart schüttelte den Kopf. »Die Straße ist gemeingefährlich. Die ganzen Bäume. Da braucht einem nur ein Pferdewagen in einer Kurve entgegenkommen, und einer von beiden ist hin.«

Carl nickte. War schon in Ordnung, ja, war natürlich sogar besser, dass der Mann ihn nicht verstanden hatte. Er hätte am liebsten den Kopf aus dem Fenster gestreckt und es in den Tag hinausgeschrien, während er die enge Straße entlangbrauste: Ihn beinah umgebracht! Ihn beinah umgebracht!

Erst als er in die Glacier Road einbog, begann sich ein Zweifel einzuschleichen. War es klug und recht von ihm gewesen, seinen Entschluss zu ändern – oder lediglich feige?

Carl wusste, dass er ein Feigling war. Er hielt seine Angst vor anderen geheim, aber sich selbst konnte er nichts vormachen. Feigheit war nicht unbedingt das Schlimmste, was einem passieren konnte. Schlimm war es allerdings, wenn er nicht für seine Rechte einzutreten wagte – so wie damals, wenn er den blutbesudelten Fußboden nach Feierabend umsonst abspritzte, nur weil Tommy Johnson es so wollte und er Angst hatte, man würde ihn feuern, wenn er es nicht tat; oder als er sich von Matties Vater hatte sagen lassen, wie ein Pferd zu behandeln sei. Niemand ging mit Pferden sanfter um als Carl. Er versuchte damit, etwas wiedergutzumachen.

Er war ungefähr acht gewesen, als er seine Schwäche klar und deutlich erkannt hatte. An dem Tag hatten er und Hilda – damals erst vier, ein stämmiges Kind mit vom Januarwind roten Backen, trägem Blick und laufender Nase – auf der Plattform vor der Futterfabrik auf Hildas Vater gewartet und dabei den großen Jungen zugeschaut, die sich Hafersäcke auf die Schulter wuchteten und sie auf den Wagen luden. Carl erinnerte sich, wie sehr er diese Jungen bewundert und sich gewünscht hatte, wenn er erst einmal groß wäre, zwei Säcke auf einmal tragen zu können, auf jeder Schulter einen, wie Gunther Sweitzer. Als Hilda wegen der Kälte zu quengeln anfing, zeichnete Carl, um sie abzulenken, mit einem Stöckchen eine dicke Gans in den Schnee. Sobald er fertig war, nahm sie ihm den Stecken aus der Hand und zerstörte die Zeichnung, dass der Schnee hoch in die schwere graue Luft flog, und gluckste dabei. Dann gab sie ihm das Stöckchen feierlich zurück, damit er ein neues Bild malte.

Er ließ gerade einen weißen Rauchkringel aus einem weißen Schornstein steigen, als er den Mann brüllen und die Peitsche zischen und knallen hörte. Das Pferd, das, vor einen Kohlenwagen gespannt, um die Ecke gewankt kam, war offensichtlich krank. Sein Kopf hing tief über dem Boden, seine Füße rutschten immer wieder seitlich weg, und sein Atem kam zwischen den Flüchen und den Peitschenschnalzern keuchend und abgehackt.

»Ich werd's dir zeigen«, brüllte der Mann, aufrecht vor dem Fahrersitz stehend, »ich werd's dir zeigen!« Und dann hörte Carl, während die Peitsche knallend durch die Luft sauste, ein bellendes Gelächter aus der dunklen Öffnung über dem roten Bart des Mannes dringen.

Carl zuckte zusammen und wich zurück, während Hilda nach seiner Hand griff. Das Pferd, das versucht hatte, den Huf fest aufzusetzen, rutschte auf einer Eispfütze aus und stürzte auf die Knie.

»Das könnte dir so passen!« Der Mann stemmte sich mit seinem ganzen Gewicht in die Zügel und schien das Pferd mit brachialer Gewalt wieder auf die Füße zu zerren.

Aber schon nach wenigen Sekunden knickte das Pferd, ein Bein unnatürlich abgespreizt, erneut ein. Jetzt ließ der Mann die Zügel fallen und konzentrierte seine ganze Energie auf die Peitsche, drosch zuerst auf den Rücken des Pferdes ein und nahm sich dann den Hals vor; ein Hieb zog eine blutige Strieme über das Carl und Hilda zugewandte Ohr.

»Aufhören«, flüsterte Carl. Im Geist hörte er den Befehl als einen Schrei, aber über seine Lippen kam nur ein kraftloses Murmeln. »Er soll aufhören«, wiederholte er. »Aufhören.« Aber er drückte sich fest gegen die Wand der Futterfabrik. »Aufhören«, sagte er, aber er sagte es nur zu seinen Schuhen, flüsterte es lautlos in die Wollmütze Hildas, die sich, die Augen vor Schreck weit aufgerissen, eng an ihn geschmiegt hatte.

Niemand unternahm etwas. Weder Gunther noch die anderen Jungen. Weder Hildas Vater noch Mr. Fry, dem die Fabrik gehörte. Niemand unternahm etwas, bis Hilda vortrat.

Nachdem sie einmal zu Carl zurückgeblickt hatte, wie um sich zu vergewissern, dass sie ihn richtig verstanden hatte, trat sie beherzt an die Kante der Plattform. Dann kreischte sie, mit einer Stimme, die so klang, als risse ihr jemand die Eingeweide heraus: »Aufhören! Schluss damit! Schluss!«

Ihr Geschrei erschreckte den Mann, so dass er innehielt. Es rief Hildas Vater und Mr. Fry und die großen Jungen auf den Plan. Es änderte alles – denn plötzlich begann Gunther, das Pferd aus dem Geschirr zu befreien, während der *Mann* jetzt auf die Knie sank und dabei so schluchzte, dass er beinah vom Wagen gefallen wäre.

»Frau gestern durchgebrannt«, sagte Mr. Fry zu Hildas Vater, und Hildas Vater nickte, als hätte das irgendetwas erklärt.

Nun ja, dachte Carl mit einem Gefühl heiterer Zuversicht, das er bis dahin noch nie verspürt hatte. Was spielte es diesmal schon für eine Rolle, ob Angst ihn zurückgehalten hatte? Er war froh, dass er den Mann am Leben gelassen hatte. Wenn Feigheit ihn am Töten gehindert hatte, dann war er froh, ein Feigling zu sein. Auf alle Fälle war er mit der Mathilda, die ihn so lange gequält hatte, endgültig fertig. Er war ihrer Spur bis zum Ende gefolgt und dabei auf einen harmlosen Hobbygärtner gestoßen, einen Mann, der nicht das Geringste mit ihm zu tun hatte. Er hatte es hinter sich, hatte sich von der geheimnisvollen Ehefrau befreit, die ihm immer unbekannt bleiben würde, und war jetzt bereit, mit der anderen einen Neuanfang zu machen – mit der Mathilda, die er geliebt hatte und die sich jetzt wie eine weiche Decke auf sein Herz legte.

Als Amanda nach einer fast schlaflosen Nacht an dem Morgen keinerlei Geräusch aus Carls Zimmer hörte, wusste sie, dass ihr Geständnis ihn aus dem Haus getrieben hatte. Früher einmal, dachte sie bitter, hatte sie sich gewünscht, er würde gehen. Jetzt konnte sie es ihm zwar nicht verübeln, aber es machte sie ganz krank zu wissen, dass er *ihretwegen* gegangen war, dass sie ihn anwiderte. Sie zog die Knie hoch an die schmerzende Brust und presste ihr tränennasses Gesicht dagegen. *Sie* wäre jetzt am liebsten verschwunden, wenn er, nachdem er in ihre Seele geblickt hatte, ihre Gegenwart nicht mehr ertrug. Wie hatte sie nur eine solche Närrin sein können, auf seine Vergebung zu hoffen und Hilfe von ihm zu erwarten? Alles war in Ordnung und gut gewesen, so wie es gewesen war. Wenn er sie doch nur nicht gefragt hätte!, dachte sie und wälzte sich verzweifelt hin und her. Wenn sie ihm nur nicht die Wahrheit anvertraut hätte! Wenn sie nur die Zeit hätte zurückdrehen können – diesmal wäre sie eisern bei ihrer Geschichte geblieben und hätte niemals genickt, wenn er auf Clements Namen gedeutet hätte.

Endlich zwang sie sich aufzustehen, wusch sich am Waschtisch das Gesicht und steckte sich das Haar fest. Na schön, sagte sie sich, während sie die Schnürsenkel ihrer schwarzen Schuhe straff zog. Na schön. Aber diese Worte bedeuteten nichts – es war nur ein Geräusch, dessen Rhythmus sie von einer Aufgabe zur nächsten tragen sollte.

Als sie einige Zeit später im kühlen Keller stand und Wäsche wusch, fühlte sie sich etwas besser. Sie riss den Hebel der Waschmaschine vor und zurück und rührte Carls schmutzige Hemden energisch in ihrem grauen schaumigen Bad durcheinander. Na schön. Wenn er unbedingt gehen wollte – sollte er doch! Sie und Ruth würden auch ohne ihn ausgezeichnet zurechtkommen. Ausgezeichnet. Noch besser sogar. Aber ein plötzlicher Stich im Herz ließ ihr den Hebel für einen Augenblick aus der Hand gleiten. Was würde sie sagen? Wenn er bis zum Abendessen nicht zurückkam, wie würde sie es erklären?

Sie würde sagen, dass sie nicht wüsste, wohin er gegangen war. Was ja stimmte. Überhaupt – die letzten paar Jahre war er so seltsam gewesen, ständig in mysteriösen Angelegenheiten unterwegs, war plötzlich aus dem Ostwald aufgetaucht, wenn sie geglaubt hatten, er sei auf dem Westfeld gewesen, hatte Mahlzeiten ausfallen lassen, ganz aufgeregt getan und dann wieder Trübsal geblasen, dass Ruth sich wahrscheinlich nicht wundern würde, wenn er jetzt einfach nicht wiederkam. Und Rudy ... nun, er würde Amanda jede Geschichte glauben.

Wenn er aber doch zurückkam, wie würden sie weiterleben? Erschöpft durch die schlaflose Nacht und die verbissene Plackerei, sackte Amanda über dem Waschzuber in sich zusammen. Wie würde er sie anschauen können, ohne daran zu denken, was sie getan hatte? Wie würde sie ihn anschauen können mit dem Wissen, dass er ihr nicht verziehen hatte? Würden sie es ertragen, so zu leben, Tag um Tag?

Ihr wurde bewusst, dass er versuchen könnte, sie zu vertreiben. Er könnte es als sein Recht ansehen, ja sogar als seine Pflicht. Denn schließlich – durfte er seine Tochter weiter einem solchen Einfluss aussetzen? Natürlich würde sie nicht gehen.

Sie hatte genauso viel Recht zu bleiben wie er, sagte sie sich, während sie seine Hemden durch die Wringmaschine presste, die Farm gehörte zur Hälfte ihr. Aber was, wenn *er* ging und Ruth mitnahm?

Soll er's nur versuchen, dachte Amanda grimmig und schob ein weiteres Hemd zwischen die Walzen der Wringmaschine, während ihr das kalte Wasser auf die geröteten Hände strömte. Was auch immer passieren mochte: Ruth würde sie niemals gehen lassen.

Gegen zehn, als Amanda gerade die Hemden auf die Leine hängte, sah sie eine Staubfahne entlang der fernen Straße auf sich zukommen. Sie kämpfte ihre wachsende Besorgnis nieder und zwang sich, weiter im Rhythmus zu bleiben, bücken und ausschlagen und fest klammern, Hemdenschoß an Hemdenschoß, die Ärmel nach unten, bloß nicht kapitulieren. Sie war bereit, sagte sie sich, auf alles gefasst, was er ihr zu sagen haben mochte.

Er ließ sie warten. Er ging ins Haus und kam pfeifend wieder heraus. Er ging in die Scheune und kam singend wieder heraus. Als Amanda ihn das nächste Mal entdeckte, stand sie an einem Fenster im Obergeschoss, und er fuhr gerade im Mähdrescher den Hügel hinauf. Sie packte ein paar von Ruths Sachen und für sich ein Kleid zum Wechseln in ihre alte Reisetasche und steckte die paar Geldscheine dazu, die sie in einer Kaffeebüchse aufbewahrte. Wenn's hart auf hart kam, würden sie gerüstet sein.

Sowohl mittags als auch abends um sechs redete er beim Essen nicht anders als sonst auch. Er fragte Ruth, was sie in der Schule gelernt und was sie an ihrem Stand verkauft hatte, ob die späten Himbeeren noch ausreiften, und hoffentlich würd's morgen keinen Regen geben. Amanda beobachtete, wie er Ruth und Rudy zulächelte, wich selbst aber seinem Blick aus und sah immer nur auf die Teller. Dann aber, nach dem Abendessen, als sie alle im Vorderzimmer saßen – Ruth mit einem Buch, Amanda mit ihrer Stopfarbeit, Rudy mit den Füßen auf dem Puff, um noch ein halbes Stündchen herumzusitzen, bevor er in seine Bude über der Garage schlurfen würde –, geschah etwas Ungewöhnliches.

»Warum hören wir uns die eigentlich nie an?«, sagte Carl und öffnete das Schränkchen unter dem Grammofon.

»Ach, die sind doch so alt«, widersprach Amanda, ohne auch nur den Blick vom Strumpf zu heben, den sie gerade stopfte. Doch er achtete nicht auf sie und drehte an der Kurbel, bis plötzlich »Alexander's Ragtime Band« in die Stube gehopst und gepoltert kam.

Und dann geschah etwas *noch* Erstaunlicheres, wie Amanda später fand.

»Gnädige Frau, dürfte ich um diesen Tanz bitten?« Er verbeugte sich förmlich und streckte ihr die Hand entgegen.

»Carl ...«, lachte sie verlegen und schüttelte den Kopf. Das war doch nicht ihre Art, wie sie miteinander umgingen, so waren sie doch nicht. Was dachte er sich bloß dabei? Machte er Spaß? Aber er hob ihre Hand von der Armlehne des Sessels, und sie ließ sich von ihm hochziehen, ließ sich von ihm um die Möbel herumführen, bis ihr bewusst wurde, dass sie ebenso tanzte wie er.

»Zieh diesen Sessel zurück, Ruth«, keuchte sie, als sie sich eng an Carl schmiegen musste, um nicht gegen den Pfosten des Treppengeländers zu stoßen.

Als sie sahen, dass Rudy und Ruth versuchten, zum Ragtime Polka zu tanzen, wechselten sie die Partner, so dass Carl Ruth den Turkey Trot beibringen konnte. »So haben deine Mutter und ich früher immer getanzt«, sagte er.

Sie wechselten sich ab, die Schallplatten auszusuchen und das Grammofon aufzuziehen, bis Rudy schließlich in einem Sessel zusammenbrach und sich mit dem *Ladies' Home Journal* Luft ins zerfurchte Gesicht fächelte und Amanda, als sie die Küchenuhr schlagen hörte, Ruth daran erinnerte, dass sie am nächsten Tag Schule hatte, dass sie noch ein Glas Milch trinken und schnurstracks ins Bett gehen sollte.

Als im Haus wieder Ruhe eingekehrt war, deckte Amanda den Frühstückstisch für den nächsten Morgen und tänzelte noch ein bisschen, während sie um den Tisch herumging. Als sie ins Vorderzimmer zurückkam, war Carl gerade dabei, das Sofa wieder an seinen Platz zu rücken.

»Hier«, sagte sie. Sie hob ihr Ende des Sofas mühelos an und wischte das vor ihrem geistigen Auge aufscheinende Bild ihrer Mutter, die angesichts ihres undamenhaften Benehmens die Stirn runzelte, mit einem Achselzucken beiseite. Jetzt, da die Tanzerei vorüber war, war sie vor Carl sogar noch mehr auf der Hut als zuvor, und das Möbelstemmen machte ihr die Sache leichter. »Das war eine gute Idee«, sagte sie, schüchtern fast, um zu sehen, woher der Wind wehte.

»Das hätten wir schon längst machen sollen. Wenigstens samstagabends. Wir hätten für Ruth ein paar junge Leute einladen sollen.«

»Vielleicht«, sagte Amanda und strich den Armlehnenschoner auf ihrer Seite des Sofas glatt. Schon der bloße Vorschlag rief in ihr eine leichte Panik hervor. Bekam Ruth in der Schule nicht schon genug andere Kinder zu sehen? Durfte sie Ruth denn nie für sich allein haben?

»Ich habe heute eine wichtige Entscheidung getroffen«, verkündete Carl ernst und setzte sich in einen Sessel. Er kämmte sich das noch immer jungenhafte Haar mit den Fingern aus der Stirn.

Jetzt, dachte Amanda, die weiterhin am weißen bestickten Rand des Deckchens zog – war es bei der letzten Wäsche eingegangen? –, jetzt würde er über Clement und Imogene reden. Er würde ihr sagen, wie sie dafür würde bezahlen müssen.

»Ich nehme eine Arbeit an.«

»Was?« Das Schondeckchen rutschte von der Armlehne und flatterte zu Boden.

»Der Mann meiner Cousine Hilda ist Erster Offizier auf einem dieser Eisenschiffe. Er kann mir einen guten Posten besorgen.«

»Oh, einen guten Posten. Das ist gut, ein guter Posten«, hörte sie sich selbst sagen.

»Du hattest Recht damit, dass wir Geld brauchen«, fuhr er

fort. »Ich habe hier zu lange nichtsnutzig herumgehangen. Es ist höchste Zeit, dass ich arbeiten gehe.«

»Du bist kein Nichtsnutz, Carl.« Also würden sie so tun, als hätte sie nichts eingestanden, als würde er lediglich die praktischen Konsequenzen ziehen, zu denen sie schon seit einem Jahr geraten hatte. Er machte es ihr leichter, als sie sich je hätte träumen lassen. Er ließ sie wieder laufen, und diesmal würde sie sich nicht einmal von der Stelle zu rühren brauchen. Aber das – erkannte sie jetzt – war es nicht, was sie wollte. Sie war es müde, unendlich müde, ständig wegzulaufen und sich zu verstecken, allein zu leben mit dieser ungeheuerlichen Last der Wahrheit. Als sie ihn so da sitzen sah, wie er mit einer Hand gedankenverloren an dem Loch in seinem Oberschenkel rieb (es war nie ganz zugewachsen), vergaß sie ihre hysterischen Ängste vom Morgen. Sie wollte jetzt wieder dasselbe wie am Abend zuvor, als er, den Finger auf dem Zeitungsausschnitt, den sie so sorgfältig in das Album eingeklebt hatte, auf die Veranda gekommen war und sie begriffen hatte, dass er durch eine geheimnisvolle, stumme Zwiesprache ihrer Seelen offenbar endlich dazu gelangt war, sie zu verstehen. Wieder sehnte sie sich danach, ihn an den Ereignissen teilhaben zu lassen, die ihrer beider Leben auf eine so einsame Bahn gedrängt hatten. Sie würde ihm alles erklären, und dann würde er, bitte, lieber Gott!, sagen, dass alles gut und nicht ihre Schuld war und Mathilda ihr vergeben würde. Vorsichtig rückte sie näher an den Abgrund heran. »Und das ist der einzige Grund, warum du gehen willst – das Geld?«

»Warum sonst?«

Er wollte also, dass sie es zuerst sagte. Auch gut. Das war nur gerecht. Sie holte tief Luft. »Ich dachte«, sagte sie und sah ihm tapfer in die Augen, »was ich gesagt hätte, das über Clement Owens ...«

Er warf den Kopf mit einem missglückten Lachen zurück, stand plötzlich auf und ging ans offene Fenster. Das Wetter war mittlerweile umgeschlagen, stellte Amanda fest, als sie einen kalten Luftzug spürte. Der Sommer hatte sich endgültig verabschiedet, und der Herbst hielt von Norden her triumphierend Einzug. Die Insekten, Frösche und Unken, welche die Nacht zuvor noch völlig außer Rand und Band gewesen waren, schwiegen jetzt.

»Es ist so lange her«, sagte er zum dunkelblauen Himmel hinauf, »und jetzt kann ich mich nicht einmal mehr erinnern, wie sie aussah. Das ist furchtbar, nicht? Ich habe es versucht, aber es gelingt mir einfach nicht. Nicht richtig. Nicht mehr als eine Ahnung, dann und wann.« Er drehte sich um und sagte mit rührendem Ernst: »Es ist schwer, das nach so langer Zeit wirklich zu erkennen, aber ich glaube, ich habe sie wirklich geliebt. Und ich glaube, sie hat mich geliebt. Aber sie muss sich wohl verändert haben, als ich gegangen bin. Ich denke, dass sie sich einsam gefühlt hat und auch wütend auf mich war. Doch, ich weiß, dass sie das war«, beharrte er, als Amanda den Kopf schüttelte. »Sie hat es mir selbst gesagt, und sie hatte auch alles Recht dazu. Ich habe mich zum Militär gemeldet, ohne sie nach ihrer Meinung zu fragen, weil ich Angst hatte, dass sie Nein sagen würde. Was ich glaube ist«, fuhr er jetzt langsamer fort, als versuche er, ein Rätsel zu entschlüsseln, »dass es nicht *meine* Mathilda war, die von ihm ein Kind bekommen hat, sondern eine andere Frau, zu der sie geworden war, eine Frau, die ich nie kennen gelernt habe. *Das* glaube ich. Zu dem Schluss bin ich gekommen«, sagte er, fast herausfordernd.

Amanda hatte das Gefühl, als wäre sie in ein Wasserloch ohne Boden gestürzt und sänke rasch in die Tiefe. »Carl, nein!«, wehrte sie sich verzweifelt, »Mattie hätte nie ...« Aber ihre Zunge schien nicht die richtigen Worte artikulieren zu wollen.

Auf einmal saß er neben ihr und ergriff die Hand, mit der sie, ohne es zu wissen, immer und immer wieder auf das Polster geschlagen hatte. »Hör zu, Amanda. Hör mir zu. Ich weiß, dass es in gewissem Sinn meine Schuld war. Ich hätte nicht so bald gehen dürfen. Ich hätte mich nicht auf die allererste Gelegenheit zu stürzen brauchen. Du hattest damals Recht, als du sagtest, ich *wollte* gehen. Ich dachte, so müsste sich ein Mann eben verhalten, und ich wollte ihr beweisen – wollte allen, auch mir selbst beweisen –, dass ich ein Mann war. Ich habe nicht darüber nachgedacht, was es bedeuten würde, hab mir nicht klar gemacht, dass man mich so weit weg schicken würde und das es mir nicht möglich sein würde, wieder zurückzukommen.« Er seufzte und starrte auf einen fernen Punkt, als redete er nicht wirklich mit ihr, sondern mit jemand anderem. »Ich will damit nur sagen, dass ich weiß, was es bedeutet, etwas zu tun und nachher nicht mehr begreifen zu können, warum man so etwas Dummes getan hat. Ich weiß, dass die Dinge sich manchmal in eine Richtung entwickeln, in die man nicht gehen wollte. Und ich bin sicher, dass Mattie zurückkommen würde, genau wie ich es getan habe, wenn sie nur könnte, wenn das Baby sie nicht umgebracht hätte. Das weiß ich.«

Amanda saß wie betäubt da, ebenso sehr von ihrem Schweigen wie von seinem Missverständnis. Warum sagte sie ihm nicht die Wahrheit? Sein Gesicht, so ungewohnt nah jetzt, neben ihr auf dem Sofa, sah verändert aus, als gehöre es einem Fremden.

»Mir ist klar, was du für mich und meine Tochter getan hast«, redete er weiter. »Ich weiß, dass du deinen Beruf aufgegeben hast, für den du so hart gearbeitet hast. Das hätte nicht jede Schwester getan. Und ich weiß, dass es weit mehr ist, als ich je vergelten kann. Aber zumindest will ich ab jetzt meinen Teil beitragen.«

Er hat überhaupt nichts begriffen, dachte sie. Es hatte keine geistige Zwiesprache stattgefunden, er hatte ihr nicht in die Seele geblickt. Und jetzt ließ sie ihn in dem Glauben, Mattie ... ach, arme Mattie! Armer Carl. Und unter dem Mitleid und der Scham spürte sie schon, wie sich Empörung darüber in ihr regte, dass sie in dieser Version der Ereignisse nur eine marginale Rolle spielte. »Carl«, begann sie. *Meine Tochter*, hatte er gesagt, als gehörte Ruth nur ihm allein. *Vergelten*, hatte er gesagt, als ginge es um die Abwicklung eines Geschäfts, als hätte sie das nicht alles *aus Liebe* getan. Wie fest seine Finger die dünnen Knochen ihres Handgelenks umfassten – sollten sie ihr ein Gefühl der Sicherheit vermitteln oder ihr Angst machen?

Sag es, befahl sie sich selbst, sag es. Sie legte ihre Hand auf seine, damit er ihr zuhörte, wobei ihr Blick auf ihre Narbe fiel. »Es war nicht deine Schuld«, zwang sie sich zu sagen. »Es war nicht Mathildas Schuld. Es war meine Schuld. Ich hab sie im Stich gelassen.«

Natürlich hatte das gar nichts erklärt, gestand sich Amanda eine Woche später ein, nachdem Carl nach Sheboygan gefahren war, um auf der »Rebecca Rae« anzuheuern. Er hatte ihr nur verständnislos die Hand getätschelt und ihr noch einmal gesagt, wie dankbar er ihr dafür sei, dass sie Ruth großgezogen habe. Dann war sie von einem so heftigen Weinkrampf geschüttelt worden, dass sie nicht mehr hatte weiterreden können. Es war jetzt schlimmer als je zuvor. Sie hatte so gut wie gelogen, indem sie zugelassen hatte, dass er von Mattie das Schlimmste annahm. Nur ihr Gelöbnis, ihm bei der nächsten Gelegenheit, wenn das Schiff in Milwaukee anlegen würde, die ganze Wahrheit zu sagen, tröstete sie so weit, dass sie nachts einschlafen konnte. Obgleich sie dieses Gelöbnis dann mit der Klarheit des nächsten Morgens immer wieder als leeres Versprechen durchschaute.

Derweil schickte Carl Ansichtskarten aus Orten wie Gary und Duluth, und Ruth sammelte sie in einer Schachtel, die früher Papierkragen enthalten hatte.

»Wo war die letzte noch einmal her?«, gab Amanda immer die Frage an Ruth weiter, wenn die Leute sich nach Carl erkundigten.

Und wenn sie »Sault Ste. Marie« oder »Green Bay« antwortete, schnalzten sie mit der Zunge und schüttelten den Kopf. »Das ist ein Mann, der gern was von der Welt sieht«, sagten sie dann, als ob es irgendwie exotisch und auch ein wenig dubios wäre, immer im Kreis über die Großen Seen zu fahren. Ruth hörte kaum zu. Sie begriff allmählich, dass die Leute immer irgendwas reden mussten.

Ruth bewahrte die Schachtel mit den Ansichtskarten im Inselhaus auf. Sie sah sie sich gern dort an, wo es noch immer nach seinen Zigaretten roch und die verrückten Lichtpfützen auf dem Fußboden sie daran erinnerten, wie er die Bretter von den Fenstern gestemmt hatte – und wo sie sie nicht mit Amanda zu teilen brauchte. Sie suchte jede Stadt, aus der er schrieb, auf der Landkarte und prägte sich die Fassaden und die Vegetation auf dem jeweiligen Bild ein in der Gewissheit – obwohl sie wusste, dass es Unsinn war –, dass es ihr irgendwie gelingen würde, sollte er nicht mehr zurückkehren, ihn anhand dieser Brotkrumen aufzuspüren.

13

Amanda

Alle möglichen Leute fragen, was mit meiner Hand passiert ist, nicht nur Ruth, aber das geht die Leute nichts an. Sie zeigen mit dem Finger darauf; sie machen ein entsetztes Gesicht. Es ist unglaublich, dass die Leute sich einbilden, ein Recht darauf zu haben, dies zu erfahren.

»Was ist das?«, sagen sie. »Ist das ein Biss? Wer hat Sie denn gebissen?«

Ich könnte im Krankenhaus gebissen worden sein, damals, als ich diese Soldaten behandelte. Man macht sich einfach keine Vorstellung, wie gewalttätig Leute werden können, wenn sie vor Angst wie von Sinnen sind, wenn sie wissen, dass sie sterben müssen, wenn sie glauben, man sei ein Engel, der sie ins Grab begleitet.

Carl hat nie gefragt. Ich nehme an, er wollte nicht wissen, was einen Menschen in ein Tier verwandeln kann.

»Heiß genug für deinen Geschmack?«, fragte Ray, als er Ruth einen der Drinks reichte, die er an den Tisch gebracht hatte.

»M-hm«, bestätigte sie. Sie trank ein Schlückchen vom Whiskey sour, während er Platz nahm. Sie nickte und behielt ihr starres Lächeln bei. Ihr fiel beim besten Willen nicht ein, was sie hätte sagen können.

»Und *wie* heiß«, sagte sie endlich.

Er strahlte dankbar. »Und wie!«, entgegnete er. Er stand auf, als Imogene an den Tisch kam. »Heiß genug für deinen Geschmack?«, fragte er.

»Niemals!«, erwiderte Imogene, packte ihn an der Hand und zog ihn im Takt wippend zur Tanzfläche, während sie Ruth mit den Fingerspitzen einen diskreten Gruß zuwedelte.

Seitdem der neue Tanzpavillon im Juni dieses Jahres, 1937, eröffnet hatte, gingen Ruth und Imogene jeden Freitagabend tanzen. Der Pavillon stand auf einer Plattform am Ufer des Sees, und wenn die Kapelle spielte, trug das Wasser die Klänge meilenweit. Die »Sommerleute«, die durchweg Häuschen oder Villen am See besaßen – was weniger von ihren Vermögensverhältnissen als von ihren jeweiligen Vorstellungen vom »richtigen« Sommerhaus abhing –, kamen im Boot zu den Tanzveranstaltungen; Imogene und Ruth hingegen, die, wie Imogene sagte, »Lebenslängliche« waren, kamen mit dem Lindgrenschen Ford.

»Weißt du, dass du hinten am Bein eine große Laufmasche hast? Du solltest besser noch mal reingehen und den Strumpf wechseln«, hatte Imogene an dem Abend gesagt, als sie Ruth abholte.

Aber Ruth hatte keinen einzigen vorzeigbaren Strumpf mehr, und so saßen sie eine Weile im Auto, sahen sich die Laufmasche an und versuchten herauszufinden, ob sie wirklich *so* sehr ins Auge fiel. Ruth zog sie ein bisschen herum, um sie besser betrachten zu können – und schon lief sie bis ganz hinauf und ging auch noch ein bisschen in die Breite.

Sie zog sich die Strümpfe aus – sie konnte die Dinger sowieso nicht ausstehen – und warf sie auf den Rücksitz. Dann kurbelte sie das Fenster herunter und ließ sich den Fahrtwind um die Nase wehen.

Es *war* heiß, Ray hatte Recht, auch wenn seine Bemerkung sich nicht gerade durch Originalität auszeichnete. Die samtige, feuchte Luft im Tanzpavillon war durchtränkt von Gerüchen – Schichten von Rauch und billigem Parfüm, Lippenstift, Shampoo und Schweiß über einer Unterlage von Geißblatt, Gras und Benzindämpfen, die von den Bootsmotoren aufstiegen. Die nackten Beine, die sich im Auto fast mondän angefühlt hatten, brachten Ruth jetzt in Verlegenheit. Wenn sie sie übereinander schlug, bildete sich zwischen der Oberseite des einen und der Unterseite des anderen Oberschenkels ein Schweißfilm. Sie versuchte, sie so weit wie möglich unter dem Tisch versteckt zu halten.

Diese Abende waren für sie immer eine Tortur, auch wenn sie wusste, dass sie sie eigentlich, wie jeder andere auch, genießen sollte. Der neue Pavillon war *das* Gesprächsthema im Brown's Business College, und so sehr es Ruth auch vom ersten Augenblick an davor gegraut hatte, war Imogene nicht davon abzubringen gewesen, dass sie mitkommen musste.

»Natürlich kommst du mit!« Dabei war Imogene rasch im Kopf ihren Kleiderbestand durchgegangen, um sich darüber klar zu werden, ob sie ihre Eltern um eine neue Anschaffung würde bitten müssen. »Denk doch nur an die Chancen, Ruth. Jeder wird da sein. Bobby Hanser und Harold Koch und die ganzen anderen Sommerleute.«

Bobby Hanser und Harold Koch waren zwei von den Jungen, mit denen Imogene sich manchmal unterhielt, wenn sie vor einer Angelpartie in den Laden kamen. Aber wie sie Ruth erklärte, waren sie ganz eindeutig keine Anglertypen.

»Das sind Segler«, sagte sie stolz. »Mitglieder des Jachtklubs. Sie haben davon geredet, mit ihren A-Booten ein Rennen zu fahren. Und Segelschlitten haben sie auch, möcht ich wetten.«

»Was sind denn A-Boote?«

»Die großen, nehme ich an. Ziemlich sicher sogar.« Imogene und Ruth hatten schon oft diese prächtigen Jachten bewundert, wenn sie sonntagnachmittags scharenweise ausliefen und sich dann in der frischen Brise fast über den ganzen See verteilten und die kleineren Boote, Anglerkähne und Dingis, an den Rand drängten.

»Ich würde gern in einem dieser Boote mitfahren«, schwärmte Ruth oft, und Imogene, die nicht nur ihre Eleganz bewunderte, sondern auch die kultivierte Lebensart, die sie implizierten, stimmte ihr zu.

Vom Ufer aus starrten sie durch Amandas Fernglas und verfolgten ihre Lieblingsboote, die sie anhand der Nummern auf dem Segel identifizierten. Imogene gefiel »V 7«, mit dem blassblauen Deck, obwohl sie aus Loyalität auch zu Bobbys gelbem Boot hielt, aber Ruth zog ein meerschaumgrünes vor.

»Das gehört Arthur Owens«, sagte Imogene, und wenn er den Kopf bewegte, konnte Ruth durch das Fernglas die Schnur erkennen, die seine Brille davor bewahren sollte, ins Wasser zu fallen.

Um Imogene zu ermöglichen, Bobby und Harold und deren Freunde besser kennen zu lernen, vielleicht sogar mit einem von ihnen zu gehen, vielleicht sogar – wer konnte das schon wissen? – einen von ihnen zu heiraten, hatte Ruth schon die letzten vier Wochen jeden Freitag ihr gutes Kleid angezogen, das eine, das Tante Mandy ihr vor drei Jahren genäht hatte, als sie auf Amelia Tullys Hochzeit Brautjungfer gewesen war.

Tante Mandy missbilligte die Tanzveranstaltungen. »Warum willst du dich mit all den fremden Jungen unterhalten?«, hatte sie an dem Abend, an der Badezimmertür stehend, gesagt. »Ich weiß, dass es deinem Vater nicht gefallen würde.«

Ruth war auf den Klosettdeckel gestiegen, um im Spiegel über dem Waschbecken so viel wie möglich von sich sehen zu können. »In Ordnung«, sagte sie zu Amanda und kletterte wieder auf den Boden hinunter, »ich werd kein Wort sagen.« Sie fing an, sich die Haare zurechtzumachen, aber als der Kamm an einem Knoten hängen blieb und ihr aus den Fingern glitt, stieß sie einen entnervten Seufzer aus. »Ich geh doch sowieso nur wegen Imogene hin.«

»Komm. Lass mich das machen.« Amanda hob den Kamm auf und ordnete Ruths Haare geschickt mit einem Schwung hierhin und dahin. Dann steckte sie sie unsanft mit Nadeln fest, ohne auf Ruths Kopfhaut Rücksicht zu nehmen, aber das Resultat war hübsch. »So schönes Haar«, sagte Amanda, »genau wie das von deiner Mutter. Bist du nicht froh, dass du auf mich gehört hast und es dir nicht bloß wegen einer albernen Mode abgeschnitten hast?«

Tante Mandy hätte sich gar keine Sorgen wegen irgendwelcher fremden Jungen zu machen brauchen, dachte Ruth jetzt, während sie das süßsaure Prickeln ihres Drinks genoss. Allen, Jungen wie Mädchen, ging es ohnehin nur darum, sich mit Imogene zu unterhalten. Sie hatten sie in Beschlag genommen, sobald sie mit Ruth hereingekommen war, und hingen jetzt förmlich an ihren Lippen. Lehnten sich zu ihr vor, gaben ihr Feuer, reichten ihr rosafarbenen Punsch, ließen sie am neuesten Klatsch teilhaben, flüsterten hier ein »Hast du schon gehört«, da ein »Hast du gesehen« und warfen verstohlene Blicke nach den jeweiligen Helden ihrer Geschichten. Ruth ihrerseits lehnte sich mit ihrem Glas und ihrem starren Lächeln in den Stuhl zurück und lauschte, so gut es ging, der Musik.

Als Bobby Hanser plötzlich auftauchte, beobachtete Ruth, wie Imogene so tat, als sei sie überrascht, so tat, als müsse sie sich bitten lassen, und zuletzt seine Hand nahm und ihn geübt genau in die Mitte der Tanzfläche zog. Amanda irrte sich – ihrem Vater hätte es hier durchaus gefallen, dachte Ruth, während sie zusah, wie Imogene und Bobby Foxtrott tanzten, und sich an den glücklichen Abend mit dem Grammofon erinnerte, obwohl es in den kurzen Wochen, die er jetzt zu Haus verbrachte, wenn die »Rebecca Rae« in Milwaukee oder Chicago vor Anker ging, derlei nicht mehr gegeben hatte. Aber wenn ihre Mutter noch am Leben wäre, dann würde er sie hierher zum Tanzen ausführen. Es wäre schön, dachte Ruth ein wenig traurig, wenn jemand *sie* so ausführen wollte. Dann aber warf sie den Kopf zurück. Wen würde sie sich denn überhaupt als Verehrer wünschen? Mit Sicherheit keinen von denen hier. Dann fiel ihr ein, wie meist um diese Uhrzeit, dass sie einen kleinen Ausflug zur Damentoilette machen könnte. Es würde niemandem auffallen, wenn sie für ein Weilchen verschwand.

Sie schlängelte sich zwischen den Tischen hindurch und um die Tanzfläche herum, wich Ellbogen aus, sagte »Verzeihung« und »Pardon«, und wenn manche Körper sie nicht zur Kenntnis nahmen und nicht auseinander rückten, quetschte sie sich einfach zwischen ihnen hindurch. Ein Mädchen lachte ihr plötzlich kreischend ins Ohr; ein Mann machte einen Schritt zurück und trat ihr mit dem Absatz auf die Zehen; duftige Kleider wirbelten; Nacken glänzten vor Schweiß; die Musik und das Stimmengewirr übertönten sich gegenseitig. Ruth stieß die Tür mit der Aufschrift »Mädels« auf und schlüpfte hinein.

Im kühlen und fast stillen Raum ging Ruth schnurstracks zu dem kunstseidenrosa gepolsterten Bänkchen, das an einer Wand unter den Fenstern stand und etwaigen vorübergehend erschöpften Tänzerinnen ein Plätzchen zum Ausruhen bot. Sie streifte sich die Schuhe ab, zog die Füße unter sich auf die Sitzfläche und holte einen Roman aus ihrer Handtasche. Sie würde das Kapitel zu Ende lesen und dann wieder rausgehen und den Schein wahren.

Sie hatte erst einen Absatz gelesen, als die Tür aufflog und Lärm sowie zwei Mädchen einließ, die Ruth vom Sehen her kannte und zu Bobby Hansers Clique gehörten. Nachdem sie Ruth flüchtig mit einem Blick gestreift hatten, ging die eine in eine Kabine, und die andere beugte sich über das Waschbecken, bis ihr Gesicht nur wenige Zentimeter vom Spiegel entfernt war, strich sich das Haar aus der Stirn und musterte eingehend ihre Haut. Sie warf ihrem Spiegelbild einen finsteren Blick zu.

»Sie schmeißt sich ganz schön ran, was?«, sagte das Mädchen in der Kabine zum Geräusch des laufenden Wassers.

»Ich weiß nicht, Zita. Ich hab lediglich gesehen, dass er sie zum Tanz aufgefordert hat.«

»Das ist ja auch genau das, was man sehen soll. Ich kenne den Typ.« Nach einer kurzen Pause fügte sie hinzu. »Man riecht's direkt, hast du's nicht gemerkt?«

»Was soll ich gerochen haben?«

»Eau de Köder.«

»Wenn du's sagst ...«, meinte das andere Mädchen. Sie klappte eine Puderdose auf und betupfte sich ein wenig die Wangen.

»Jammerschade, dass wir es nicht auf Flaschen ziehen und den Einheimischen verkaufen können.«

»Bobby scheint's zu mögen.«

Die Klosettspülung rauschte, und Zita kam aus der Kabine. Sie stellte sich zu ihrer Freundin vor das Waschbecken. »Ach, du kennst doch Bobby und seine Sommerflirts. Wenn's heiß ist, gefällt ihm alles, was einen Rock anhat. Neulich hat er doch tatsächlich davon geschwärmt, wie niedlich sie mit ihrem Schürzchen aussah, als sie Würmer beim Schwanz aus der Erde gezogen hat. Ist das nicht der Gipfel?« Während sie sich die Hände wusch, beugte sie sich zum Spiegel vor und entblößte die Zähne.

»Ach ja, er weiß wirklich nicht, was er will. Ich kann wahrlich ein Lied davon singen.« Das andere Mädchen verschränkte die Arme.

»Was mache ich damit?«, fragte Zita und hielt das Handtuch in die Höhe, mit dem sie sich die Hände abgetrocknet hatte.

»Na, vermutlich ihr geben«, erwiderte ihre Freundin mit einer knappen Kopfbewegung in Richtung Ruth, während sie die Tür öffnete.

Während sie versuchte, wieder an ihren Tisch zu gelangen, wurde Ruth mehr und mehr nach außen abgedrängt, bis die Menge sie fast gegen das Fliegengitter drückte, das den ganzen Pavillon umgab und die Mücken am Eindringen hindern sollte. Unter ihr schlugen die Wellen rhythmisch gegen die Pfähle. Sie blickte über die schwarze Wasserfläche und wünschte sich sehnsüchtig, ihr Vater wäre dort draußen, glitte im Boot über die Haut aus Mondlicht heran, kraftvoll die Ruder durchziehend und sich gelegentlich umwendend, um die Entfernung abzuschätzen. All diese anderen Leute würden ihm gleichgültig sein. Er würde nur ihretwegen kommen.

Als Ruth sich wieder der Tanzfläche zuwandte, stellte sie erschrocken fest, dass Arthur Owens sie von der anderen Seite des Pavillons aus beobachtete. Es störte sie, dass er sie so sah, so verloren und allein, so offensichtlich für niemanden von Interesse. Seit wann kümmerst du dich um solche Dinge, fragte sie sich ärgerlich und warf Arthur einen finsteren Blick zu. Er lehnte am Geländer und plauderte mit den zwei Mädchen, die Ruth auf der Toilette gesehen hatte. Was hatten sie ihm über sie erzählt? Eilig drängte sie sich zu ihrem Tisch zurück.

Imogene und Ray probierten gerade einen Tanz, bei dem er sie erst rechtsherum, dann linksherum wirbeln ließ, während sie Schritt – zusammen, Schritt – zusammen, Schritt, Schritt, Schritt – zusammen rückwärts machte. Das war etwas, was sie Fred Astaire und Ginger Rogers abgeschaut hatten, aber es erwies sich als schwieriger, als sie dachten. Ruth fiel auf, dass es Imogene jetzt gelungen war, Arthurs Aufmerksamkeit auf sich zu lenken, auch wenn er weiterhin versuchte, sich auf sein Gespräch zu konzentrieren. Sie sah ihn lachen und nicken, aber sooft er konnte immer mal wieder einen Blick in ihre Richtung werfen. Von der zurückgewonnenen Sicherheit ihres Sitzplatzes aus musterte Ruth ihn so unauffällig es ging – Imogene würde jede Kleinigkeit wissen wollen.

Eines der Mädchen, mit denen er sich unterhalten hatte – dasjenige, das Ruth ihr gebrauchtes Handtuch gegeben hatte –, trat plötzlich nach vorn und packte ihn bei der Hand, um ihn auf die Tanzfläche zu ziehen. Er wollte gerade sein Glas auf dem Geländer abstellen, um ihr zu folgen, als Ray Imogene herumwirbelte, worauf sie mit vollem Schwung gegen seinen ausgestreckten Arm flog.

Für einen Moment waren alle wie erstarrt, dann brachen alle in Gelächter aus. Das Mädchen, das hatte tanzen wollen, fand es weniger lustig. Ruth, die die Szene wie ein Schauspiel verfolgt hatte, sah leicht verwirrt, dass Imogene die ganze Gruppe zu ihrem Tisch führte.

»Für diejenigen unter euch, die das nicht wissen: Das ist Bobby«, teilte Imogene der Tischrunde mit. »Und das ist sein Cousin, Tom, und Zita und Kitty, und das ist Arthur«, sagte sie, die Hand auf dem Arm des jungen Mannes. Und dann nannte sie, angefangen bei Ruth, die Namen aller, die am Tisch saßen. »So, jetzt sind wir uns in aller Form vorgestellt worden.«

Arthur lächelte Ruth zu, und sie errötete. Wusste er, dass sie ihn beobachtet hatte?

»Ob ihr's glaubt oder nicht, ich war heute mit zweiundachtzig Schlägen durch«, verkündete Bobby der gesamten Runde, als er sich setzte. Mehrere andere zeigten sich gebührend beeindruckt und gaben zum Vergleich Kurzschilderungen ihres jeweiligen besten Spiels. Es überraschte Ruth kaum, dass Imogene, obwohl sie noch nie einen Fuß auf einen Golfplatz gesetzt hatte, schon bald das Gespräch an sich gerissen hatte. Dann tanzte Ray mit Zita, und Arthur mit Imogene.

»Jetzt möchten Sie bestimmt mit Ruth tanzen«, teilte Imogene, sich mit beiden Händen Luft zufächelnd, Arthur mit, als sie zum Tisch zurückkehrten.

»Nein, gehen wir doch raus aufs Boot«, schlug Bobby vor.

»Einen Tanz«, sagte Arthur und streckte die Hand nach Ruth aus.

Ruth hätte lieber nicht getanzt, und sie schnitt Imogene eine Grimasse über die Schulter, während Arthur sie auf die Tanzfläche führte. Schließlich, hätte er mit ihr tanzen wollen, dann hätte er sie schon von sich aus gefragt. Aber Imogene hatte schon angefangen, Tom eine ihrer Geschichten zu erzählen, und gestikulierte dabei, dass ihre Armreifen klimperten. Ruth gab es auf und wandte sich ihrem Partner zu.

»Heiß, nicht?«, sagte sie.

Arthur war unbefangen, locker. Er reichte ihr die Hand und lächelte. Er sah sie durch seine runden Brillengläser so an, als wäre sie diejenige, die er von Anfang an gewollt hatte.

Es war nur ein Foxtrott, aber Ruth fand einfach nicht den Rhythmus. Sie versuchte, Arthur ganz leicht zu berühren, ihre Hand so sanft wie ein Schmetterling auf seiner Schulter ruhen zu lassen. Aber sie schaffte es nicht ganz, seinem Schritt zu folgen, und musste sich an ihm festklammern, während er sie hin und her schwenkte und ihr Haar mit jeder Bewegung mehr aus der Form geriet.

Doch dann geschah etwas Seltsames. Vielleicht lag es auch nur daran, dass die Hitze und der Alkohol endlich ihren Widerstand brachen. Sie klammerte sich weiterhin an ihn, aber jetzt bewegte sie sich im Takt mit ihm, geschmeidig, glatt wie

Öl. Sie ließ es zu, dass er sie an sich zog, bis sie wie die zwei Hälften einer Erdnuss zusammenpassten. Sie ließ sich von ihm führen und verlor alle Unsicherheit. Sie wirbelte herum, warf den Kopf zurück und sah an die kreisende Decke; sie lauschte auf die Musik und erlaubte ihren Füßen, zu hüpfen und zu gleiten, ganz wie es ihnen beliebte. Und ihr Lächeln war nicht mehr starr.

Als der Tanz zu Ende war und er sie an den Tisch zurückgeführt hatte, sah sich Ruth verwirrt um; sie konnte sich nicht mehr erinnern, auf welchem Stuhl sie gesessen oder wo sie ihre Handtasche gelassen hatte. Bobby stand auf und schob seinen Stuhl mit den Kniekehlen zurück. »Wie wär's jetzt mit einer kleinen Runde im CrisCraft? Im Dunkeln werden wir nicht so aufdrehen können, aber es wird trotzdem bestimmt ganz lustig.«

Drängelnd und schwatzend strömten sie hinunter zum Anlegesteg. Ihre Stimmen hallten von einem Ende des Sees zum anderen, wie in einem gigantischen Amphitheater.

Ruth beobachtete Imogene, wie sie anmutig ins Boot kletterte – erst Arthurs Hand zu Hilfe nahm, um auf dem Steg das Gleichgewicht nicht zu verlieren, dann Bobbys Schulter, um im Boot nicht auszurutschen –, und versuchte, es ihr gleich zu tun. Als sie sich auf der letzten Stufe beinah den Knöchel verstauchte, machte sie ein böses Gesicht und kam sich lächerlich vor in ihren Stöckelschuhen.

»Vorsicht, Stufe«, warnte Arthur sie.

Es nützte nicht viel, dachte Ruth gereizt, zur Vorsicht ermahnt zu werden, *nachdem* man ausgerutscht war. Ihre rechte Hand, diejenige, die er gehalten hatte, um ihr ins Boot zu helfen, zitterte, und sie umfasste sie fest mit der anderen.

Fast noch bevor alle einen Sitzplatz gefunden hatten, ließ Bobby den Motor aufheulen, und sie brausten davon. Plötzlich riss er das Steuer herum, und Ruth musste sich an Toms Arm klammern, um nicht vom Sitz zu fallen. Er riss es zur anderen Seite herum, und sie flog beinah Imogene auf den Schoß. Zwischen Kreischen und Gelächter schrien Kitty und Zita ihm zu, er solle langsamer fahren, aber er grinste nur und machte wieder einen Schlenker, mit dem er diesmal Arthur auf den Boden beförderte und Imogene auf ihn drauf.

Endlich hatte Bobby von diesem Spiel genug und drosselte die Geschwindigkeit. Er öffnete ein Mahagonischränkchen unter dem Bugverdeck und holte eine Flasche Whiskey und Gläser heraus. Ruth warf einen Blick auf Imogene, die sich gerade den Rock über den Knien glatt strich und sich gelassen in die blutroten Polster zurücklehnte. Ihr taten diese Mädchen mit ihrem dümmlichen Geschwätz und den Gehässigkeiten über den Anglerladen Leid. Nichts an Imogene roch nach »Eau de Köder«. Es war offensichtlich, dass sie sich hier ganz in ihrem Element fühlte. Sie schien dafür geboren, dem satten Dröhnen des Bootsmotors zu lauschen, die gepflegten Fingerspitzen über das glatte gefirnisste Holz gleiten zu lassen, die wohlgeformte Hand mit dem geschmackvollen, schmalen Ring, den ihre Eltern ihr zum Highschool-Abschluss geschenkt hatten, nach einem Kristallglas mit einem Fingerbreit flüssigem Bernstein auszustrecken.

»Jetzt legen wir uns alle hin und gucken uns die Sterne an«, verkündete Zita und ließ sich auf den Boden des Bootes gleiten. Sie lag mit angewinkeltem Bein auf dem Rücken, so dass jeder die glatte Fläche ihres Oberschenkels sehen konnte.

Ruth genierte sich ihretwegen und wandte die Augen ab.

»Komm schon, steh auf, Zita«, sagte Bobby und reichte ihr die Hand, aber sie stieß sie beiseite.

»Wart mal! Ich kann das Wasser hören!«, rief sie aus und presste das Ohr an die Planken. Dann setzte sie sich abrupt auf, fasste Ruth an der Hand und versuchte, sie herunterzuziehen. »Hör doch! Schalt den Motor aus, Bobby!«

Bobby gehorchte, und nach einem kurzen erfolglosen Kampf gab Ruth es auf und legte sich neben Zita. »Horch!«, befahl Zita, und Ruth presste das Ohr angespannt gegen das Holz. Durch die polierten Planken hörte sie das Wasser glucksen und schlürfen, den hölzernen Bootsrumpf bedrängen, nach einem Durchlass suchen.

Über ihr gellte Kittys Stimme: »Wisst ihr, was ich über die Stelle da hinten gehört habe?« Das Ohr noch voll von den Geräuschen des Wassers, sah Ruth, wie Kitty in die Ferne deutete. »Während des Krieges hat eine Frau da drüben auf der Insel ihr Baby ertränkt. Angeblich kann man es spät nachts weinen hören. Stimmt das?« Sie blickte zu Imogene, dann hinunter zu Ruth. »Habt ihr's schon mal gehört?«

»Nein!« Ruth setzte sich abrupt auf. »Natürlich nicht. Das ist völlig verrückt!« Aber selbst jetzt, in diesem Augenblick, konnte sie im Geist ein Baby weinen hören, das schwache Wimmern, das immer mehr in die Ferne rückte, aber niemals ganz verstummte. Sie schloss die Augen, um den Laut auszusperren, aber er hielt unvermindert an, und obwohl ihr Ohr nicht mehr auf den Bodenplanken lag, hörte sie, mit dem Weinen vermischt, auch den See, und sie spürte das Wasser, seine nasse Zunge an ihren Ohren, an ihren Augen, ihren Armen und Beinen lecken, sie spürte den Sog, der sie hinabzog.

Sie schlug die Augen auf, aber die Sterne rasten auf sie zu, und ihr war, als trudle sie unkontrollierbar durchs All. Ihre Eingeweide stiegen wie eine Flutwelle empor. Sie kletterte hastig auf ihren Sitz und übergab sich über die Bordwand.

Alle waren äußerst lieb.

»Das ist die Hitze«, meinte Kitty. »Mir ist selbst auch schlecht.«

»Das liegt daran, dass Bobby uns so durchgerüttelt hat«, meinte Zita. »Ich hab dir doch gesagt, du sollst nicht so rasen.«

»Na ja, man sollte die Leute aber auch nicht zwingen, sich im Boot auf den Boden zu legen«, meinte Bobby.

»Du hast Recht«, gab Zita zu. »Es tut mir Leid, Ruth.«

Ruth nahm das Taschentuch, das Imogene ihr hinhielt, und putzte sich die Nase. »Ist schon wieder in Ordnung. Ich bin wahrscheinlich nur nicht dran gewöhnt, so viel zu trinken.«

»Wenn Bobby uns nicht so billigen Fusel anbieten würde«, sagte Arthur, »würde so was auch nicht passieren. Mir ist erst letzte Woche von seinem Gin schlecht geworden.«

Ruth versuchte, ihm zuzulächeln, aber ihre Lippen zitterten, und ihre Arme schlotterten so heftig, dass sie sie vor der Brust verschränken musste, um sie ruhig zu halten.

»Sie frieren ja!«, rief Arthur aus. »Hat denn niemand eine Jacke dabei?« Er ging zum Bug und kehrte mit einem Badetuch zurück, das noch vom nachmittäglichen Schwimmen da gelegen hatte. »Kommen Sie doch mit nach vorn, ja?«, forderte er sie auf und legte ihr das Tuch sanft um die Schultern. »Weg vom Motor, da ist die Luft frischer. Du lässt mich doch ein Weilchen ans Steuer, Bobby, oder?«

»Klar«, sagte Bobby und machte es sich auf einem der hinteren Sitze zwischen Zita und Imogene bequem. »Fahr bei euch vorbei. Mal sehen, ob noch jemand auf ist.«

Arthur ließ den Motor an und schaltete mit einer Drehung des silberfarbenen Knopfes die Positionslichter ein. Der Innenborder nahm sein beruhigendes Blubb-blubb-blubb auf, aber Ruth fröstelte weiterhin. Wohin man auch sah, kräuselte sich das Wasser wie schwarzer Krepp. Wenn sie hier hineinspränge, würde sie es bis zum Ufer schaffen?

»Und wie lange kommen Sie jetzt schon her?«, fragte sie, um sich zu beruhigen.

»Ach, seit Jahren«, erwiderte er. »Zum ersten Mal grad ein paar Tage nach Kriegsende. Ich muss ungefähr fünf gewesen sein, und mein Dad hat mich mitgenommen, als er sich überlegte, das Grundstück hier zu kaufen. Damals plante er, Gänse zu züchten, Sie wissen schon, für Federbetten. Er meinte, sie würden sich am Wasser bestimmt wohl fühlen.« Arthur schmunzelte. »Ständig hatte er solche verrückten Pläne.«

»Und stattdessen hat er dann ein Haus gebaut?«

»Na ja, genau genommen nicht stattdessen. Wir haben tatsächlich Gänse gezüchtet und danach Brieftauben und dann Ziegen, bis er den Schuppen zu einem Fotolabor umgebaut hat. Er dachte, er hätte ein schnelles Verfahren zur Filmentwicklung entdeckt, aber dann hat's nicht funktioniert. Hat alle mächtig gewundert. Momentan ist er dabei, den Segelschlitten zu revolutionieren.« Das Wort »revolutionieren« sprach er mit einem spöttischen Ton aus.

»Sie halten also nicht allzu viel von seinen Ideen?«

»Doch, doch, die Ideen sind gut. Er platzt förmlich vor guten Ideen. Das Problem ist nur, wenn was platzt, gibt's Scherben, und irgendwie ist er nie da, wenn's ans Aufräumen geht.

Ich habe Sie schon mal im Ort gesehen«, fuhr er nach einer kurzen Pause fort. »Zusammen mit Ihrer Mutter.«

»Das ist meine Tante. Meine Mutter ist schon vor Jahren gestorben.« Und dann hatte sie irgendwie das Bedürfnis, ihm mehr zu erzählen – vielleicht, weil er so viel über seinen Vater gesagt hatte. »Sie ist ertrunken, um genau zu sein. Sie ist im Eis eingebrochen.«

»Hier? Auf diesem See?« Arthur starrte Ruth an, und er glaubte wieder die scharfen Windböen eines lange vergangenen Wintertags zu spüren.

»Jetzt hier rüber. Jetzt grad von hier nach da«, sagte sein Vater und brachte den fünfjährigen Arthur in Position. Und Arthur stand und stand und sog den Geruch nach feuchter Wolle ein, den die in seinem Schal eingefangenen Atemwölkchen erzeugten. Es machte ihn stolz zu helfen, auch wenn seine Füße die reinsten Eisklumpen waren und er in den Fingern überhaupt kein Gefühl mehr hatte. Er hielt ein Ende einer Schnur fest, während sein Vater, das andere Ende in der Hand, das Gelände mit regelmäßigen Schritten abging und gelegentlich stehen blieb, um Zahlen in sein Büchlein einzutragen. Endlich sagte er: »Das war's. Du kannst jetzt spielen. Ich gehe nur schnell zum Auto.«

Das Eis lag auf dem See: eine einzige leuchtend schwarze Fläche, leicht mit Schnee überpudert, und darauf rasten und schossen Segelschlitten, launisch wie Sommerschmetterlinge, im peitschenden Wind hin und her. Solange er da gestanden und seine Schnur festgehalten hatte, war Arthur unfähig gewesen, die Augen vom gefrorenen See abzuwenden. Der Anblick faszinierte ihn. Er rief in ihm den Wunsch wach, auf dem Wasser zu wandeln.

Von seinen Pflichten entbunden, trat Arthur aufs Eis. Sein

rechter Fuß rutschte sofort aus, aber er fing sich wieder und schlurfte, die Beine so angespannt wie Klaviersaiten, ein paar Schritte weiter auf ein Grüppchen von Anglerhütten zu, die sich in der Kälte eng aneinander drängten. Wie tief das Eis hinunterzureichen schien! So tief, dass er nicht erkennen konnte, wo das Gefrorene endete und das Wasser darunter anfing. Er ließ sich auf die Knie fallen, um besser nach unten schauen zu können, und beugte sich vor, die behandschuhten Hände vor sich auf dem Eis aufgestützt, die Nase fast auf dem See.

Er betrachtete das Eis, die Bläschen, Risse und vereinzelten Blätter oder Algenbänder, die darin schwebten, die klaren Flächen, die immer tiefer und tiefer ins Unendliche zu reichen schienen. Wo waren die Fische? Er krabbelte auf allen vieren vorwärts, ohne zu wissen wohin.

Ein Donnern teilte ihm mit, dass ein Segelschlitten herankam. Er hob die Augen und sah ihn auf das Ufer zurasen. Gerade als er sicher war, dass er mit voller Geschwindigkeit gegen die Felsen krachen würde, schwenkte er mit scharrenden Kufen abrupt herum, stand einen Augenblick mit flatterndem Segel da, bis er – fwumm! – vom Wind erfasst wurde und wieder davonschoss, auf die Mitte des Sees zu. Als er vorbeisauste, drehten sich zwei vermummte Gesichter zu Arthur herüber, und eine Hand in einem Dreifingerhandschuh erhob sich steif zum Gruß. Arthur winkte und rannte ihnen ein paar Meter weit hinterher.

Als ihm ein Fuß wegrutschte, sah er instinktiv nach unten und stieß die Hände nach vorn, um die Wucht des Sturzes abzufangen. Wenn die Frau nicht im Eis eingebettet gewesen wäre, wäre er direkt in ihren Armen gelandet. Als Erstes sah er die geschwollene graue Hand, dann den Arm, den violetten gefältelten Stoff und schließlich das Gesicht. Es war ihm zugewandt, die blauen Augen starr, der Mund aufgerissen, lautlos schreiend, gefangen in diesem bodenlosen schwarzen Loch.

Er versuchte, von da wegzukommen, versuchte aufzustehen und loszurennen, aber er rutschte aus und fiel genau auf dieselbe Stelle zurück, als ob die Hand ihn am Knöchel gepackt und hinuntergezogen hätte. Schließlich schaffte er es, auf allen vieren rutschend, sich zu entfernen und ans Ufer zurückzukehren.

Sobald Arthur wieder festen Boden unter den Füßen hatte, fing er an zu schreien und rannte den Hügel hinauf zum parkenden Wagen, dabei, außer wenn er grad nach Luft schnappte, unaufhörlich weiter schreiend. Als sein Vater ihn auf den Arm nahm, drückte Arthur den Kopf gegen seine riesige Schulter und versuchte, das Gesicht unter dem Eis auszulöschen. »Was ist?«, fragte sein Vater, erst erschrocken, dann beruhigend, dann gereizt. »Bist du hingefallen? Hast du dir den Kopf angestoßen? Hast du dir wehgetan? Was ist los? Was, zum Teufel, ist los mit dir?«

Arthur presste die Augen gegen das Schlüsselbein seines Vaters, bis sie schmerzten, und dann schaffte er es endlich, ohne sich umzusehen, hinter sich aufs Wasser zu deuten. Sein Vater setzte ihn wieder ab, und sie gingen hinunter zum Ufer. Am Rand des Eises blieb Arthur stehen, und als sein Vater ihn bei der Hand nahm, um ihn weiterzuziehen, stemmte er sich mit seinem ganzen Gewicht dagegen.

»Na schön, dann bleib eben hier«, sagte sein Vater ungeduldig. »Rühr dich nicht von der Stelle. Ich komm gleich wieder.«

Arthur sah seinem Vater nach, wie er vorsichtig über das Eis schlurfte und dabei der Spur folgte, die Arthurs Knie in der dünnen Schneedecke hinterlassen hatten. Er sah ihn stehen bleiben, zurücktaumeln, sich fangen und dann langsam hinknien. Er sah ihn den Pulverschnee behutsam mit der behandschuhten Hand beiseite wischen. Dann stand er wieder auf und kam zurück.

»Wie ist die Dame da ins Eis gekommen?«, fragte Arthur, als seine Hand wieder sicher in der Hand seines Vaters lag und sie den Hügel hinauf zum Wagen zurückstapften.

»Ich weiß es nicht.«

»Sollten wir sie nicht rausholen?«

»Darum kümmert sich der Sheriff, Arthur.«

Der Sheriff kam mit einer Serviette im Hosenbund aus seinem Haus heraus. Er steckte den Kopf in den Wagen und zwinkerte Arthur zu.

»Sie können den Jungen jetzt nach Haus bringen«, sagte er, als Arthurs Vater sich wieder in den Wagen gesetzt hatte. »Wir wissen, wer es ist. Wir werden sie schon finden.«

Und so ließen sie die Dame im Eis.

»Das ist es«, sagte Arthur und brachte das Boot vor einem breiten Rasenstück zum Stehen, das, grau unter dem Nachthimmel, steil zu einem weißen Haus mit einer hohen Säulenfassade hinaufführte.

»Wunderschön«, hauchte Imogene, als ob sie nicht schon oft zusammen mit Ruth von einem Ruderboot aus auf dieses Haus gestarrt und Spekulationen über dessen Bewohner angestellt hätte.

»Wann schmeißt du denn wieder mal eine Party, Arthur?«, fragte Zita. Sie stieg auf den Sitz hinter ihm, wie um einen besseren Ausblick zu haben, und stützte sich zur Sicherheit auf seine Schultern. »Die vom letzten Jahr war die beste der ganzen Saison. Weißt du nicht mehr, Kitty? Nachmittags schwimmen und dann am Abend der Tanz drüben beim Bootshaus. Und Tom, weißt du noch, wie Eddie dich vom Steg geschubst hat?« Sie lachte etwas lauter, als es eigentlich angebracht war. »Ach, Arthur, du *musst* mir versprechen, dass du noch eine gibst«, sagte sie. »Du musst einfach, sonst hat der ganze Sommer keinen Sinn!« Sie beugte sich zu ihm hinab, so dass ihr makellos frisiertes Haar seine Wange streifte. »Versprichst du's?«

»Hat dir noch keiner gesagt, dass wir eine Depression haben?«, erwiderte er, den Kopf leicht zu ihr neigend.

»Na, umso mehr brauchen wir dann was zum Aufheitern!«

»Sag mal, sollen wir die ganze Nacht hier rumsitzen?«, mischte sich Bobby ein. »Lass mich ans Steuer.«

Und so verteilten sie sich wieder neu: Bobby und Zita setzten sich nach vorn; Imogene lockte Arthur mit einem Augenaufschlag und einem leichten Raffen ihres Rockes auf den Platz, den Bobby gerade geräumt hatte; und Ruth ließ sich auf den Sitz neben Ray gleiten. Kitty und Tom, die mittlerweile angefangen hatten, miteinander zu flüstern, blieben zusammen im Heck.

»Nicht so heiß hier draußen«, sagte Ray.

»Nein.« Sie lächelte ihm zu. Der gute alte Ray. »Hier draußen ist es ganz angenehm.«

Dann drückte Bobby den Gashebel nach vorn, und sie schossen über das schwarze Wasser, immer ihrem eigenen kleinen weißen Lichtstrahl folgend. Gierig lehnte sich Ruth nach vorn in den milden Fahrtwind.

Amanda

Ich war gerade dabei, ein paar Zwiebeln aus dem Beet zu buddeln – da ich mich nicht bücken konnte, kauerte ich ziemlich unbeholfen auf dem Boden –, als mir, wie ich glaubte, eine Eichel auf die Schulter fiel.

»He!«, sagte ich und sah in die Baumkronen. Eine weitere traf mich am Arm. Als sie auf die Erde rollte, sah ich, dass es keine Eichel war, sondern eine Murmel.

»Ins Haus!«, zischte Mattie von einem Fenster aus. »Schnell!«

»Was ist denn los?«

»Schh! Rudy«, artikulierte sie lautlos.

Rasch sah ich zum Wasser hinüber. Ja, da war er. Im Augenblick kehrte er uns den Rücken zu, aber nur noch ein paar Ruderschläge, und er würde landen und das Boot auf unseren kleinen Strand ziehen.

Die Gittertür flog knallend auf, und Mathilda eilte mit Ruth auf der Hüfte hinunter zum Wasser. Inzwischen schlich ich, so tief geduckt wie ich konnte, zur Hintertür.

Ich beobachtete durch eines der Vorderfenster, wie sie sich unterhielten und Rudy Ruth ein paar Mal in die Luft warf, dann sah ich ihn ein paar volle Leinensäcke aus dem Boot wuchten. Als er Anstalten machte, einen davon zum Haus zu tragen, beeilte ich mich wegzukommen. Ich lief durch die Hintertür wieder hinaus und schloss mich im Toilettenhäuschen ein.

Sollte ich im Lauf des vergangenen Monats das Beschämende meiner Situation vergessen haben – als ich diesen Gestank roch und durch das mondsichelförmige Loch in der Tür auf die Rückseite des Hauses spähte, wurde es mir schlagartig wieder bewusst.

Ich kam erst wieder heraus, als ich Mattie sah, die offensichtlich nach mir suchte. Sie packte mich am Arm und schüttelte mich.

»Du hast mir eine Heidenangst eingejagt, Mandy! Ich hatte keine Ahnung, wo du stecken könntest, und ich hab schon befürchtet, du wärst ins Wasser gegangen.«

In dieser Nacht drehte der Wind zum ersten Mal seit Monaten wieder nach Osten, und die Temperatur fiel. Ich holte ein paar Wolldecken heraus, um Mattie und Ruth warm einzupacken. Dann breitete ich eine auf meinem Bett aus. Nach den Laken und Baumwolldecken des Sommers fühlte sie sich tonnenschwer an. Als ich mich darunter gelegt hatte, schien sie meine Arme und Beine ans Bett zu pressen und mich in den Schlaf zu drücken.

Im Brown's Business College lernten Ruth und Imogene stenografieren und Maschine schreiben. Imogene war offensichtlich begabt. Schon nach zwei Wochen konnte sie tippen, ohne auf die Tasten zu sehen. Nach vier Wochen konnte sie einen zweiseitigen Brief nach Diktat schreiben, ohne einmal zu stocken. Und die Buchhaltung fiel ihr natürlich gleich von Anfang an leicht. Die Arbeiten, die sie abgab, waren stets mustergültig, die weißen Blätter sauber und nicht zerknittert, die Tinte nie verschmiert.

Ruth hingegen machte sich überhaupt nicht gut. Imogene hatte sie davon überzeugt, dass eine bürokaufmännische Ausbildung sehr nützlich sei, aber sie vermisste die Arbeit im

Kaufhaus, die sie deshalb aufgegeben hatte. Sie schaffte es anscheinend nicht, zwei Zeilen zu tippen, ohne dass ihre Gedanken abschweiften oder ihre Finger sich selbstständig machten und auf die falschen Tasten drückten. Es war ihr nicht möglich, sich zu merken, wie viele Leerzeilen zwischen Absenderadresse und Datum, Datum und Empfängeradresse, Empfängeradresse und Anrede kamen. Und wen kümmert's, wen kümmert's, dachte sie, während sie an einem Blatt zerrte, das die Schreibmaschine nicht wieder herausrücken wollte. Wenn sie beim Tippen zurückblieb, klapperte sie einfach im Takt der Klasse weiter, ohne sich darum zu kümmern, welche Tasten sie traf. Wenn sie Briefe aufnehmen sollte, in denen es darum ging, wie viel Mr. P Mr. Q schuldete und in welchen Raten er zahlen wollte, zeichnete sie an den Rändern ihres Blatts kleine Gestalten mit komplizierten Hüten. Imogene bestätigte ihr, dass manche von ihnen ziemlich gut gerieten.

»Mach dir nichts draus«, tröstete sie sie, wenn die Browns über den Korrekturen von Ruths Kurzschrift verzweifelten, »du bist eben der schöpferische Typ.«

Imogene hatte beschlossen, dass sie und Ruth moderne Frauen werden würden. Nach ihrem Abschluss würden sie eine Werbeagentur in Chicago eröffnen. Sie selbst würde sich um den geschäftlichen Teil kümmern und die Strategien entwickeln – sie wusste, wie man Leute dazu brachte, etwas haben zu wollen. Ruth würde für Grafik und Texte zuständig sein. Wie sie an Aufträge kommen würden, wusste Imogene zwar nicht so genau, aber sie schwelgte in vagen Vorstellungen von Geschäftsleuten in grauen Anzügen und Hornbrillen, die angesichts der Originalität und des Geschmacks und der unwiderstehlichen verkaufsfördernden Wirkung ihrer Entwürfe bewundernd die Brauen heben würden.

Ruth verdächtigte Imogene, dass sie diese Idee aus irgendeinem Film hatte. Sie machte ihr etwas Angst, aber wenn Imogene es so wollte, war sie bereit, ihren Teil dazu beizutragen. Sie übte zeichnen und experimentierte mit verschiedenen Techniken, die sie in Zeitschriften entdeckte. Sie zeichnete

Damenschuhe in Tusche, malte Früchte in Aquarell, skizzierte mit Kohle fröhliche Familien am Strand unter riesigen Sonnenschirmen, die sie aus leuchtend buntem Papier ausschnitt. Sie stellte sich die Wohnung vor, die sie zusammen in der Stadt haben würden, malte sich aus, wie Freunde von der Straße aus zu ihrem Fenster hinaufpfeifen würden, damit sie die Tür öffneten. Auf dem Heimweg nach der Arbeit würde sie Lebensmittel einkaufen, und sie würden zusammen die Schlager aus dem Radio singen, während sie Hähnchen *alla cacciatora* kochten und Salate mit Kirschtomaten zubereiteten.

»Ich bin kaputt, absolut kaputt!«, verkündete Imogene, als die Klasse an diesem Montag in die Mittagspause entlassen wurde. »Ich kann diese Schuhe nie wieder anziehen.« Sie bewegte ihre hübschen Knöchel, bevor sie die Füße unter einen der Tische schob, die im Schreibmaschinenzimmer unter den Fenstern standen.

»Was habt ihr am Wochenende gemacht?«, fragte Lillian. Sie wusste, was von ihr erwartet wurde. Ruth und Imogene verbrachten ihre Mittagspause oft zusammen mit Lillian und Myrtle, zwei Schwestern aus Baraboo.

»Ach, wir waren tanzen, drüben im Pavillon.«

»Ah, tanzen!« Myrtle warf ihnen einen verschwörerischen Blick zu, den Ruth nicht leiden konnte. Myrtle war älter als sie alle und geschieden. Ständig machte sie irgendwelche zweideutigen Bemerkungen. »Jemand Interessantes da?«

»Nein«, erwiderte Ruth rasch.

»Doch«, sagte Imogene. »Ruth hat jemand Interessantes kennen gelernt.«

»Was du nicht sagst. Wie war er denn, Ruth?« Lillian lehnte sich so heftig über den Tisch, dass ihr ein wenig Eiersalat aus dem Sandwich fiel.

Ruth versuchte gerade, mit ihrer Hausaufgabe für den Nachmittagskurs fertig zu werden – zwei Seiten Steno, die sie übers Wochenende hatte liegen lassen. »Er war nichts Besonderes, Lillian. Es hat ihm gefallen, wie Genie tanzte, aber wem gefällt's schließlich nicht?«

»Wann lässt du mich endlich was mit deinem Haar machen, Ruth?«, fragte Myrtle und bot allen Zigaretten an, bevor sie sich selbst eine anzündete. »Den Männern würde auch gefallen, wie *du* tanzt, wenn du nicht wie eine altmodische Dorfschullehrerin aussähest.«

»Myrtle *kann* frisieren, Ruth«, sagte Lillian. »Sie macht bei mir alles, weißt du, schneiden und legen und so.« Sie drehte sich um, damit man ihre Nackenwelle bewundern konnte.

»Und färben«, fügte Myrtle hinzu. »Unter dem Henna hat Lillian Haare wie eine Maus.«

»Stimmt. Hab ich wirklich.«

Die Weise, wie Ruth da die zwei Schwestern ansah – als ob die beiden die seltsamen Käuze wären, und nicht sie –, erinnerte an das kleine Mädchen mit dem schwarzen Zahn, aber jetzt lächelte sie dabei, wie sie es früher nie getan hätte. Schließlich versuchten sie ja nur, ihr zu helfen.

»Meiner Tante gefällt die Frisur«, gab sie zur Antwort. »Und mich stört sie nicht.«

Die Tür am hinteren Ende des Zimmers öffnete sich, und der junge Mr. Brown, der Lehrer für Maschinenschreiben, trat aus seinem Büro und schlenderte, die Hände in den Taschen seiner elegant geschnittenen Hose, langsam herein. Man nannte ihn den »jungen« Mr. Brown, um ihn von seinem Vater, dem Gründer der Schule, zu unterscheiden, aber eigentlich jung war er nach Imogenes oder Ruths Maßstäben nicht. Einst hatte er hochfliegende Träume gehabt und war diesen bis nach Milwaukee gefolgt, aber dann hatten sie sich irgendwie zerschlagen. Er trug das Haar nach hinten gekämmt, damit seine Naturlocken besser zur Geltung kamen, und ließ sich die Nägel maniküren. Während andere Lehrer sich im Unterricht die Hemdsärmel hochkrempelten und sich den Schlips mit Kreide schmutzig machten, wäre es völlig undenkbar gewesen, dass der junge Mr. Brown vor Ende des Schultags sein Jackett ablegte. Imogene behauptete, das liege daran, dass er es nicht ertragen könnte, sich von seinem Flachmann zu trennen.

»Na, wie geht's meinen Mädchen?«, fragte er und beugte

sich, eine Hand auf Imogenes Schulter, die andere auf Ruths, zwischen beiden Mädchen vor, so dass sein Gesicht mit dem ihren auf gleicher Höhe war. Er gab sich seinen Schülerinnen gegenüber betont väterlich, was ihm als Vorwand diente, sie anzufassen oder ihnen über das Haar zu streichen. Ruth zuckte fast unwillkürlich zusammen, wie ein Pferd, dem sich eine Fliege auf den Hals setzt. Sie klappte ihr Heft zu und betrachtete den Umschlag, während sie stumm darauf wartete, dass Mr. Brown weiterging.

Imogene hingegen sah ihm offen ins Gesicht und nickte energisch. »Ruth ist noch nicht ganz fertig mit ihrer Arbeit«, sagte sie. »Wollten Sie was Bestimmtes?«

Mr. Brown richtete sich wieder auf. »Nein, nein«, sagte er, »ich mache jetzt meine Kaffeepause.« Er nahm seine Hand von Imogene und drückte zum Ausgleich Ruths Schulter ein wenig, bevor er in übertrieben gemessenem Schritt den Raum verließ.

Imogene sah ihm nach und verdrehte die Augen. »Kaffee, wer's glaubt!« Sie wandte ihre Aufmerksamkeit wieder der Tischrunde zu. »Ich frag mich, ob Arthur Owens diese Woche auch zum Tanzen kommt. Hat er dir gegenüber was davon gesagt, Ruth?«

»Ich habe dir schon alles erzählt, was er mir gesagt hat«, entgegnete Ruth, ohne aufzusehen. Sie schob ihr Heft zu Imogene hinüber. »Zeig mir doch noch mal, wie man ›str‹ schreibt. Ich kann's mir einfach nicht merken.«

»Du könntest schon, wenn du's versuchen würdest«, erwiderte Imogene, nahm aber doch den Bleistift, den Ruth ihr hinhielt.

Die Frau, die in diesem Augenblick das Zimmer betrat, trug ein zimtfarbenes Kostüm und einen Hut, der nicht die übliche Glockenform hatte, sondern eine neue, modische, und dazu eine Feder, die so herabhing, dass sie das halbe Gesicht verdeckte. »Könnten Sie mir wohl sagen, wo ich Mr. Brown finde?«

»Den jungen Mr. Brown oder den alten Mr. Brown?«, meldete sich Lillian.

Die Frau zögerte. »Ich weiß nicht. Ich möchte eine Sekretärin einstellen.«

»Dann sollten Sie mit dem alten Mr. Brown sprechen«, sagte Imogene. Sie war bereits aufgestanden. »Ich führe Sie gern in sein Büro.«

»Sie braucht eine Sekretärin«, flüsterte Imogene, als sie sich wieder an ihren Platz setzte, und schüttelte bewundernd den Kopf. »Schöne Schuhe.«

Als die Frau wieder aus dem Büro herauskam, warf sie einen Blick zum Tisch herüber und deutete mit der Hand einen Gruß in Richtung Imogene an, die ihrerseits zurückwinkte.

»Was hast du ihr denn gesagt?«, fragte Ruth.

»Och, ich weiß nicht.« Imogene zuckte die Achseln. »Nur was in dem Sinn, wie viel ich hier gelernt habe.«

»Aber du bist doch erst in der zweiten Klasse!«, protestierte Lillian.

»Ich tippe schneller als die meisten in der vierten. Außerdem sucht sie jemanden mit guten Umgangsformen und rascher Auffassungsgabe, der für sie Anrufe entgegennimmt und Verabredungen trifft und ihren Terminkalender führt, und das könnte ich gut. Meinst du nicht auch, Ruth?«

Gute Umgangsformen und rasche Auffassungsgabe, dachte Ruth, das waren bestimmt nicht Imogenes Worte. Aber sie trafen durchaus auf sie zu – teilweise jedenfalls.

Mr. Brown kam mit einem Zettel aus seinem Büro und pinnte ihn an das Schwarze Brett.

> Gesucht
> Privatsekretärin. Maschine schreiben, Ablage,
> ein wenig Diktat.
> Gepflegte Umgangsformen am Telefon unerlässlich.
> Berufserfahrung nicht notwendig.
> Bewerbungen an:
> Theresa Owens (Mrs. Clement), W290 N3040
> Lakeside Road

14

»Ruth, ich muss dich unbedingt in dieses Haus hineinbekommen!« Imogene hatte auf dem Heimweg nach ihrem ersten Arbeitstag im Owensschen Haus bei Ruth und Amanda Zwischenstation gemacht.

»Bist du mit dem Fahrrad unterwegs?«, fragte Amanda. »In einer Stunde gießt's.«

»Nein, nein, meine Eltern haben mir erlaubt, den Ford zu nehmen. Ich dachte, das würde einen besseren Eindruck machen. Aber ich muss jetzt unbedingt von diesem Haus erzählen.« Sie zog Ruth neben sich an den Küchentisch und beschrieb die wuchtigen weißen Säulen, die die Veranda säumten, und die Zimmer, die Mrs. Owens ihr an diesem Nachmittag gezeigt hatte; sie skizzierte mit dem Finger auf der Wachstuchdecke ihre jeweilige Lage und schilderte, soweit sie sich erinnern konnte, die einzelnen Farben und Stoffe und Einrichtungsgegenstände.

»Zwei Kamine, so eine Verschwendung!«, meinte Amanda. »Wozu braucht man denn zwei Kamine?«

»Na ja, es ist ein großer Raum. Es gibt an jedem Ende einen, so dass man wahlweise die Hälfte des Zimmers benutzen kann, für einen Abend im kleinen Kreis, oder, für ein richtiges großes Fest, das ganze. Und sie nennt es das ›Wohnzimmer‹. Ist das nicht ein viel besserer Ausdruck? Klingt es so nicht viel … ich weiß nicht … viel *wohnlicher* als ›Vorderzimmer‹? Natürlich ist das ganze Haus recht rustikal im Vergleich zu ihrem Stadthaus.«

»Natürlich«, sagte Amanda trocken. »Imogene, Ruth hat mir erzählt, dass du wegen dieser Stelle bei Browns aufgehört hast. Ich dachte, ihr Mädchen würdet auf etwas Besseres hinarbeiten, als irgendeiner Frau die Korrespondenz zu tippen. Ich dachte, ihr wolltet eine Werbeagentur aufmachen.« Sie hielt beiden nacheinander eine Platte mit Früchtekuchen hin.

Ruth machte gerade Anstalten, sich eine Scheibe davon zu nehmen, aber Imogene hielt ihre Hand zurück. »Wart, Ruth. Probier mal das.« Sie öffnete ihre Handtasche und holte ein in ein Taschentuch gewickeltes zermatschtes Stück Torte heraus. »Das habe ich für dich rausgeschmuggelt. Ist das nicht irrsinnig lecker? *Mokka.*« Sie artikulierte das Wort besonders sorgfältig. »Die Köchin der Owens kommt nämlich aus Österreich. Wusstest du, dass die Österreicher die besten Backwaren herstellen? Ich lerne wirklich so viel von Mrs. Owens! Sie ist Vorsitzende von allen möglichen Komitees. Sie gehört sogar zum Verwaltungsrat des Krankenhauses, in dem Sie früher gearbeitet haben, Miss Starkey.

Ruth, du kommst nie drauf, was es zu Mittag gab – zum Lunch, meine ich: Gurkensandwiches, wo die Brotrinde weggeschnitten worden war, und Eistee mit einem Zweiglein Minze darin. Das schmeckte *so* frisch. Mrs. Owens sagt, man sollte für den Eistee immer ein Beet mit Minze am Haus haben. Und weißt du, was sie auf den Teller gelegt hatte – nur so zur Dekoration, obwohl man sie auch essen konnte? Walderdbeeren – du weißt schon, die winzig kleinen, niedlichen! Das Auge isst mit, sagt Mrs. Owens.«

»Was hat es für einen Sinn, sich etwas auf den Teller zu legen, was man gar nicht essen will?«, fragte Ruth.

Amanda atmete tief durch, um ihre Stimme zu beruhigen. »Und wo war nun Mr. Owens, während du sein Haus besichtigt hast?«

»Ach, er ist oben in Door County, macht da irgendwas mit Schiffen, glaube ich. Arthur ist mit ihm gefahren«, fügte Imogene zu Ruths Information hinzu.

Die »Rebecca Rae«, erinnerte sich Amanda erleichtert, war unterwegs nach Duluth, also weit genug von Door County entfernt. »Schön, Imogene«, sagte sie, »das klingt ja alles sehr aufregend, aber ist es nicht höchste Zeit für dich?« Sie zwang sich zu einem Lächeln. »Wir möchten schließlich nicht, dass deine Mutter glaubt, wir hätten dich entführt.«

Und so ging es weiter, Woche um Woche. Imogene führte ein abgelegtes Kaschmirjäckchen vor, das Mrs. Owens ihr geschenkt hatte, kaufte sich neue Strümpfe, die im Farbton zu denen ihrer Arbeitgeberin passten, und redete in einem völlig neuen Tonfall. Einmal, als Ruth nicht zu Hause war, schrieb Imogene ein paar Zeilen für sie. Das Briefchen war nicht in ihrer gewohnten engen, schrägen Schrift verfasst; jetzt waren die Wörter ein einziges Auf und Ab, voller Kurven und Schlaufen und dicken runden As. Das Mädchen ist besessen, dachte Amanda, während sie das Blatt ins Licht hielt. Aber sie wusste, dass das, was an ihr nagte, schlichte Eifersucht war.

Amanda

Mittlerweile war das Baby kräftig, kräftiger als ich selbst. Es hatte mich zu seiner Kreatur gemacht, mit geschwollenen Brüsten und einem gewaltigen Bauch, über den sich die Haut glatt und straff spannte wie die einer Johannisbeere. Es verlangte die gesamte Aufmerksamkeit meines Körpers, all meine Nahrung, all meinen Schlaf. Es saugte mich aus.

Ich häufte Steppdecken und Kissen auf das Sofa im Vorderzimmer, und dann schaffte ich es gerade so, mich morgens von meinem Bett dorthin zu schleppen und den größten Teil des Tages damit zu verbringen, durch die Fensterscheibe auf den sich kräuselnden See zu schauen, einen reinen blauen Raum zwischen meinem Krähennest und dem braun-gelb-roten Flickenwerk des Ufers. An Schwimmen war jetzt nicht mehr zu denken. Von meinem Kokon aus, den Rücken unbequem an der kalten Wand, konnte ich sehen, dass das dunkelblaue Wasser unnatürlich glänzte. Es war blank und unberechenbar. Ihm war nicht zu trauen.

Ich versuchte, eine alte Zeitung zu lesen, aber ich schaffte es einfach nicht, die Worte in mich aufzunehmen. Ich ließ die Blätter auf den Boden gleiten, wo sie einen unordentlichen Haufen bildeten. Ohne meine gewohnte Energie verkam allmählich das ganze Haus. Der Garten war verwildert. Die Kürbisse, Kartoffeln und Zwiebeln erstickten im Unkraut. Das kleine Zimmer, in dem Ruth schlief, war mit Stöckchen, buntem Laub, Steinen, ja selbst Algen übersät, als ob die Außenwelt Einzug ins Haus gehalten hätte. Mit Beginn der kalten Witterung hatten sich auch Spinnen einquartiert, und ständig sah ich Ruth in irgendeiner Ecke hocken und mit der Fingerspitze einen Weberknecht anstippen.

»Ruth, hör auf damit!«, schimpfte ich, als ich sah, dass sie schon wieder damit beschäftigt war. »Komm, wir waschen dir das Gesicht.«

Ich stemmte mich vom Sofa und stampfte schwerfällig in die Küche. Ruth trippelte mir hinterher. Ich nahm das Geschirrtuch, um es an der Spüle anzufeuchten, aber es war schon feucht und stellenweise mit Mehl überkrustet. »Ach, Ruth«, seufzte ich und ließ mich auf einen Stuhl fallen. »Wie weit ist es nur mit uns gekommen!«

»Raus«, sagte sie. »Ich will raus.«

»Ist gut. Ich knöpf dir erst das Jäckchen zu.« Ich küsste sie auf die Stirn und machte ihr die Hintertür auf. »Sei vorsichtig. Bleib vom Wasser weg.«

Ich behielt sie durch das Fenster im Auge, während ich planlos in der Küche herumschlurfte und versuchte, aus dem Chaos, das hier nach und nach entstanden war, schlau zu werden.

»Mattie!«, rief ich einmal, nur um Gesellschaft zu haben. Aber dann erinnerte ich mich, dass sie zur Farm gerudert war.

Ich hob einen Stapel von Mathildas Büchern und Zeitungen auf, die sich mit der Zeit auf der Anrichte angesammelt hatten.

Also wirklich, Lesematerial hatte in der Küche nichts verloren. Ich trug den Stoß ins Vorderzimmer, da dort allerdings bereits sämtliche Ablageflächen belegt waren, ging ich weiter in Mathildas Zimmer und lud meine Last auf ihrem ungemachten Bett ab. So würde sie die Sachen zumindest wegräumen müssen, bevor sie schlafen ging.

Dann warf ich einen Blick aus dem Fenster, um nach Ruth zu sehen. Hinten konnte ich sie nicht entdecken. Ich schaute aus dem Seitenfenster und suchte den Garten in seiner ganzen Länge nach ihrer roten Strickjacke ab. Nichts. Ich hastete aus der Tür. Da war sie, stand auf irgendwelchen Steinen und beugte sich über das Wasser.

Ich öffnete die Tür und schrie: »Ruth! Komm sofort hierher!« Aber sie rührte sich nicht von der Stelle, schien mich nicht einmal zu hören. Trotz meines unförmigen Körpers war ich unten am Ufer, noch ehe mir auch nur richtig bewusst war, dass ich die Veranda verlassen hatte. Wenn sie am Hineinfallen gewesen wäre, hätte ich sie wahrscheinlich aufgefangen, bevor sie das Wasser berührt hätte. Aber sie war nicht am Hineinfallen. Sie rührte lediglich den See um, machte Strudel mit einem langen Stock.

Obwohl die Luft kühl war, hatte die Sonne die Felsen angenehm gewärmt, und ich setzte mich neben Ruth ans Ufer. Von Zeit zu Zeit umfasste ich mit einer Hand ihr Beinchen, um meine Nerven zu beruhigen. Das Wasser stieg und fiel zwischen den Felsen. Es war faszinierend, hypnotisch. Ich konnte die Augen nicht von diesem Wechselspiel losreißen. Bis ich das Stückchen Weiß bemerkte.

Es steckte zwischen zwei Felsen und war noch nicht so weit hinuntergerutscht, dass das Wasser es hätte fortspülen können. Ich streckte die Hand danach aus, aber ich kam mit den Fingern nicht in den Spalt hinein.

»Ruth? Leih mir doch einen Augenblick deinen Stock.«

Ich schob den Stock zwischen die Felsen und schaffte es, das weiße Papier so weit herauszuziehen, dass ich es mit zwei Fingern fassen konnte. Es war ein an Carl adressierter Brief. Er musste Mathilda heruntergefallen sein, als sie ins Boot gestiegen war.

Natürlich wusste ich, was ich hätte tun sollen, und sieben Monate vorher hätte ich ihn wieder in den Postkasten gelegt oder ihn Mattie – ungeöffnet – nach ihrer Rückkehr zurückgegeben. Aber jetzt war ich nicht mehr dieselbe. Jetzt musste ich wissen, was Mattie über mich geschrieben hatte. Warum sollte ich ihn ihr zurückgeben? Wenn ich ihn nicht zufällig gefunden hätte, wäre er ohnehin verloren gewesen. Vielleicht war es vorbestimmt, dass ich ihn finden sollte, sagte ich mir – solche Gedanken hatte ich in diesen Monaten –, vielleicht hatte er hier auf mich gewartet.

In gewisser Weise hatte ich Carl aus meinem Gedächtnis verdrängt. Schließlich hatte er – so weit weg wie er war und vielleicht auch bleiben würde – äußerst wenig mit uns zu tun. Ich erkannte jetzt, dass die Situation, die mir seit einiger Zeit vorschwebte, wenn ich mir ausmalte, Mattie würde mein Baby aufziehen, sich von unserer jetzigen eigentlich nur dadurch unterschied, dass wir statt zu dritt zu viert sein würden. In der Familie, die ich mir vorstellte, war kein Platz für Carl, kein Platz für quietschende Bettfedern, für intime Blicke, für Abendessen mit Apfelmus statt Rhabarber, um's einem Mann recht zu machen, dem es nie süß genug sein konnte.

Mattie aber sah die Sache offensichtlich anders. In dem Brief erzählte sie ihm alles – alles über mich, alles, was wir uns überlegt hatten. Ich war schockiert. Ich sah mich schwarz auf weiß: alle näheren Umstände meiner Dummheit und meiner Schande in Matties schlampigen schwarzen Buchstaben ausgebreitet. Ich ertrug den Anblick nicht. Und ich ertrug den Gedanken nicht, dass Carl das alles sehen sollte, Carl mit seinem ewigen Gerede über Pferde und seinen geschmeidigen Tanzschritten und seinem Vogelhäuschen. Ich wollte nicht, dass er irgendwas davon erfuhr.

Außerdem zeigte mir der Brief auch deutlich, dass sie ihm gegenüber nicht sie selbst war. Das war fast das Schlimmste an der ganzen Sache. Da auf diesen Seiten, die für ihn bestimmt waren, klang ihre Stimme anders als diejenige, die ich kannte, und zwar nicht nur bei Dingen, die sie mir gegenüber verschwiegen hatte – das hätte mich gar nicht so gestört –, sondern auch bei ganz alltäglichen Bemerkungen. In diesem Brief konnte ich höchstens eine leise Andeutung meiner Mattie erkennen. Und waren sie und er erst wieder zusammen – das sah ich jetzt ganz klar –, wäre meine Mattie vollends verschwunden, und für mich wäre hier kein Platz mehr gewesen.

Einstweilen konnte ich ihn allerdings noch heraushalten. Und dann – nun, je länger er weg war, desto größer die Aussicht, dass er überhaupt nicht mehr zurückkam.

»Ruthie, such mir doch mal einen schönen Stein, ungefähr so groß«, sagte ich und ballte ihr Händchen zur Faust.

Als sie mir den Stein gebracht hatte, knüllte ich den Brief darum und schleuderte ihn so weit ich konnte hinaus aufs Wasser, wo er glucksend unterging.

»Das war gut«, sagte Ruthie. »Mach's noch mal!«

»Es ist Zeit für dein Schläfchen.«

An dem Abend eröffnete Ruth ihrer Mutter während des Essens: »Tante Mandy hat einen Brief geschmissen, und es hat plupp gemacht.«

»Einen Brief? Du meinst doch wohl einen Stein, oder, Ruthie?«, fragte Mattie.

Ruth sah mich an.

»Ja, Ruthie«, sagte ich. »Du erinnerst dich doch, es war ein Stein: so einer.« Und ich schloss meine Hand um ihre Faust und drückte sie zusammen – nicht zu fest, aber doch fest genug, um ihr klar zu machen, dass ich nicht scherzte.

Um halb sechs Uhr früh raste Amandas Puls bereits, und die Luft, frostig und feucht an diesem Frühherbstmorgen, trieb sie noch schneller an. Rasch melkte sie die fünf Kühe und fütterte die wenigen anderen Tiere, die sie und Ruth noch hielten. Jetzt, wo Carl weg war und Rudy langsam alt wurde und die Preise so waren, wie sie nun einmal waren, lagen die Felder, außer den zweien, die sie an Joe Tully verpachtet hatte, brach. Wenn sie die Straße in den Ort hinaufgegangen wäre, wäre sie irgendwo unterwegs an Joe vorbeigekommen, aber sie ging nicht in den Ort. Sie steckte sich ein Stück Früchtebrot in die Tasche und verschwand im Wald.

Seitdem sie erfahren hatte, dass Imogene für Theresa Owens arbeitete, beobachtete Amanda das Owenssche Haus so oft wie möglich, und bislang hatte sich jeden Morgen die gleiche Szene abgespielt: Clement, der in einem himmelblauen Frotteebademantel den Hang seines grünen Rasens hinunterging und auf sein hübsches Badehaus zuhielt, ein Chalet mit schnörkelig verzierten Giebelbalken und rosa Geranien, die von den Fensterkästen herabhingen. Er sah noch immer gut aus, vielleicht sogar besser – zumindest durch das Fernglas. Sein Gang war selbstsicher, aber weniger forsch; seine Bewegungen, verhaltener als früher, wirkten besonnen.

Lässig schlenderte er über den kleinen Strand unter dem Vordach des Chalets und dann weiter auf den Steg, wo er ein paar kleine Hüpfer machte, um dessen Stabilität zu prüfen, sich zu vergewissern, dass über Nacht nichts verrutscht war oder sich verzogen hatte. Auf drei Viertel des Steges streifte er seinen Bademantel ab und ließ ihn achtlos zu Boden fallen. Er sprang nicht hinein, wie Amanda zunächst erwartet hätte, sondern setzte sich auf die Kante und ließ erst die Füße im Wasser baumeln, um sich dann langsam hineingleiten zu lassen, als steige er in eine Badewanne. Seine Kraulbewegungen waren anmutig, aber nicht kraftvoll. Seine Arme hoben sich langsam aus dem Wasser und schienen dann, nur der Schwerkraft gehorchend, wieder hineinzufallen. Zwanzig Meter weit schwamm er geradeaus, dann tauchte er unter. Als er wieder an die Oberfläche kam, hatte er bereits gewendet und war auf dem Weg in Richtung Steg. Zweimal schwamm er diese Strecke, dann hängte er sich an die Kante des Stegs und ruhte sich aus. Nach ein, zwei Minuten stieß er sich wieder ab und schwamm schließlich, nach zwei weiteren Runden, zu einer Leiter, auf der er etwas mühsam aus dem Wasser stieg.

Er schlüpfte in seinen Bademantel, ohne sich vorher abzutrocknen, und dann sah Amanda, wie er ein Döschen aus der Tasche zog, es öffnete und sich etwas daraus in den Mund steckte, bevor er sich in die wärmende Sonne legte: lang ausgestreckt, die Hände auf der Brust verschränkt, dass er wie ein aufgebahrter Leichnam aussah.

Um neun erschien Imogene in der Einfahrt, die so steil war, dass sie die Füße mit der Spitze zuerst aufsetzen musste, und lief dann mit ihrem flinken, kurzen Schritt die Stufen zur Veranda hinauf. Oben angelangt, verharrte sie für einen Moment, das Gesicht zum See gewandt und eine Hand an der ihr nächsten Säule, als pflanze sie eine Fahne auf, um formell Anspruch auf diese Aussicht zu erheben. Dann überquerte sie die Veranda, blieb vor der hoch aufragenden Tür stehen und verschwand zuletzt im gewaltigen weißen säulenbewehrten Rachen des Owensschen Hauses.

Heute aber waren kaum ein, zwei Minuten vergangen, als sich die Tür wieder öffnete und Imogene erneut auf die Veranda trat. Sie trippelte wieder die Treppe hinunter und dann weiter den Hang hinab zum See. Amanda ließ sich auf den Boden ihres Ruderboots gleiten, zog den Kopf ein und betete darum, dass sie zu weit entfernt sei, als dass Imogene sie erkennen könnte, aber das Mädchen schenkte dem Wasser, und was immer sich darauf befinden mochte, keinerlei Beachtung. Stattdessen kauerte sie sich zierlich vor eine Tigerlilienstaude und begann, die Blumen zu schneiden.

»Weiß diese Frau denn nicht, dass sie sich nicht halten?«, dachte Amanda entrüstet, aber das Pflücken von wild wachsenden Blumen störte sie weit weniger als das, was danach geschah.

Sie hatte überhaupt nicht mitbekommen, wie Clement sich erhob, aber jedenfalls stand er jetzt. Nein, er hatte sich schon in Bewegung gesetzt und drapierte den blauen Bademantel um seine braunen Schultern, während er rasch die kurze Entfernung zum Strand zurücklegte.

»Lauf, Imogene, lauf«, flüsterte Amanda plötzlich, ohne

es zu wollen, in ihrer lächerlichen Position auf dem Bootsboden.

Jetzt stand er nah bei dem Mädchen. Im Geist hörte Amanda die Stimme, so weich wie teurer Whiskey, und den galanten Tonfall, mit dem er sie fragte, ob er ihr die Blumen abnehmen dürfe. Sie sah ihn die Hand ausstrecken und dann Imogene danach greifen und sich aus dem grünen Blätterwerk erheben. Er lud sie zu einem kleinen Spaziergang ein, lenkte ihre Schritte dahin, wo er sie haben wollte, indem er mit einer Hand die Luft unmittelbar hinter ihrem Rücken liebkoste. Amanda wusste, wie sich das anfühlte, spürte genau, was geschah, selbst auf diese Entfernung und obwohl sie sich das Fernglas so fest in die Augenhöhlen presste, dass sie ein paar Sekunden lang nur Rot sehen konnte.

Imogene und Clement stiegen den Hügel hinauf und genossen die Zeit, die sie zusammen verbrachten, lachend, einander immer wieder das Gesicht zuwendend. Am Fuß der Treppe legte er ihr die Blumen in die Arme, dann trennten sie sich. Er ging nach rechts auf die Küche zu, sie die Treppe hoch zum Haupteingang – doch dann blieb er wieder stehen. Er drehte sich um und folgte ihr mit dem Blick, beobachtete, wie der Rock um ihre Knie wippte, als sie die Treppe hinauflief.

Derweil plackte sich Ruth weiter im Brown's ab.

»Erzähl uns von Imogene, Ruth«, bettelte Lillian. »Was hat sie gestern zum Lunch gegessen?«

»Ich sehe wirklich nicht ein, warum die große Imogene nicht mal einen Augenblick Zeit erübrigen kann, um uns das selbst zu sagen«, maulte Myrtle. »So wie Ruth das schildert, wird's nie auch nur halb so interessant.«

Sie hatte Recht – Ruth konnte es nicht erzählen. Sie versuchte, genau zu wiederholen, was Imogene über das Haus und Mrs. Owens berichtet hatte. Sie sprach von den Teppichen und dem Ausblick auf den See, von den Treffen der Komitees, den Säulen, den Sandwiches, und sogar von der Garnitur, aber was dabei herauskam, klang langweilig und platt.

Alles kam Ruth langweilig und platt vor. Die Luft hatte an dem Morgen leicht aufgefrischt und kündigte das Ende des Sommers an, aber Ruth fand die Kühle eher traurig als belebend. Der ohnehin frustrierende Vormittag im Brown's war ohne Imogene auch noch deprimierend und öde. Mit einem Mal fielen ihr die Flecken und abgestoßenen Stellen an den blassgelben Wänden auf, die Haufen toter Fliegen auf den Fensterbänken.

»Na ja«, meinte Myrtle, »das Beste an der Sache ist doch wohl, dass sie manchmal ganz allein in diesem großen Haus mit diesem sehr gut aussehenden Jungen ist. *Ich* wüsste schon, was ich da täte.«

»Imogene«, erwiderte Ruth, »ist aber ganz anders als du, Myrtle.«

Tatsächlich aber achtete Imogene zurzeit sogar noch mehr als gewöhnlich auf ihr Äußeres, probierte sämtliche Parfüms aus, die Baeckes auf Lager hatte, und achtete peinlich darauf, kein Kleid zweimal in ein und derselben Woche zu tragen. Sosehr ihr die Vorstellung gefallen hätte, zusammen mit Ruth eine eigene Werbeagentur aufzuziehen, war sie jetzt, da sie für Theresa Owens arbeitete, nicht mehr so naiv zu glauben, dass sie das wirklich jemals schaffen könnten. Der Schritt, den sie in ihrer Vorstellung immer verklärt hatte – die Herstellung der nötigen Kontakte zu wichtigen Männern und klugen Frauen –, war zugleich von entscheidender Bedeutung und nicht zu bewältigen. Solche Leute würden niemals auf sie und Ruth hören.

Ein paar von ihnen hatte sie in Mrs. Owens' Salon kennen gelernt. Sie bedankten sich bei ihr, wenn sie ihnen ihre säuberlich getippten Protokolle aushändigte. Gelegentlich fragten sie sie sogar nach ihrer Meinung, weil sie sie mochten – natürlich mochten sie sie, jeder tat das –, aber eine von ihnen würde sie niemals sein.

Vielleicht, wenn sie von einem kalten Ehrgeiz erfüllt, vielleicht, wenn sie berechnend klug oder eine Collegeabsolventin gewesen wäre – dann hätte sie es unter Umständen geschafft, sie zu beeindrucken. Aber sie war nichts davon. Imogene konnte sich selbst recht gut einschätzen. Sie wusste, dass sie nicht dumm war, dazu unerschütterlich loyal und selbstsicher. Sie wusste, dass sie Ausdauer, eine ansprechende Erscheinung und sogar eine gewisse Ausstrahlung besaß. Und sie wusste, dass all diese Eigenschaften für sich genommen noch keine glänzende Laufbahn garantierten. Wohl aber würde sie – den richtigen Mann vorausgesetzt – eine hervorragende Ehefrau ergeben.

Bei ihrer ersten Begegnung im Tanzpavillon hatte Imogene Arthur nicht so sehr als eigenständige Person als vielmehr als ein Anhängsel Bobby Hansers betrachtet. Als sie ihm vorgeschlagen hatte, mit Ruth zu tanzen, hatte sie sogar gehofft, er würde ihr gefallen, aus ihnen vier könnten zuletzt vielleicht zwei Pärchen werden, da ihr bewusst war, dass es ihr nicht viel Freude gemacht hätte, in Bobbys Clique aufgenommen zu werden, solange Ruth davon ausgeschlossen blieb. Aber das zuvorkommene Verhalten, das er dann Ruth gegenüber an den Tag gelegt hatte, hatte sie beeindruckt.

Seitdem sie Theresas Sekretärin war, scherzte er im Haus mit ihr herum und unterbrach sie häufig bei der Arbeit, damit sie ihm bei seinen eigenen kleinen Projekten half. Er hatte im Sonnenzimmer ein riesiges maßstabgerechtes Modell der Brooklyn Bridge gebaut, das ihrer Ansicht nach großes Talent verriet, an dem sich aber ständig hier und da einzelne Teile lösten und wieder angeklebt werden mussten, und dann bat er sie etwa, zwei Stückchen aneinander zu halten, während er den Klebstoff auftrug. Sie fand, er habe ein besonders gewinnendes Lächeln, zugleich verschmitzter und offener als Bobby. Seine Augen leuchteten ihrer Ansicht nach hinter seiner Brille besonders gefühlvoll. Dass er eine viel versprechende Zukunft vor sich hatte und aus hervorragendem Haus stammte, sah man auf den ersten Blick. Schon bald war das Schönste an ihrem ganzen Arbeitstag die Vorfreude darauf – und die prickelnde Erregung darüber –, ihn plötzlich in der Tür des Schreibzimmers stehen zu sehen. Bald darauf hörte sie auf, mit dem Ford zu kommen, wenn sie wusste, dass er da sein würde, und freute sich den ganzen Tag lang auf den Abend, wenn er sie in seinem Pontiac-Coupé heimfahren würde.

Ihr Plan, Mrs. Arthur Owens zu werden, machte gute Fortschritte, aber es war schwierig, Ruth da mit einzubeziehen; gleichwohl versuchte es Imogene. »Gestern Abend hat er mich mit aufs Segelboot genommen, um mir den Sonnenuntergang zu zeigen. Es ist ein Gefühl, als wäre man eine Möwe, Ruth, so lautlos und schwebend. Das nächste Mal sage ich ihm, dass wir dich mitnehmen müssen.«

»Ist schon in Ordnung«, erwiderte Ruth. Sie schaltete das Radio hinter dem Ladentisch ein und drehte am Senderknopf herum.

»Aber ich möchte, dass du mitkommst, Ruth. Ich möchte, dass du ihn magst.«

»Ich mag ihn ja.«

»Wir interessieren uns für genau die gleichen Dinge, Ruth – Reisen und Musik. Und ›Die schreckliche Wahrheit‹ fand er wunderschön – weißt du noch, wie sehr mir der Film gefallen hat? Er bringt mir die neuesten Swingschritte bei. Komm, ich zeig sie dir, dann können wir am nächsten Freitag alle so tanzen.«

Ruth ahmte Imogenes Schritte nach, aber sie sagte: »Du bist noch nirgendwo hingereist. Du bist noch nicht mal in Chicago gewesen.«

»Aber ich möchte es, und das ist die Hauptsache.«

Ruth hörte auf zu tanzen. »Wir werden nach Chicago gehen«, sagte sie spitz, »wenn wir unsere Werbeagentur eröffnen.« Sie musste es einfach sagen. Sie musste Imogene zwingen zuzugeben, dass sie dabei war, alles zu verderben; sie durfte nicht einfach selbstlos zurücktreten und so tun, als hätten sie sich nie etwas versprochen.

Imogene seufzte. »Ich weiß, Ruth. Ich weiß, dass ich gesagt hab, ich würde das mit dir machen.«

»Du wolltest es machen! Du hast mich dazu gebracht, aufs Brown's zu gehen, und jetzt kommst du nicht einmal mehr hin!«

»Ich weiß. Ich geb's ja zu.« Imogene ging hinter den Ladentisch und stemmte sich hinauf auf den Hocker. Sie legte den Kopf für einen Moment in die Hände, und dann sah sie wieder zu Ruth. »Die Sache ist, Ruth – jetzt weiß ich, dass es nur ein Spiel war, einfach nur ein kindischer Wunschtraum.«

Und raussegeln, um sich den Sonnenuntergang anzusehen?, dachte Ruth. Klang *das* vielleicht realistisch?

»Ruth, kein Mensch wird uns Werbeideen abkaufen. Wir würden arbeiten und arbeiten – wenn wir überhaupt eine Stelle bekämen ...«

»Wir würden ganz bestimmt eine Stelle bekommen!«

»Na schön.« Imogene hob die Hände. »Ja, wahrscheinlich könnten wir Arbeit finden. Mrs. Owens meinte, sie könnte mir in Chicago etwas besorgen, wenn ich interessiert wäre. Nicht in der Werbung, aber eine Stelle.«

Ruth schwieg.

Imogene ließ sanft die Finger über die Tasten der Registrierkasse gleiten. »Aber die Sache ist«, sagte sie, »ich will, glaube ich, gar nicht mehr weg. Du musst das verstehen, Ruth. Ich kann nichts dafür, dass ich so für ihn empfinde. Ich würde es verstehen«, fügte sie hinzu, »wenn du in dieser Situation wärst.«

Du bräuchtest gar nichts zu verstehen, dachte Ruth, weil ich dich immer an die erste Stelle setzen würde. Und außerdem käme ich nie in eine solche Situation. Laut sagte sie jedoch: »Ich weiß. Ich verstehe es ja.«

»Aber, Ruth«, sagte Imogene, lehnte sich über den Ladentisch und umfasste Ruths Hände. »Ich möchte, dass wir alles zusammen tun, alle drei. Du magst ihn doch, Ruth, oder? Und ich weiß, dass er dich mag. Warum können wir nicht alle drei Freunde sein?«

Ruth wusste, dass es so nicht funktionierte, und nach ihrem peinlichen Abend auf dem Boot verspürte sie nicht den geringsten Wunsch, Arthur wiederzusehen. Aber was sollte sie machen, wenn Imogene sie so erwartungsvoll ansah? »Können wir ja«, erwiderte sie. »Natürlich können wir, wenn du das möchtest.«

Imogene und Arthur fingen an, Ruth am Abend vom Brown's abzuholen, und dann gingen sie alle zusammen auf eine Malzmilch in Frederick's Drugstore. Arthur lieh Ruth Bücher, und dann unterhielten sie sich darüber.

»Hat Ihnen *The Minister's Charge* gefallen?«

»Ich weiß nicht. Bis kurz vor dem Ende hat's mir gefallen. Aber dann war's einfach furchtbar.«

»Sie meinen, er hätte Statira nicht heiraten dürfen?«

»Genau, ich meine, das war ein schrecklicher Fehler. Sich an eine Frau zu ketten, wenn man in Wirklichkeit eine andere liebt? Das ist falsch.«

»Aber ist es nicht richtig von ihm, die Verantwortung dafür zu übernehmen, dass er ihr falsche Hoffnungen gemacht hat? Schließlich hat er sich weiter so verhalten, als wollte er sie heiraten, auch nachdem ihm klar geworden war, dass er Jessica mehr liebte.«

Ruth seufzte. »Dafür bewundere ich ihn wohl, aber es erscheint mir trotzdem ein viel zu hoher Preis für einen solchen Fehler. Ich meine, er glaubte doch ehrlich, sie zu lieben. Anfangs.«

»Ein hoher Preis? Aber so schlecht ist sie doch gar nicht, oder?«

»Nein, natürlich nicht, aber das ist eben das andere Problem – was er ihr damit antut. Wieso bildet er sich ein, eine so tolle Partie zu sein? Er raubt ihr jede Chance, jemanden zu finden, der sie wirklich liebt. Glaubt er vielleicht, es könnte so jemanden nicht geben? *Er* hat sie doch schließlich einmal geliebt.«

»Sie erinnern mich an Jessie.«

»O nein.« Sie schüttelte den Kopf und beugte sich errötend über ihren Strohhalm. »Ich hab nicht die geringste Ähnlichkeit mit Jessie.«

»Wer ist Jessie?«, fragte Imogene und glitt auf ihren Barhocker. Sie war kurz nach draußen gegangen, um sich nebenan einen Hut in Jacksons Schaufenster anzusehen, während sie auf ihre Malzmilch warteten.

»Eine unkonventionelle Frau«, erklärte Arthur. »Eine Künstlerin. Sie verzichtet auf den Helden, als sie erfährt, dass eine andere Frau ältere Rechte hat.«

»Liebt er sie denn?«

»Sicher. Sie ist genau das, wonach er sein ganzes Leben gesucht hat.«

»Dann ist sie eine dumme Gans«, sagte Imogene. »Im Krieg und in der Liebe ist alles erlaubt.«

»Du glaubst also nicht, dass manche Dinge wichtiger als die Liebe sind?«, fragte Ruth.

»Nein. Nichts«, antwortete Imogene. Sie warf einen finsteren Blick auf ihre Malzmilch. »Ich dürfte das eigentlich gar nicht trinken.«

»Ich hoffe, Sie hören nicht auf die verrückten Ideen meiner Mutter«, sagte Arthur.

»Tu ich eigentlich schon, aber wenn Sie meinen, dass ich ganz ordentlich aussehe ...«

»›Ganz ordentlich?‹ Klar«, sagte er lächelnd, »Sie sehen ganz ordentlich aus.«

Arthurs Wagen war ein Zweisitzer, aber wenn Imogene sich an Arthurs Schulter lehnte und Ruth sich gegen die Tür quetschte, passten sie bequem zu dritt hinein. Amanda, die am Küchenfenster auf Ruths Heimkehr gewartet hatte, sah das Mädchen fast aus dem Wagen purzeln, als die Tür aufging.

Imogene lehnte sich aus dem Fenster und winkte ihr nach. »Morgen Abend um acht!«, rief sie.

Amanda hatte die Familie Owens aufmerksam genug beobachtet, um den Wagen zu kennen und sich vorzustellen, wer am Lenkrad saß. »Ist es ernst mit den beiden?«, fragte sie später, nachdem sie erst Ruth und dann sich selbst Kaffee eingeschenkt und sich an den Tisch gesetzt hatte.

Jetzt waren sie, solange Carl unterwegs war, beim Abendessen nur noch zu zweit. Vergangenen Frühling hatte Rudy entschieden, er sei zu alt, um weiter auf der Farm zu arbeiten, aber offenbar nicht zu alt, um zu heiraten. Die Zeremonie hatte im Vorderzimmer stattgefunden. Amanda hatte die Hochzeitstorte gebacken, Ruth hatte drei Lieder auf dem Klavier gespielt, und dann war Rudy zu seiner Frau in den Ort gezogen.

»Mit welchen beiden?«

»Imogene und diesem jungen Owens.«

»Ich weiß nicht.« Ruth zuckte mit den Schultern. Sie hatte oft das Gefühl, Imogene vor Amandas Neugier beschützen zu müssen. Was ging sie das eigentlich alles an?

Amanda runzelte die Stirn. »Ich hoffe bloß, sie ist nicht so unvernünftig.«

»Was willst du damit sagen?«, rief Ruth empört aus. »An Arthur ist gar nichts auszusetzen. Er ist der netteste Junge, den ich je kennen gelernt habe.« Es überraschte sie ein wenig festzustellen, dass sie das tatsächlich so meinte. Fand er wirklich, dass sie Jessie ähnelte?

Vorsicht, ermahnte sich Amanda, es lohnt nicht, sich wegen einer Schulmädchenschwärmerei aufzuregen. War Imogene nicht erst vor ein paar Wochen in einen anderen Jungen verliebt gewesen?

»Ich meine damit nur, dass die Owens' Sommerleute sind«, sagte sie. »Ich hoffe, es ist ihr klar, dass es keinen Sinn hat, sich bei Sommerleuten ernste Hoffnungen zu machen.«

Trotzdem, dachte sie, die Sache würde man im Auge behalten müssen. Sie hatte das Gefühl, einem überlegenen Spieler gegenüberzusitzen, der einen Zug machte und sich dann mit einem grausamen Lächeln zurücklehnte und abwartete, wie sie kontern würde. Bislang hatte sie keinen einzigen richtigen Zug gemacht. Das war offensichtlich. Gleichgültig, was sie sich vornahm – sobald es ernst wurde, ließ sie sich immer von ihren Instinkten leiten, und wie sich zeigte, war ihr Herz ein Idiot, auf den man sich nicht verlassen durfte. In *dieser* Angelegenheit hatte sie sich auch wieder falsch verhalten, selbst heute Abend, als sie hinter den Gardinen darauf gewartet hatte, dass Ruth zurückkam, während es in Wirklichkeit Imogene war, um die sie sich hätte Sorgen machen sollen. Tatsächlich war Ruth das Einzige, was ihr richtig gelungen war.

Amanda blickte hinüber zur Spüle, wo Ruth jetzt Wasser pumpte, um das Geschirr vom Abendessen abzuwaschen. Wahrscheinlich würde sie etwas zerschlagen; das passierte oft, wenn sie die Teller so hastig aufeinander stapelte und dem, was sie tat, nur wenig Aufmerksamkeit widmete. Amanda fühlte sich von Ruths Energie immer wie neu belebt, auch wenn die Achtlosigkeit, die damit einherging, sie innerlich zusammenzucken ließ. Während Ruth ständig Dinge umwarf, war Amanda, seitdem sie am Tag von Matties und Carls Hochzeit die Kristallvase ihrer Mutter hatte fallen lassen, nichts Zerbrechliches mehr aus der Hand geglitten. Dinge nicht kaputt zu machen, sagte sie sich nachdenklich und rieb sich den Daumenansatz, erforderte beträchtliche Konzentration.

Nachdem Arthur Imogene zu Hause abgesetzt hatte, fuhr er ziellos durch die Gegend. In diesem Sommer war ihm klar geworden, dass er einen Punkt erreicht hatte, an dem sein bisheriger Weg – der, den seine Eltern für ihn ausgewählt und sorgfältig abgesteckt hatten –, sich gabelte. Es gab zwei Möglichkeiten: Entweder ging er zu seinem Bruder in die Bank, oder er machte sich selbstständig – seine Eltern hatten keinerlei Zweifel daran gelassen, dass ihnen nichts lieber gewesen wäre, als ein von Arthur E. Owens konzipiertes und geleitetes Unternehmen zu finanzieren. Aber das Gefühl, dass es auch ein völlig anderes Ziel geben könnte – etwas, das er zwar noch nicht erkennen konnte, das aber jenseits der alten Gewohnheiten und Erwartungen lag –, beunruhigte ihn und hielt ihn davon ab weiterzugehen. Er hatte keine Ahnung, wie er dieses Gestrüpp durchdringen sollte und ob das, was er dahinter finden mochte, ihm behagen würde; ebenso wenig aber wollte er blindlings weiter dem von anderen gebahnten Pfad folgen. Er fühlte sich rastlos; er spürte, dass Kräfte sich in ihm sammelten, die ihn in jede von ihm gewählte Richtung katapultieren würden – aber er konnte sich einfach für keine entscheiden. Den Sommer hatte er sich noch zum Verbummeln gelassen, aber jetzt wurde es Herbst.

Und dann gab es da dieses Mädchen, Imogene. Es kam ihm

fast so vor, als hätte er sie herbeigezaubert – wie er sie an dem Abend kennen gelernt und sie dann schon die Woche darauf, munter plaudernd und vor Leben sprühend, mit ihrem offenen Lächeln am Schreibtisch seiner Mutter vorgefunden hatte. Es war offensichtlich, dass sie ihn bewunderte, und seine Mutter hatte zu verstehen gegeben, dass sie einer solchen Schwiegertochter nicht abgeneigt wäre. »Manchmal ist ein unbeschriebenes Blatt das Beste«, hatte sie gemeint. »Ein Mädchen, das noch für Einflüsse empfänglich ist, hat einiges für sich.« In Liebesdingen, davon war Theresa Owens überzeugt, war Toleranz von größter Bedeutung.

Imogene war intelligent und hübsch und sichtlich ehrgeizig. Sie hörte sich Radiokonzerte an, um die verschiedenen Komponisten kennen zu lernen, und sie stellte seiner Mutter tausend Fragen über die Gemälde, die bei ihnen im Haus hingen. Als seine Mutter sie dazu eingeladen hatte, mit ihnen in Milwaukee eine Aufführung der *Nora* zu besuchen, hatte Imogene sich das Buch in der Leihbücherei besorgt und es zweimal gelesen, und zur Sicherheit auch noch *Hedda Gabler* und *Die Wildente*. Im Theater hatte er dann aus den Augenwinkeln beobachtet, wie sie den Text lautlos mitgesprochen hatte. Er wusste, dass es gönnerhaft von ihm war, aber er fand ihre Bemühungen, sich zu bilden, irgendwie rührend. Und außer ihrem Aussehen und ihrem Charme bewunderte er ihre innere Sicherheit. Sie wusste, wo sie hinwollte und wie sie da hinkommen konnte. Es war verlockend, sich mit einem solchen Menschen zusammenzutun, mit einer Frau, die ihn unter ihre Fittiche nehmen würde.

Imogenes Freundin allerdings verwirrte ihn. Seit diesem ersten Abend, als Ruth ihm von ihrer ertrunkenen Mutter erzählt hatte, verspürte er den Drang, ihr zu sagen: »Ich habe sie damals gefunden. Sie ist die Frau im Eis.« Dass ihre Mutter durch diese glasige Schwärze nach ihm gerufen hatte, dass er derjenige gewesen war, der sie gefunden, der ihre blaue Haut und ihre starr aufgerissenen Augen gesehen hatte, machte ihm Ruth, die immer so zurückhaltend wirkte, irgendwie vertraut.

Er hatte das Gefühl, in dieses Mädchen hineingeblickt, ein Geheimnis um sie erahnt zu haben, von dem nicht einmal sie selbst etwas wusste, und dies zog ihn zu ihr hin. Im Drugstore hätte er am liebsten nach der Haarsträhne gegriffen, die ihr immer seitlich am Gesicht herunterhing, und sie sich um den Finger gewickelt. Sie sah eher durchschnittlich aus. Ihr Teint war nicht besonders rein, ihre Augen waren zu groß und ihre Lippen zu schmal. Trotzdem, ihre ganze Art hatte etwas Nachdenkliches, das ihn faszinierte. Er spürte in sich die Gewissheit, dass sie ihn an einen Ort führen würde, wo er noch nie gewesen war, einen Ort, den er sich nicht einmal vorstellen konnte.

»Du fährst«, sagte Imogene am folgenden Abend zu Ruth. »Ich bin zu zappelig. Du brauchst sowieso etwas Übung.«

Während des Sommers hatte Imogene Ruth zwei Fahrstunden gegeben, aber ihrer Freundin fehlte noch jede Praxis. Sie brauchte mehrere Anläufe, um den Wagen in Gang zu bringen, und vergaß, nach links zu schauen, bevor sie mit ruckelndem Motor in die Straße einbog.

»Findest du nicht, er hätte mich heute Abend einladen sollen, Ruth?«

»Aber hat er nicht gesagt, er würde tagsüber in der Stadt sein und erst abends hier rauskommen? Dass es deswegen spät werden würde? Er hat dich doch gefragt, ob du da sein würdest, oder nicht?«

»Das hat er nur aus Höflichkeit getan. Oder aus Neugier. Oder ... ich weiß auch nicht, aber er müsste sich mit mir verabreden und mich richtig irgendwohin ausführen, falls die Sache auch dann noch weitergehen soll, wenn er wieder in der Stadt wohnt.«

Ruth konzentrierte sich darauf, mit allen vier Rädern auf der Straße zu bleiben.

»Habe ich dir eigentlich erzählt, dass er mir gestern ein vierblättriges Kleeblatt geschenkt hat?«

»Nein«, sagte Ruth pflichtschuldig. Sie wünschte sich, die

Angelegenheit wäre endlich ausgestanden – so oder so: Imogene und Arthur wären eindeutig zusammen oder eindeutig *nicht* zusammen. Sie wünschte sich, sie bräuchte nie wieder ein Wort über ihn zu hören. »Ich hoffe, du hast es sofort zwischen die Seiten eines Gedichtbandes gepresst.«

Imogene verbarg ihr Gesicht hinter den Händen und lachte. »Hab ich«, gestand sie. »Ich weiß nicht, was ich tu, wenn er nicht bald etwas sagt. Ich glaube, ich bin in ihn verliebt, ganz ehrlich.«

Dann setzte sie sich aufrecht hin und wechselte den Tonfall. »Also ich denke mir das so, dass ich zuerst mit Bobby tanzen sollte. Dann vielleicht mit Ray. Soll er ruhig warten, bis er an die Reihe kommt. Soll er sich ruhig ein bisschen wundern. Das Problem ist, dass er mich jeden Tag sehen kann, wenn ihm danach ist. Er *sieht* mich fast jeden Tag, und deshalb ist ihm einfach nicht klar, dass wenn er mich weiterhin ... *sehen* will, er endlich etwas sagen muss, und zwar bald.«

Ruth war inzwischen dabei, den Wagen vorsichtig auf den Parkplatz des Tanzpavillons zu manövrieren. Als sie den Motor ausschaltete, drang Musik durch die offenen Fenster. Es war der letzte Tanzabend des Sommers. Schon wurde das kräftige Grün des Laubes matter. Bald würde sich die Welt in ihre harte Schale zurückziehen und den weichen Schmelz der Sommernächte vergessen lassen. In einem Monat konnte Arthur Owens bereits nicht mehr da sein.

Imogene knallte die Beifahrertür zu. »Also, Ruth«, sagte sie, auf den Arm ihrer Freundin gestützt, um in ihren neuen hochhackigen Sandalen auf dem Kies nicht umzuknicken, »wenn du merkst, dass wir allein sein wollen, dann hilfst du mir doch, ja? Lenk Ray ab. Du weißt ja, wie gern er sich mit dir unterhält – er findet, dass du ein ernsthafter Mensch bist. Oder bring ihn dazu, dass er mit dieser entsetzlichen Zita tanzt.«

Die Kapelle hatte nach einem schnellen Stück etwas Verträumtes angestimmt, und der Pavillon schien fast auf dem Wasser zu schwimmen, wenn man ihn aus dem richtigen Blickwinkel betrachtete. Selbst Ruth spürte den Zauber des Augenblicks, fühlte, wie kostbar das Leben war, und atmete tief die vorherbstlich prickelnde Luft ein.

»Er ist noch nicht da, oder?«, flüsterte Imogene Ruth zu, während Ray sie an ihren Tisch begleitete.

Doch gerade in dem Moment kam er auf sie zu. »Hinter dir«, flüsterte Ruth zurück, und Imogene drehte sich um und fing ihn ab. Als sie ihn unbefangen an der Hand auf die Tanzfläche führte, sah er sich einmal nach Ruth um, aber sie hatte ihr Gesicht von ihm abgewandt und unterhielt sich mit Ray.

»Nicht so heiß heute Abend, wie?«, sagte Ray.

»Nein, es ist angenehm.« Arthur hat sich nach mir umgesehen, dachte Ruth und schämte sich der leichten Erregung, die in ihr aufstieg.

»Wir könnten natürlich tanzen, wenn du möchtest«, schlug Ray vor.

»Vielleicht etwas später.« Es war lächerlich, widerwärtig, sich zu wünschen, dass Arthur sie ansah. Als Ruth darüber nachdachte, wurde ihr sogar ein bisschen übel.

»Also, was mich angeht, könnte ich jetzt einen Drink vertragen. Wie steht's mit dir?«

»Ja, bitte, Ray. Das Gleiche, was du nimmst.« Während sie darauf wartete, dass er mit den Getränken zurückkam, versuchte Ruth, sich mit dem Gedanken zu trösten, dass sie sich lediglich wie eine Gans aufführte. Was bedeuteten schließlich ein Blick, ein freundliches Wort, ein Tanz, ein belangloses Kompliment? – Nichts natürlich, nichts außerhalb ihrer albernen Vorstellung. Aber war nicht gerade *das* das Entsetzliche? Dass zwischen Arthur und ihr keinerlei tiefere Gefühle bestanden, und sie dennoch bereit war, Imogene in Gedanken zu verraten?

Ruth stand vom Tisch auf und schlenderte ans Geländer, um durch das Fliegengitter die bunten Lichter von Nagawaukee Beach zu betrachten, die vom jenseitigen Ufer aus herüberblinkten. Die Wellen, im Streifen von Mondlicht scharf umrissen und beidseits davon unsichtbar, schienen sich viel schneller zu bewegen als bei Tag, als wären sie Teil eines reißenden Flusses. Es entstand der Eindruck, der Pavillon gleite seinerseits in die entgegengesetzte Richtung, und Ruth musste sich am Geländer festhalten, um nicht das Gleichgewicht zu verlieren. Sie wandte sich halb nach all den lachenden Gesichtern der Tanzenden um.

»Komm schon, Ruth«, sagte Imogene und zog sie am Arm, »wir fahren wieder mit dem Boot raus.«

Es war genau wie das erste Mal: Arthur passte auf, dass die Frauen in ihren hohen Schuhen nicht umkippten, während sie vom Steg ins Boot stiegen, und Bobby stand im Boot und nahm sie in Empfang. Alle redeten, lachten, ermahnten Bobby, ja genügend zu trinken mitzunehmen, und neckten ihn wegen seiner seglerischen Leistung an diesem Vormittag.

»Mir wurde so langsam schwindlig vom Zusehen, wie oft du um die Wendemarke herumgefahren bist«, sagte Arthur.

»Ich musste dir schließlich die Chance geben aufzuholen. War ich nicht schon längst dabei, meinen Spinnaker einzuholen, als du noch nicht einmal mit deinem letzten Schlag fertig warst?«

»Aber Maynard und Arthur haben auf der letzten Kreuzstrecke die richtige Seite des Sees genommen«, warf Kitty ein. Wie Ruth merkte, sagte sie das nur, um zu beweisen, dass sie wusste, wovon die beiden redeten, während Ruth und Imogene kein Wort verstanden.

Nachdem sie Arthurs Hand genommen hatte, hielt Kitty einen Augenblick inne und sagte: »Es ist unfair, dass du immer als Letzter einsteigst.«

»Ich mag meinen Job, solange Bobby nicht ohne mich abfährt.«

Trotzdem rührte sich Kitty nicht von der Stelle. Sie sah Arthur viel sagend an. »Soll ich dir einen Platz frei halten?«

»Klar.« Er klang überrascht, fand Ruth, überrumpelt, aber trotzdem sagte er: »Klar. Doch, bitte.«

Kitty nickte. »Dann bis gleich.« Und während sie mit gesenkten Augen vom Deck auf den Sitz hinabstieg, wedelte sie mit den Fingern der freien Hand in der Luft.

Als Imogene als Nächste an die Reihe kam, schaute sie Arthur ebenfalls an, und Ruth sah sie lächeln, als wäre ihr *nicht* die ganze Bootspartie binnen weniger Sekunden gründlich verdorben worden. Sie stützte sich ganz leicht auf seine Hand, nur mit den Fingerspitzen. »Bobby«, sagte sie dann, sich abwendend, und trat mit ihrem hochhackigen zarten Schuh fest auf den Bootsrand, »fang mich auf!«

Natürlich meinte sie das nicht im Ernst. Sie sprang nicht etwa in seine Arme, nichts Gewagtes in der Art, aber sie stieg zu schnell ins Boot hinunter, zu sehr darauf konzentriert, sich munter zu geben. Sie griff genau in dem Augenblick nach Bobbys Schulter, als er ihr die Hände um die Taille legte, aber irgendwie verlor er das Gleichgewicht, und sie purzelten beide zu Boden. Imogene lachte und stöhnte zugleich.

»Genie, ist alles in Ordnung?« Ruth sprang ins Boot, und Arthur folgte ihr.

»Ja, bestens! Nein, wohl doch nicht!« Als sie versuchte, ihren Fuß zu belasten, stieß sie einen kleinen Schrei aus und ließ sich auf den Sitz fallen.

»Und verdient sie nicht auch einen Filmpreis, unsere kleine Eau de Köder?«, flüsterte Zita zu Kitty gewandt.

»Mir fehlt nichts«, beteuerte Imogene, aber Arthur bestand darauf, sie vorsichtshalber nach Hause zu fahren, und sie ließ es zu, dass man ihr von Bord half und sie den Steg entlang an Land trug.

»Er hat mich jeden Tag besucht!«, jauchzte Imogene am Sonntag vom Sofa im Vorderzimmer ihrer Mutter aus. Sie beugte sich vor, um sich den auf einen Haufen Kissen gebetteten geschwollenen Knöchel einzureiben.

»Dann hat es sich also gelohnt?«

»Du glaubst doch wohl nicht, dass ich das mit Absicht getan habe, oder? Obwohl ich so wütend auf diese Kitty war, dass ich sie am liebsten ins Wasser geschubst hätte.«

»Ich weiß, sie ist widerlich. Machen wir doch ab jetzt einen großen Bogen um diese ganzen Leute.«

»Aber das sind Arthurs Freunde. Wenn Arthur und ich ...«

»Es ist wirklich lieb von dir, Ruth, Liebes, dass du das für Genie tust«, unterbrach Mrs. Lindgren ihre Tochter, als sie ins Zimmer trat. Sie stellte sich hinter Imogene und strich ihr das Haar hinters Ohr.

»Mutter, deine Hände riechen!«

»Ich hab's ihr schon hundert Mal gesagt«, fuhr Mrs. Lindgren ungerührt fort, »dass diese Schuhe lebensgefährlich sind, aber sie will ja nicht auf mich hören.« Sie lächelte nachsichtig und legte die Hand auf Imogenes Kopf.

»Was tu ich denn für dich, Imogene?«

»Mutter, du hast mir gar keine Zeit gelassen, sie zu fragen.« Imogene wandte sich zu Ruth. »Die Sache ist ... alle führen sich wegen meines Knöchels einfach abscheulich auf.« Sie legte den Kopf zurück an die Brust ihrer Mutter und sah vorwurfsvoll zu ihr empor. »Dr. Karbler sagt, ich darf ihn wenigstens noch einen weiteren Tag nicht belasten, und Mutter hat Angst, ich purzel diesen Hügel runter, wenn ich auf Krücken gehe. Es wäre mir furchtbar unangenehm, Mrs. Owens im Stich zu lassen. Könntest du morgen für mich einspringen?«

»Aber du weißt doch, dass ich als Sekretärin die reinste Katastrophe bin.«

»Das macht nichts. Sie hetzt dich bestimmt nicht, und einen Großteil der Zeit tu ich nichts anderes als Anrufe entgegennehmen und die Post sortieren. Das kann jeder. Es ist ganz einfach: privat, Rechnungen, Wohltätigkeit.« Sie tat so, als lege sie je einen Brief auf einen gesonderten Stapel. »Bezahl die Rechnungen, trag die Ausgaben ein, und was die Wohltätigkeit angeht, da sieht sich Mrs. Owens jeden Brief persönlich an und sagt dir dann, was du tun sollst.«

»Es wird Tante Amanda nicht passen, dass ich bei Brown's schwänze. Schließlich bezahlt sie dafür.«

»Musst du es ihr denn unbedingt auf die Nase binden? Es geht doch nur um einen Tag, Ruth.«

Ruth kaute an einem Daumennagel. »Na ja, für einen Tag müsste es wohl gehen. Schadet schließlich nichts festzustellen, ob ich die Sachen, die ich gelernt haben sollte, auch kann. Und was mache ich, bis die Post kommt?«

»Ach, du wirst schon was finden. Ich hab bestimmt ein paar Briefe von letzter Woche auf dem Schreibtisch liegen lassen, die getippt und verschickt werden müssen. Oder du kannst Arthur bitten, dass er dich im Haus herumführt.«

»Das kann ich doch unmöglich tun!«

»Das war nur ein Witz. Keine Angst, irgendjemand wird dir schon sagen, was du tun sollst.« Als Ruth schon aus der Tür war, hörte sie Imogene noch sagen: »Denk dran, was Hübsches anzuziehen.«

15

Amanda

Im November war das Baby, das ich vor mir hertrug, so groß, dass ich mich zurücklehnen musste, um das Gleichgewicht zu halten. Das muss der Grund dafür gewesen sein, warum ich Joe erst sah, als er schon die Wiese erreicht hatte und auf halbem Weg zum Haus war. Ich stand am Fuß der Verandatreppe und fegte halbherzig die Eicheln vom Gehweg. Kein Versteck weit und breit, nicht einmal ein anständiges Gebüsch, hinter das ich mich hätte kauern können, denn mittlerweile war alles kahl. Hinter dem dünnen Besenstiel ragte meine Leibesmitte weithin sichtbar vor.

Ich rannte los. Trotz meines Umfangs war Weglaufen offenbar noch immer das, was ich am besten konnte. Ich rannte um das Haus herum zur Hintertür und schob Mathilda vorn hinaus.

Joe hatte einen Brief gebracht: Carl war auf dem Weg nach Hause.

Auf dem Hof führte Mathilda einen Tanz auf. Sie riss Ruth in die Höhe und tanzte. Sie wirbelte und tanzte. Sie tanzte mit Joe; sie tanzte mit Ruth: Carl kam wieder nach Haus. Ich saß auf Ruths Bettchen und bemühte mich, meine Panik niederzukämpfen. In mir tanzte das Baby, genau wie Mattie. Es warf die Füße hoch und tanzte und tanzte.

Bevor Joe wieder ging, erzählte er Mathilda noch eine traurige Geschichte. Ich konnte ihn mir bildlich vorstellen, wie er, die Mütze in der Hand, mit gesenktem Kopf da stand und so tat, als denke er nicht an das, was er in mir gesehen hatte. Die arme Mary Louise hatte ihr Baby bekommen, ein Mädchen, so kalt wie Eis.

Eine Hand am kleinen Vier-PS-Evinrude, den Joe ihr geschenkt hatte, als er sich selbst einen stärkeren gekauft hatte, steuerte Amanda einen geraden Kurs durch den frühmorgendlichen Nebel. Der Motor machte einen solchen Lärm, dass sie keinen klaren Gedanken fassen konnte, aber sie *musste* nachdenken. Sie hatte noch nicht entschieden, was sie sagen oder wie sie es sagen würde, aber Arthur musste Imogene in Ruhe lassen – so viel war klar –, und sollte *Clement* auf dumme Gedanken gekommen sein ... aber das war undenkbar. Wie auch immer, sagte sie sich, der Zeitpunkt war gekommen, ihm klar zu machen, dass *sie* hier zu Hause war und nicht er, und dass er schon mehr als genug angerichtet hatte.

Als sie sich seinem Bootshaus näherte, hätte sie der Gestank fast in die Flucht getrieben. Das Algenboot musste an dem Morgen unterwegs gewesen sein, und vor dem Ufer lag, so weit das Auge reichte, ein mit toten Fischen übersäter Streifen abgemähter Algen. Sie stellte den Motor ab, bevor sich die faserigen Ranken im Propeller verfangen konnten, und legte das letzte, kurze Stück bis zum Steg rudernd zurück. Sie machte das Boot fest, und dann überraschte sie sich selbst, indem sie ausstieg und sich auf die Bretter setzte, auf denen sie ihn hatte sonnenbaden sehen. Sie streckte die Beine aus, stützte sich auf die Ellbogen und hob das Gesicht der Sonne entgegen. Sie saß mit dem Gesicht zum See, vom Rasen abgewandt, über den er, wie sie wusste, kommen würde. Und sollte jemand anders sie vorher sehen – na, dann sollte er eben.

»Motorschaden?« Seine Stimme klang so tief und klar, wie sie sie in Erinnerung hatte.

Sie wandte den Kopf und sah ihn über die Schulter an. Von dem Glast geblendet, der auf ihren Lidern gelegen hatte, konnte sie anfangs nur helle und dunkle Formen erkennen. Er trat gerade vom Rasen auf den Sand und hob die Hand, um sich die Augen zu beschatten.

»Brauchen Sie Hilfe?«

Sie antwortete nicht, konnte nicht antworten. Ihre Kehle war wie zugeschnürt, und sie zitterte am ganzen Leib. Es war falsch gewesen zu kommen, ein schrecklicher Irrtum zu glauben, sein Verrat würde sie nicht mehr berühren. Langsam wandte sie sich zu ihm, zog die Knie ans Kinn und schlang die Arme darum, um Halt zu finden. Als er den Steg erreicht hatte, schien ihm die Sonne nicht mehr direkt in die Augen.

»Amy?« Er blinzelte mit gerunzelten Brauen in ihre Richtung, und dann warf er einen raschen, aber nicht zu übersehenden Blick zurück zum Haus, bevor er seine Schritte beschleunigte und auf sie zukam. Die Bretter des Stegs federten unter seinem Gewicht, so dass sie mit jedem seiner Schritte sanft auf und ab wippte.

Es wirkte ganz natürlich, wie er sich vorbeugte, um ihr die Hand zu reichen. Als sie sich von ihm auf die Füße helfen ließ, streifte der Ärmel seines Bademantels ihre Wange. Sie roch die gleiche Seife, die er vor so vielen Jahren benutzt hatte, und die Monate mit ihm brandeten in einer erregenden Woge zurück und spülten über sie hinweg. Ja, einen Augenblick empfand sie mehr als alles andere Freude – Freude über seine Nähe, die ihr bestätigte, dass früher einmal eine junge, hoffnungsvolle Amanda existiert hatte und dass sie nicht vergessen worden war. Aber die Süße dieser Empfindung wurde durch die bittere Erkenntnis, dass es dieses Mädchen nicht mehr gab, nur noch intensiviert. Dieser Mann kannte sie – *hatte* sie gekannt, korrigierte sie sich –, wie schändlich er dieses Wissen auch missbraucht haben mochte.

Er starrte sie unverwandt an und schüttelte dabei verwundert den Kopf. »Gut siehst du aus, Amy, wirklich gut.«

Und gegen ihren Willen jubelte sie innerlich über seine schmeichelhafte Reaktion. Aber sie rief sich sofort zur Ordnung, verärgert darüber, dass sie sich ausgerechnet von ihm wieder hatte einwickeln lassen. »Ich muss mit dir reden.«

»Natürlich, natürlich, Amy. Aber«, und er blickte – ziemlich verstohlen, wie sie fand – das Seeufer nach beiden Seiten entlang, »besser nicht hier, denke ich. Sag«, schlug er munterer vor, »warum nehmen wir nicht dein Boot und sehen zu, dass wir aus diesem Gestank hier rauskommen?«

Sie zögerte. Sie wollte die Sache hinter sich bringen, aber sie war sich noch immer nicht schlüssig, was sie eigentlich sagen würde. Sorg dafür, dass dein Sohn die Finger von der Tochter meiner Freundin lässt? Das klang nicht sonderlich überzeugend. »In Ordnung«, erwiderte sie. Es würde einfacher sein, mit ihm zu reden, wenn sie nicht hier auf seinem Steg standen, wo seine Frau sie von einem der Fenster aus beobachten konnte.

Im selben Augenblick, in dem er in ihr Boot stieg, wurde ihr bewusst, dass sie ihn hasste. Er machte ein paar Ruderschläge, damit sie aus der Algensuppe herauskamen, und sie hasste ihn unvermindert weiter, hasste die Selbstverständlichkeit, mit der er die Ruder handhabte, genauso wie er früher *sie* gehandhabt hatte. Sie riss zweimal heftig an der Startschnur, und der Evinrude erwachte knatternd zum Leben. Langsam, kaum ein Strüdelchen hinter sich aufrührend, schob sie der kleine Außenbordmotor in tieferes Wasser.

Solange der Motor lärmte, versuchten sie gar nicht erst, ein Gespräch zu beginnen. Schließlich sagte Clement, der die ganze Zeit über Amandas Schulter hinweg das Ufer im Auge behalten hatte: »Weiter brauchen wir wohl nicht zu fahren.«

Amanda stellte fest, dass sie sich genügend weit vom Ufer entfernt hatten, um von dort aus nicht gesehen zu werden – es sei denn, der Beobachter hätte ein Fernglas benutzt.

»Also, Amy. Worum geht's? Brauchst du Geld?«

Jetzt war es an ihr, die Augen aufzureißen. »Geld? Nein, natürlich nicht.«

»Na ja, viele sind heutzutage in einer solchen Lage. Wirklich kein Grund, sich deswegen zu schämen. Und ich würde mir gern überlegen, was ich für dich tun könnte. Ich weiß nicht, wie viel genau, aber etwas könnte ich dir bestimmt leihen.«

»Clement, hör auf. Ich brauche kein Geld.«

»Schön, was dann?«

Sie wandte die Augen von ihm ab und sah aufs Wasser. Was? Was wollte sie nun sagen? Imogene ist unsere Tochter. War es das? Sie machte den Mund auf. »Warum springst du nicht einfach ins Wasser und schwimmst deine Runde?«, fragte sie.

»Was?«

»Ich meine, du hattest heute Morgen doch vermutlich vor, ein bisschen zu schwimmen. Du hast Schwimmsachen an, oder nicht? Warum gehst du dann nicht einfach ins Wasser, solange wir aus den Algen raus sind?«

Sichtlich verwirrt, schwieg er eine Weile, doch dann fing er an, den Gürtel seines Bademantels aufzuknoten. »Na schön«, sagte er. »Vielleicht tu ich das wirklich. Ich schwimme täglich wenigstens ein paar Runden. Danach können wir vielleicht ein bisschen herumfahren. Uns diese Insel ansehen, von der du mir früher ständig erzählt hast.«

Er erinnerte sich an die Insel. Amanda verspürte eine Woge absoluter Dankbarkeit und gleich darauf Ekel vor sich selbst wegen dieses Gefühls. Es war komisch, dachte sie, als er den Bademantel auszog und auf die Sitzbank stieg, wie unbefangen er sich ihr gegenüber verhielt, als hätte sie keinerlei Grund, ihn zu hassen, als hätten sie sich im Guten getrennt – und das vor gar nicht langer Zeit –, als ob keines der furchtbaren Dinge, die sie erlebt hatte, passiert wäre. Er sprang kopfüber ins Wasser, so dass das Boot durch den Rückstoß ein, zwei Meter von ihm wegtrieb. Natürlich, soweit er wusste, war ja auch nicht viel passiert. Sie hatte geweint, und sie hatten sich getrennt, das war alles. Schlagartig ging ihr auf, dass er möglicherweise sogar glaubte, sie sei zu ihm zurückgekehrt, es mache ihr nichts mehr aus, dass er verheiratet war. Aber vielleicht war das kleinlich gedacht, sagte sie sich, während sie ihm zusah, wie er sich mit seinen langsamen Kraulbewegungen vom Boot entfernte. Vielleicht freute er sich wirklich nur, sie wieder zu sehen. Vielleicht dachte er, sie habe ihm verziehen.

Ruth griff sich in den Halsausschnitt des Kleids und zog an dem Träger, der ihr den Arm hinunterzurutschen drohte. Es war halb neun. Sie war eine ganze halbe Stunde zu früh da. Unter ihr glitzerte einladend der See. Fischerboote, mit diesen Typen bemannt, die morgens nichts zu tun hatten, wiegten sich in den kleinen Buchten entlang des Ufers, und weit draußen sprang ein Mann gerade von einem kleinen Ruderboot ins Wasser, dass sein weißer Oberkörper in der kräftigen Sonne aufleuchtete.

Als sie die ersten paar Schritte auf die glitzernden Wellen zu gemacht hatte, zog sie das Gefälle immer weiter den Hügel hinab, bis sie zuletzt auf einer Uferbefestigung aus Beton stand. Einen halben Meter unter ihr schwappte das jahreszeitlich bedingt niedrige Wasser des Sees mürrisch auf und ab und hob und senkte dabei seine übel riechende Fracht von rot-weißen Schwimmern, braunem Sandwich-Einwickelpapier und stinkenden toten Fischen – alles in ein Gewirr von Algen eingebettet. Ruth wich zurück. Sie konnte genauso gut früher mit der Arbeit beginnen.

»Kaffee?«, fragte das Dienstmädchen, nachdem sie Ruth die Treppe hinauf in ein helles Zimmer geführt hatte, an dessen einer Wand ein Rollsekretär stand.

»Ach, nein, danke«, antwortete Ruth. Sie legte rasch die Hand auf einen Brandflecken, den sie gerade an ihrem Rock entdeckt hatte.

»Miss Lindgren trinkt immer Kaffee. Mit Sahne und drei Stück Zucker. Wie eine flüssige Praline.« Nach einem missbilligenden Stirnrunzeln verließ die Frau das Zimmer und zog die Tür hinter sich zu, und Ruth konnte sich ungestört darüber ärgern, den Kaffee abgelehnt zu haben.

Sie berührte den Schlüssel des Sekretärs. Sollte sie ihn aufschließen oder besser noch warten? Imogene hätte ihr konkretere Instruktionen geben sollen. Ruth ging ein wenig im Zimmer herum, streifte mit dem Blick Kupferstiche und Buchrücken, ohne eigentlich zu registrieren, was sie da sah. Sie hatte keine Lust, beim Herumschnüffeln erwischt zu werden. Sie konnte sich bildlich vorstellen, wie Mrs. Owens in ihrem schulterbetonten zimtfarbenen Kostüm und Federhut – obwohl sie den Hut zu Hause wahrscheinlich nicht tragen würde – hereinplatzte und sich wunderte, dass sie mit der Arbeit noch nicht angefangen hatte. Hatte Genie nicht was von Briefen gesagt, die noch getippt werden mussten?

Ruth ging wieder an den Sekretär, drehte den Schlüssel herum und schob den Rollladen hoch. Ja, da war eine Remington, und daneben ein Stenoblock, dessen aufgeschlagene Seite mit Imogenes sauberer Kurzschrift bedeckt war. Pflichtbewusst setzte sich Ruth an den Schreibtisch, nahm ein sauberes Blatt Papier vom Stoß und spannte es in die Maschine ein.

Zwanzig Minuten später saß sie über die Maschine gebeugt und versuchte herauszufinden, ob sich ein falsches »i« mit einem übertippten »l« annehmbar kaschieren ließ, oder ob sie lieber – wie ihre Lehrer im Brown's verlangt hätten – die Seite neu anfangen sollte. Hinter ihr öffnete sich die Tür.

»Es braucht nicht perfekt zu sein, nur leserlich«, sagte Mrs. Owens. Mrs. Owens, das war Ruth augenblicklich klar, würde nie in ein Zimmer hereinplatzen. All ihre Bewegungen waren würdevoll und gemessen; in ihrem aschfarbenen Kleid sah sie ein bisschen wie ein großer Graureiher aus. Sie kam auf Ruth zu und streckte die Hand aus. »Sie müssen Rose sein. Ich bin Ihnen äußerst dankbar, dass Sie diese Woche für Imogene einspringen.« Ihre glatte und kühle Haut brachte Ruth die Tinte an ihren eigenen Fingern umso deutlicher zu Bewusstsein. »Hat Ellen Ihnen denn keinen Kaffee gebracht?« Und bevor Ruth etwas entgegnen konnte, sprach Mrs. Owens auch schon in ein Gerät an der Wand: »Würden Sie bitte Kaffee für zwei bringen, Ellen? Und vergessen Sie die Sahne und den Zucker nicht.« Sie wandte sich wieder Ruth zu und flüsterte: »Ellen lehnt Süßes ab.«

Ungefähr ein Stunde lang ging Mrs. Owens im Zimmer auf und ab und diktierte dabei Notizen für eine Rede, durch die sie ihren Zirkel dazu bewegen wollte, Mittel zur Einrichtung eines Sommerlagers für Kinder aus armen Familien zu spenden. »Helfen Sie mir, Rose. Ich muss etwas über die frische Luft sagen, über die Wichtigkeit frischer Luft für die körperliche und sittliche Ertüchtigung. Wie können wir von diesen Kindern erwarten, dass sie zu rechtschaffenen Bürgern heranwachsen, solange wir sie nicht mit der gesunden Unschuld des Landlebens in Berührung bringen? Ja, das ist gut, Rose, halten Sie das fest.«

Während Ruth die Erfolg versprechendsten Formulierungen ins Reine schrieb, führte Mrs. Owens ein paar Telefonate. »So«, seufzte sie, als sie nach dem dritten Gespräch den Hörer einhängte, »mehr als das schaffe ich heute wohl nicht mehr. Ich muss jetzt die neue Lungenstation im St. Joseph's gebührend bewundern gehen. Wenn Sie die paar Sachen fertig tippen könnten und diese Termine in meinen Kalender eintragen, würden Sie mir wirklich einen großen Gefallen tun. Falls es irgendwelche Überschneidungen gibt, lassen Sie es mich wissen.« Sie reichte Ruth ein paar Briefe. »Ellen wird Ihnen natürlich Ihren Lunch bringen. Rufen Sie sie einfach über die Wechselsprechanlage, sobald Sie ihn haben möchten.«

»In Ordnung«, sagte Ruth, obwohl sie genau wusste, dass sie nie imstande sein würde, Ellen eine Anweisung zu geben.

»Sehe ich Sie dann morgen wieder? Oder Imogene?«

»Imogene, nehme ich an.«

»Nun Rose«, sagte sie und reichte Ruth noch einmal die kühle Hand. »Sie sind mir eine große Hilfe gewesen. Ich danke Ihnen.« Und dann war sie weg.

Ruth setzte sich an die Maschine. Das Blatt, das sie einspannte, war ein dickes, weiches Luxuspapier von sattem, cremigem Farbton – das genaue Gegenteil von dem durchsichtigen, mit Holzfasern durchsetzten Zeug, das sie im Brown's benutzen mussten. Als sie es ins Licht hielt, schwebte in der Mitte das Wasserzeichen wie ein heimlicher Kuss. Warum hatte sie Mrs. Owens nicht gesagt, dass sie nicht Rose hieß?

»Liebe Mrs. Schmidt, es war mir eine große Frude ...«

Behutsam rollte Ruth das Blatt aus der Schreibmaschine und spannte ein neues ein.

»Liebe Mrs. Schmidt, es wsr ...«

»Liebe mrs. ...«

»Lbei ...«

Ruth riss das vierte Blatt mit einem scharfen, befriedigenden Zipp! aus der Maschine. Wer das im Brown's tat, musste wegen Beschädigung der Maschine Strafe zahlen. Da sie nicht wollte, dass Mrs. Owens sah, wie viele Blätter vom teuren Briefpapier sie vergeudet hatte, faltete sie die Fehlstarts zusammen und stopfte sie in ihre Handtasche.

Sie spazierte einmal rund um das Zimmer, um sich zu sammeln, und setzte sich dann wieder hin. Eine Haarnadel piekte ihr in die Kopfhaut. Eine nach der anderen zog sie heraus, um die Schuldige Nadel zu ermitteln, bis ihr zuletzt das Haar hinten offen herunterhing.

Abgesehen von der Schreibmaschine folgte jeder Gegenstand auf dem Schreibtisch in Form oder Dekor einem aquatischen Leitmotiv. Sie nahm einen Brieföffner in die Hand, dessen Silbergriff wie ein Fisch geschuppt war. Daneben hockte eine emaillierte Dose in Gestalt eines Frosches, aus dessen Maul eine Zunge aus Briefmarken ragte. Sie riss mehrere davon ab, leckte sie an und klebte sie auf Umschläge. Adressieren würde sie sie später. Dann nahm sie sich den Terminkalender vor: ein in flaschengrünes Leder gebundenes Büchlein mit einem eigenen kleinen Goldstift, der seitlich in einer Schlaufe steckte. Sorgfältig übertrug Ruth alle Termine aus den Karten und Briefen, die Mrs. Owens ihr gegeben hatte. Zuerst schrieb sie sie mit Bleistift vor, für den Fall, dass sie sich verschrieb, dann zog sie alles mit dem Goldstift nach.

Das Telefon klingelte, und sie machte einen Satz. Sollte die abnehmen? Sie wartete. Es klingelte noch einmal, zwei-, drei-, viermal. Warum ging Ellen oder sonst jemand unten nicht ran? Beim sechsten Klingeln hob sie schließlich den Hörer ab. »Hallo?« Aber es meldete sich niemand.

Ruth blätterte den Terminkalender vor und zurück: Lunch im Veteranenheim, Tee für den Turners Club, S. Lemon, Avis kommt, Gartenklub, Wohltätigkeitsbasar Bücherei, Athletic Club, Rotes Kreuz, Wohltätigkeitsbasar Sinfonieorch., Dinner bei den Jones'. Sie tat so, als würde sie einen Anruf entgegennehmen. »Ja, hier spricht Mrs. Owens' Sekretärin ... Mal sehen ... ich könnte Sie am Mittwoch zwischen vierzehn Uhr dreißig und fünfzehn Uhr dazwischenschieben, würde Ihnen das passen? Danke. Auf Wiederhören.« Sie wünschte sich, das Telefon würde wieder klingeln.

Ruth klappte den Terminkalender zu und steckte den Stift wieder in seine Schlaufe. Sie stand vom Rollsekretär auf, ging hinüber zum Tisch, an dem Mrs. Owens sonst saß, und nahm den Füllfederhalter in die Hand, als gehörte er ihr. Sie probierte auf der Rückseite eines alten Kuverts ihre Unterschrift: Ruth Sapphira Neumann. Draußen vor dem Fenster, am Fuß des Hügels, warf der See wie zerknittertes Stanniol Sonnenstrahlen in alle Richtungen.

Schließlich kehrte sie zum Schreibtisch zurück und spannte ein sauberes Blatt in die Schreibmaschine ein. »Liebe Mrs. Schmidt«, klapperte sie in einem langsamen, aber gleichmäßigen Rhythmus, »es war mir eine große Freude, vergangenen Donnerstag mit Ihnen reden zu können.«

Lautlos öffnete Arthur die Tür des Arbeitszimmers seiner Mutter. Er hatte sich angewöhnt, wenn seine Mutter nicht im Haus war, Imogene zu überraschen und sich so nah wie möglich an sie heranzuschleichen, bevor sie seine Anwesenheit bemerkte – oder zumindest bevor sie so tat, als würde sie ihn erst bemerken. Als er sah, dass es nicht Imogene war, die da saß und tippte, war seine erste Reaktion eine leichte Beschämung über das, was er vorgehabt hatte. Aber als er erkannte, dass es Ruth war, machte sein Herz einen Satz. Vor Überraschung, wie er sich selbst versicherte. Mehr als das empfand er nicht: Überraschung.

»Hallo«, sagte er von der offenen Tür aus.

Als sie herumwirbelte, stieß sie mit dem Handgelenk gegen

ein Tintenfass, fing es aber geschickt wieder auf, bevor es vom Tisch fallen und sein blauschwarzes Inneres auf den Perserteppich gießen konnte. Sie brachte lediglich ein erschrockenes »Oh!« hervor, dann wandte sie sich verwirrt wieder ab und schob das Tintenfass so weit wie möglich vom Tischrand zurück.

»Tut mir Leid. Ich wollte Sie nicht erschrecken.« Er kam zwei Schritte weit ins Zimmer. Ihm fiel nichts ein, was er als Nächstes hätte sagen können.

»Genie müsste morgen, spätestens am Mittwoch wieder da sein.«

»Ist sie krank?«

Ruth hatte zwei Nadeln in den Mund gesteckt und versuchte, ihr aufgelöstes Haar wieder in Form zu bringen. »Sie darf ihren Knöchel nicht belasten«, sagte sie, so gut es ging, mit zusammengebissenen Zähnen.

»Ihr Knöchel. Natürlich. Ist er inzwischen auskuriert?«

»Nicht so richtig. Deswegen darf sie ihn ja auch noch nicht belasten.«

Er machte sie nervös. Der Gesichtsausdruck, mit dem er sie ansah, konnte fast als erwartungsvoll bezeichnet werden, als glaube er, dass sie jeden Moment etwas Amüsantes sagen oder tun würde. Soweit sie wusste, hatte sie noch nie etwas getan, wodurch sie ihn auf diese Idee hätte bringen können. »Stimmt, sie sollte ihn wirklich besser nicht belasten.« Er nahm den Briefmarkenfrosch in die Hand und stellte ihn dann wieder hin. »Es ist sehr nett von Ihnen, dass Sie für sie einspringen.«

Sie zuckte mit den Schultern. »Sonst müsste ich ins Brown's, und ich langweil mich da zu Tode.«

»Warum gehen Sie dann überhaupt hin?« Da war es wieder, dieses kleine erwartungsvolle Lächeln.

»Weil Imogene meinte, ich sollte Maschine schreiben lernen, und es hieß, dort würde man es mir beibringen. Ich kann's zwar immer noch nicht«, fügte sie ehrlich hinzu, »aber ich denke nicht, dass die Lehrer daran schuld sind.«

Er lachte. »Maschine schreiben ist nicht so wichtig.«
»Für Sie vielleicht nicht, aber für mich schon, oder sollte es zumindest sein. Vielleicht ist es Ihnen noch nicht aufgefallen, aber es gibt zurzeit ziemlich wenige Arbeitsplätze.«
»Und das möchten Sie gern werden? Stenotypistin?«
»Nein«, gab sie zu. »Kann ich eigentlich nicht behaupten. Aber es geht nicht immer danach, was man gern möchte, oder?«
»Nein, wahrscheinlich nicht.« Er ging hinüber ans Fenster und sah auf den See. »Nächste Woche fange ich bei meinem Bruder an zu arbeiten«, sagte er und trommelte mit den Fingern auf den Tisch. Dann wandte er sich wieder ihr zu. »Wir sollten heute nicht so im Haus herumsitzen.«
»Nein?«
»Der Sommer ist doch fast vorbei. Wir sollten den Tag nutzen.«
Ruth warf einen zweifelnden Blick auf die Schreibmaschine und das eingespannte Blatt. »Gehen Sie nur. Ich muss diese Briefe fertig tippen.«
»Aber ich dachte, Sie hätten gesagt, Sie können überhaupt nicht Maschine schreiben.«
»Trotzdem, ich habe Ihrer Mutter versprochen, dass ich sie ihr tippe.«
Er nahm den kleinen Stoß von handgeschriebenen Briefen in die Hand und zählte die Seiten. »Wenn ich das hier für Sie erledige, kommen Sie dann mit?«
»Sie können doch nicht tippen!«
»Klar kann ich.« Er schob sie beiseite. Dann krempelte er die Ärmel hoch und rückte den Stuhl zurecht, als bereite er sich auf eine wichtige Aufgabe vor. »Ah, Mrs. Schmidt«, sagte er Hände reibend, als er einen Blick auf den angefangenen Brief geworfen hatte. »Was wollen wir Mrs. Schmidt denn so sagen?«
Er fing an zu tippen: mit zwei Fingern, aber mit flinken, entschlossenen Anschlägen, die er ungefähr alle halbe Minute mit einer schwungvollen Zeilenschaltung unterbrach. Während Ruth zusah, wie die Zeilen eine nach der anderen aus der Ma-

schine herauskamen, erinnerte sie sich mit einiger Verspätung, die Hand auf den Brandfleck auf ihrem Rock zu legen.

»Mein Vater hat mich das vor ein paar Jahren lernen lassen«, sagte er, als er sich an den nächsten Brief machte. »Er meinte, ich sollte mit der Zeit gehen. Ich muss gestehen, dass ich jetzt ganz froh darüber bin.« Als der Wagen am Ende der Zeile klingelte, warf er ihr einen raschen, schüchternen Blick zu.

Von der Entschlossenheit seiner Bewegungen fasziniert und vom Geklapper der Tasten eingelullt, sah sie ihm unverwandt zu, bis er das letzte Blatt aus der Maschine zog. Er legte die fertigen Briefe zusammen und klopfte sie mit der Kante auf die Tischplatte. »So, können wir jetzt gehen?«

Als sie, ohne Imogene zwischen sich, zusammen im Wagen saßen, spürte Ruth deutlich, dass nur leerer Raum ihren und seinen Oberschenkel voneinander trennte, und wagte es kaum, sich im Sitz richtig zurückzulehnen. Sie blickte unverwandt auf den blank geputzten, tief blauen Himmel und die frisch geernteten Felder. Nach einer Weile ließ ihre Anspannung nach. Sie kurbelte das Fenster so weit es ging herunter und hielt eine Hand gedankenverloren in die strömende Luft. Der Fahrtwind brachte ihr Haar wieder in Unordnung; sie ließ es flattern und schob sich lediglich mit einer Hand die einzelnen Strähnen aus dem Gesicht.

»Zu schnell?«, fragte er mit dem gleichen schüchternen Blick von der Seite, den er ihr von der Schreibmaschine aus zugeworfen hatte.

»Nein. Es ist schön so.«

Sie fuhren an Feldern vorbei, an Farmhäusern, Scheunen und kleinen Läden, deren Wände die Aufschrift »Lebensmittel Bier Köder«, »Bier Lebensmittel Textilien« oder »Käse Hühner Bier« trugen.

»Wo fahren wir eigentlich hin?«, fragte Ruth endlich.

»Ich weiß nicht.« Er zuckte die Achseln. »Wie wär's mit einem Picknick? Hungrig?«

»Wie ein Wolf.«

Arthur hielt vor einem dieser Gemischtwarenläden, einem getünchten Steinbau mit zwei winzigen Fenstern auf jeder Seite. Als sie ihn betraten, mussten sie erst einmal stehen bleiben, bis sich ihre Augen an das Dämmerlicht gewöhnt hatten.

Dann steuerte Arthur den Kühlschrank an, der an der hinteren Wand stand. Ruth folgte ihm langsam. Der Laden gefiel ihr; er erinnerte an eine Höhle, angenehm feucht und kühl nach dem trockenen Wind auf der Straße. Während sie die Regale abschritt und sich die Waren ansah – Brombeer-, Erdbeer-, Himbeermarmelade, Getreideflocken, Seifenflocken, Streichhölzer –, roch sie zuerst Mottenkugeln, dann Essig, dann Nelken und schließlich Zigarettenrauch und säuerlichen Schweiß.

»Was treibste mit dem?«

Vom heiseren Flüstern hinter ihr erschreckt, machte Ruth einen Satz und stieß dabei eine Dose Tunfisch vom Regal. Ein alter Mann, der ihr nur bis zur Schulter reichte, sah sie finster von unten herauf an. »Nichts«, sagte sie und bückte sich schnell nach der Dose. Sie stellte sie wieder ins Regal und ging rückwärts zur Tür. »Ich bin dann draußen, Arthur. Okay? Ich warte draußen.«

Was gab diesem verrückten Alten eigentlich das Recht, so mit ihr zu reden? Sie lehnte sich gegen die Hauswand und genoss dankbar die Sonne. Wir sind Freunde, die einen Ausflug machen, hätte sie sagen sollen. Sie nutzten das letzte Sommerwetter aus. Ehrlich, sie wünschte sich, Imogene wäre dabei gewesen.

Wieder wohlbehalten im Wagen, machten sie sich gegenseitig auf hübsche Ausblicke und malerische Häuser aufmerksam und stellten zu ihrer Freude fest, dass sie genau den gleichen Geschmack hatten. Sie unterhielten sich über die Leute, die sie kannten, was sie auf Geschichten über Menschen brachte, die sie früher gekannt hatten. Arthur erzählte, er habe sich in letzter Zeit überlegt, ob er nicht Brückenbau studieren solle, und Ruth erzählte Arthur, dass Amanda ihr beigebracht hatte, Anfälle zu bekommen und wie ein Hund zu bellen, um nicht in die Schule zu müssen. »Vormachen«, sagte er, und als sie ihm eine Kostprobe gab, musste er so sehr lachen, dass das Auto einen Schlenker machte.

Er bog in eine kleinere Straße ein.

»Wissen Sie auch, wo Sie hinfahren?«, fragte sie, als aus dem Sträßchen ein unbefestigter Weg wurde.

»Mein Vater und ich haben früher häufig hier irgendwo in der Gegend Halt gemacht.« Er lehnte sich zu ihr hinüber, um aus dem Beifahrerfenster zu sehen.

Zuletzt führte er sie zu einem kleinen Fluss, wo er aus Steinen einen kleinen Rundwall baute, in dem das Bier kühlen konnte. Dann setzten sie sich ins Gras, und er zersäbelte mit seinem Taschenmesser die Salami, während sie das Brot in Stücke riss.

»Imogene müsste morgen wieder da sein«, sagte sie und stapelte gedankenverloren Sandwiches auf ein Stück braunes Papiere, das wie eine Picknickdecke zwischen ihnen lag.

»Ah ja? Das ist gut.«

»Ja, so schlimm ist es mit ihrem Knöchel wirklich nicht. Ich meine, es war schlimm, aber jetzt ist es besser. Ihre Mutter wollte nur, dass sie vorsichtig ist.«

»Das sollte sie auch sein.«

Er holte das Bier und beobachtete, wie sich ihre Kehle beim Schlucken bewegte. Das Kondenswasser tropfte von der Flasche auf den Rock.

»Es ist schade, dass ich nächste Woche wegfahren muss«, sagte er.

»Aber im Winter würde es Ihnen am See gar nicht gefallen. Dann ist es so trostlos und leer wie auf dem Mond.«

»Das stört mich nicht. Hier kann man viel im Freien unternehmen, nicht nur von einem Gebäude ins nächste flitzen, wie wir das in der Stadt tun.«

»Meistens flitzen wir auch nur von einem Gebäude ins nächste«, lachte Ruth, »wenn wir Glück haben.«

»Na ja, ich hoffe, ich habe wenigstens einen Grund, an den Wochenenden hier rauszufahren.« Er errötete und riss ein paar

Büschel Gras aus. Es war das gleiche rupfende Geräusch, das ein grasendes Schaf machte.

Er meint Imogene, dachte sie. Er liebt Imogene. Eine leise Traurigkeit machte sich in ihr breit, wie eine Wolke, die sich vor die Sonne schiebt. Warum? Weil *er* Imogene oder weil Imogene *ihn* bekommen würde? Beides vermutlich. Beide verließen sie. Aber sie war Imogenes Freundin, und *das* zählte. Und sie wollte Imogenes Freundin bleiben, ob sie nun da war oder nicht. »Imogene würde eine sehr gute Ehefrau abgeben«, sagte sie.

»Imogene? Ja, ganz bestimmt«, sagte er ernsthaft. »Jeder Mann könnte sich glücklich schätzen, sie zu bekommen.«

Plötzlich warf er das Gras, das er abgepflückt hatte, in die Luft, so dass es ihnen beiden wie Konfetti auf die Köpfe rieselte. »Gehen wir ein paar Schritte.«

Ein Halm hing ihr genau über dem Auge. Er streckte die Hand aus, um ihn ihr aus den Haaren zu zupfen, und als sein Finger ihre Stirn berührte, verspürte sie einen winzigen Stich. Hör auf damit, dachte sie. Du darfst nie wieder solche Gefühle haben.

Sie stand abrupt auf und klopfte sich das Gras vom Kleid. »Nein«, sagte sie, »es wird langsam spät. Meine Tante macht sich sonst Sorgen. Sie sollten mich besser heimfahren.«

16

Amanda

Ich musste zugeben, dass es schön war da auf dem Wasser, mit der frischen Brise, die die Wellen kräuselte, und der Wärme der Sonne auf meiner Haut. Der Morgen hatte drei Boote aus ihren Liegeplätzen gelockt. Sie fuhren im Zickzack auf dem dunkelblauen Wasser und malten mit ihren Segeln blendend weiße Dreiecke auf den hellblauen Himmel. Clement schwamm so nah vorbei, dass mir das Wasser, das er mit den Füßen aufrührte, gegen die Wangen spritzte. War *das* nicht genug, mehr als genug? Unser gemeinsames Glück war schließlich einmal Wirklichkeit gewesen, auch wenn es mit Lügen begonnen hatte. Warum hatte ich unbedingt die Begehrteste, die einzig Geliebte sein wollen und mich dadurch solch köstlicher Freuden beraubt?

Nach seiner zweiten Runde hängte er sich schwer atmend an den Bootsrand. Jetzt, da sein Haar nass war und ihm am Kopf klebte, konnte ich sehen, wie sehr es sich gelichtet hatte. Ich hätte am liebsten seine Hand genommen. Schh, wollte ich sagen, schh, ist schon gut. Ruh dich jetzt aus. Steig wieder ins Boot und ruh dich aus. Es stimmte mich traurig, ihn – einen Mann, der früher so vital gewesen war – so kraftlos zu sehen, aber seine Schwäche erweckte gleichzeitig zärtliche Gefühle in mir.

Natürlich hatte ich mich in dem getäuscht, was ich an dem Morgen vor ein paar Tagen zu sehen geglaubt hatte. Clement war nicht mehr so wie früher. Er hatte mit Imogene nichts im Sinn. Das war alles nur das Produkt meiner krankhaften Fantasie gewesen.

Ich wollte ihm von ihr erzählen. Er sollte erfahren, dass er und ich immerhin so ein Mädchen zu Stande gebracht hatten.

»Ich muss dir etwas über Imogene erzählen«, begann ich. »Imogene Lindgren.«

Zu mir hinauf blinzelnd sagte er. Ja, ich glaube, er seufzte. »Sie ist bildhübsch, nicht?«, sagte er. »Ehrlich gesagt ... wenn ich nicht so alt wäre ...« Er wandte die Augen von mir ab und ließ seinen Blick in die Ferne schweifen, zum anderen Ufer des Sees, und dann sah er wieder zu mir. Er könnte mir sogar zugezwinkert haben, aber vielleicht blinzelte er auch nur das Wasser aus den Wimpern. »Aber wer weiß schon, was den jungen Mädchen von heute so gefällt«, meinte er. »Ich könnte durchaus noch Chancen haben.« Während er sprach, drehte er sich um und stieß das Boot mit den Füßen zurück, so dass seine letzten Worte beinah ganz vom Rauschen des Wassers übertönt wurden. Aber ich hatte sie gehört. Warum sonst hätte mich ein solches Entsetzen gepackt?

Und dann fühlte ich die Sonne in meinen Adern brennen und wüten. Ich wollte ihn mit dem Boot rammen, ihm mit dem Propeller den selbstgefälligen weißen Rücken wie ein abgenutztes Laken in Fetzen reißen. Ich wollte ihm nachspringen und ihm den Kopf mit meinen eigenen Händen unter Wasser drücken. Aber ich tat's nicht. Natürlich tat ich es nicht. Ich könnte niemals etwas Derartiges tun.

Stattdessen stand ich im Boot auf und schrie, dass es der ganze See hören konnte: »Sie ist deine Tochter! Deine Tochter!«

Aber er schwamm einfach weiter. Ich riss an der Schnur, und der Motor stöhnte auf. Zuletzt, als das Geheul an seine Ohren drang, muss er den Kopf aus dem Wasser gehoben haben und verblüfft zugesehen haben, wie ich mich von ihm entfernte. Aber ich blickte nicht zurück.

Der Motor war langsam, so verflucht langsam, dass es Stunden zu dauern schien, von Clement fortzukriechen, Tage, das Ufer zu erreichen. Auf halber Strecke schleuderte ich den Frotteemantel aus dem Boot. Er breitete die Ärmel in der Luft aus, landete sacht auf dem See und begann dann, mehr und mehr vom Wasser vollgesogen, unterzugehen.

Als ich das Boot hinter mir her auf das schlammige Ufer zog, stellte ich mir vor, wie Clement aus dem Wasser stieg und nach einem Sandwich rief. Nach so einer langen Strecke würde er ausgehungert sein, und meine Wut dürfte auch seine sonstigen Gelüste nicht geschmälert haben. Zumindest würde er diese Algensuppe durchqueren müssen. Er war ein Monstrum! Ein Monstrum! Sein Geruch klebte noch an meiner Haut, und ich watete zurück ins Wasser, um mir die Hände zu waschen und das Gesicht abzukühlen, das noch immer vor Empörung glühte.

Der Nagawaukee ist kein großer See; jeder kann ihn der Breite nach durchqueren. Woher hätte ich wissen sollen, dass er nicht schaffen würde, was jedes zehnjährige Kind kann? Dass er es mit dem Herzen hatte, war mir irgendwie entfallen.

Stimmt das? Um ehrlich zu sein – ich weiß es nicht.

17

Amanda

Das Baby war vor mir so weit. Ich wäre am liebsten für immer in diesem Zwischenstadium geblieben – wollte weder vor noch zurück, einfach nur stillhalten. Aber das Baby konnte nicht stillhalten. Wir bewegten uns weiter, ob's mir nun passte oder nicht.

Die Schmerzen setzten am Mittag eines strahlend hellen, grimmig kalten Tages ein. Trotzig stellte ich mich ans Ufer der Insel, um noch ein letztes Mal kurz Luft zu schnappen, und mochte mich auch die ganze Welt sehen. Ich jubelte innerlich über die Stärke des Windes, der in Sturmböen über das frische grüne Eis peitschte und mir Tränen in die Augen trieb. Und dann krampften sich meine Eingeweide wieder zusammen.

Der Blasensprung erfolgte gegen sieben. Ich sterilisierte die Schere, bemüht, nicht an diese lächerliche Vakuumbox zu denken, und legte sie zusammen mit Bindfaden auf einem sauberen Tuch bereit. Ich stellte meine Schuhe nebeneinander unter das Bett in Mathildas Zimmer, dasjenige, für das wir uns zuletzt entschieden hatten. Ich zog mein Kleid aus und hängte es ordentlich an den Haken hinter der Tür. Mathilda, die Ärmste, flitzte zwischen Küche und Schlafzimmer hin und her, manchmal mit einem Glas Wasser oder einer Decke in der Hand, aber hauptsächlich, um nur irgendwas zu tun. Ich hingegen war gelassen. Ich war bereit.

Eine Wehe packte mich, und ich stieß einen Laut aus, der Ruth erschreckt haben muss. »Hat Tante Mandy ein Aua?«

»Komm, Schätzchen«, sagte Mathilda und hielt dem Kind die Hand hin. »Gehen wir jetzt in dein Zimmer.«

Ruth schüttelte den Kopf.

»Doch, wir müssen jetzt gehen. Sei brav, Ruthie.«

Aber Ruth ging in die Hocke, und bevor Mathilda sie erwischen konnte, krabbelte sie unters Bett, den Flickenteppich als Barrikade hinter sich her ziehend.

Mathilda bückte sich und versuchte, sie wieder herauszuziehen, aber Ruth klammerte sich ans Bein des Betts und fing zu brüllen an. Ich hatte eine bessere Idee. Ich stand vom Bett auf und ging in die Küche, um eine Pfefferminzstange zu holen.

»Guck, Ruth«, sagte ich und hielt die gestreifte Stange so tief über den Boden, wie ich konnte. »Schh, sei jetzt still. Tante Mandy hat einen Lutscher.«

Aber eine weitere Wehe ließ mich zusammenzucken. Die Zuckerstange fiel klackend auf die Dielen, als ich mich an Mandy festhielt. Sie half mir wieder ins Bett, und wir ließen Ruth da, wo sie war.

Ruth treibt mit dem Gesicht nach unten im Wasser, auf den Wellen ausgebreitet wie ein blauer Frotteebademantel. Reck dich, weiter, reck dich, ja – die Haare, halt fest, zieh sie hoch, zieh sie raus. Amanda wachte auf, und ihre Finger zerkrallten noch die Luft, und sie keuchte, als ob sie es gewesen wäre, die unter Wasser zu atmen versucht hatte. Ruth ist nicht ertrunken, sagte sie sich. Ruth geht es gut.

Sie war angezogen eingeschlafen, und der Saum ihres Kleids war noch feucht, wo es beim Herausziehen des Bootes durchs Wasser geschleift war. Während sie schlief, hatte sich der Kragen straff um ihre Kehle gespannt – vielleicht kam ihre Atemlosigkeit daher –, und sie öffnete die oberen zwei Knöpfe.

Der Tag ging langsam zur Neige, aber es dämmerte noch nicht. Bald würde Ruth nach Hause kommen, falls sie nicht schon da war.

»Ruth?« Amanda stand auf dem obersten Treppenabsatz und rief hinunter. Es kam keine Antwort.

Als sie sich abwandte, sah sie sich plötzlich im Flurspiegel – die Haut von der Sonne gerötet, das Haar zerzaust und verfilzt, das Kleid zerknittert. Zögernd hob sie eine Hand an die Wange. Ein rundes Gesicht hatte sie noch nie gehabt, aber in letzter Zeit waren die Knochen deutlicher hervorgetreten, ihre Wangen hohl geworden. Weiße Fäden durchzogen ihr Haar.

Was ist das für ein Mädchen, das sich so schmutzig gemacht hat, hörte sie im Geist ihre Mutter sagen, aber so laut und deutlich, dass sie sich umdrehte und halb erwartete, sie da stehen zu sehen, in der einen Hand einen Waschlappen, in der anderen ein Stück ihrer selbst gemachten Lavendelseife. Aber das wäre unten gewesen, in der Küche, vor der Wanne neben dem Herd. Aber Carl hatte schon vor langem eine Ecke von Ruths Zimmer – Amandas und Mathildas früherem gemeinsamen Zimmer – mit zwei Mauern abgetrennt und ein richtiges Bad installiert.

Sie holte ein sauberes Kleid aus dem Schrank und hängte es an die Badezimmertür. Während sie darauf wartete, dass die Wanne einlief, putzte sie sich die Zähne mit etwas Backpulver und schrubbte Waschbecken und Toilette mit Reinigungsmittel. In ihren Haaren hing noch etwas von dem Geruch nach toten Fischen und Algen, mit dem sie an dem Morgen in Berührung gekommen war. Sie würde sie sich waschen müssen, auch wenn sie so spät am Tag wahrscheinlich nicht mehr richtig trocknen würden.

Langsam ließ sie sich in die Wanne gleiten. Sie hatte gar nicht gemerkt, wie durchgefroren und angespannt sie gewesen war, und das warme Wasser tat ihr gut. Sie legte sich zurück und ließ Hände und Füße schwerelos schweben. Träge liebkoste sie ihren Körper, ihren Bauch und ihre Oberschenkel, die Knochen und die weiche Vertiefung am Halsansatz, die Brüste. Dann rutschte sie tiefer hinein und legte den Kopf in den Nacken, damit die Haare nass wurden. Das Wasser stieg sanft empor, schmiegte sich wie eine warme Haube um ihren Hinterkopf, und ihre Haare breiteten sich wie Algen um ihren Hals und über ihrem Brustkorb aus. Das Wasser bedeckte ihre Ohren, trennte sie von den Geräuschen der Außenwelt, zog sie hinab und hinunter.

Amanda setzte sich abrupt auf und kletterte so hastig aus der Wanne, dass das Wasser in Strömen von ihrem Körper auf die Matte rann. Rasch trocknete sie sich ab und wickelte sich ein Handtuch um die Haare. Dann schlüpfte sie noch feucht in ihre Kleider. Was sie jetzt wirklich brauchte, war etwas zu essen. Wie lange war es her, dass sie zuletzt gegessen hatte? Sie musste irgendetwas für heute Abend vorbereiten. Ruth war immer ausgehungert, wenn sie sich den ganzen Tag mit der Schreibmaschine herumgeplagt hatte.

Sie schälte gerade die letzte Kartoffel, als der Kies auf der Auffahrt knirschte. Amanda schlich sich ans Fenster und sah hinaus. Ein Mann, dieser junge Owens, Clement und auch wieder nicht, half Ruth gerade aus dem Auto. Amanda nahm das Handtuch vom Kopf und ersetzte es durch ein Kopftuch. Die Wagentür knallte einmal und dann noch einmal; das Motorgeräusch wurde lauter und entfernte sich; und Ruth trat allein in die Küche.

»Du warst mit diesem jungen Owens zusammen?«, fragte Amanda so beiläufig wie möglich. Sie hob den Deckel vom Schmorbraten, und ein Schwall von Dampf umhüllte ihr Gesicht.

»Arthur? Er hat mich gefahren.«

»Und Imogene nicht?«

»Nein.«

War es jetzt also Ruth, die man im Auge behalten musste? Amanda runzelte die Stirn und beobachtete Ruths Bewegungen, als sie den Tisch zu decken begann. »Habt ihr ...« – sie unterbrach sich, unschlüssig, wie sie es formulieren sollte – »etwas getrunken?«, vollendete sie diskret.

»Natürlich nicht.«

Beim Gedanken an Vater und Sohn stieg in Amanda gallenbittere Wut empor. Warum konnten die beiden sie und die Ihren nicht in Frieden lassen? Aber sie wusste, dass es ihre eigene Schuld war. Mit ihren Versteckspielchen und Verstellungen, Ausweichmanövern und Lügen hatte sie Clement Owens in gewissem Sinn stets bei sich behalten. Aus einer Nacht mit ihm war etwas wie ein Knoten geworden, um den sie die letzten zwanzig Jahre lang herumgewachsen war. Wie konnte sie jetzt also überrascht sein, wenn er sich, anstatt sich aufzulösen, verdoppelt hatte?

Aber es würde alles gut werden, beruhigte sie sich. Der Sommer ging zu Ende, und bald würden sie abreisen. Sie brauchte nur dafür zu sorgen, dass die Dinge bis dahin an ihrem Platz blieben.

Ruth war wohlbehalten zurück, und jetzt würden sie eine ausgewogene Mahlzeit zu sich nehmen, sagte sich Amanda befriedigt und löffelte Ruth Rotkohl auf den Teller. Es war also alles in Ordnung. Alles war so, wie es sich gehörte, sagte sie sich mit einem prüfenden Blick auf den Tisch – von einer Kleinigkeit abgesehen. »Was hältst du von Apfelmus, Ruth? Im Kühlschrank ist welches. Warum holst du es dir nicht?«

»Ich brauche kein Apfelmus.«

»Nun ja, aber ich meine, wir sollten welches dazu essen. Es ist im Eisschrank, in der kleinen grünen Schüssel.«

»Ich möchte heute Abend wirklich kein Apfelmus.«

»Aber ich denke, wir sollten es dazu essen. Sonst haben wir überhaupt kein Obst, und Obst ist sehr wichtig. Stellen wir es doch wenigstens auf den Tisch, für den Fall, dass wir dann doch Lust bekommen sollten.«

»Ich möchte, dass Imogene glücklich wird«, sagte Ruth, als sie vom Tisch aufstand. »Das möchte ich wirklich.«

Nein, sie durfte nicht von Imogene anfangen, nicht heute Abend, nicht jetzt, wo alles ganz genau so bleiben sollte. »Wir alle möchten, dass Imogene glücklich wird. Im obersten Fach, Ruth, hinter der Milch. Weißt du, jetzt frage ich mich, ob es jetzt nicht zu kalt ist. Was meinst du? Es darf nicht so kalt sein, dass das Fleisch davon auskühlt. Vielleicht sollten wir es eine Minute auf den Herd stellen, nur dass es nicht mehr eiskalt ist.«

»Aber wir wollten uns doch eine Wohnung mieten!«

»Wohnung? Was denn für eine Wohnung?« Amanda schob ihren Stuhl ein wenig zurück. So eingeklemmt, mit den Beinen unter dem Tisch, fühlte sie sich plötzlich eingeengt.

»Es wird keine Wohnung geben. Damit ist es vorbei. Genie heiratet Arthur Owens.«

Im ersten Moment schienen die Worte keinen Sinn zu ergeben.

»Was?«

»Imogene wird Arthur Owens heiraten. Er hat sie noch nicht gefragt, aber er tut's bestimmt.«

Dieses Wirrwarr von seltsamen Silben füllte Amandas Ohren wie mit Watte, die in ein Klingeln überging. Kopfschüttelnd stieß sie sich vom Tisch zurück. »Nein«, sagte sie entschieden, fast heiter. »Nein, das ist unmöglich.«

»Tante Mandy, was ist denn los? Ist dir nicht gut? Stimmt was nicht?«

Amanda stand so abrupt auf, dass ihr Stuhl nach hinten umkippte. »Wir müssen sie daran hindern.«

»Wovon redest du eigentlich? Was ist mit dir los?« Ruth war um den Tisch herumgegangen und presste ihrer Tante die Hand auf die kühl-feuchte Stirn. »Vielleicht solltest du dich etwas hinlegen. Möchtest du dich hinlegen?«, fragte sie und dirigierte Amanda ins Vorderzimmer. Sie bemühte sich, lediglich fürsorglich zu klingen, aber sie hatte Angst. War das der Grund, warum Amanda ins St. Michael's gemusst hatte? »Soll ich Dr. Karbler anrufen?«

»Nein! Sonst niemand, Ruth. Sonst niemand. Nur du.«

Inzwischen standen sie vor dem alten Sofa, aber als Ruth versuchte, ihre Tante sanft hinunterzudrücken, klammerte Amanda sich an sie und zog sie mit sich hinunter. »Versprich, dass du mir hilfst, Ruth«, flüsterte sie. »Versprich's mir.«

»Natürlich helf ich dir. Worum geht's denn?«

Amanda redete weiter im Flüsterton, als ob die Worte auf diese Weise nicht wirklich ausgesprochen, sondern irgendwie als ein Bewusstseinsstrom von ihr zu Ruth übergehen würden. »Imogene ist Clement Owens' Tochter.«

Sie ist wahnsinnig, dachte Ruth und rückte unwillkürlich von Amanda ab, während ein Gefühl von Angst und Ekel, das an Übelkeit grenzte, in ihr aufstieg. »Hör auf damit«, sagte sie. »Was ist mit dir los? Hör auf, dich so aufzuführen.« Es regte sich der Impuls in ihr, ihre Tante zu ohrfeigen, aber da brach Amanda in Tränen aus, und so streichelte Ruth ihr stattdessen die Schulter. »Jetzt aber, Tante Mandy, du weißt doch wohl selbst, dass das Unsinn ist. Ich hab keine Ahnung, wer dir das eingeredet hat, aber du kannst solche idiotischen Geschichten doch unmöglich ernst nehmen. Mr. Owens und Mrs. Lindgren kennen sich doch nicht einmal. Und Mrs. Lindgren würde niemals ...!« Plötzlich kam Ruth ein Gedanke. »Ich wette, ich weiß, wer das in Umlauf gesetzt hat. Wie *können* die es wagen! Zita und Kitty, diese Lästermäuler! Das soll ihnen noch Leid tun.«

Aber Amanda hatte aufgehört zu weinen. Mit Fingern wie Klauen packte sie Ruth an den Schultern und rüttelte sie. »*Du* hörst damit auf, Ruth! Sieh mich an! Hör mir zu! Das ist *meine* Geschichte und niemandes sonst. Niemand kennt sie außer mir. Nur ich. Ich weiß, dass er Imogenes Vater ist, weil ich ihre Mutter bin. Sie ist mein Baby.«

Ruth riss sich aus Amandas Griff los und wandte sich ab, die Hände vors Gesicht geschlagen. »Hör auf! Das ist widerwärtig! Wie kannst du nur so etwas sagen?«

Wenn Amanda plötzlich steif und fest behauptet hätte, der Himmel sei in Wirklichkeit grün und das Gras rot, hätte Ruth nicht verwirrter sein, sich nicht mehr verraten fühlen können. Als sie jetzt das Gesicht hob und Amanda anstarrte, war es *ihre* Stimme, die zu einem Flüstern herabgesunken war: »Aber du hast doch gesagt, das Baby wäre nicht echt ...«

Mamas Füße laufen hin und her, hin und her. Tante Mandy machte die unheimlichen Geräusche. »Schh, schh«, sage ich, aber keiner hört mich. Ich tu den Kopf auf das Müde bin ich geh zur Ruh und guck auf die Zuckerstange. Tante Mandys Schuhe gucken mich an. Ich muss jetzt brav sein, brav und still. »Schh, schh«, sage ich, aber keiner hört mir zu. Klack, Mamas Schuh an der Zuckerstange. Sie rollt zu mir, und ich heb sie auf und zupf die Fussel davon ab. »Die ist noch gut«, sag ich zu mir. Das würde Tante Mandy zu mir sagen. Ein bisschen Dreck tut uns nicht weh.

Tante Mandy macht unheimliche Geräusche. »Ist schon gut«, sagt Mama. »Gleich ist alles wieder gut.« Aber ich wusste, dass das nicht stimmte.

Ich schh und lutsch, schh und lutsch. Ich bin brav, aber trotzdem die unheimlichen Geräusche. Die sollen aufhören. »Aufhören«, sag ich, aber nur geflüstert. Ich bin leise. Ich bin brav.

Mein Lutscher ist so spitz, dass er mir in die Zunge piekt. Das Blut schmeckt süß, und da schluck ich es runter. Müde bin ich geh zur Ruh, sage ich, aber ich bleib wach.

Jetzt ist auch Mama auf dem Bett. Ich will auch aufs Bett, aber ich hab Angst. Die Geräusche, aufhören! Und dann hören die Geräusche auf.

»Oh, Mandy«, sagt Mama, »ein kleines Mädchen.«

Aber das kleine Mädchen ist unterm Bett.

Ein Baby weint, also versuch ich zu weinen, aber das bin nicht ich.

»Du musst es ihr sagen, Tante Mandy.«

Sie hatten den matschigen, kalt gewordenen Schmorbraten und Rotkohl in den Eimer für die Hunde und Schweine gekippt und saßen jetzt am Küchentisch. Amanda hatte Kaffee eingeschenkt, als diskutierten sie ein ganz gewöhnliches Problem.

»Nein.« Amanda schüttelte den Kopf. Sie rührte sich gerade Zucker in den Kaffee. »Nein, wir müssen nachdenken, Ruth. Nachdenken.« Ihr Löffel fuhr hin und her und klirrte am Tassenrand. »Imogene darf's nie erfahren.«

»Worüber denn nachdenken? Was wir zur Hochzeit anziehen sollen? Ich sage es ihr, wenn du es nicht tust.«

Amanda versuchte, ruhig, geduldig zu reden. Sie sah Ruth unverwandt ins Gesicht. Ruth war jetzt unvernünftig; man musste sie dazu bringen, dass sie das einsah. »Das ist nicht dein Ernst. Denk doch an Mary Louise. Das brächte sie ins Grab, wenn Imogene das auf diese Weise erfahren würde. Wenn Imogene es *überhaupt* erfahren würde.« Sie führte sich die Tasse mit fast ruhigen Händen an die Lippen und nahm einen Schluck. Sie hatte das Gefühl, ein gutes Argument vorgebracht zu haben, ein starkes Argument, das ihr eine sichere Position verschaffte. »Nein, das wäre Mary Louise gegenüber nicht fair. Schließlich ist sie eine sehr gute Mutter gewesen. Darin musst du mir doch Recht geben, Ruth, oder?«

Als Ruth schwieg, wiederholte Amanda ihre Frage. »Du gibst mir doch Recht, dass Mary Louise eine hervorragende Mutter gewesen ist, oder?«

»Ja!«, sagte Ruth ungeduldig. »Ja, natürlich, aber das hat doch damit überhaupt nichts zu tun.«

»Ach, Ruth, du bist noch keine Mutter. Wenn du das erst mal bist, wirst du das begreifen.«

Entnervt stieß Ruth ihre Tasse so heftig zurück, dass der Kaffee auf den Tisch schwappte.

»T-ch.« Amanda schnalzte mit der Zunge. »Du bist jetzt durcheinander, Ruth, aber versuch es mal wie ich zu sehen.« Sie stand auf und holte den Spüllappen. »Denk doch an Imogene«, sagte sie, während sie die Pfütze aufwischte. »Überlege einmal, wie du dich fühlst, Ruth, jetzt, da du es weißt. Und stell dir dann vor, was es für sie bedeuten würde – alles, was gut war, mit einem Schlag verdorben. Alles, woran sie geglaubt hat, für sie entwertet. Du liebst Imogene. Möchtest du ihr wirklich erzählen, dass sie unter diesen Umständen auf die

Welt gekommen ist? Du musst dir überlegen, was das Richtige ist, Ruth.«

»So wie du das getan hast?« Die Worte peitschten wie Pistolenschüsse durch die Luft.

Amanda hatte gerade an der Spüle gestanden und den Lappen im fließenden Wasser ausgespült. Jetzt sackte sie plötzlich, wie von einem Krampf gepackt, zusammen und rutschte langsam auf die Knie, bis sie die Stirn gegen die Tür des Schränkchens unter der Spüle presste. »Ich könnt's nicht ertragen, dass sie mich hasst, Ruth«, schluchzte sie mit tränenerstickter Stimme. »Ich könnt's einfach nicht.«

»Schh«, sagte Ruth und versuchte, neben ihr kauernd, sie wieder auf die Füße zu stellen. »Dann werden wir's eben Arthur sagen oder Mr. Owens. Sie können sich ja dann einen anderen Grund überlegen, die Beziehung abzubrechen.«

»Aber wenn die beiden es wissen, Ruth, wird auch sie es früher oder später erfahren. Es ist gar nicht anders möglich.« Amanda wischte sich das Gesicht mit dem Spüllappen ab. Seinen säuerlichen Geruch einatmend, bereitete sie sich innerlich darauf vor, zum letzten Mittel zu greifen. »Wir machen alle mal Fehler, weißt du«, sagte sie und stand, den Rücken zu Ruth gekehrt, wieder auf. Als sie sich umdrehte, straffte sie die Schultern, hielt sich aber weiter mit einer Hand an der Spüle fest. Ihre Stimme hatte einen harten Klang. »Auch du, Ruth, hast einen Fehler begangen.«

»Was meinst du damit?« Ruth erinnerte sich an Arthurs Finger an ihrer Stirn, und ihr Gesicht erglühte.

»Deine Mutter hatte vorgehabt, Imogene für mich aufzuziehen. Ihr wärt dann Schwestern gewesen. Das hätte dir gefallen, nicht? Aber als ich dir sagte, du solltest vom Eis runter, nichts.« Sie schüttelte den Kopf. »Du wolltest nicht hören. Du bist einfach weitergerannt. Und dann ...« Sie schlug die Augen einen Moment nieder, dann sah sie wieder auf und fixierte Ruth. »Deine Mutter ist gestorben, und ich musste mein Baby weggeben.«

Ruth trat ein paar Schritte zurück und verschränkte die

Arme vor der Brust. Doch Amandas Worte gingen ihr trotzdem durch Mark und Bein. »Nein, ich …« begann sie. Aber ihr Atem ging immer rascher, weil sie wusste, dass sie rennen musste. Selbst jetzt, wo sie auf dem weichen Holz des Küchenfußbodens stand, spürte sie, wie ihre Füße unter ihr wegrutschten, während sie auf der schlüpfrigen Schwärze verzweifelt nach Halt suchten, und sie erinnerte sich, dass sie nicht schnell genug vorankam, wie sehr sie sich auch anstrengte.

Amanda streckte die Hand aus und legte die Fingerspitzen an Ruths Nacken. Sanft zog sie das Mädchen an sich, bis sie das Kinn auf Ruths gesenkten Kopf legen konnte. »Ist schon gut«, gurrte sie und wiegte sich leicht vor und zurück. »Du warst nur ein kleines Kind. Du wusstest es einfach nicht besser. Aber du begreifst jetzt« – und ihre Stimme schwoll vor Stolz an – »dass ich deinetwegen alles aufgegeben habe. Alles. Hätte ich nicht deiner Mutter Stelle einnehmen müssen, hätte ich meine Arbeit wieder aufnehmen oder eine eigene Familie gründen können. Stattdessen habe ich für dich gesorgt. Also, Ruth …«, seufzte sie, fast glücklich, »meinst du nicht, dass ich das Recht habe, dich zu bitten, jetzt etwas für mich zu tun?«

Mondlicht fiel ins Zimmer, und Ruth warf sich in seinem kühlen Schimmer unruhig hin und her. Sie versuchte zu begreifen, dass sie an allem schuld war, oder genauer gesagt: dass sie unbewusst an dem ersten Faden gezupft und dadurch – wrrr! – ihre ganze Familie aufgeräufelt hatte. Warum wollte sie unbedingt über diese schwarze Fläche laufen? Wovor war sie weggerannt? Die Küchenuhr schien, nur wenige Zentimeter von ihrem Kopf entfernt, erbarmungslos zu ticken. Sie setzte sich im Bett auf und schleuderte das Kissen an die Wand, die ihr Zimmer von dem Amandas trennte. Es knallte laut gegen den Putz, löste nebenan allerdings keinerlei Reaktion aus.

Sie stand rasch auf und zog sich an, ohne sich im Mindesten zu bemühen, leise zu sein. Auf dem Weg hinaus streifte sie sich die alte Jacke ihres Vater, die am Haken neben der Haustür hing, über.

Der Mondschein konnte mit dem Licht des Tages nicht konkurrieren, und Ruth hatte alle Mühe, auf dem abschüssigen Waldpfad nicht zu stolpern. Bei jedem Schritt hatte sie das Gefühl, dass der Boden unter ihr nachgab – wie wenn sie im Dunkeln in die Küche hinunterging und sich bei den Stufen verzählte und von der letzten unerwartet ins Leere trat. Sie wusste selbst nicht genau, was sie am See wollte; sie hatte nur den unwiderstehlichen Drang verspürt, ins Freie, an die Luft zu gehen, die Last von Amandas Geheimnissen abzuschütteln.

Ruth hielt das Gesicht in die Nachtbrise, während sie um das Ruderboot herumging und die Persenning losmachte. Dann schob sie das Boot ins Wasser und begann zu rudern.

Sie hatte vielleicht zehn Ruderschläge gemacht, als sie merkte, dass sie nasse Füße bekam. Sie hatte vergessen, den Lenzstopfen hineinzustecken. Sie beugte sich vor ins Heck, tastete in dem zwei Fingerbreit Wasser, die auf dem Boden herumschwappten, und fand sofort den Gummistopfen. Aber irgendetwas blockierte das Loch.

Es war ein Silberdöschen, stellte sie fest, als sie es herausbekommen hatte, mit einem in schwungvollem Art déco verzierten Deckel. Die Dose auf der Handfläche balancierend, ließ sie den Verschluss aufschnappen und sah ein Häufchen winziger Pillen, wie Münzen in einer Miniaturschatztruhe. Ruth ließ das Boot eine Weile treiben, während sie die Dose an ihrem Ärmel blank rieb und sich überlegte, wer sie da liegen gelassen haben mochte. Wahrscheinlich irgendein Tramp, der im Boot übernachtet hatte. Das kam immer wieder mal vor, obwohl solche Landstreicher in der Regel nur den Gestank nach altem Schweiß und Tabak und leere Flaschen zurückließen und keine Silberdöschen.

Es gab eine Zeit, dachte Ruth, da hätte sie sich bei einem so hübschen Gegenstand vorgestellt, er sei ein Geschenk ihrer Mutter – auf dem Grund des Sees geformt und genau dahin an Land geworfen, wo Ruth es mit Sicherheit finden würde. Es gab eine Zeit, da wäre sie sofort losgerannt und hätte ihren Schatz Amanda gezeigt, so wie sie ihr die Pfeilspitzen und die

Vogeleier und die Versteinerungen gezeigt hatte, die sie beim Spielen fand, und gemeinsam hätten sie für die Piraten, die das Trühlein geraubt hatten, ein kleines Papierschiff gebaut und vielleicht hätten sie eine Schatzkarte gemalt und den Fund unter der Fliederhecke vergraben. Es gab eine Zeit, da hätte sie die Dose in der Tasche ihres Kleides verwahrt, um sie später gemeinsam mit Imogene in Ruhe zu bestaunen, und dann hätten sie sich gegenseitig die Geschichte von dem jungen Mann erzählt, der von seiner reichen Familie verstoßen und dazu verdammt worden war, einsam, an einer romantischen Krankheit wie Tuberkulose leidend, durch die Welt zu wandern, weil er es gewagt hatte, das falsche Mädchen zu lieben. Sie hätten die Gesichter der Landstreicher gemustert, die manchmal abends mit ihren Essnäpfen auf den Hintertreppen saßen, und versucht, den Jungen, der seine silberne Pillendose verloren hatte, aufzuspüren und zu retten.

Alle diese Zeiten, wusste Ruth, während sie mit einem Schwamm das Wasser im Boot entfernte, waren vorbei. An ihre Mutter konnte sie sich kaum noch erinnern, Amanda hatte ihre Tochter weggegeben, und Imogene liebte einen Mann, den sie nicht heiraten durfte. War das wirklich alles ihre Schuld? Sie wrang zornig den Schwamm aus. Sie war schließlich erst drei gewesen. »Warum hat mich keiner zurückgehalten?«, schrie sie wütend in die Dunkelheit. Irgendwo an Land schlug ein Hund an.

»Ruhe!«, brüllte eine Männerstimme vom dunklen Ufer her.

Der Hund bellte weiter, aber Ruth wagte es nicht mehr, irgendwelchen Lärm zu machen. Sie ließ die Dose in ihre Tasche gleiten und fing wieder zu rudern an.

Der Schlüssel zum Inselhaus hing an einem Nagel unter dem niedrigen Dachvorsprung, genau da, wo sie ihn das letzte Mal gelassen hatte, als sie mit neuen Ansichtskarten ihres Vaters für ihre Sammlung hergekommen war. Trotzdem zögerte sie vor der Tür, schlich dann leise einmal um das ganze Haus herum und spähte zwischen den Brettern hinein, die die Fenster jetzt nur noch zur Hälfte bedeckten. Erst nachdem sie jede dunkle

Silhouette als ein Bett, eine Kommode oder einen Stuhl identifiziert hatte, schloss sie die Tür auf und ging hinein.

Im Schlafzimmer hing noch immer der Geruch ihrer Mutter. Es war ein Lavendelduft, der sich hartnäckig an den Innenwänden der Schubläden hielt. Ruth legte sich auf den Fußboden, auf den grünen Flickenteppich, und schaute unters Bett. Es sah viel zu niedrig aus, um der Ort zu sein, wo sie sich versteckt und mit angehört hatte, wie das Baby geboren wurde. Wo sie Imogenes Stimme gehört hatte.

Ruth rollte sich auf der nackten Matratze zusammen und schlang die weite Jacke ihres Vaters ganz eng um sich. Wenn sie und ihre Mutter im Eis eingebrochen waren, dachte sie, während sie allmählich in Schlaf versank, und ihre Mutter ertrunken war, sie selbst aber nicht – wer hatte sie dann gerettet? Und warum hatte dieser Jemand nicht auch Mathilda gerettet?

18

Ein Tag und eine Nacht waren vergangen, seitdem Clement Owens zu seiner morgendlichen Schwimmrunde das Haus verlassen hatte und nicht wieder zurückgekehrt war.

»Dass er ohne seinen Wagen weggegangen sein soll«, wiederholte Theresa in einem fort, »*das* macht mir Sorgen. Ohne seinen Wagen würde er nirgendwo hingehen.« Vor jedem ihrer Kinder verlieh sie dieser Überzeugung wiederholt Ausdruck. Sie sagte es vor Ellen und vor Anna, der Köchin, und vor Otto, der sich um den Garten und die Autos kümmerte. »Sind Sie auch sicher, dass keiner der Wagen fehlt?«, fragte sie ihn mehr als nur einmal.

Die Frage empfand er als Beleidigung. Sie wusste ebenso gut wie er, dass die Owens' drei Autos besaßen, und die standen alle wohlbehalten in der Garage. Doch jedes Mal antwortete er geduldig: »Nein, Mrs. Owens, es fehlt kein einziges Auto. Diesmal nicht.«

Sie teilte ihre Befürchtungen Sheriff Kuhtz mit, obwohl dieser, auch wenn kein Auto fehlte, die Möglichkeit nicht ausschließen wollte, Owens sei absichtlich verschwunden. Als Sheriff bekam man im Lauf der Jahre schon so einiges in der Richtung mit.

Aber dieser Bursche hatte weder einen Anzug noch ein Paar Schuhe aus seinem Schrank mitgenommen – zumindest nach Aussage der Ehefrau, und im Allgemeinen konnte man davon ausgehen, dass die Frau in der Lage war, so etwas zu beurteilen. Es war schon merkwürdig, dass ein Mann sich ohne was zum

Anziehen absetzte, es sei denn, er wollte, dass man ihn für tot hielt. Sheriff Kuhtz hatte auch von solchen Fällen schon gehört.

Andererseits fand er, war es immer am besten, mit dem Naheliegenden zu beginnen. Obwohl es natürlich seltsam war, dass – sollte Owens wirklich einen Krampf bekommen haben – der Bademantel, den er laut Aussage des Dienstmädchens an dem Morgen getragen hatte, nicht auf dem Steg lag.

Am dritten Tag suchten sie den See ab. Das war natürlich eine reine Routinesache. Die Angehörigen waren erleichtert, als man nichts fand, aber der Sheriff wusste, dass es manchmal eine Weile dauerte, bis der Nagawaukee Ertrunkene wieder herausgab. Seit Jahrzehnten kippten die Leute Bäume und Traktoren, ganze Flotten von ausrangierten Booten, ja sogar Häuser ins Wasser. Eine Leiche konnte in dem ganzen Gerümpel leicht hängen bleiben.

Imogene rief Ruth fast stündlich an, um ihr Bericht zu erstatten. Da niemand etwas wusste, hatte sie zwar nur wenige Fakten auf Lager, aber trotzdem immer viel zu erzählen. Natürlich wohnte sie vorläufig im Owensschen Haus. Keiner von ihnen hätte einen Bissen hinunter bekommen oder ein Auge zugetan, wäre sie nicht gewesen. Mrs. Owens hätte sie beinahe nicht einmal weggelassen, als sie sich von zu Hause ihre Zahnbürste holen wollte, und dass Arthur sie brauchte, verstand sich von selbst. Die Schwester und der ältere Bruder waren auch gekommen. Alle hatten Imogene auf Anhieb gemocht, und die Schwester hatte ihr sogar angeboten, bei ihr im Zimmer zu schlafen.

»Arthur sagt, dass er das *schon* mal gemacht hat, so für ein paar Tage zu verschwinden, nicht dann zurückzukommen, wann man ihn erwartet hatte«, sagte Imogene am Tag nach der Suche.

»Dann wird er also wieder auftauchen.«

»Aber Arthur sagt, dass es diesmal anders ist. Diese anderen Male hatten sie ihn weggehen sehen. Sie wussten zumindest, dass er irgendwohin fuhr, wenn auch nicht immer wohin oder für wie lange. Er hatte sich von ihnen verabschiedet – er hatte sich nicht einfach in Luft aufgelöst. Ich hatte dir doch schon gesagt, dass er ein Herzleiden hatte, nicht? Ständig nahm er so kleine Pillen.«

Nachdem sie den Hörer aufgelegt hatte, öffnete Ruth ihre Nachttischschublade und sah sich die Silberdose an, die sie dort hineingesteckt hatte. Zögernd berührte sie den Deckel mit einem Finger. Was hatte das zu bedeuten?

Hatte Clement Owens wie ein Landstreicher im Boot übernachtet? Oder hatte ihm Amanda die Pillen weggenommen? Aber warum hätte sie sie dann im Boot liegen lassen sollen? War er mit ihr im Boot gewesen? Erst im Boot und dann über alle Berge. Oder ins Wasser. Genauso wie seinerzeit Ruths Mutter. Und Ruth selbst um ein Haar auch.

»Ruth!« Amandas Stimme drang vom Fuß der Treppe herauf. Ruth konnte sie förmlich vor sich sehen, wie sie da stand, eine Hand fest um den Treppenpfosten geballt, so dass ihre Knöchel hervortraten. »Was hat Imogene gesagt?«

Ruth öffnete den Mund. Ihr Hals war wie zugeschnürt, und sie räusperte sich. »Nichts«, rief sie mit dünner Stimme und versuchte es dann noch einmal. »Nichts Neues.«

Ruth

Ich wusste nicht genau, was ich denken sollte; nur dass Tante Mandy wahrscheinlich zu irgendeinem Zeitpunkt, nachdem ich das Boot zum letzten Mal benutzt hatte – was Wochen her war –, Arthurs Vater getroffen hatte. Was allerdings jetzt, da ich wusste, dass sie sich früher gekannt hatten, weniger verwunderlich war. Trotzdem hatte ich das Gefühl, dass niemand, nicht einmal Imogene, etwas davon erfahren durfte – zumindest so lange nicht, bis Mr. Owens mit einer triftigen Erklärung für seine Abwesenheit wiederaufgetaucht war. Wie ich so darüber nachdachte, kam mir die seltsame Idee, Amanda könnte ihn irgendwo auf der Farm versteckt halten, und ich fing an, gelegentlich einen Blick hinter mich zu werfen, wenn ich in der Scheune oder im Wurzelkeller war. Ich befürchtete, Amanda hätte noch weitere Geheimnisse, von denen ich nichts ahnte, und ich hatte keine Lust, ahnungslos über eines zu stolpern.

Noch weniger Lust hatte ich, von ihr in eins davon hineingezogen zu werden, also versuchte ich, ihr klar zu machen, dass solange Mr. Owens verschwunden blieb, keine Gefahr bestand, dass Arthur und Imogene heiraten würden. Wir konnten mit ihrem Plan also noch warten.

»Ich dachte, du hättest mir gesagt, dass Imogene Tag und Nacht in dem Haus ist. Tag und Nacht«, wiederholte sie, und ich musste zugeben, dass das stimmte.

Wenn Tante Amanda sich einmal etwas in den Kopf gesetzt hatte, ließ sie nicht mehr locker. An dem Abend kam sie in mein Schlafzimmer und wedelte mit den zusammengefalteten Briefbogen, die ich in meiner Handtasche aus dem Haus der Owens' mitgenommen hatte. Sie musste sie aus dem Müll herausgefischt haben.

»Wo hast du die her?«, fragte sie.

»Von Mrs. Owens. Ich hatte mich vertippt.«

»Die sind perfekt. Sie erkennt das Papier doch bestimmt wieder, oder?« Sie hielt ein Blatt ins Licht und betrachtete mit zusammengekniffenen Augen das Wasserzeichen.

Ich griff nach dem Blatt und versuchte, es ihr aus der Hand zu reißen. »Ich weiß selbst, dass ich nicht so viele hätte ruinieren sollen, aber sie hat eine Menge davon. Ich glaube wirklich nicht, dass sie die vermissen wird.«

»Nein, ich meine Imogene. Imogene erkennt das doch bestimmt wieder, oder?« Sie strich mit den Fingern leicht, fast liebkosend über das Blatt. »Das ist das Papier, das sie dort tagtäglich benutzt. Meine Imogene erinnert sich doch garantiert an so feines Papier.«

Nachdem ich ins Bett gegangen war, zog sie einen dünnen Bleistiftstrich und schnippelte mit der Küchenschere die schon beschriebenen paar Zentimeter weg. Am nächsten Morgen lagen die fünf Blätter in einer Reihe neben meinem Teller. »Welches davon sieht deiner Meinung nach am besten aus, Ruth? Welches ist am geradesten?«

Ich wollte mir die Dinger nicht ansehen. »Weiß nicht«, sagte ich, so unwirsch wie ich mich traute.

Sie sah mich verletzt an. »Ruth, ich dachte, du hättest begriffen, dass ich damit nur das Beste will. Für Imogene. Du möchtest doch auch Imogene helfen, oder? Diese kleinen Liebesgeschichten bedeuten nicht viel. Glaub's mir.« Sie versuchte, mir die Hand auf den Kopf zu legen, aber ich duckte mich weg. Sie dachte nicht an Imogene. Sie dachte nur an sich selbst. »Wie wär's mit dem hier?«, fragte sie und zeigte auf eines der Blätter.

Obwohl ich keine Antwort gab, tat sie so, als hätte ich ihr zugestimmt. »Dann probieren wir es als Erstes also mit diesem hier.«

»Wahrscheinlich hat er sowieso sein eigenes Briefpapier«, sagte ich.

Sie dachte offenbar über diesen Gesichtspunkt nach, schüttelte dann aber den Kopf. »Ich wüsste nicht, wie du ein paar Blätter davon beschaffen könntest, ohne sie zu stehlen. Und selbst, wenn du in sein Zimmer hinein kämst, weißt du ja nicht, wo er sie aufbewahrt.«

»Ich schleich mich doch nicht in sein Zimmer!«

»Natürlich nicht. Ich würde so etwas nie von dir verlangen.« Sie tätschelte mir die Schulter. Ich erinnerte mich, dass es früher genauso gewesen war, als sie mich nicht in die Schule schicken wollte. Ständig hatte sie mich angefasst, sich vergewissert, dass ich auch alles kapierte, dass wir in der betreffenden Sache an einem Strang zogen. Damals hatte ich das gemocht.

Als ich an dem Nachmittag wieder nach Hause kam, hielt sie mir sofort ein Stück braunes Papier und einen Stift unter die Nase. »Ruth, du musst mir dabei helfen.« Sie führte mich an den Küchentisch und versuchte, mich auf einen Stuhl zu manövrieren. »Ich bekomme es nicht richtig hin, so wie er es sagen würde. Du kennst ihn, Ruth. Du weißt, was er sagen würde.«

»Jetzt häng ich erst mal meinen Mantel auf.«

»Ruth, bitte«, sagte sie und trug, während sie mir folgte, ihr jämmerliches Blatt Papier vor sich her. »Bitte, Ruth. Allein kann ich das nicht.«

Sie gab einfach keine Ruhe. Niemals ließ sie mich in Ruhe. Ich riss ihr das Blatt aus der Hand und ließ mich auf den Stuhl fallen. Ich sorgte dafür, dass die Stuhlbeine richtig über den Fußboden schrappten und das Holz zerkratzten. Doch als ich vor dem leeren Blatt saß und Tante Mandy mir über die Schulter schaute und nervös die Narbe an ihrem Daumen rieb, da begriff ich, dass sich zwischen uns etwas geändert hatte. Nicht dass sie mich um Hilfe bat – ständig bat sie mich um Hilfe, um Rat, um meine Ansicht. Aber bis dahin hatte sie mich immer nur nach meiner Meinung gefragt, damit ich sie in ihrer bereits gefällten Entscheidung bestätigte. Wenn sie mich fragte, was mir besser gefiel – die gelb gestreiften Gardinen oder die mit den kleinen roten Schubkarren darauf –, dann wusste ich schon, was *ihr* besser gefiel beziehungsweise, wie sie es formulierte, »am besten war«. Meist tippte ich richtig, und dann freute sie sich. Aber diesmal war es anders. Dieses Mal brauchte sie tatsächlich meine Hilfe; dieses Mal war sie wirklich der Meinung, ich wisse es besser. *Das* konnte sie ohne mich wirklich nicht schaffen.

»Setz dich«, sagte ich und nahm den Stift in die Hand. »Ich kann nicht nachdenken, wenn du so hinter mir lauerst.« Und dann begann ich zu schreiben.

Schließlich mussten wir es tun.

Nein, das sind ihre Worte. Wir *mussten* es nicht tun – es hätte auch andere Möglichkeiten gegeben. Aber insgeheim, so insgeheim, dass ich es mir kaum selbst eingestand, wollte ich das ebenso sehr tun wie Tante Mandy. Ich wünschte mir sogar, unsere Geschichte wäre wahr.

Der sechste Entwurf fand endlich Tante Amandas Billigung. »Das ist perfekt, Ruth. Perfekt. Ich hätte es nie so formulieren können.«

Liebe Ruth,
in meiner dunkelsten Stunde wende ich mich an Sie um Rat, da ich weiß, dass Sie Imogene lieben und wie kein anderer Mensch wissen, was sie am ehesten glücklich machen würde. Es ist etwas geschehen, was ich nicht erklären kann, ja, was mir selbst unbegreiflich ist –, etwas, das ich, läge es in meiner Macht, um den Preis all meines zukünftigen Glücks verhindert hätte.
Es gibt keine Worte, die es harmlos umschreiben könnten, also werde ich es in all seiner Abscheulichkeit aussprechen: Ich habe mich in eine andere verliebt. Ja, jetzt ist es heraus. Imogene wird stets einen besonderen Platz in meinem Herzen einnehmen, aber den einer Schwester, nicht den einer Ehefrau. Dies ist mein schreckliches Geheimnis.
Und es wird auch mein Geheimnis bleiben, Ruth, wenn Sie mir dazu raten. Ich weiß, dass Imogene und ich miteinander ein gutes Leben führen, dass ich ihr ein fürsorglicher und liebevoller Ehemann sein könnte. Aber wäre es nicht Unrecht, sie jetzt noch zu heiraten, da ich weiß, was ich für eine andere empfinde? Gäbe ich sie frei, würde sie nicht schon bald jemand Besseren finden – einen Mann, der sie so liebt, wie sie es wirklich verdient? Ich weiß, dass es so ist, und dennoch kann ich es nicht ertragen, ihr wehzutun. Ich möchte so handeln, wie sie selbst es sich wünschen würde, und ich schreibe Ihnen als demjenigen Menschen, der Imogenes Wünsche besser als jeder andere kennt. Was soll ich tun?

Ich fand das Ganze ein bisschen gestelzt. Die Worte »dunkelste Stunde«, »Abscheulichkeit« und »zukünftiges Glück« klangen unnatürlich, als hätte ich sie aus einem Buch abgeschrieben, aber Tante Amanda behauptete, der Brief klinge genauso, wie ein Mann reden würde, wenn er zu zeigen versuchte, dass er eine bestimmte Angelegenheit ernst nahm.

Eine Vorlage für seine Unterschrift hatten wir in einem der

Bücher, die er mir geliehen hatte, aber wir konnten seine Handschrift unmöglich gut genug nachahmen, um den ganzen Brief so abzufassen. Andererseits, argumentierte Tante Mandy, würde Imogene wahrscheinlich nichts weiter dabei finden, wenn Arthur einen solchen Brief auf der Maschine tippte. Wer wusste schließlich schon, wie eine Mitteilung dieser Art normalerweise aussehen sollte?

Es war vereinbart, dass ich das während der Mittagspause tippen sollte, aber als ich den Entwurf am folgenden Tag aus meine Aktentasche holte, konnte ich es nicht über mich bringen, auch nur einen Blick darauf zu werfen. Ich hätte ihn am liebsten in den Papierkorb geworfen, wäre nicht zu befürchten gewesen, dass jemand wie Myrtle oder Lillian ihn wieder herausfischen würden.

»Es waren zu viele Leute im Zimmer«, log ich, als ich nach Haus kam. »Ich weiß nicht, wie ich es überhaupt jemals schaffen soll.«

Tante Mandy ging nach oben und schloss ihre Tür.

Am nächsten Morgen war sie jedoch wieder guter Dinge. »Ich habe das sichere Gefühl, dass du heute eine Gelegenheit finden wirst, den Brief zu tippen, Ruth«, sagte sie. »Wir müssen diese Sache so bald wie möglich hinter uns bringen. Man weiß nie, was passieren kann.«

Vielleicht wusste *ich* nicht, was passieren konnte, aber sie wusste es durchaus. Lillian war zu Beginn der Mittagspause gerade auf den Korridor gegangen, um ihr Sandwich zu holen, als sie ganz aufgeregt zurückgerannt kam. »Da draußen ist eine Frau mit Katzenbabys«, quietschte sie, und ich wusste, wer die Frau war. Eine unserer Hofkatzen entwöhnte gerade ihren Herbstwurf.

Ich hätte es nie für möglich gehalten, dass eine Kiste Kätzchen ausreichen würde, um ein Zimmer voll Handelsschülerinnen abzulenken, doch das tat sie. Oder zumindest verhinderte sie, dass die Mädchen, mit denen ich gewöhnlich die Mittagspause verbrachte, sich fragten, warum ich statt zu essen auf meiner Maschine herumklapperte. Selbst Myrtle, die gerade hereinkam, als ich mitten im zweiten Absatz war, hatte ein graues Tigerchen an der Schulter hängen.

»Du hattest uns nie gesagt, dass deine Tante so nett ist, Ruth. Sie meint, dieses süße Murkelchen wär für mich wie geschaffen.« Sie küsste es auf den Kopf, und das Kätzchen fiepte vor Angst, sich so hoch über dem Boden wiederzufinden. »Mäuschen, was hast du?«, gurrte sie und drückte es sich an die Brust. »Ich tipp's für dich fertig, wenn du rausgehen und Hallo sagen möchtest. Der Brown merkt doch nie den Unterschied.«

»Ich bin so gut wie fertig«, sagte ich, so beiläufig wie möglich, und winkte ab.

Ich hatte langsam geschrieben und mich nur dreimal vertippt. Die falschen Wörter hatte ich einfach zugeixt. Die Fehler beunruhigten mich nicht weiter. Ein solcher Brief musste nicht perfekt sein.

An dem Abend erinnerte ich mich an die Feder meines Großvaters mit ihrem dicken, für eine Männerhand gedachten Griffel, und ohne mich erst bitten zu lassen, tunkte ich die Spitze in schwarze Tinte und übte so lange, bis das Resultat genauso aussah wie in meinem Buch – bis ich diesen Brief mit »Arthur Owens« unterschreiben konnte, als wäre es mein eigener Name. Mir gegenüber am Tisch funkelten Amandas Augen im Licht der Lampe. Wir hatten es geschafft.

In der Nacht konnten wir uns gar nicht voneinander trennen, nicht einmal, als es Schlafenszeit war. Sie folgte mir zögernd in mein Zimmer und sah mir beim Ausziehen zu. Nachdem sie mich fürsorglich zugedeckt hatte, legte sie sich, wie früher in meiner Kindheit, neben mich, und wir schliefen Kopf an Kopf ein.

Als ich aufwachte, konnte ich sie schon unten in der Küche hören, wie sie den Kaffee mahlte. Im frischen Morgenlicht sah der Brief auf meinem Nachttisch so unwirklich wie nur etwas aus. Aber ich würde es versuchen, sagte ich zu mir, Amanda zuliebe. Und wenn's nicht funktionierte, gab's ja noch immer die Wahrheit.

»Ja?«, sagte Ellen, als sie die Tür geöffnet hatte. »Ach so, Sie sind's.« Sie runzelte die Stirn. »Ich glaube nicht, dass Mrs. Owens heute arbeitet. Und wenn, ist Miss Lindgren ja da.«

»Zu Genie … Miss Lindgren möchte ich ja gerade.«

»Miss Lindgren sollte keine Freundinnen hierher einladen, nicht in einer solchen Zeit.«

»Sie hat mich auch gar nicht eingeladen. Ich meine, ich bleibe nicht lange. Ich muss ihr nur etwas sagen. Es ist sehr wichtig.«

»Etwas über Mr. Owens? Wissen Sie etwas?«

Ruth schüttelte überrascht den Kopf. »Nein, nichts dergleichen.«

Ohne ein weiteres Wort zu verlieren, machte Ellen die Tür wieder zu, und Ruth wartete verunsichert davor. Nach einigen Minuten wollte sie gerade noch mal klopfen, als Imogene selbst die Tür öffnete.

»Ruth!« Imogene warf ihrer Freundin die Arme um den Hals. »Woher wusstest du, dass ich dich brauche? Laufen wir ein paar Schritte«, sagte sie und zog die Tür hinter sich zu. »Ich muss aus diesem Haus raus.«

»Ich mach mir ehrlich Sorgen, Ruth«, sagte sie dann, während sie zusammen den Hang hinab zum Seeufer schlenderten. »Ich weiß gar nicht, was ihnen lieber wäre – dass er sich abgesetzt hätte oder dass er tot wäre.«

Angezogen von den peitschenden Wellen, gingen sie weiter bis zum Ende des Stegs. Ein gemeiner Wind, Vorbote des nahenden Herbstes, schlug den Sommer in die Flucht. Wäre Clement Owens nicht verschwunden, dann wäre der Steg, auf dem sie standen, schon vor Tagen abgebaut worden, und das Haus, in dem jetzt die ganze Familie Owens beisammensaß, leer gewesen.

Ruth war ganz schwindlig vor Aufregung. »Ich muss dir etwas zeigen«, sagte sie endlich und holte mit zitternden Fingern den Brief aus der Tasche. Als sie Imogene das Blatt in die Hand drückte, schlug ihr Herz so heftig, dass sie meinte, es könnte sie jeden Augenblick zwingen, wie ein Frosch ins Wasser zu hüpfen.

Der Wind zerrte an dem Blatt, aber Imogene hielt es fest und las es einmal und dann ein zweites Mal. »Ich verstehe nicht. Das hat er dir geschickt?«

Ruth nickte.

»Wann?«

»Vor ein, zwei Tagen vielleicht. Ich weiß es nicht genau. Es war gestern in der Post.«

Imogene las den Brief ein weiteres Mal. »Ich verstehe das nicht«, wiederholte sie. »Wie kann er eine andere lieben? Wer ist denn sonst noch da?« Sie sah Ruth mit einem so verzweifelten Blick an, dass Ruth ihr am liebsten das Blatt entrissen und die Lüge aufgedeckt hätte. Sie wollte gar nicht mehr, dass es wahr wäre. Nein, sie hätte am liebsten hinausgeschrien: Er liebt dich, nur dich!

»Das ist unmöglich. Er hat doch die ganze Zeit niemand anderen gesehen. Ich glaub das nicht.« Sie hob den Brief und las ihn noch einmal.

Das in Imogenes Hand zitternde Blatt löste ein entsprechendes Beben in Ruths Gliedern und Kaumuskeln aus. Sie biss die Zähne zusammen und blickte starr auf das weiße Dreieck eines Segels weit draußen auf dem Wasser. Unter ihren Füßen hoben und senkten sich die Bohlen. Plötzlich spürte sie Imogenes Hand auf ihrem Arm, und sie drehte sich um und folgte dem Blick ihrer Freundin. Arthur kam den Steg entlang auf sie zu.

Im ersten Moment geriet Ruth bei der Vorstellung, als Lügnerin entlarvt zu werden, in Panik. Als eine von zwei Lügnerinnen. Amanda und sie. Sie musste mit aller Kraft an sich halten, um nicht ihren Arm aus Imogenes Griff zu befreien und einfach loszurennen. Schh, sagte sie sich, schh. Sie schloss die Augen. Wenn's herauskam, auch gut. Auch gut. War's nicht das, was sie von Anfang an gewollt hatte? Sie hatte es Amanda zuliebe versucht, aber es hatte nicht funktioniert. Arthur würde schwören, dass er den Brief nicht geschrieben hatte, und Imogene würde ihm glauben. Sie würden Ruth erstaunt ansehen. Was wusste *sie* davon?

Sie würde ihnen die Wahrheit sagen. Es würde schwer sein, über seinen Vater, *ihren* Vater, solche Dinge zu sagen – besonders jetzt, wo Clement Owens vermisst wurde –, und Amanda würde vor Wut kochen. Derart verraten, würde Amanda … Ruth wagte es sich nicht einmal vorzustellen … tobsüchtig werden? Mordgierig?

Schon hielt ihm Imogene den Brief hin. »Arthur, ist das wahr?«

»Ist was wahr? Geht es um meinen Vater? Was steht da drin?«

»Spiel mir kein Theater vor! Du weißt, was da drin steht. Sag mir nur, ob es wahr ist.«

Er versuchte, den Brief zu nehmen, aber sie riss ihn ihm aus den Fingern. »Sag's mir!«, befahl sie herrisch und starrte ihm herausfordernd ins Gesicht. »Liebst du eine andere?« Ihre letzten Worte gingen in einem Schluchzer unter, und als sie sie aussprach, bebten ihre Finger, und der Wind riss den Brief mit sich fort.

Nein, Genie, dachte Ruth verzweifelt, natürlich nicht! Sie konnte fast hören, wie er diese Worte sagte, konnte fast sehen, wie er sie beruhigend an seinen warmen Körper zog.

Doch er trat einen Schritt zurück. »Warum fragst du mich das ausgerechnet jetzt?« Sein Gesicht verzerrte sich vor Zorn. »Mein Vater könnte tot sein. Ich kann darüber jetzt nicht reden!«

»Ich will nicht mit dir darüber reden.« Imogenes Stimme klang gelassen, aber ihre Hand tastete hinter ihrem Rücken nach der von Ruth. »Ich will lediglich eine einfache Antwort. Ja oder nein.«

Arthur schlug die Augen nieder. Er sah, fand Ruth, erschrocken aus, wie ein ertappter kleiner Junge. Das Wasser schlürfte mit ohrenbetäubendem Lärm Kiesel vom Ufer. Antworte, dachte sie, sag nein! Aber das Rettungsseil, das sie ihm stumm zuzuwerfen versuchte, erreichte ihn nicht.

»Ich weiß es nicht«, flüsterte er.

Imogene schnappte nach Luft und wankte, und Ruth hob die

Arme, um sie aufzufangen, aber der Schwächeanfall war schon nach einem Moment wieder vorüber. Sie warf sich nach vorn und stieß Arthur mit beiden Händen gegen die Brust. Sie war nicht besonders stark – wenn er fest gestanden hätte, wäre er wahrscheinlich nicht aus dem Gleichgewicht gekommen, aber ob aus Überraschung oder aus Höflichkeit, oder weil er darin eine Möglichkeit sah, der Situation zu entkommen, taumelte er nach hinten und fiel vom Steg ins Wasser. Und dann rannte Imogene, auf ihrem lädierten Knöchel hinkend, den steilen Hang hinauf und hinter dem Haus die Auffahrt hoch, so dass sich Rock und Ärmel wie Segel blähten.

19

Ruth

Imogene erwartete mich auf halber Strecke des unbefestigten Weges, der sich den Hügel hinauf zur Hauptstraße schlängelte. Sie war nur gerade so weit gelaufen, dass man sie vom Haus aus nicht mehr sehen konnte, und dann in den Wald abgebogen und schluchzend zu Boden gestürzt. Ich sank neben ihr ins Gras, aber ich brachte es nicht fertig, sie zu berühren. Mein Schuldbewusstsein hielt mich eisern umfasst und presste mir die Arme an den Körper. Ihre Verzweiflung war mein Werk – meines und Amandas. Wie zwei Hexen hatten wir Arthur dazu gebracht, eine andere zu lieben.

»Ich fühl mich wie eine vollkommene Idiotin«, sagte Imogene schließlich. Sie hob den Kopf und putzte sich die Nase.

»Du bist keine Idiotin.« Mich zaghaft an die Wahrheit herantastend, strich ich ihr leicht übers Haar. »Er liebt dich«, sagte ich. Ich hätte schier alles gesagt, um ihr eine Freude zu machen, aber *daran* glaubte ich wirklich. »Das hat er mir an dem Tag, wo ich hier war, selbst gesagt.«

»Du hast ihn an dem Tag gesehen?«, schniefte Imogene. Sie setzte sich langsam auf und lehnte sich an einen Baum.

»Ja, wir ...«, aber dann überlegte ich es mir anders und redete nicht weiter. Die Erinnerung an diesen Nachmittag machte mich ganz krank. Ich faltete die Hände in meinem Schoß und versuchte nicht daran zu denken, was es für ein Gefühl gewesen war, als sein Finger meine Stirn berührt hatte.

»Er sagte, du wärst etwas ganz Besonderes, und jeder Mann würde sich glücklich schätzen, dich heiraten zu können.«

»Jeder außer ihm offenbar.« Imogene hatte angefangen, die fiedrigen Grashalme neben ihren Knien auszurupfen. Einen nach dem anderen riss sie aus und warf sie weg. »Ich hasse ihn«, sagte sie und zerrte an einem ganzen Büschel Gras. »Ich hasse alles an ihm.« Als das Gras sich weigerte, sich von der Erde zu lösen, fiel sie vornüber und vergrub das Gesicht zwischen den Knien. »Ich liebe ihn so sehr! Wie konnte er mir das nur antun?« Sie hämmerte mit der Faust auf den Boden. »Ach, Ruth«, stöhnte sie plötzlich, setzte sich wieder auf und presste die Hände an die Brust. »Du kannst dir gar nicht vorstellen, wie weh das hier tut. Es tut richtig körperlich weh, als ob innen was kaputtgegangen wäre.«

Warum glaubte sie, ich könnte mir das nicht vorstellen? Ich wusste, wie sich so eine innere Wunde anfühlte. Ich hatte das gespürt, als sie ihre Pläne für uns beide so selbstverständlich über den Haufen geworfen hatte und mir klar geworden war, dass sie nie wieder meine Freundin sein würde, nie wieder so wie bisher.

»Vielleicht ist das wegen seines Vaters. Was meinst du? Ich hätte nicht so aufdringlich sein dürfen. Schließlich muss er zurzeit Furchtbares durchmachen, einfach Furchtbares. Er ist nicht er selbst.«

Ich wandte die Augen ab. Der Wald war so dicht, dass mein Blick in jeder Richtung nur ein paar Meter weit drang, und das, obwohl in einem knappen Monat, wenn das Laub abgefallen wäre, der See dahinter klar zu sehen sein würde.

»Ich weiß was.« Ich packte Imogene am Arm. Sie sollte spüren, dass ich es ernst meinte. »Lass uns nach Chicago gehen.«

»Was?« Sie rückte von mir ab, aber ich ließ sie nicht los.

»Du weißt schon – wie wir uns das vorgenommen hatten. Du kannst die Stelle annehmen, die Mrs. Owens dir besorgen wollte. Vielleicht weiß sie ja auch für mich etwas. Aber es ist auch egal, ich find schon was.« Dann ließ ich sie los und lehnte mich zurück. Ich wartete.

Imogene führte die Finger an die Lippen und zupfte mit den Zähnen an einem Häutchen. »Nach Chicago?«

»Ja. Nach Chicago. Wie wir's vorgehabt hatten. Erinner dich, du hast gesagt, wir würden nach Chicago gehen.«

»Aber wir kennen doch niemanden in Chicago. Wo würden wir denn wohnen?«

»Ich schon. Ich kenne jemanden.« Unfähig, weiter stillzusitzen, stand ich auf und fing an, auf und ab zu gehen. »Tante Mandys Freundin, Miss Fox. Wir können bei ihr unterkommen, bis wir eine Wohnung gefunden haben. Ständig fragt sie, warum ich sie nicht mal besuche, aber Tante Mandy erlaubt's mir nie.«

»Und wie kommst du darauf, dass sie es dir diesmal erlauben wird?«

»Wird sie auch nicht, aber ich tu's trotzdem. Sie ist nicht meine Vorgesetzte. Sie ist nicht mal meine Mutter.« Ich hatte das Gefühl, als ob etwas in mir, das bis zu diesem Zeitpunkt wie das Gummiband eines Modellflugzeugs zu einem festen Strang verdreht gewesen war, mit einem Mal losgelassen worden wäre und jetzt frei und ungehindert wirbelte. Ja, ich konnte von zu Hause weg. Es würde Orte, ganze Großstädte für mich geben, in denen Amanda keinerlei Einfluss besaß, wo ich ihre Hände, ihre unentwegt ziehenden und stoßenden, kämmenden und glättenden Hände nicht mehr spüren würde, wo ich frei von der Notwendigkeit sein würde, darüber nachzudenken, ob Mr. Owens je wieder auftauchen würde oder warum meine Mutter ertrunken war. Ich würde von ihr frei sein.

»Na schön«, sagte Imogene langsam. »In Ordnung. Wir fahren.«

Es musste schnell gehen, dachte ich, schnell. »Lass uns sofort fahren. Noch heute Abend.« Ich dachte an Amanda, die wie eine Spinne in ihrem Netz am Küchentisch vor ihrem Kaffee saß und nur darauf wartete, mich mit ihren klebrigen Fäden einzuwickeln.

»Heute Abend? Ruth, ich muss doch erst meine Eltern überzeugen. Ich muss packen. Und mit Mrs. Owens reden. Ich weiß nicht, wie bald sie mit ihren Bekannten reden kann. Sie hat momentan schließlich andere Sorgen. Und du musst mit Miss Fox sprechen.«

»Wir sagen einfach, wir fahren nur zu einem kurzen Besuch hin. Du erklärst deinen Eltern, du müsstest weg, um« – ich machte eine Geste in Richtung des unsichtbaren Hauses – »du weißt schon, das alles zu vergessen. Und vielleicht bleiben wir ja wirklich nur ein paar Tage. Vielleicht gefällt's uns da gar nicht. Aber lass es uns probieren. Warum sollen wir es nicht probieren?«

Sie sah mich an, in Versuchung geführt, aber auch ein bisschen ängstlich – genau der Blick wie damals, als ich darauf bestanden hatte, Bert Weiss meinen Zahn zu geben. »Na schön«, sagte sie, »wenn Miss Fox sagt, dass es in Ordnung geht, treffen wir uns heute Abend am Zug.« Jetzt war auch sie aufgestanden und strich sich das Kleid und die Haare glatt. Ihr Gesicht sah frisch aus, als ob die Tränen es sauber gewaschen hätten. Ihre Augen waren kaum verquollen. Kein Mensch hätte sich vorstellen können, dass sie noch vor einer Minute mit gebrochenem Herzen am Boden gelegen hatte.

Wir waren den Weg schon ein Stück entlanggegangen, als sie plötzlich stehen blieb und zurücksah. »Ich hatte irgendwie das Gefühl, dass er uns folgte. Dass er mir sagen wollte, es wär alles ein Missverständnis gewesen. Eine Prüfung oder so was in der Art.« Sie sah mich an. »Meinst du, ihm könnte noch klar werden, dass er mich *doch* liebt?«

Um ehrlich zu sein, hielt ich das sogar für möglich. Ich warf gleichfalls einen Blick zurück, fast erwartend, ihn zwischen den Bäumen auftauchen zu sehen. Aber ich sagte: »Nein.« Ich sagte es sehr entschieden. »Du willst ihn sowieso nicht, Imogene. Du willst mit mir kommen.« Ich fand, dass ich genau wie Tante Amanda klang.

Ich war völlig erschöpft, als Mattie dieses zappelnde, fuchtelnde, froschartige Geschöpflein hochhob, damit ich es sehen konnte. Mattie rieb die Kleine sauber, wickelte sie in eine Decke und legte sie mir dann an die Brust, wo sie so fest an meiner Brustwarze sog, dass es weh tat. Es schien, als wollte sie mich daran erinnern, dass sie keine Einbildung war.

»Unser Baby«, hauchte Mathilda und strich ihr über das zarte Köpfchen. »Komm, lass mich sie mal halten.«

Wie gut sie doch zusammen passten, genau wie die Madonna mit dem Kind in St. Mary's. Noch heute kann ich sie sehen, wie sie da neben meinem Bett stehen. »Ich werde deine Mama sein, mein Liebling«, flüsterte sie. »Ich hab dich lieb, mein Lämmchen.« Und sie sah mich an und lächelte.

Ich machte die Augen zu. Ich hätte Dankbarkeit, eine unbeschreibliche Erleichterung empfinden sollen. Stattdessen fühlte ich mich beraubt. Wer war *ich* denn, wenn Mathilda ihre Mama war? Nein, für dieses Wesen, das ich mit meinem eigenen Blut ernährt hatte, wollte ich nicht Tante Mandy sein. Es war mir unmöglich. Und auch wenn ich es mir niemals verzeihen kann, hasste ich Mattie in dem Moment dafür, dass sie das vorgeschlagen hatte, hasste sie dafür, dass sie Recht und ich Unrecht hatte, dafür dass sie großzügig und ich egoistisch war, und vor allem anderen dafür, dass sie meinte, ich würde mich freuen zu sehen, wie sie mir mein Baby wegnahm.

»Nein«, sagte ich, »sie gehört mir. Du kannst sie nicht haben.« Aber sie konnte mich nicht hören, weil ich da schon schlief.

Es war noch immer tiefe Nacht, als ich wieder aufwachte. Der Wind drückte gegen die Fensterscheiben, aber meine Kleine schlief warm und behütet in der Schublade, die wir für sie hergerichtet hatten. Ich fühlte mich wie betäubt. Meine Muskeln und mein Gehirn sehnten sich nach Ruhe, aber langsam, lautlos, wälzte ich mich aus dem Bett. »Schh, schh, mein Baby«, flüsterte ich, obwohl sie keinen Mucks getan hatte.

Ich nahm mein Kleid von der Tür, holte meine Schuhe unter dem Bett hervor. Die Strümpfe bekam ich nur mühsam an, aber ich musste warm eingepackt sein. Wir liefen weg, mein Baby und ich.

Wir würden irgendwohin gehen, wo es warm war. Vielleicht nach Kalifornien. Und ich würde meinen Namen ändern. Ich würde sagen, mein Mann sei im Krieg gefallen. Wer würde schon Verdacht schöpfen? Wen würde es kümmern? Ich war auf die Farm nicht angewiesen – dank meinem Vater hatte ich eine Berufsausbildung.

Mathilda würde mir verzeihen und am Ende vielleicht sogar glücklicher sein, sie und Carl und Ruth, ohne dieses Geheimnis auf dem Herzen. Und eines Tages, möglicherweise schon bald, würden wir sie besuchen, vielleicht sogar endgültig zurückkommen, so dass Ruth ihre kleine Cousine lieben könnte, ebenso wie ich Mattie liebte. Warum war ich nicht gleich darauf gekommen?

Ich wickelte die Kleine fest in weitere Decken, bis sie eher einem Stoffbündel als einem Baby glich. Sie wachte nicht auf, kuschelte sich nur tiefer in ihr Nestchen, während ihr Mund auf- und zuging, im Traum nach meiner Brust suchte. Ich zog meinen Mantel an, nahm Fäustlinge und Hut und steckte die Hälfte des Geldes ein, das sich im Haus befand. Und das war alles. Was würden wir sonst schon brauchen? Ich konnte sie schließlich ernähren. Ich konnte sie warm halten.

Als ich die Tür öffnete, traf mich der Wind wie ein Hammerschlag. Im warmen Haus hatte ich vergessen, wie kalt es draußen war, und die Bö ließ mich fröstelnd erschauern. Trotzdem, es war erst November, sagte ich mir, nicht tiefer Winter. Ich knöpfte meinen Mantel auf und drückte mir mein Kind an die Brust. Die paar Kilometer, die ich bis zum Zug zu laufen hatte, würden wir schon überstehen. Außerdem *sollte* es wegen des Eises ja kalt sein.

Ja, das Eis. Ich stand am Ufer des Sees und dachte nach. Die Löcher hatten sich inzwischen bestimmt alle geschlossen. Was das anging, hatte ich keine Zweifel. Es war das Grün, das ich an dem Nachmittag gesehen hatte, was mir Sorgen machte. Aber keine allzu großen. Nein, wirklich keine allzu großen Sorgen, wie ich zugeben muss, denn ich bildete mir ja ein, eine *so* erfahrene Eiswanderin zu sein, die so geschickt prüfte, sich so gekonnt langsam, mit kurzen flachen Schritten vorarbeitete, auf jedes Knirschen horchte, nie ihr Gewicht zu abrupt verlagerte ... Ich machte mir eher Sorgen, ich könnte mit meiner kostbaren Last ausrutschen als einbrechen.

Ich trat vorsichtig auf den See und schob die Füße zentimeterweise vorangleitend übers Eis. Ja, es fühlte sich gut an. Ja, es würde uns bestimmt tragen. Langsam, aber sicher, kamen wir vorwärts, immer weiter und weiter auf den See hinaus.

»Wart!«

Das dünne Stimmchen ging im Wind beinah unter.

»Wart auf mich, Tante Mandy!«

Ich drehte mich um und sah, wie Ruth sich gerade rückwärts von einem Felsen aufs Eis hinunterließ.

»Ruth, bleib stehen!«, rief ich.

Sie wandte sich nach mir um und sah mich an, aber sie blieb nicht stehen.

Ruth machte sich nicht erst die Mühe, ihre Tür zu schließen, während sie packte. Eine Tür hatte Amanda noch nie davon abgehalten hereinzukommen und die Bücher in den Regalen oder die Gegenstände auf Ruths Frisiertisch zurechtzurücken, während sie nach den allerletzten Geheimnissen des Tages bohrte, die vielleicht noch unentdeckt geblieben waren. Ein paarmal hatte Ruth versucht, ihre Tante zum Stillsitzen zu zwingen, indem sie wirklich alles ordentlich an seinen Platz gestellt hatte, aber bei diesen Gelegenheiten hatte Amanda die Schubladen der Kommode aus- und wieder eingeräumt.

Jetzt hätte es mehr als genug zu tun gegeben. Im Zimmer herrschte das vollkommene Chaos – Blusen hingen vom Bett auf den Boden; Haarnadeln knackten unter den Füßen; Bücher und Unterwäsche lagen auf dem Stuhl durcheinander. Doch Amanda blieb weiterhin an der Tür stehen.

»Ich verstehe nicht. Wenn der Brief gewirkt hat, warum muss denn überhaupt jemand weg? Warum kann nicht alles so bleiben wie bisher?«

»Wir gehen, gerade *weil* der Brief gewirkt hat«, sagte Ruth, während sie Kleidungsstücke in Amandas alte Reisetasche warf. »Du hast mich dazu gebracht, es zu tun, und jetzt ist Imogene todunglücklich. Wir haben ihr das Herz gebrochen, hast du's jetzt kapiert?« Sie hielt den Unterrock, den sie gerade einpacken wollte, Amanda entgegen und schüttelte ihn, um ihren Worten Nachdruck zu verleihen.

Amanda zuckte zusammen. »Ruth, das ist vulgär. Tu deine Unterwäsche weg.«

»Das Herz gebrochen, genau wie ich's vorausgesagt hatte.« Ruth schmiss den Unterrock in die Reisetasche. »Sie glaubt, Arthur liebt sie nicht, er habe sie nie geliebt. Sie hält sich für eine Idiotin, dass sie das jemals glauben konnte.«

»Aber sie kommt schon drüber weg. Nach einem Weilchen wird sie froh darüber sein. Wir haben sie gerettet, Ruth.« Während sie redete, rieb Amanda mit den Fingern am Ansatz ihres Daumens. Als Ruth das sah, hätte sie am liebsten laut losgeschrien.

»Nur dass sie davon nichts weiß, richtig?«, gab sie stattdessen gehässig zurück.

»Aber du weißt es, Ruth. Du weißt, dass es sein musste.«

War es so? Warum hatte sie diesen Brief geschrieben? Weil Amanda darauf bestanden oder weil sie darin eine Chance für sich selbst gesehen hatte? Aber in einem war sich Ruth sicher – wenn Amanda sie nicht in ihre Intrige hineingezogen hätte, wäre sie nie auf einen so eigensüchtigen Gedanken gekommen. »Das spielt keine Rolle«, sagte sie. »Sie will jetzt von hier weg, und ich gehe mit.«

»Ruthie, ich habe eine Idee.« Amanda trat ins Zimmer und fing an, während sie weiterredete, eine Bluse zusammenzufalten: Sie breitete sie auf dem ungemachten Bett aus, zupfte die Schultern ordentlich auseinander, strich den Stoff mit den Fingern glatt ... »Warum ziehen wir nicht alle drei für ein paar

Wochen auf die Insel? Es ist noch nicht besonders kalt, und es ist wunderschön, wenn erst die Bäume bunt werden. Du erinnerst dich nicht, wie wir da gewohnt haben, Ruth, aber es ist sehr beruhigend. Sehr erfrischend. Und wenn wir wieder zurückkommen, sind die Owens' längst weg.« Sie gab der perfekt gefalteten Bluse einen kleinen Klaps.

Ruth hörte auf zu packen. »Die gehen überhaupt nicht weg, bevor sie Mr. Owens nicht gefunden haben.«

Amanda stand einen Augenblick stumm da und ließ die Arme reglos herabhängen. »Clement war ein guter Schwimmer«, sagte sie schließlich. »Ich kann mir eigentlich nicht vorstellen, dass er ertrunken ist.«

»Meine Mutter soll doch auch eine gute Schwimmerin gewesen sein.«

»Was willst du damit sagen, Ruth?«

Ruth hatte ins Schwarze getroffen; das verriet ihr Amandas Gesichtsausdruck, und die Angst, die aufrichtige Angst in ihrer Stimme, und das erschreckte sie so sehr, dass sie die Reisetasche schloss, ohne sich darum zu kümmern, ob sie auch alles hatte, und nur noch wegwollte. »Nichts, nichts. Lass mich einfach gehen.«

Amanda stellte sich in die Tür. »Das darfst du nicht, Ruth. Ich kann dich nicht gehen lassen.«

»Warum nicht? Meine Mutter hast du doch auch ›gehen‹ lassen, oder? Mich hast du gerettet, aber sie hast du gehen lassen. Jetzt kannst du es bei mir genauso tun. Auf eine mehr oder weniger kommt's doch auch nicht an.« Sie riss ihren Arm aus Amandas Umklammerung und hastete die Treppe hinunter.

»Ruth, halt! Komm zurück!« Amanda stand auf der obersten Stufe. Sie schob einen Fuß über die Kante. Es würde gar nicht so schwierig sein, sich loszulassen, für einen Moment ins Leere zu treten und dann hinunterzupoltern. Ganz und gar nicht schwierig.

Ich falle, Ruth. Wenn du nicht zurückkommst, falle ich, dachte sie. Amanda nahm die Hand vom Geländer. Als die Tür zuknallte, spürte sie, wie sie das Gleichgewicht verlor.

Der Fußmarsch zum Bahnhof war anstrengender, als ich gedacht hatte. Die Tasche schwankte und knallte mir fortwährend an die Beine, und ich hatte so viele Bücher eingepackt, dass ich alle zehn, zwölf Schritte stehen bleiben und die Last in die andere Hand nehmen musste. Am Ende der Auffahrt und dann wieder an der ersten Biegung der Straße glaubte ich, Amandas Stimme schwach durch die Bäume dringen zu hören, und ich schaute zum Haus zurück und spitzte mit angehaltenem Atem die Ohren. Aber es war nichts als eine Stimme in meinem Kopf. Ich übertönte sie mit meiner eigenen Stimme – geh weiter, sagte ich mir, geh bloß weiter. Du verpasst sonst den Zug.

Gelegentlich stolpernd, von meiner schweren Tasche gezogen, lief ich den Hügel hinunter, vorbei an der Weide der Jungbluths, wo drei Guernseys die Köpfe hoben und mich angafften, als ich vorüberging. Dann kämpfte ich mich die Steigung der Glacier Road hinauf, schon ganz verschwitzt in dem Wintermantel, den ich in Ermangelung einer besseren Transportmöglichkeit angezogen hatte. Oben angelangt, passierte ich das mittlerweile wohl leere, für die nächste Winterernte bereitstehende Eishaus. Ich hatte eigentlich erwartet, während dieses Marsches zu spüren, wie sich mein Band zu Tante Amanda mehr und mehr dehnte und spannte, bis es zerriss, aber als ich das letzte Stück Straße entlang in den Ort trabte, empfand ich nichts anderes als Erschöpfung und Hektik.

Jetzt, dachte ich, konnten mich die Lindgrens jeden Augenblick in ihrem Wagen überholen – Mrs. Lindgren mit einer letzten Überprüfung von Imogenes Gepäck beschäftigt, während Mr. Lindgren einmal kurz hupte, bevor er an den Rand fuhr, um mich einsteigen zu lassen. Aber die Straße war leer, die Häuser, an denen ich vorüberkam, still. Drinnen setzten sich, wie ich wusste, die Familien gerade zum gemeinsamen Abendessen nieder.

Mit schmerzenden Armen und schweißnassem Rücken

wuchtete ich endlich meine Tasche die abgetretenen Holzstufen zum Bahnsteig hinauf. Ich hielt nach Imogene und ihren Eltern Ausschau, aber der Bahnsteig war menschenleer. Vom kilometerlangen Zähnezusammenbeißen taten mir die Wangenmuskeln weh. Ich dachte: Ich habe den Zug verpasst, und war zugleich verzweifelt und erleichtert.

»Ruth!«

Ich wandte mich von den Gleisen ab und sah Imogene auf mich zu rennen.

»Wo ist dein Koffer?«, fragte ich.

»Im Auto.« Leicht außer Atem, bückte sich Imogene und hob meine Tasche auf.

»Wir dürfen das Auto deiner Eltern nehmen?«

»Nicht das Auto meiner Eltern. Maynard Owens fährt uns hin. Du weißt schon, Arthurs Bruder. Ich hab dir von ihm erzählt.« Imogene setzte meine Tasche wieder ab und richtete sich auf. »Arthur hat ihm erzählt, was passiert ist«, erklärte sie, »und da ist er vorbeigekommen, um zu sehen, wie es mir ging. Ob er etwas für mich tun könnte. Er sagt, dass sie mich alle vermissen, und auch wenn Arthur ein Idiot ist, *er* ist keiner.«

»Was willst du damit sagen? Bist du jetzt etwa in *ihn* verliebt?«

»Ach, Ruth.« Imogene schnalzte mit der Zunge. »Nichts dergleichen. Ich meine, er ist sehr lieb, aber ich könnte nie ... nicht jetzt, nicht nach dem, was passiert ist. Nicht so bald jedenfalls. Ich meine, ich fühl mich entsetzlich, Ruth. Er hat mir das Herz gebrochen. Es wird lange dauern, bis es wieder heilt.«

Aber es würde heilen, das konnte ich deutlich sehen. Genau genommen war es sogar schon geheilt. Vielleicht hatte Tante Mandy damit Recht gehabt, dass solche Dinge nicht allzu viel bedeuteten. Ich machte Imogene deswegen keinen Vorwurf. Arthur war schließlich nicht ihr Leben lang in ihrem Herzen gewesen, so wie Tante Mandy in meinem.

Tante Mandy, die ich verlassen hatte. Ich tastete in mir nach dem klaffenden Loch, so wie ich früher einmal die Zunge in die Lücke gesteckt hatte, in der bis dahin mein Zahn gewesen war. Aber da war keine Lücke, kein quälender Abgrund der Verzweiflung. Es hielt noch alles zusammen.

Imogene legte ihre Hand auf meine. »Hör auf damit, Ruth.«

»Womit?«

»Du machst es genau wie deine Tante, wenn sie an dieser hässlichen Narbe reibt.«

Ich ließ meine Hände sinken, aber ich wusste, warum ich keinen Riss in mir finden konnte, obwohl ich dachte, ich hätte mich losgelöst. Es war schlicht und einfach so, dass sie sich so tief in mich hineingegraben hatte, dass ich sie nie wieder aus mir herauskriegen würde. Ich konnte meinen Namen ändern und bis ans Ende der Welt laufen und nie wieder zurückkehren, und trotzdem würde sie nicht loslassen. Sie hing an mir fest, wie eine Klette in meinen Haaren. Nein, es ging tiefer – sie war in mir wie ein Knochen oder ein Organ. Sie war mir ins Blut übergegangen, mit jedem Atemzug, den ich getan hatte.

»Ich bin so froh, dass wir fahren, Ruth. Du hattest so Recht. Es ist wirklich das einzig Richtige.« Imogene nahm mich am Arm, teils, um mich mit sich fortzuziehen, denn ich stand wie angewurzelt da, teils, um vertraulich hinzuzufügen: »Ich wollte, wir hätten es schon vor Monaten getan!«

»Ich auch«, sagte ich, konnte mich aber weiterhin nicht von der Stelle rühren.

»Ruth? Maynard wartet.« Sie nahm jetzt meine Tasche vom Boden, ohne sich über das Gewicht zu beklagen. »Er muss noch heute Nacht wieder zurückfahren.«

»Ja«, sagte ich. Sie ging mir voraus, ein bisschen nervös, begierig wegzukommen. Vielleicht lag es daran, wie sie die Arme schwang, oder an dem ungeduldigen Blick, den sie mir zuwarf, als sie sich umdrehte und sah, dass ich mich noch immer nicht bewegte – aber mit einem Mal hatte ich das Gefühl, als hätte ich jahrelang die schwarzen Silhouetten zweier Gesichter angestarrt und erst jetzt die Vase auf dem Vexierbild erkannt. Sie war Amandas Baby gewesen. Ich konnte es gar nicht glauben, dass ich nicht schon längst von selbst darauf gekommen war.

Und dann war mir Amandas Bild, das ich in ihr gesehen hatte, genauso schnell wieder entglitten.

Tante Mandy war egoistisch, aber was sie so egoistisch haben wollte, war ich. Vielleicht wollte sie auch Imogene, aber vor allem mich. Schließlich hatte sie Imogene aufgegeben, aber von mir wollte sie sich nicht trennen. Wie konnte ich jemanden verlassen, der mich so sehr liebte?

Ich blieb stehen. »Imogene«, sagte ich, und sie drehte sich um. »Ich kann nicht mitfahren. Es tut mir Leid.«

Ich hatte damit gerechnet, dass sie wütend werden würde. Schließlich hatte ich sie zu dieser Sache überredet, aber sie seufzte nur und starrte mich einen Augenblick lang an. Offenbar gelangte sie zu dem Ergebnis, dass es diesmal etwas anderes war als meine Weigerung, vor der Insel zu baden oder tanzen zu gehen oder an ihrer Stelle Mrs. Owens' Sekretärin zu spielen, denn sie unternahm keinen Versuch, mich umzustimmen. »Bist du dir wirklich sicher, Ruth?«

Ich nickte.

Sie kam zurück und blieb vor mir stehen. »Meinst du ...«, begann sie und unterbrach sich dann wieder. »Ruth, sei mir nicht böse, aber würde es dir etwas ausmachen, wenn ich ohne dich fahren würde?«

»Du willst ohne mich fahren?«

»Nein«, sagte sie, »ich *will* nicht ohne dich fahren, aber wenn du nicht fährst ... na ja, du warst es ja schließlich, die mir klar gemacht hat, dass es eine gute Idee sein würde. Es *ist* eine gute Idee.«

Benommen griff ich in die Tasche und reichte ihr den Wisch, auf dem ich mir Eliza Fox' Adresse aufgeschrieben hatte.

»Du meinst nicht, dass Miss Fox was dagegen haben wird?«

Ich schüttelte den Kopf.

»Ich könnte warten für den Fall, dass du deine Meinung änderst, aber die Leute, die Mrs. Owens angerufen hat, erwarten mich schon am Montag. Du hattest ja gesagt, ich sollte mich beeilen.«

»Es ist meine Schuld«, sagte ich. »Fahr du nur.«

»Ich werde nach einer Wohnung für uns beide suchen – nur für den Fall.«

»Ja, nur für den Fall.«

Am Ende des Bahnsteigs blieb sie stehen, öffnete ihre Handtasche und fing an, darin herumzukramen.

»Hast du was vergessen?«, rief ich, und ich spürte ein leises Zittern in mir, das die Hoffnung sein musste, auch sie hätte beschlossen zu bleiben.

»Hier«, sagte sie und kam auf mich zugerannt. »Bewahr das für mich auf.« Und sie drückte mir die blaue Murmel in die Hand.

Ich ging zum Ende des Bahnsteigs und beobachtete sie, wie sie ins Auto stieg. Sie winkte, bis ich sie nicht mehr sehen konnte. Ich selbst winkte danach noch weiter, die andere Hand fest um die Murmel geschlossen. Sie fährt bloß nach Chicago, sagte ich mir. Eine Fahrt von gerade mal zwei Stunden. Aber ich wusste, dass man so nicht rechnen konnte. Wenn Leute weggingen, dann blieben sie nach meinen Erfahrungen auch weg. Außer Tante Mandy. Sie war zu mir zurückgekehrt, genau so wie ich jetzt zu ihr zurückkehrte.

20

Ruth

Imogene hat sich für diesen Sommer angekündigt. Sie bringt ihren Mann mit – Jack, sagt sie, heißt er – und ihr kleines Töchterchen, Louisa. Nach ihrer Großmutter, sagte Tante Mandy und zwinkerte mir zu – ja, zwinkerte. Ich sehe neuerdings häufig, wie sie gewesen sein muss, bevor der Tod meiner Mutter sie zwang, sich aus Angst, sich in Schuldgefühlen und Kummer zu verlieren, so hart an die Kandare zu nehmen.

An dem Abend, als Imogene nach Chicago fuhr, lag sie ohnmächtig am Fuß der Treppe: ein Arm, das Schlüsselbein und drei Rippen gebrochen.

»Ich wusste, dass du zurückkommen würdest«, flüsterte sie, als der Arzt und ich sie aufs Sofa hoben. »Ich wusste, dass du eines Tages zu mir zurückkommen würdest.«

»Ich war doch nur drei Stunden weg«, sagte ich, aber sie schien mich nicht zu hören.

Ich pflegte sie. Sie musste mir zwar erklären, was ich zu tun hatte, aber sie sagte, dass ich es gut machte. Ich habe sehr sanfte Hände, sagte sie. Ich las ihr vor, und ich kochte ihre Lieblingsgerichte. Ich probierte sogar etwas Neues aus – Hühnchen *alla cacciatora* –, was wir beide für sehr gelungen hielten. »Deine Mutter hat früher etwas Ähnliches gekocht«, sagte sie.

Ich wusste, dass es als Aufforderung gemeint war, traute mich aber nicht, den Anfang zu machen. »Als ich damals aufs Eis gelaufen bin ...«, begann ich, und verstummte wieder.

»Ja?«, sagte sie ermutigend.

»Als ich damals aufs Eis gelaufen bin«, sagte ich noch einmal, »wovor bin ich da eigentlich weggelaufen?«

»Weggelaufen?« Sie lächelte und bog und streckte die Finger, so wie der Arzt es ihr geraten hatte. »Du bist vor gar nichts weggelaufen, Ruth. Du bist zu mir gelaufen.«

Sobald ich sie allein zu Haus lassen konnte, fuhr ich mit dem Boot hinaus zur Mitte des Sees und warf das Silberdöschen hinein. Am nächsten Morgen entdeckte ein Mann auf einem Doppeldeckerdampfer in den Wellen, die an den Betonsockel des Stoltzeschen Bootshauses schlugen, Mr. Owens' Leichnam. Es hätte eigentlich die letzte Rundfahrt der Saison sein sollen, aber die Sensation hielt den Dampfer noch bis weit in die dritte Oktoberwoche hinein in Betrieb.

Die Tipperei habe ich aufgegeben. Wie sich zeigt, eigne ich mich besser für die Farmarbeit. Mit Tieren habe ich schon immer gut gekonnt, und ich habe festgestellt, dass ich einen Traktor weit besser handhaben kann als eine Schreibmaschine. Mit Mr. Tullys Hilfe sind wir letztes Jahr aus den roten Zahlen gekommen, und jetzt, wo ich meinen Vater dazu überredet habe, auf der »Rebecca Rae« abzumustern, können wir unseren Viehbestand aufstocken, und ich könnte wetten, dass wir einen guten Gewinn machen werden. Ich weiß, dass es makaber klingt, aber der Ausbruch des Krieges drüben in Europa hat uns finanziell sehr genutzt.

Ich mag die Farm. Sie ist eine Welt für sich, ein beständiges Universum, wo die Tiere kommen und gehen, fressen, schlafen und wieder fressen. Ich mag es zu wissen, dass die schwarzen Felder wieder ergrünen und die Maisblätter sich dann aneinander reiben werden und die Tomaten anschwellen, bis ihnen die Haut platzt, und dass später im Jahr der Boden unter seiner kalten weißen Decke schlafen wird. Auf einer Farm hat die Erde Geheimnisse und das Wetter Launen, aber die Menschen – die Menschen spielen keine allzu große Rolle.

Arthur Owens hat mich zweimal gefragt, ob ich ihn heiraten

will, aber bislang habe ich nein gesagt. Ich könnte unmöglich wegziehen, und ich bin mir nicht so sicher, ob er gern hier bleiben würde, bei den vielen Brücken, die es im ganzen Land – ja auf der ganzen Welt, sagt er – zu bauen geben wird, wenn er erst einmal fertig studiert hat. Trotzdem kommt er sonntags immer aus der Stadt zu uns aufs Land. Er hilft bei der Arbeit, und dann gehen wir im Wald spazieren oder fahren ein bisschen durch die Gegend. Im Winter nimmt er mich, wenn nicht zu viel Schnee liegt, mit in seinem Segelschlitten. Eng aneinander gekuschelt, gleiten wir dahin, während sich unsere Beine im hölzernen Gehäuse in Eisklumpen verwandeln, der beißende Wind uns Tränen in die Augen treibt und winzige Eissplitter uns das Gesicht geißeln. »Schneller«, rufe ich, »schneller!«, und er strafft das Segel, bis eine Kufe sich in die Luft erhebt, so dass wir, sollte das Eis unter uns aufbrechen, einfach über die Spalten weg fliegen würden.

Wenn sie kommt, möchte Imogene auf der Insel wohnen. Sie meint, dass es ihrem Mann dort gefallen wird. Mir passte die Vorstellung nicht, Jack auf unserer Insel zu haben, aber Tante Mandy sagte: »Daran wirst du dich gewöhnen müssen«, und ich wusste, dass sie Recht hatte.

Wir warteten den ganzen März hindurch und noch länger, während das Eis sich, ächzend und seufzend, nicht von seinem Bett trennen mochte, bis zu dem hellen Morgen, da der See wieder lebte und tanzte, als wäre er überhaupt nie erstarrt gewesen. 13. April 1941. In Mänteln, Handschuhen und Galoschen schleppten wir das Boot ins Wasser und steuerten die Insel an, um nachzusehen, was an Arbeiten nötig sein würde, um es für Imogene herzurichten.

Aus ihrem eisigen Kerker befreit, schlugen die Wellen gegen den Bootsrumpf und warfen eine feine Gischt auf, die im zarten Licht der Frühlingssonne glitzerte. Ich hielt die Finger hinein, und augenblicklich schmerzte mir die Hand vor Kälte. So kalt muss es damals gewesen sein, in der Nacht, als ich ertrank.

Ruth hatte nicht einmal einen Mantel an, nur Nachthemd und Hausschuhe. Ihre Zähnchen klapperten. Selbst aus dieser Entfernung konnte ich sehen, wie sie fror.

»Geh wieder ins Haus, Ruth!«

Aber sie wollte nicht hören. Ganz, ganz vorsichtig, die Ärmchen balancierend ausgebreitet, diese Pfefferminzstange noch immer fest in der Hand, rutschte sie auf dem Eis vorwärts.

»Geh zurück, hab ich gesagt!«

Diesmal hörte sie den Zorn in meiner Stimme. Sie blieb stehen, kehrte aber nicht um. Sie blieb stehen und fing an zu weinen. Und dann war es, als hätte meine Kleine sie gehört, denn sie begann ebenfalls zu weinen.

»Nicht weinen«, sagte ich zu beiden. »Seid still. Du musst jetzt still sein. Nicht weinen.« Ich war selbst den Tränen nahe. Es war so kalt, und ich war so müde.

Weit hinter Ruth erschien an der Hausfront ein Dreieck aus Licht, und die Tür ging auf.

»Wart, Tante Mandy. Bitte. Wart auf mich!«, rief Ruth und rannte los, so gut sie es auf dem schlüpfrigen Eis schaffte.

Mir brach das Herz, aber da ich wusste, dass Mathilda sie jetzt hören und uns allen nachlaufen würde, wandte ich das Gesicht dem dunklen Ufer zu und setzte mich wieder in Bewegung. Ich ging so schnell, wie ich es wagte, gleitend und schlitternd, bemüht, die Füße unter mir zu behalten, und mich ja nicht fangen zu lassen, ja nicht hinzufallen. Mit jedem Schritt weinte das Baby lauter.

»Ruthie, bleib stehen!«, rief Mathilda. Ich meinte, ihre Schritte auf dem Eis dröhnen zu hören. »Amanda, komm zurück! Komm zurück!« Rings um den See hätte jeder, der ein Fenster geöffnet hatte, sie hören können. Aber ich richtete die Ohren in den Wind und die Augen in die Nacht. Ich würde nicht zurückkommen. Dieses Baby gehörte mir.

Mattie riss Ruth hoch.

»Bring Ruth nach Hause, Mattie! Geh vom Eis runter!«

Aber Mathilda wollte nicht hören. Inzwischen waren wir weit draußen auf dem See, und sie schlitterte weiter, Ruth fest an ihre Brust gedrückt, auf mich zu.

»Geh zurück, Mattie!« Aus mir rief jetzt die reine Verzweiflung. Ich wusste, dass es die beiden zusammen nicht tragen konnte.

Und dann knackte das Eis. Erschrocken blieb ich stehen und erstarrte. Auch Mattie hörte es.

»Setz Ruthie ab!«, schrie ich, aber der Wind riss meine Worte mit sich fort.

Matties Stimme jedoch flog geradewegs auf mich zu, als brüllte sie mir direkt ins Ohr. »Mandy, komm bitte zurück, komm zurück zu mir!«

Da bekam ich es wirklich mit der Angst zu tun. Auf dem knirschenden Eis wagte ich einfach nicht weiterzugehen. Ich beschloss umzukehren.

In demselben Moment, als ich losging, passierte es – so wie es seither jede Nacht wieder passiert ist, wann immer ich die Augen schließe. Das Eis brach, und das Herz blieb mir stehen. Das Kind in ihren Armen, kippte Mathilda nach links weg und versank bis zur Taille, dann bis zu den Schultern, und dann waren sie weg, beide, einfach weg.

Da rannte ich los. Es ist schwierig, auf dem Eis zu laufen, noch schwieriger mit einem Neugeborenen in den Armen. Ich hörte es klatschen. Ich hörte sie nach mir rufen: »Mandy, Hilfe! Hilf mir, Mandy!«

Aber meine Füße bewegten sich einfach nicht schnell genug. Ich rutschte aus. Ich fiel auf die Knie. Die Entfernung schien überhaupt nicht abzunehmen. Ich ließ mein Baby auf dem Eis liegen und versuchte es wieder und wieder, warf mich nach vorn, schrie Matties Namen.

Als ich endlich das Loch erreichte, hatte Mathilda Ruth schon wieder aufs Eis geschoben, aber sie selbst war verschwunden. Ich legte mich flach auf den Bauch und griff in die Schwärze. Das Wasser war eisig. Ich tastete, bis meine Hände ganz taub waren, aber ich bekam nichts zu fassen.

Und dann, kaum mehr spürbar, verfingen sich meine Finger in Matties Haaren. Ich zog, vorsichtig, um sie nicht wieder zu verlieren, aber so schnell, wie ich mich traute.

Aufjapsend tauchte sie auf.

»Mattie!«

Ich schlang mir ihre nassen Arme um den Nacken. Einen Augenblick lang hing sie so da, sicher in meinen Armen.

Doch das Eis wollte uns nicht tragen. Unter meiner Schulter brach ein Stück weg, und mein Kopf klatschte ins schwarze Wasser. Wieder ging Mattie unter, aber ich hatte den Kragen ihres Nachthemdes in der geballten Faust und ließ nicht locker. Jetzt, da ich sie hatte, durfte ich sie nie wieder loslassen, und hätte sie mich auch mit sich in die Tiefe gerissen.

Und sie *riss* mich mit sich in die Tiefe. Jetzt gab das Eis auch unter meiner anderen Schulter nach. Ich versuchte zurückzurobben, mit den Hüften zu rudern, mich mit Fußspitzen und Knien ins Eis zu graben. Ich war so stark, und sie war so winzig, ich konnte einfach nicht glauben, dass es mir nicht gelingen sollte, uns beide in Sicherheit zu bringen. Und dann brach das Eis unter meiner Brust weg.

Wäre Mathilda nicht wieder aufgetaucht, hätte sie ihren kältestarrenden Körper nicht noch ein weiteres Mal der lebensretten ertrinkenden Luft entgegengeschleudert, wären wir alle gestorben, Ruth und Imogene auf dem Eis erfroren, Mattie und ich darunter. Aber sie kam zurück. Atemlos riss sie den Mund auf, und dann schloss sie die Zähne um meine Hand und biss mit aller Kraft zu.

Ich hätte festgehalten. Ich hätte nicht losgelassen. Ich spürte nicht einmal den Schmerz. Aber meine Finger öffneten sich. Sie öffneten sich einfach. Und Mattie entglitt ihnen.

Ich griff wieder und wieder in die Tiefe. »Mattie!«, schrie ich und tauchte den Kopf in dieses schwarze eisige Wasser. Aber sie war verschwunden. Ich tastete. Ich rief. Aber sie kam nicht zurück.

Schließlich sah ich Ruth, einen reglosen kleinen Schatten auf dem dunklen Eis. So viel Zeit war vergangen. Ich hielt ihr die

Wange vor den Mund, um den Atem zu spüren. Ich presste ihr meine gefühllosen blutigen Finger an den Hals, um ihren Puls zu finden. Aber ich kam viel zu spät. Auch sie war verloren.

Ich hob sie auf und trug sie dahin, wo ich das Baby gelassen hatte, wickelte beide in meine Strickjacke und meinen Mantel und trug sie als ein einziges Bündel so schnell ich konnte übers Eis.

Und jetzt kommt das Wunder. Fest an diesen warmen kleinen Körper gepresst, taute Ruth wieder auf. Sie kehrte ins Leben zurück. Als ich das Ufer erreichte, hörte ich sie husten.

Ich wusste, dass Mary Louise eine gute Mutter sein würde, also gab ich das Baby ihr. Ihre Arme streckten sich wie von selbst nach diesem Kind aus, als hätte sie nur darauf gewartet, als wäre es so vorbestimmt gewesen. Im Bett der Lindgrens hielt ich Ruth fest in den Armen, um sie aufzuwärmen, während die beiden Wasser heiß machten. Ich hatte mir gar nicht überlegt, was ich sagen würde.

»Es war schrecklich«, brachte ich schließlich heraus. Und ich erzählte die wirre Geschichte vom Farmarbeitermädchen, die Mattie sich ausgedacht hatte. »Das Baby heißt Imogene«, sagte ich. »Bitte, nehmt ihr sie.«

Warum ist Ruth im Nachthemd?, dachte ich, dass sie fragen würden. Wo ist Mathilda? Wo ist Mattie? Ich wollte es selbst hinausschreien. Aber Imogene beanspruchte ihre ganze Aufmerksamkeit.

Was Ruth anging, fühlte ich, wie ihr Puls immer kräftiger wurde, als ich sie – so fest, wie ich mich traute – an meinen Körper drückte.

Ich werde dich haben, dachte ich. Ich werde dich behalten. Wir werden neu anfangen.

Danksagung

Unendlich dankbar bin ich meiner Lektorin Caitlin Flanagan dafür, dass sie weder mit ihrer fachkundigen Kritik noch mit ihrer Freundschaft jemals gegeizt hat. Wäre nicht die Freude gewesen, ihre redaktionellen Änderungen mit ihr zu besprechen, hätte ich zu mehreren Gelegenheiten alles hingeschmissen, und wenn der Plot dieses Romans auch nur im mindesten schlüssig ist, so ist es ihrem gesunden Menschenverstand zu verdanken. Ebenso danke ich Jennifer Walsh, die mit überragender Kompetenz und Selbstsicherheit das für mich tat, was ich selbst nie für mich hätte tun können. Sie und Deb Futter, deren scharfe Augen alle Löcher ausfindig gemacht haben, die mir unbemerkt durchgegangen waren, haben durch ihre engagierte Anteilnahme an diesem Buch mein Leben von Grund auf verändert. Linda Rudell-Betts half mir, den Anfang zu machen, und begleitete mich bis zum Ende.

Mary Ewens Meyer belieferte mich mit einer Myriade Detailinformationen über das Leben auf einer Farm am See im Wisconsin der 1920er und 1930er Jahre, und Jennifer Stuart ließ mich an ihrer psychologischen Erfahrung teilhaben.

Timothy Audley, Kathleen Buster, Anthony Meyer, Nicholas Meyer, Sue Parilla, Ann Schwarz, Carol Waite und Barbara Wallraff haben mich bei einer Themenvielfalt, die von Ackerbau bis Schwangerschaft reichte, von ihrem kollektiven Wissen profitieren lassen. Ich danke Alan Buster dafür, dass er mir zuredete, meinen Job aufzugeben, Thomas Flanagan für seinen freundlichen Zuspruch, Brian Morton für seine guten

Ratschläge zu den ersten Kapiteln, Barbara und Carol Faculjak dafür, dass sie die ersten Fassungen mit einer solchen Begeisterung gelesen haben, und Shelley Wall Reback für ihre intuitive Bewertung eines entscheidenden Handlungselements.

Dank schulde ich Mitchell Duneier, Mira Kamdar, Henning Gutmann, Linda Kent, noch einmal Caitlin Flanagan und insbesondere Silvana Paternostro und James Chace dafür, dass sie mir geholfen haben, die richtige Agentin zu finden, Belinda Cooper für saubere Ausdrucke, als mein Drucker streikte, und Mona Simpson dafür, dass sie sich für meine Zurechnungsfähigkeit verbürgt hat. Am allermeisten aber danke ich Benjamin Schwarz, ohne den ich weder angefangen noch zu einem Ende gefunden hätte und dessen Rotstift immer und jederzeit den Nagel auf den Kopf getroffen hat. Er ist, neben einigen anderen hübschen Dingen, der beste Leser, den ich kenne.